HEYNE <

ELLA THOMPSON

Weihnachtsküsse

IN
SNOWFLAKE
VALLEY

ROMAN

WILHELM HEYNE VERLAG
MÜNCHEN

Penguin Random House Verlagsgruppe GmbH FSC® N001967

2. Auflage
Originalausgabe 09/2022
Copyright © 2022 by Ella Thompson.
Dieses Werk wurde vermittelt durch die
Michael Meller Literary Agency GmbH, München
Copyright © 2022 dieser Ausgabe
by Wilhelm Heyne Verlag, München,
in der Penguin Random House Verlagsgruppe GmbH,
Neumarkter Str. 28, 81673 München
Redaktion: Diana Mantel
Printed in Germany
Umschlaggestaltung: Eisele Grafik-Design, München,
unter Verwendung von © Bigstock (Azovsky),
Shutterstock.com (Tanya Sid), iStockphoto
(Tom Merton, borchee, DenisTangneyJr)
Satz: Greiner & Reichel, Köln
Druck und Bindung: GGP Media GmbH, Pößneck
ISBN 978-3-453-42641-2
www.heyne.de

PROLOG

Dear Santa, I really did try

Snowflake Valley,
vor fünfundzwanzig Jahren

Klirrende Kälte lag über der Stadt. Die bunten Lichterketten, die die Eislauffläche auf dem See einrahmten, schwangen fröhlich im eisigen Wind. Der große Lehnstuhl, auf dem Santa Claus saß und darauf wartete, dass die Kinder ihm ihre Weihnachtswünsche ins Ohr flüsterten, stand ein wenig geschützt zwischen den Tannen und Buden, die das kleine Snowflake-Valley-Weihnachtsdorf bildeten. Auch hier glitzerten überall bunte Lichterketten. Bei all dem Schnee, der unter den Stiefeln knirschte, und den großen Bergketten mit ihren weißen Mützen, die das Tal einrahmten, konnte man fast glauben, am Nordpol zu sein statt in Montana.

Emma Porter konnte sich das zumindest sehr gut vorstellen. Trotz ihres dicken türkisfarbenen Schneeanzugs zitterte sie vor Kälte. Sie schob ihren Schal ein wenig höher, um Mund und Nase zu bedecken, und zog die Mütze, die die Tante ihrer besten Freundin Sasha für sie gestrickt hatte, so tief ins Gesicht, dass nur noch ein Schlitz für die Augen frei blieb. Noch zwei Kinder vor ihr. Sie hüpfte in ihren Moon Boots ein wenig auf und ab, um sich aufzuwärmen, aber es half nichts.

Das Mädchen, das von Santas Schoß aus in die Kamera der Elfe gelächelt hatte, nahm sein Foto entgegen und rannte zu seinen Eltern, um es stolz zu präsentieren. Nur noch ein kleiner Junge vor Emma. Ungeduldig wippte sie vor und zurück. Der Duft frisch gebackener Waffeln wehte von den Buden zu ihr herüber. Sobald sie Santa ihren Wunsch zugeflüstert hatte, würde sie sich eine dieser heißen Leckereien holen – mit Schokoladensoße –, bevor sie sich mit Sasha in der Wichtelwerkstatt treffen würde, um ein Geschenk für ihre Eltern zu basteln.

Ein empörtes Aufheulen lenkte ihre Aufmerksamkeit wieder auf den Jungen vor sich. Er weigerte sich, zu Santa zu gehen, was Emma veranlasste, sehr erwachsen die Augen zu verdrehen. Sie hatte diese Geste schließlich oft genug gesehen, wenn ihre Mommy sich lächelnd darüber beschwerte, dass ihr Daddy nie seine Socken in den Wäschekorb räumte, und hielt sie für passend. Der Junge vor ihr ließ sich jetzt mit hochrotem Kopf auf den Boden fallen und strampelte mit den Beinen. *So ein Baby*, dachte sie. Der Wutanfall des Kleinen brachte sie ihrem Ziel allerdings schnell näher, denn die Mutter zog das Kind einfach beiseite, und Emma ging zielstrebig auf Santa zu, als er ihr winkte. Sasha war der Meinung, dass sie bereits zu alt dafür waren, Santa von ihren Wünschen zu erzählen, aber Emma fand, dass es auf keinen Fall schaden konnte. Wer wusste schon, ob sie auf diese Weise nicht doch wahr wurden?

»Hallo Kleine«, brummte Santa mit tiefer Stimme, als sie sich auf seine Knie gesetzt hatte. »Wie heißt du?«

»Ich bin Emma. Und sechs Jahre alt«, ergänzte sie vorsichtshalber gleich, weil sie wusste, dass das seine nächste Frage sein würde.

»Aha.« Santa brummte. »Und was wünschst du dir zu Weihnachten, Emma?«

Sie biss sich auf die Unterlippe und rief sich noch einmal in Erinnerung, wie sie ihren Wunsch am besten vortrug. »Ich will Reporterin werden«, sagte sie und sah Santa ernst an. »Damit ich die ganze Zeit bei meinem Onkel Henry sein kann. Sein Zeitungsbüro ist der schönste Ort auf der ganzen Welt.«

»O … Hmm.« Emma wartete, aber mehr sagte Santa nicht.

Also erzählte sie weiter. Von ihrem größten Wunsch. »Ich kann schon schreiben und lesen. Und bei Onkel Henry riecht es so gut. Nach Papier. Vom Fenster aus kann man die Leute auf der Mainstreet beobachten. Ständig klingeln die Telefone.« Sie kicherte. »Und Miles«, sie blickte sich um, ob auch niemand zuhörte, »sagt die ganze Zeit schlimme Wörter.« Dann seufzte sie. »Onkel Henry sagt, ich muss weiter in die Schule gehen und dann aufs College. Aber das dauert ja alles noch mindestens hundert Jahre.« Sie betonte die Ewigkeit, die vergehen würde, bis sie neben ihrem Onkel am Schreibtisch sitzen durfte. »Deshalb wünsche ich mir zu Weihnachten ein kleines Wunder, das diese ganze lange Warterei ein bisschen abkürzt.«

»Hmm«, machte Santa wieder. »Nun ja.« Er strich sich über seinen Bart. »Das mit den Wundern ist so eine Sache. Ich gebe mein Bestes. Aber für Wunder gibt es wirklich keine Garantie. Gibt es denn sonst noch etwas, was du dir wünschst?«

»Ja.« Emma strahlte ihn an. »Die Rapunzel-Barbie.« So sehr Emma auch Zeitungsreporterin werden wollte, Weihnachten liebte sie mindestens genauso. Und ganz besonders den Weihnachtsmorgen. Es wäre schrecklich, wenn Santa kein Geschenk unter den Baum legen würde. Und Rapunzel wünschte sie sich schon, seit Beatrice Williams in der Vorschule mit genau dieser Barbie angegeben hatte.

»Eine gute Wahl«, lobte Santa. »Das werde ich mir auf jeden Fall merken, falls das mit dem Wunder nicht funktioniert. Bist du denn brav gewesen in diesem Jahr?«

Emma seufzte. »Ich habe es wirklich versucht«, flüsterte sie. Santa Claus hatte ja keine Ahnung, wie schwierig das war.

»Aha, ich verstehe.« Santa nickte bedächtig. »Jetzt schau doch mal zur Elfe hinüber, damit sie ein Foto von uns machen kann.«

Emma zog ihren Schal ein Stück herunter und grinste in die Kamera. Weihnachten war einfach das Schönste!

1

Same procedure as every year

Emma öffnete die Augen einen Spalt und kniff sie sofort wieder zusammen, bevor sie es ganz vorsichtig noch einmal versuchte. Angestrengt blinzelte sie gegen das Sonnenlicht, das den Raum flutete.

»O Gott«, hörte sie Sashas raue Stimme neben sich. »Was hat Steven in diese Margaritas gemischt?«

Langsam setzte sich Emma auf und presste die Hand an ihre Schläfe. Sie befand sich im Schlafzimmer ihrer besten Freundin, die neben ihr im Bett lag und sich die Decke über den Kopf zog. Genau wie früher, als sie noch Kinder gewesen waren und Übernachtungspartys gefeiert hatten.

Stück für Stück kehrten die Erinnerungen an den vergangenen Abend zurück. Die Party im *Old Boat*, dem Pub am See, in dem Emma und Sasha vor zehn Jahren ihr erstes legales Bier getrunken hatten, war genauso ausgelassen und fröhlich gewesen wie immer in der Nacht vor dem Labour Day. Aber diese Margaritas … halbherzig zog Emma ihrer

Freundin die Decke weg. »Du hättest mich davon abhalten sollen, mir von Freddy Carpenter diesen letzten Drink ausgeben zu lassen«, murmelte sie. »Und vor allem hättest du verhindern müssen, dass ich mit ihm tanze. Bei mir dreht sich immer noch alles.«

Sasha angelte eine Wasserflasche vom Nachttisch, schraubte sie auf und trank gierig, bevor sie sie an Emma weiterreichte. »Hörst du, was mein Körper mir mitzuteilen versucht?«

Emma leerte die Flasche und ließ sich in die Kissen zurücksinken. Es gab immer irgendetwas, wozu Sashas Körper eine eigene Meinung hatte. »Was sagt er denn?«

Sasha ließ sich neben sie fallen und stützte sich auf den Ellenbogen. »Er flüstert mir zu: Mach das nie, nie wieder.«

»Dann hat er sich mit meinem abgesprochen.« Emma blickte aus dem Fenster. Sie konnte die weißen Spitzen der Rockys sehen, die sich hinter dem See erhoben. Es war erst Anfang September, aber hier oben in den Bergen war bereits alles mit Raureif überzogen. Silbern glitzerten die winzigen Eiskristalle in der Sonne. Der Ausblick, den man von Sashas neuem Haus hatte, war atemberaubend und ließ den Winter bereits erahnen. Es war schön, endlich wieder zu Hause zu sein. Der Abend hatte den Freunden gehört, heute war ihre Familie dran. Der Labour-Day-Brunch war genauso eine Tradition im Hause Porter wie das Thanksgiving-Dinner und die Motto-Pyjamas am Weihnachtsmorgen. Emma wandte den Kopf wieder ihrer Freundin zu. »Wo ist Simon?«, fragte sie.

Sasha runzelte die Stirn. »Ich glaube, auf der Couch im Wohnzimmer. Wenn ich mich richtig erinnere, hat er uns zwei heute Nacht nach Hause gefahren, und dann habe ich ihm erklärt, dass das ein echter Mädelsabend ist. Wie in alten Zeiten. Und dass du bei mir übernachtest.«

Emma drückte die Hand ihrer Freundin. »Das war es wirklich. Wie in alten Zeiten.« Das Haus von Sashas Eltern hatte dem ihrer Familie früher genau gegenüber gelegen, was dazu geführt hatte, dass sie Tag und Nacht zusammen gewesen waren. Wie Schwestern. Und selbst wenn ihre Eltern es einmal untersagt hatten, dass die eine bei der anderen übernachtete, hatten sie sich über die Straße geschlichen und waren durchs Fenster geklettert. Emma seufzte. »Ich habe den ganzen Sommer über wahnsinnig viel Arbeit gehabt. Aber ich hatte dabei das Labour-Day-Wochenende die ganze Zeit über wie eine Ziellinie vor Augen. Diesen Herbst schaffe ich es vielleicht sogar, mir eine Woche freizuschaufeln und euch noch mal zu besuchen.«

»Das wäre wundervoll. Ich habe dich vermisst. Aber jetzt«, sie drückte Emmas Hand, »sollten wir unseren Kater in den Griff bekommen, damit deine Mom uns keine Standpauke hält.« Sie rappelte sich auf. »Vielleicht ist mein wundervoller Ehemann schon wach und hat die Kaffeemaschine angeschmissen. Bei der Federung der Couch liegt das durchaus im Bereich des Möglichen.«

Emma seufzte. »Für Kaffee würde ich meine Seele verkaufen. Oder zumindest meinen Körper.«

Sasha gab ein »Pff« von sich. »Mit diesem alkoholvergifteten, dehydrierten Kadaver wirst du nur Centbeträge einsammeln. Wie gut, dass du Simons Kaffee auch so bekommst.« Sie lachte, als Emmas Kissen sie zielsicher am Hinterkopf traf.

Sasha sollte Recht behalten. Ihr Mann (und Highschool-Sweetheart) Simon hatte längst Kaffee gekocht und blätterte durch die wöchentliche Ausgabe der *Snowflake Valley Gazette*, die Emmas Onkel Henry herausgab, und auf die sie stolz war, als wäre es ihre eigene Zeitung. Simon hatte sie ein wenig mit ihrem Kater aufgezogen und behauptet, dass Emma Freddy Carpenter ein unmoralisches Angebot gemacht hatte. Was sie nicht glaubte. Mit Freddy war sie immerhin schon in die Vorschule gegangen, und ihr Herz hatte in seiner Gegenwart ganz sicher noch nie auch nur einen Schlag ausgesetzt – und das war die absolute Voraussetzung für einen Flirtversuch.

Allerdings war es auch einfach, sich für Simons kleine Attacke zu revanchieren. Besonders, weil Sasha darauf bestand, mit Emmas Wagen zu fahren. Ihre Freundin liebte Cabrios über alles, fuhr aber wegen des Cafés, das sie betrieb, einen kleinen Lieferwagen. Simon hatte einen Pick-up mit dem Logo der Baufirma, die seinem Vater und ihm gehörte. Also mietete sich Emma jedes Mal, wenn sie nach Hause kam, am Flughafen in Missoula ein Cabrio, um ihrer Freundin eine Freude zu machen. Sasha und sie waren auch schon bei minus zehn Grad mit offenem Verdeck gefahren – Sonnenbrille auf der Nase und der unerlässliche Schal, den sie so gerne fünfzigerjahrefilmstarmäßig hinter sich her wehen ließen. Und heute war wieder einer dieser Tage, an denen es nur knapp über null Grad hatte, auch wenn die Sonne von einem strahlend blauen Himmel schien.

»Ich habe was für euch«, sagte Emma und öffnete ihren Koffer noch einmal. »Der letzte Schrei.« Sie suchte die psychedelisch bunten Mützen heraus, die sie in der Redaktion der *Belle* abgestaubt hatte und die diesen Winter absolut angesagt sein würden. »Du musst auch eine aufsetzen, Simon«, bestimmte sie.

»Nicht nötig«, gab er zurück, während Sasha die Mütze bereits über ihre dunklen Locken gezogen hatte und sich vor dem Spiegel hin und her drehte. »Bevor mich jemand mit diesem Farbklecks auf dem Kopf sieht, lasse ich mir lieber die Ohren abfrieren.«

»Farbklecks?« Emma stemmte resolut die Hände in die Hüften und funkelte den Mann ihrer besten Freundin an. »Du weißt gar nicht, wie angesagt die Dinger sind«, holte sie zum Tiefschlag aus. »The Rock hat erst vorgestern ein Bild von sich mit so einer Mütze auf Instagram gepostet.« Das stimmte zwar nicht, aber Simon glitt in absolute Heldenverehrung ab, wenn es um Dwayne Johnson ging.

»Wirklich?«, fragte er skeptisch.

»Ich schwöre.« Bevor Simon sein Handy hervorholen und Emmas Behauptung überprüfen konnte, nahm sie ihm die Mütze ab und stülpte sie ihm über den Kopf. »Auf geht's! Lasst uns eine Runde um den See drehen, bevor wir zu meinen Eltern fahren.«

Die Ranch, die Sasha und Simon sich gekauft hatten, lag ein wenig außerhalb der Stadt. Nachdem Emma das Verdeck des Mustangs heruntergelassen hatte, Simon grummelnd auf den Rücksitz geklettert war und den Naked Cake entgegennahm, den seine Frau zum Brunch beisteuern wollte (und den er während der Fahrt halten musste), nahmen sie den Umweg um den See herum nach Snowflake Valley.

Der Crystal Lake war ein eiskalter Gletschersee. Was sie als Kinder und Teenager nicht davon abgehalten hatte, trotzdem in ihm zu baden. Er war so klar, dass man bis auf den Grund sehen konnte. Sasha und Emma hatten auf dem Wasser schon atemberaubende Fotos geschossen, die so wirkten, als schwebten sie mit ihren Paddelboards regelrecht in der Luft.

Jetzt genoss Emma die Aussicht und Sashas gute Laune, die laut *Hollaback Girl* von Gwen Stefani mitsang, während sie ihren Schal über den Kopf hielt und im Wind flattern ließ.

An einem Labour-Day-Vormittag war nicht viel los auf den Straßen im Tal. Erst auf dem letzten geraden Stück vor dem Ortseingangsschild kam ihnen ein dunkelblauer Range Rover mit einem U-Haul-Anhänger entgegen. Als sie auf gleicher Höhe waren, konnte Emma nur erkennen, dass ein Mann am Steuer saß. Und neben ihm ein riesiger schwarzer Hund. Oder ein Bär – ganz so sicher war sie sich da nicht.

Sasha blickte dem Wagen hinterher. »Armes Schwein«, kommentierte sie den großen Anhänger und drehte Gwens Gesang etwas leiser. »Am Labour Day umziehen zu müssen ist grauenvoll.«

»Das ist Jared Dawson.« Simon war dem Range Rover ebenfalls mit den Blicken gefolgt und drehte sich jetzt wieder zu ihnen um. »Hat das Woodward Cottage gekauft.«

»Das wurde ja auch Zeit.« Emma fing den Blick des Freundes im Rückspiegel ein. »Das Cottage stand jetzt mindestens zwei Jahre leer. Was ist das für ein Typ?«, fragte sie neugierig.

»Irgendein Software-Entwickler oder so was. Aus Kalifornien.« Nur jemand, der in den Rocky Mountains aufgewachsen war und sein ganzes Leben hier verbracht hatte, konnte diesen Bundesstaat klingen lassen, als wäre er eine ansteckende Krankheit. »Wir haben im Haus noch ein paar Renovierungsarbeiten übernommen. Deshalb habe ich mitbekommen, dass er sich Glasfaserkabel hat verlegen lassen.

Ich vermute, er hat dadurch das beste WLAN in diesem Teil Montanas«, plauderte er aus dem Nähkästchen.

»Trotzdem.« Sasha ließ ihren Schal wieder im Wind flattern, obwohl ihre Hand bereits ganz rot war vor Kälte. »Armes Schwein. Der Labour Day ist der perfekte Tag, um einen Rausch auszuschlafen und sich bei einem Brunch den Bauch vollzuschlagen. Umziehen sollte man an so einem Tag nicht müssen.« Sie drehte das Autoradio wieder auf und begleitete Gwen mit eher mittelmäßiger Textsicherheit, bis sie das Cabrio vor Emmas Elternhaus parkten.

*   *   *

Labour Day war ein perfekter Tag, um umzuziehen. Jared Dawsons Meinung nach war er jedenfalls nicht schlechter als die anderen dreihundertvierundsechzig Tage des Jahres. Er lenkte seinen Range Rover die schmale Bergstraße hinauf, durch das Städtchen Snowflake Valley und am Crystal Lake entlang. Der Wegbeschreibung nach musste er gleich hinter dem Ortsausgang links abbiegen, dann noch einmal links. Und dann müsste er vor seinem neuen Haus stehen, das er bis jetzt nur von den Fotos kannte, die ihm der Makler geschickt hatte.

Die Burger und die Pommes, die er sich bei einem *Wendy's* in Wild Creek geholt hatte, dufteten so verführerisch, dass Biggie neben ihm ein hungriges Brummen ausstieß. Jared kraulte seinen Neufundländer zwischen den Ohren. »Wir haben es gleich geschafft«, versprach er. Zwei Tage waren sie aus dem Silicon Valley hierher unterwegs gewesen. Mit einer Übernachtung in einem Motel in Idaho. Jared sehnte sich danach, seine Beine auszustrecken, zu duschen und etwas zu essen. Und dann sein Arbeitszimmer einzurichten. Eine Nacht in einem Mietanhänger war genug für seine empfindlichen Geräte.

Jared hielt bereits nach der Abzweigung zu seinem Haus Ausschau, als ihm das Cabrio entgegenkam. Mit offenem Verdeck. Er warf einen Blick auf die Temperaturanzeige in seinem Armaturenbrett. Zwei Grad. Die Beifahrerin des Cabrios hielt einen Schal in die Luft, und alle drei Insassen trugen diese lächerlichen Mützen, die er an der Westküste in den letzten Wochen ein paarmal gesehen hatte. Der Blick der Fahrerin traf ihn für den Bruchteil einer Sekunde, dann war der Mustang vorbeigerauscht.

»Hast du das gesehen?«, fragte Jared mit einem Seitenblick in Biggies Richtung. »Da denkt man, Verrückte gibt es nur in Kalifornien.« Er schüttelte den Kopf. Hoffentlich war das die Ausnahme. Schließlich hatte er die Rocky Mountains nicht zu seiner neuen Heimat gewählt, um sich mitten in ein Nest partyverrückter Bergbewohner zu setzen.

Die Abzweigung mit dem Schild »Woodward Cottage« tauchte vor ihm auf, und Jared bog auf die Schotterstraße ab, die durch ein Pinienwäldchen führte, fand die zweite Abzweigung und ließ den Range Rover ausrollen, als das Haus, dem das Wort Cottage nicht ganz gerecht wurde, vor ihm auftauchte. »Wenigstens sieht es genauso aus wie auf den Fotos«, stellte Jared fest. Er beugte sich an Biggie vorbei, um die Beifahrertür zu öffnen und den Hund rauszulassen. Biggie hatte die Angewohnheit, immer als Erster aussteigen zu wollen und vergaß zudem meistens, dass er kein kleiner Welpe mehr war, sondern hundertzwanzig Pfund wog. Was schmerzhaft enden konnte, wenn Jared die Fahrertür als erstes öffnete. So aber konnte Biggie schon mal das Grundstück inspizieren, während Jared ebenfalls ausstieg und ihr neues Zuhause betrachtete.

Er war auf der Suche nach einem Rückzugsort gewesen. Weit weg von Silicon Valley. So weit entfernt von dem schnellen Puls in seinem ehemaligen Büro in Sunnyvale, wie es nur ging. Das Woodward Cottage war eigentlich zu groß für Biggie und ihn. Ein zweistöckiges Blockhaus, dessen honiggelbes Holz in der Sonne warm glänzte. Die Panoramafenster zeigten auf den Crystal Lake hinaus, an dessen steinigem Ufer Biggie bereits seine Runde drehte. Die großzügige, umlaufende Veranda bot einen gemütlichen Sitzplatz, von dem aus man der Sonne dabei zusehen konnte, wie sie hinter den Bergspitzen verschwand. Einen anstrengenden Tag im Jacuzzi ausklingen lassen. Oder im Sommer grillen. Noch vor ein paar Monaten hätte er beim Gedanken an diese Art von Freizeitaktivitäten die Augen verdreht. Jetzt war er bemüht, sich dieses neue Leben zumindest vorzustellen.

Jared folgte seinem Hund über die von Moos und Feldsteinen durchzogene Wiese zum See hinunter. Das Wasser war so klar, dass er bis auf den Grund sehen konnte. Spiegelglatt und ruhig. Jared atmete tief ein. Und wieder aus. Pinien. Klare, kalte Luft. Und ein bisschen nasser Hund, weil Biggie sich nicht auf die Erkundung an Land beschränkt hatte. Jared horchte bewusst auf seinen Herzschlag, der sich beruhigt hatte, je weiter er nach Norden gefahren war.

Links von sich konnte er die Stadt mit dem albernen Namen Snowflake Valley erkennen. Sein Haus gehörte gerade noch dazu, war aber trotzdem abgeschieden genug, um seine Ruhe zu haben. Jared hatte es möbliert gekauft, damit er sich keine Gedanken um Dinge wie einen Esstisch oder eine Couch machen musste. Dafür hatte er einen Highspeed-

Internet-Anschluss installieren lassen. Es war alles bereit für das Einrichten seines Büros. Aber bevor er sich mit der Technik beschäftigen würde, war erst einmal der Lunch fällig. Er holte die Burger aus dem Auto und setzte sich auf die Veranda. Biggie, dem klar wurde, dass es etwas zu essen gab, kam angaloppiert und ließ sich neben Jared plumpsen.

Biggie liebte Burger, also hatte Jared ihm einen eigenen besorgt. Er stellte seinem Hund die geöffnete Pappschachtel hin. »Ab morgen gibt es wieder gesundes Futter«, erklärte er Biggie. »Für dich und für mich.« Denn das war einer seiner drei neuen Vorsätze: Die Arbeitszeit zumindest so weit zu beschränken, dass er nicht mehr Tag und Nacht durcharbeitete, ohne es zu merken. Regelmäßig Sport zu machen oder zu wandern oder Holz zu hacken – oder was auch immer man in diesem Tal tat. Und sich besser zu ernähren. Denn der wichtigste Vorsatz für seine Zukunft war, nicht sein Leben zu verlieren. An den Burnout zu verlieren, auf den er zugesteuert war. An die rasend schnell getaktete Cyberwelt, in der er sich im Hamsterrad gedreht hatte. Und vor allem nicht an einen beschissenen Herzinfarkt, der das Leben seines Freundes und Geschäftspartners Dale mit nur fünfunddreißig Jahren beendet hatte.

Jareds Handy klingelte. Er wischte sich die Hände an einer Serviette ab und zog es aus der Hosentasche. Marshall Miller. Einen Moment lang zögerte Jared. Dann legte er das Handy auf die Bank neben sich und ließ es klingeln. »Ein wirklich tolles Picknick«, sagte er zu Biggie und kraulte ihn zwischen den Ohren. Mit einem tiefen Wuff teilte sein Hund ihm mit, dass er derselben Meinung war. Und dass er ein paar von den lauwarmen Pommes abhaben wollte.

2

Oh Deer!

Der Labour-Day-Brunch in Emmas Elternhaus war genauso abgelaufen wie jedes Jahr. Mit herzlichen Umarmungen, fröhlichen Begrüßungen – und Mimosas. Sasha hatte hinter dem Rücken von Emmas Mutter das Gesicht verzogen, aber trotzdem todesmutig einen Schluck von ihrem Drink genommen. Emma tat es ihr gleich. Obwohl ihr der Sinn nicht nach Alkohol gestanden hatte, nippte sie an ihrem Sekt mit Orangensaft, um ihrer Mutter zu verheimlichen, dass sie es in der Nacht zuvor im *Old Boat* übertrieben hatten. Da war sie mit einunddreißig nicht anders als mit sechzehn.

Die Runde, die sich um den großen Esstisch der Porters versammelt hatte, war ebenfalls die gleiche. Emmas Eltern Ed und Debbie. Ihr Onkel Henry. Sasha und Simon. Und Sashas Tante Vivian, die einfach auch schon immer zur Familie gehört hatte. Nach ihrer Scheidung vor einigen Jahren und dem Tod von Onkel Henrys Frau hatte Emma gehofft, dass die beiden irgendwann entdecken würden, dass sie mehr als Nachbarn und Freunde waren. Aber über einen lebenslangen Vorrat selbst gestrickter Socken aus Vivians Laden für Onkel Henry und seiner regelmäßigen Schleichwerbung für ihr Wollgeschäft in der *Snowflake Valley Gazette* ging ihre Beziehung nicht hinaus.

»Hast du die Mützen gesehen, die ich aus Chicago mitgebracht habe?«, hatte Emma Sashas Tante gefragt. »Die werden diesen Winter der letzte Schrei. Die Wollfarben brauchst du im Laden. Ich wette, dass es jede Menge Leute geben wird, die sie nachstricken wollen.«

Vivian hatte genickt und Emma damit aufgezogen, dass sie von diesem Trend bereits gelesen hatte – in einem von Emmas Artikeln.

Alle hatten gelacht. Bis auf Simon, der bei dem Gedanken an die Mützen das Gesicht verzogen hatte, und Emmas Onkel Henry. Simons Reaktion war nachvollziehbar. Er beschwerte sich darüber, dass Emma ihn reingelegt hatte, weil er auf Instagram kein einziges Bild von The Rock mit dieser Kopfbedeckung hatte finden können. Warum Henry allerdings so schweigsam war, verstand Emma nicht, und auch nicht, dass er es den Rest des Brunches über blieb. Emmas Mutter erzählte lustige Anekdoten aus der Highschool in Wild Creek, an der sie unterrichtete. Ihr Dad ergänzte sie um ein paar skurrile Geschichten aus seiner Landarztpraxis. Vivian berichtete, dass der Run auf die Bernie-Sanders-Handschuhe immer noch nicht abriss und sie schon ein paar Damen aus ihrer Strickgruppe mit der Produktion dieser Fäustlinge hatte beauftragen müssen, um den Kundenwünschen ihres Wollgeschäfts gerecht zu werden.

Henry blieb wortkarg und einsilbig. Emma hatte versucht, in seinem Gesicht zu lesen, was los war, aber er war ihrem Blick ausgewichen.

Dieses Verhalten passte nicht zu Emmas Onkel, also beschloss sie, der Sache auf den Grund zu gehen, bevor sie nach Chicago zurückkehrte. Henry und sie hatten noch nie Geheimnisse voreinander gehabt. Vielleicht hatte er es geschafft, den Rest der Familie beim Brunch zu täuschen, weil alle so mit dem geselligen Zusammensein beschäftigt gewesen waren – sie würde er nicht hinters Licht führen.

Am nächsten Morgen verabschiedete sie sich früher als sonst von ihren Eltern, um Henry auf dem Weg zum Flughafen noch einen Besuch in der Redaktion abzustatten. Um diese Uhrzeit waren die Redakteure zwar noch nicht im Haus, Onkel Henry aber mit Sicherheit. Sie parkte das Cabrio in der Mainstreet, direkt vor den großen Fenstern der *Snowflake Valley Gazette*. Schräg gegenüber, auf der anderen Straßenseite, lag Sashas Café *One More Bite*, das durch einen Wanddurchbruch mit Vivians Wollladen *One More Row* verbunden war. So konnten sich die Kundinnen mit ihrer gekauften Wolle ins Café hinübersetzen und bei einem Sandwich oder einem Stück Kuchen mit ihren Freundinnen stricken. Das Konzept hatte sich bewährt, und Emma hätte den beiden nur zu gern einen Besuch abgestattet und eine letzte Tasse Kaffee vor ihrem Abflug getrunken, aber dazu würde die Zeit nicht reichen, denn Henry war im Moment wichtiger.

Sie schob die Tür auf und atmete den unverwechselbaren Geruch nach gebohnertem Holzboden, staubigem Papier und abgestandenem Kaffee ein, der in diesem Raum lag, solange Emma sich erinnern konnte. Das Schild mit der Aufschrift »Zeitungsbüro«, das ihr Onkel irgendwann neben der Tür angebracht hatte, weil Emma sich als kleines Mädchen das Wort Redaktion einfach nicht hatte merken können, hing noch immer da. Ein bisschen vergilbt und eine stolze Erinnerung an die Zeit, in der sie selbst als Nachwuchsjournalistin durch diese Räume gewirbelt war. Voller großer Träume und Ziele – die sie später auch erreicht hatte.

Ein bisschen war es, als wäre die Zeit stehen geblieben. Die Oberfläche des riesigen Tisches, an dem die Redakteure ihre Arbeitsplätze hatten, verschwand unter einem Chaos von Notizblättern und bunten Post-its. Eine Wand war mit einem großen Kalender bedeckt, auf dem alle Termine eingetragen waren, die das Jahr über für die *Gazette* wichtig waren, die gegenüberliegende zierte eine Pinnwand mit den Dienstplänen der Mitarbeiter. Das Licht im Chefredakteursbüro brannte, aber durch das große Glasfenster konnte Emma ihren Onkel nicht sehen.

»Onkel Henry?«, rief sie und lehnte sich gegen den alten Aktenschrank, in dem Henry nach wie vor gewissenhaft sein Recherchematerial und seine Informationen ablegte, so als hätte er noch nie von einem Cloud-Speicher gehört. Das war das Problem in dieser Redaktion. Ihr Onkel und seine Angestellten arbeiteten zwar am PC, aber wenn Henry wissen wollte, wer vor fünfzehn Jahren den Backwettbewerb beim Frühlingsfestival gewonnen hatte, sah er lieber in diesem Schrankmonstrum nach.

Emma fuhr mit dem Zeigefinger über die Schubblade für den Buchstaben H, die schon seit Jahren ein Stück hervorstand. Sie vermutete, dass irgendwann die Informationen zu irgendeinem Hasendiebstahl dahinter gerutscht waren und die Schublade blockierten. Dann rief sie noch einmal nach Henry.

»Emma?« Ihr Onkel tauchte aus dem Nebenraum auf, in dem sich eine kleine Küchenzeile und ein zerkratzter Resopaltisch befanden: der Pausenraum. »Was für eine Überraschung.« Er nahm sie in die Arme und drückte ihr einen

Kuss auf die Wange. Trotz der liebevollen Geste entging Emma nicht, dass er ihrem Blick noch immer auswich. »Ich habe mir gerade einen Kaffee gemacht. Möchtest du auch einen?«

»Gerne.« Emma folgte ihm in den kleinen Raum und nahm den Kaffeebecher mit dem Logo der Zeitung entgegen, dann ging sie ihrem Onkel voraus in sein Büro. Sie setzte sich auf den Besucherstuhl vor seinem Schreibtisch, der kein bisschen weniger chaotisch aussah als der seiner Mitarbeiter, und wartete, bis er ebenfalls Platz genommen hatte.

»Was kann ich für dich tun?«, fragte Henry mit einem Lächeln, das auf den ersten Blick echt wirkte, es aber nicht bis zu seinen Augen schaffte.

Emma betrachtete ihn. Er sah müde aus. Älter als bei ihrem letzten Besuch. Schatten lagen unter seinen Augen, und das Hemd, über dem sich rot-weiß-karierte Hosenträger spannten, war zerknittert. Die Bartstoppeln, die das Kinn ihres Onkels bedeckten, waren nicht weiter außergewöhnlich, weil er es hasste, sich zu rasieren. Aber seine dichten, grauen Locken standen ihm zu Berge, als hätte er sie an diesem Morgen bereits unzählige Male mit den Händen zerfurcht – oder vergessen, sich zu kämmen. Emma stellte ihre Tasse auf die Kante des Schreibtischs. »Ich möchte wissen, ob mit dir alles in Ordnung ist«, sagte sie.

Henry schwieg einen Moment, so als kämpfe er mit sich selbst. Dann stellte auch er seinen Kaffee zur Seite. Ohne Emma anzusehen räusperte er sich. »Es gibt da etwas, das ich dir sagen muss.«

Ganz automatisch griff Emma über den Tisch hinweg nach seiner Hand und drückte sie. Seine Worte klangen genauso furchteinflößend, wie seine Stimme seltsam war. Und war er nicht viel blasser als sonst? Sie betete, dass er nicht gleich mit der Neuigkeit herausrücken würde, dass er eine schwere Krankheit hatte.

»Ich schließe die Zeitung«, sagte Henry.

Stille tickte im Raum. Einen Herzschlag lang. Zwei. Drei. Dann zog Emma langsam ihre Hand zurück. »Was meinst du damit? Du schließt die Zeitung?« Sie schluckte. »Dieses Jahr über die Feiertage? Oder weil du eine Woche zum Angeln fahren willst?« Was Quatsch war. Henry angelte schon immer im Crystal Lake oder dem Wild Creek. Aber Emma wollte einfach nicht darüber nachdenken, was dieser Satz ihres Onkels sonst bedeuten könnte. »Oder …?«

»Für immer.« Henry sagte es leise, aber fest. Den Blick auf den pinkfarbenen Notizzettel vor sich gerichtet.

»Was? … Aber … Das geht nicht!« Emma hatte das Gefühl, wie ihr sechsjähriges Ich zu klingen, das gleich mit dem Fuß aufstampfen würde.

Endlich sah Henry auf. »Die Arbeit lohnt sich einfach nicht mehr. Unsere Abonnentenzahlen gehen immer weiter zurück. Die Belange des Tals interessieren die Leute nicht mehr wirklich. Oder sie haben sie bereits im Internet nachgelesen, bevor die *Gazette* erscheint.«

»Du hast Angestellte!« Emma sprang auf. Sie konnte nicht ruhig sitzen bleiben, wenn ihr Onkel so eine Bombe platzen ließ. »Was wird aus ihnen?«

Henry seufzte. »Miles redet sowieso schon davon, endlich in den Ruhestand zu gehen, und Lydia hat ständig Ausreden, warum sie diesen oder jenen Bericht nicht machen kann. Wenn die Zeitung dicht ist, wird sie nicht weniger arbeiten als vorher. Jeffrey hat sich überlegt, im nächsten Jahr mehr ins Geschäft seiner Familie einzusteigen. Und Flora«, er sah Emma von der Seite an, »wird uns in einem Jahr in Richtung College verlassen.«

Flora Sullivan erinnerte Emma an ihr jüngeres Ich. Die journalistischen Wurzeln der Schülerin lagen, genau wie ihre eigenen, in der Redaktion der *Snowflake Valley Gazette*. Emma betrachtete die Bilderrahmen, die die Wand des Büros zierten. Gruppenbilder der Redaktionen aus verschiedenen Jahrzehnten. Auszeichnungen für besondere Artikel, die Henry geschrieben hatte. Und sogar ein Abdruck des Interviews mit Michelle Obama, das Emma in ihrer Studentenzeit für die Unizeitung in Berkley hatte führen dürfen – und das ihre Mutter so stolz gemacht hatte, dass sie gefühlte hundert Exemplare des *Daily Californian* gekauft und unter allen Freunden und Bekannten verteilt hatte. Selbst in ihrem alten Kinderzimmer hing der Artikel an der Wand. Emma strich mit den Fingerspitzen über einen der Bilderrahmen und wirbelte eine kleine Staubwolke auf. Was würde damit passieren? Mit den Auszeichnungen? Dem Zeitungsbüroschild? Den Rechercheschätzen im großen Aktenschrank? »Das geht einfach nicht, Onkel Henry.« Emma blickte in den Redaktionsraum. »Die *Gazette* ist eine Institution hier im Tal. Du kannst sie nicht einfach dichtmachen.«

»Es ist meine Zeitung. Ich kann damit machen, was ich will. Vielleicht verkaufe ich sie auch einem großen Konzern. Aber ich glaube, dass unser wöchentliches Blättchen niemanden interessiert.«

»Davon gehe ich aus.« Emma drehte sich wieder zu ihm um. »Wenn die Zeitung nicht mehr so läuft wie früher einmal, dann müssen wir sie eben ein bisschen aufpeppen.«

»Wir?« Henry zog die Augenbrauen hoch. »Hör zu, Emma.« Er rieb sich über den Nacken. »Ich weiß, was die *Gazette* dir bedeutet. Das geht mir nicht anders. Sie ist mein Lebenswerk, und es bricht mir das Herz, sie aufzugeben. Deshalb habe ich mir diese Entscheidung auch nicht leicht gemacht. Aber es gibt nun mal keinen Weg, die Zeitung einfach ein bisschen *aufzupeppen*«, betonte er das Wort, das sie benutzt hatte, »und alles geht wieder seinen gewohnten Gang. Mir laufen die Anzeigenkunden weg. Und ohne diese Einnahmen gehen wir früher oder später pleite. Lieber ein klares Ende als dieser ständige Kampf ums Überleben.«

»Es gibt einen Weg«, hielt Emma dagegen. Es musste einfach einen Weg geben. Sie griff nach ihrem Kaffee und trank einen großen Schluck, bevor sie begann, auf den ausgetretenen Dielen auf und ab zu laufen. Emmas Leben war unstet und von viel Spontaneität und Abenteuerfreude geprägt. Ein solches Leben konnte man aber nur führen, wenn man Rückhalt hatte. Emmas Stabilität war schon immer ihre Familie gewesen – und die *Snowflake Valley Gazette*. Wo sie als Journalistin das Laufen gelernt hatte, nur um dann ihre Flügel auszubreiten und die Welt jenseits dieses Tals zu entdecken. Die Zeitung war immer eine Konstante gewesen – sie durfte jetzt nicht einfach wegbrechen. Insgeheim hatte sie sich sogar manchmal vorgestellt, irgendwann, wenn sie den Trubel der Großstadt und das unstete Journalistenleben überdrüssig war, zurückzukehren und die *Gazette* zu übernehmen. Später. Sehr viel später. Aber diesen Traum würde sie nicht leben können, wenn Onkel Henry jetzt alles hinwarf. »Die Zielgruppe!« Emma blieb stehen und hob die Hände, als ob das die einfachste Lösung der Welt wäre. »Du musst die *Gazette* für eine jüngere Leserschaft interessant machen. Die wollen spannendere Themen als das Ergebnis der letzten Stadtversammlung.« Emma schnippte mit den Fingern, als ihr die nächste Idee durch den Kopf schoss. »Du brauchst eine Online-Ausgabe der Zeitung. Modern, interaktiv, aktuell. Das ist es!« Sie strahlte Henry an.

Ihr Lächeln fiel in sich zusammen, als sie in sein verständnisloses Gesicht sah. »Was ist?«, fragte sie. Okay, Henry zeigte der modernen Technik gegenüber ein wenig Widerwillen. Aber konnte er nicht erkennen, dass sie die Zeitung nur in dieses Jahrtausend holen mussten? Dafür war es inzwischen ungefähr zwanzig Jahre zu spät. Aber noch nicht *zu* spät.

»Emma-Schätzchen.« Henry erhob sich, kam zu ihr herüber und nahm sie in die Arme. »Danke, dass du dir solche Gedanken machst. Aber die Zeit ist einfach abgelaufen. Du weißt, was ich von diesem neumodischen Quatsch halte. Bis ich da durchgestiegen bin …« Er beendete den Satz nicht, aber Emma verstand auch so, was er sagen wollte.

Sie erwiderte die Umarmung. Atmete den vertrauten Duft aus Rasierwasser, Druckerschwärze und Papier ein, der immer an ihm haftete. Ihr Puls beschleunigte sich. Sie musste kämpfen. Langsam schob sie ihren Onkel zurück, bis sie, die Hände auf seinen Brustkorb gelegt, vor ihm stand. »Du hast mir beigebracht, hartnäckig zu sein. Hartnäckigkeit und ein gespitzter Bleistift sind die stärksten Waffen eines Reporters«, imitierte sie seine Stimme und erntete ein kleines Lächeln. »Also, lass mich hartnäckig sein. Was brauchst du, um die Zeitung am Leben zu halten?«

Henry strich ihr über die Wange. Emma sah seinen Stolz auf sie in seinem Blick. Und Traurigkeit. »Doppelt so viele Abonnenten wie im Moment. Mindestens. Hartnäckigkeit hin oder her, das schaffst auch du nicht.«

»Bis wann?«, fragte Emma, statt auf seine Bemerkung einzugehen.

»Am besten sofort. Aber auf jeden Fall noch in diesem Jahr.«

Emma biss sich auf die Unterlippe. Ihre Idee war spontan, noch nicht durchdacht. Aber auch so schossen ihr bereits Ideen durch den Kopf. In einem so rasanten Tempo, dass sie das Bedürfnis hatte, sich einen Stift und Zettel vom Schreibtisch zu schnappen, um alles festhalten zu können. »Ein Online-Portal ist die perfekte Lösung. Damit sind den Abo-Zahlen nach oben keine Grenzen gesetzt. Und wir hätten noch ein paar zusätzliche Einnahmequellen durch die Links, die wir setzen können. Glaub mir, Onkel Henry, das funktioniert«, beschwor sie ihn.

»Emma, das ist ...«, begann Henry erneut.

»Bis Jahresende«, fuhr Emma dazwischen. »Ich stelle eine Online-Ausgabe der Zeitung auf die Beine. Und wenn ich es schaffe, die Abozahlen bis Silvester zu verdoppeln, dann lässt du dich auf dieses Modell ein und gibst die *Gazette* nicht auf.«

»Emma ...«

»Komm schon, Onkel Henry. Gib mir die drei Monate bis Jahresende!«

Schweigen breitete sich zwischen ihnen aus, schluckte den Raum. Emma vergaß das Atmen. Sie hielt den Blick ihres Onkels. Als ob sie ihn hypnotisieren könnte. Als ob sie ihn so von der Richtigkeit ihrer Idee überzeugen könnte.

Schließlich ließ Henry den Kopf hängen und schüttelte ihn. »Worauf lasse ich mich da nur ein?« Er sah wieder auf. »Bis Jahresende. Keinen Tag länger.«

Langsam atmete sie aus und nickte.

»Wenn du das nicht schaffst, Emma, dann ist das nicht das Ende der Welt. Die Dinge ändern sich nun mal. Vielleicht sind wir hier ein wenig hinter der Zeit zurück. Aber dieses Tempo und unsere Art, die Dinge anzugehen, sind nicht falsch, nur weil ihr es in der Großstadt anders macht.«

Ein erleichtertes Grinsen stieg in Emma auf und legte sich über ihr Gesicht. »Die Mischung macht es.« Davon war sie überzeugt. Dann stieß sie einen Jubelschrei aus und umarmte ihren Onkel. »Du wirst es nicht bereuen«, wisperte sie.

»O doch! Das werde ich«, flüsterte er zurück.

* * *

Jared hatte so tief und lange geschlafen wie seit einer Ewigkeit nicht mehr. Ein deutliches Zeichen, würde sein Arzt sagen. Jared jedenfalls war zufrieden mit sich selbst. Er hatte am vergangenen Tag seine Technik aus dem U-Haul-Anhänger ausgeladen und in dem Raum im Erdgeschoss, den er als sein künftiges Arbeitszimmer auserkoren hatte, aufgebaut. Bei den Vorbesitzern musste das ein Fernseh- oder Spielzimmer gewesen sein. Jedenfalls verfügte es über Jalousien, die er herunterlassen konnte, wenn ihm die Sonne bei der Arbeit zu sehr auf die Nerven ging. Nach getaner Arbeit hatte er seine Rechner nicht etwa angeschaltet und sich in eines seiner Projekte gestürzt. Nein, er hatte stattdessen den Whirlpool angeworfen und bei einem Bier im warmen, entspannenden Wasser dabei zugesehen, wie die Sonne hinter den Bergspitzen der Rockys verschwand.

Die Bergspitzen, die er am Morgen auch von seinem Bett aus sehen konnte, und die gemeinsam mit dem leuchtend blauen Himmel die perfekte Kulisse für den Crystal Lake bildeten. Es wurde Zeit, aufzustehen und seine heutige To-do-Liste abzuhaken. Er hatte sich fest vorgenommen, erst morgen mit der Arbeit anzufangen. Heute würde er den Mietanhänger zurückbringen, Lebensmittel einkaufen und herausfinden, welche Lieferdienste Snowflake Valley zu bieten hatte. Nur für den Notfall natürlich.

Die Woodwards hatten offenbar ebenfalls einen Hund gehabt. Zumindest gab es in der Tür, die von der Küche aus auf die Veranda führte, eine Hundeklappe, die groß genug war, dass sich auch sein Neufundländer hindurchquetschen konnte. Während Jared sich eine Portion pappiges Müsli einverleibte, sah er seinen Hund immer mal wieder zwischen den Bäumen auftauchen. Das hier war ganz eindeutig nicht nur der perfekte Rückzugsort für ihn, das war auch ein Paradies für Biggie. Der in so einen Wald gehörte. An einen See – aber nicht in ein Apartment im Silicon Valley.

Zwei Stunden später hatte er den Anhänger in Wild Creek abgegeben und war nach Snowflake Valley zurückgefahren. Jared stellte seinen Range Rover auf dem Parkstreifen in der Mainstreet ab und ließ Biggie aussteigen, bevor er ihm folgte. Normalerweise blieb sein Hund problemlos bei Fuß. Aber er wusste nicht, wie die Leute hier zum Thema freilaufende Tiere standen, also legte er Biggie lieber die Leine an, was dieser mit einem tiefbeleidigten Blick kommentierte, bevor er sich im Schneckentempo in Bewegung setzte. Seine Art des Protests.

Jared war es recht. Er nutzte ihr langsames Vorwärtskommen, um sich umzusehen. Snowflake Valley war der Inbegriff einer tourismusorientierten Kleinstadt. Alles war blitzblank sauber und einladend. Die Schaufenster ansprechend und fantasievoll dekoriert. Aufsteller und Displays luden zum Kauf von Skiausrüstung für den bevorstehenden Winter ein. Priesen Pudelmützen an. Und im Falle eines Wollgeschäfts namens *One More Row* diese Bernie-Sanders-Handschuhe, die sogar die Leute in Kalifornien trugen. Das Café – *One More Bite* –, das direkt daneben lag, sah einladend aus und hatte eine Speisekarte im Kasten neben der Tür hängen, die ihm nach dem ekligen Frühstücksmüsli das Wasser im Mund zusammenlaufen ließ. Vielleicht würde er sich hier nachher etwas zum Lunch holen. Aber erst einmal Lebensmittel. Am Stadtrand hatte er ein Einkaufszentrum gesehen, zu dem auch ein Supermarkt gehörte. Aber in einem Online-Ratgeber für den Umzug in Kleinstädte hatte er gelesen, dass man nirgends so viel erfuhr wie im Tante-Emma-Laden. Welche Pizzeria war die beste? In welcher Bar trank man abends sein Bier? Natürlich konnte man das alles auch selbst herausfinden, aber auf diese Weise ging das deutlich schneller.

Er fand *Milli's Grocery Store*, den er bei Google ausfindig gemacht hatte, in der Mitte der Mainstreet, eingerahmt von einem Jagdausstatter und einer kleinen Galerie, die die Werke einheimischer Künstler vertrieb.

»Du wartest hier auf mich«, sagte Jared zu Biggie, der demonstrativ den Kopf wegdrehte, und band seine Leine an das Geländer vor dem Laden. Auf der Veranda stand eine Bank, von der aus ihm zwei ältere Damen zunickten, bevor sie ihre Unterhaltung fortsetzten. Daneben waren in altmodischen Regalen Angebotsartikel aufgereiht. Jared griff nach einer Packung Waschmittel und schob dann die Tür auf. Ein fröhliches Bimmeln begrüßte ihn, gefolgt von einem »Hallo, mein Lieber, kommen Sie herein«, einer winzigen Frau hinter dem Tresen, die sowohl sechzig als auch hundert sein konnte. Die winzigen weißen Ringellöckchen und die große Brille erinnerten Jared an Sophia von den *Golden Girls*. Die unzähligen Runzeln, die das Gesicht der Frau bedeckten, machten es unmöglich, ihr Alter zu schätzen, strahlten aber gemeinsam mit ihrem freundlichen Lächeln eine große Güte aus. »Was kann ich für Sie tun?«

»Guten Tag, Ma'am. Ich brauche ein paar Lebensmittel«, sprach Jared das Offensichtliche aus. Die Köpfe von insgesamt vier Kunden, die er von der Tür aus ausmachen konnte, fuhren neugierig zu ihm herum.

»Sicher, mein Lieber. Sehen Sie sich nur um. Sie sind der neue Besitzer des Woodward Cottages, nicht wahr?« Die Verkäuferin blinzelte hinter ihrer großen Brille, als Jared sie verständnislos ansah. »Wir bekommen hier im Laden ziemlich viel mit«, erklärte sie.

»Klar.« Beste Pizza. Die beste Bar für ein Bier am Abend. Und wer in letzter Zeit zugezogen war. Er hätte daran denken müssen, dass er für seine neuen Nachbarn ebenfalls interessant sein könnte. Obwohl davon nichts in dem Ratgeber gestanden hatte.

»Ich bin Millicent Blackstone. Mir gehört der Laden. Wenn Sie etwas brauchen oder einmal eine besondere Bestellung haben, lassen Sie es mich wissen«, fuhr sie unbekümmert fort.

»Danke, Mrs. Blackstone.« Er nickte der alten Dame zu.

»Aber nicht doch, Schätzchen. Nennen Sie mich Miss Milli.« Und dann begann sie, genau wie im Ratgeber beschrieben, zu erzählen, was die Stadt zu bieten hatte. Wo man einen geselligen Abend verbringen konnte (nicht, dass er das vorhatte), wer einen beim Souvenir- und Kunsthandwerk-Shopping über den (Laden-)Tisch zog, und wo man die leckersten Backwaren und den besten Kaffee bekam: In dem Café, das er auf dem Weg in *Milli's Grocery Store* entdeckt hatte. Das *One More Bite – Noch ein Bissen*. Ein witziger Name, wie er fand.

Als Jared die Gänge abgelaufen hatte und seinen gefüllten Korb vor Miss Milli auf dem Tresen abstellte, fühlte er sich gewappnet für seine neue Heimat.

»Einen hübschen Hund haben Sie da«, sagte Miss Milli und warf einen Blick nach draußen, bevor sie begann, die Preise der Lebensmittel mit rasender Geschwindigkeit in ihre Kasse einzutippen und in einer Papiertüte zu verstauen. »Ich liebe meinen Rocky auch von ganzem Herzen.« Mit dem Kinn wies sie auf einen Stuhl hinter sich, wo auf einem Schaffell ein Wesen lag, das nur aus Glubschaugen und Ohren zu bestehen schien. Das Fell war so kurz, dass das Vieh tatsächlich nackig aussah. Rocky ähnelte mehr einer Fledermaus als einem Hund, aber seine Besitzerin blickte ihn voller Hingabe an. Dann drehte sie sich wieder zu Jared um. »Wie heißt Ihr Schätzchen?«

Jared lächelte höflich. »Biggie.«

»Ein schöner Name. Und so passend«, flötete sie.

Jared brachte es nicht über sich zu erwidern, dass Rocky auch ganz fantastisch zu der Fledermaus auf vier Pfoten passte.

»Ich habe hier was für ihn.« Miss Milli griff unter die Ladentheke. »Hunde-Cookies. Ein kleines Willkommensgeschenk für Ihren Freund, weil er allein draußen warten musste.« Sie beugte sich ein Stück über den Tresen, als wolle sie Jared ein Geheimnis verraten, und hüllte ihn dabei in eine Wolke *Florida Water* ein. »Ich backe sie selbst, und Rocky liebt sie.«

»Vielen Dank. Das ist sehr nett.« Jared packte die Kekse zu seinen Einkäufen und reichte Miss Milli seine Kreditkarte. Als er sich mit seiner Einkaufstüte im Arm umdrehte, prallte er, dem teuren Duft nach, gegen eine Frau. »Entschuldigung.«

»Aber nein.« Eine Hand legte sich auf seinen Arm. Rot lackierte Fingernägel strichen über seine Jacke. »Ich muss mich entschuldigen.«

Jared blickte auf – und in das Gesicht einer perfekten Schönheit. Sie schenkte ihm ein strahlendes Lächeln und strich sich die glatten dunklen Haare hinter das Ohr, während ihre andere Hand noch immer auf seinem Arm lag.

»Beatrice Williams«, stellte sie sich vor. »Lassen Sie mich raten …«, die Hand verschwand von seinem Arm, und im nächsten Moment tippte sie ihm mit dem Fingernagel gegen den Brustkorb. »Sie müssen Jared Dawson sein. Es ist mir eine Freude, Sie kennenzulernen.«

Er hatte keine Ahnung, woher die Frau wusste, wer er war. Er hatte Miss Milli doch nicht gesagt, wie er hieß, oder? Jedenfalls wurde es Zeit, zu gehen. Biggie wurde langsam ungeduldig. »Hat mich gefreut«, sagte er höflich und machte einen Schritt zur Seite.

Die Frau, Beatrice, folgte ihm. »Aber nicht doch. Sie wollen doch nicht flüchten?« Sie stieß ein kehliges Lachen aus. »Wie haben Sie sich eingelebt?«

»Ich … ähm …« Was ging das diese Frau an?

Der Zeigefinger glitt zu seinem Arm zurück. »Ich habe gehört, Sie haben Glasfaserkabel.« Sie lehnte sich ein Stück vor, und Jared musste sich beherrschen, um nicht einen großen Schritt zurückzumachen. »Wissen Sie, mir gehört das *Mountain View Resort*. Ich bin eine wirklich hart arbeitende

Frau. Aber das Internet im Hotel ist eine Zumutung. Vielleicht kann ich ja mal vorbeikommen und mich in Ihr WLAN einloggen. Ich könnte eine gute Flasche Wein ...«

»Bee, hör auf, den Mann anzugraben«, hörte Jared eine resolute Frauenstimme neben sich. Er sah einen Wust dunkler Locken, spürte einen Arm, der sich bei ihm unterhakte und ihn mitzog. Im nächsten Moment läutete das Türglöckchen über ihm, und er stand wieder auf der Veranda vor dem Laden. Erleichtert atmete er die klare Luft ein, die den Duft des schweren Parfüms aus seiner Nase vertrieb.

»Danken Sie mir nicht«, sagte die Frau neben ihm und lachte. »Ich kann es einfach nicht ertragen, einen Mann in Beatrices Fänge geraten zu sehen. Altes Highschooltrauma.« Sie streckte ihm die Hand entgegen. »Ich bin Sasha Campbell. Mir gehört das Café, von dem Miss Milli gerade noch geschwärmt hat, bevor Beatrice beschlossen hat, Sie mit Haut und Haaren zu verspeisen.« Sie lachte, als gefiele ihr der Gedanke. »Ich bin eigentlich nur kurz in den Laden gehuscht, weil mir die Milch ausgegangen ist. Na, was ist?« Sie legte den Kopf schräg, was ihre wilden Locken über ihrer Schulter tanzen ließ. Wahrscheinlich wirkte Jared wie ein Vollidiot, weil er immer noch keinen Ton gesagt hatte.

»Beatrice hatte recht. Ich bin Jared Dawson«, stellte er sich vor und schüttelte die dargebotene Hand.

»Der Mann mit dem berühmten Glasfaserkabel.« Sie hob unschuldig die Hand, in der sie den Milchkanister hielt. »Keine Sorge, ich bin nicht hinter ihrem WLAN her«, sagte sie mit einem Zwinkern. »Die Baufirma meines Mannes hat ein paar der Umbauten am Woodward-Haus übernommen. Und in einer so kleinen Stadt wie dieser sprechen sich

die Dinge schneller rum als auf Twitter. Kommen Sie mit.«
Sie wandte sich um, ließ Biggie an ihrer Hand schnuppern
und streichelte ihn, als er einmal quer über ihre Finger ge-
leckt hatte. »Du bist ein Hübscher«, erklärte der Wirbel-
wind seinem Hund, was Biggie mit einem Schwanzklopfen
und einem wissenden Blick in Jareds Richtung quittierte.
»Sie und Ihr Hund sollten mich begleiten. Sie haben vorher sowieso schon mit feuchten Augen die Speisekarte an
der Tür inspiziert. Ich lade Sie auf Ihren ersten Kaffee in Ihrem neuen Zuhause ein.« Sie streichelte Biggie noch einmal.
»Und wohlerzogene Hunde sind im *One More Bite* immer
willkommen.«

Auf ihre Art war Sasha Campbell nicht viel subtiler als
Beatrice Williams, stellte Jared fest. Sie wusste, was sie wollte. Also marschierte sie einfach quer über die Straße, sicher,
dass Biggie und er ihr folgen würden. »Sollen wir?«, fragte er
seinen Hund.

Biggie klopfte einmal mit dem Schwanz auf den Boden,
was Jared als Ja deutete. Sie betraten hinter Sasha das Café, in
dem es verführerisch nach frisch gebackenem Brot und Kuchen duftete. Ein Wanddurchbruch führte in das daneben
liegende Wollgeschäft. Was vermutlich auch der Grund dafür war, dass drei Frauen mittleren Alters in einer Sitznische
zusammensaßen und strickten.

Jared ließ sich am Tresen nieder, hinter dem Sasha zu wer-
keln begann. Biggie ließ sich mit einem unsanften Rums zu
seinen Füßen fallen.

»Wie trinken Sie Ihren Kaffee?«, wollte Sasha wissen.

»Schwarz, danke.« Er nahm die bunt gestreifte Tasse entgegen, auf der der Spruch prangte: *Kaffee! Weil es für Scotch
noch zu früh ist.*

»Also, Jared? Haben Sie sich schon bei uns eingelebt?«, begann Sasha ihr Verhör. Doch bevor er antworten konnte, blickte sie über seine Schulter nach draußen, hob die Hand, um ihn daran zu hindern, etwas zu sagen, und griff nach einem To-go-Becher. »Geben Sie mir eine Minute. Ich bin gleich wieder da.« Sie füllte Kaffee in den Becher, drückte den Deckel drauf und hastete an ihm vorbei.

Jared drehte sich auf seinem Platz um und sah ihr nach, wie sie aus dem Laden und über die Straße rannte. Auf der anderen Seite stand eine Blondine neben einem Mustang-Cabrio. Sasha umarmte sie fest und drückte ihr den Kaffee in die Hand, bevor sie sie noch einmal umarmte. Dann winkte sie lachend und kehrte in den Laden zurück. Einen Moment brauchte Jared, um zu begreifen, dass die Blonde die Verrückte war, die ihm gestern bei Frosttemperaturen mit offenem Verdeck entgegengekommen war. Sein Blick blieb an Sashas Locken hängen. Sie war die Beifahrerin gewesen, fiel ihm wieder ein.

Ebenfalls eine Verrückte. Noch dazu eine, die gnadenlos versuchte, ihn auszuquetschen. Aber sie mochte Biggie, hatte ihn aus den Klauen dieser Beatrice befreit und buk ein unglaubliches Ciabatta-Brot, das er wenig später in eine köstliche Kürbissuppe stippte. Falls sie nicht immer so viel redete, könnte das *One More Bite* glatt sein Stammlokal werden.

3

Happiness is catching snowflakes on your tongue.

Emmas letzter Roadtrip lag über zehn Jahre zurück. Damals war es darum gegangen, Spaß zu haben und nach dem Highschoolabschluss gemeinsam mit Sasha die Welt außerhalb ihres Tals zu erobern. Diesmal war Emma auf einer anderen Mission: die *Snowflake Valley Gazette* zu retten. Sie konnte sich allerdings nicht daran erinnern, dass die Reise mit ihrer besten Freundin auch nur halb so anstrengend gewesen war wie die knapp tausendsechshundert Meilen, die sie dieses Mal in zwei Tagen westwärts zurücklegte. Sie war völlig erschöpft, als sie ihren Jeep vor dem Haus ihrer Eltern ausrollen ließ.

Selbst der fünfstündige Flug, der sie normalerweise von Chicago nach Missoula brachte, war lang. Aber in dieser Zeit konnte sie wenigstens arbeiten. Okay, dachte sie, niemand hielt Emma Porter vom Arbeiten ab, und schob das Diktiergerät, das sie für jede Idee, die ihr unterwegs durch den Kopf schoss, immer auf dem Beifahrersitz liegen hatte, in ihre Handtasche, bevor sie aus ihrem Wagen stieg.

Im selben Moment schwang die Haustür auf, und Emmas Mutter trat in das Viereck aus warmem gelbem Licht, das sie wie magisch anzog, weil es Zuhause bedeutete. Die Fenster im Erdgeschoss strahlten die gleiche weiche Gemütlichkeit aus und boten damit einen starken Kontrast zum Schnee, der in der Dämmerung bläulich und kalt schimmerte. »Emma!« Ihre Mutter kam bis zu den Verandastufen auf sie zu, aber nicht weiter, um mit ihren Hausschuhen nicht im Schnee zu versinken. »Da bist du ja endlich.«

Emma schnappte sich ihre kleine Reisetasche und stakste vorsichtig über den rutschigen Weg zum Haus. Ihr Dad würde es sich nicht nehmen lassen, ihren Koffer höchstpersönlich auszuladen. Also ließ sie sich erst einmal in die Umarmung ihrer Mom ziehen, die so warm war wie das anheimelnde Licht hinter ihr. »Hallo Mom. Schön, wieder da zu sein.«

»Und vor allem, dass du etwas länger bleibst.« Debbie strich ihr eine Haarsträhne hinter das Ohr und zog sie noch einmal an sich. »So lange am Stück hatten wir dich seit deinen College-Ferien nicht mehr hier.«

Genau genommen war Emma nicht einmal damals so lange in Snowflake Valley geblieben, wie sie es jetzt vorhatte. Als sie mit der Planung für die Online-Ausgabe der *Gazette* begonnen hatte, war ihr schnell klar geworden, dass sie vieles vorbereiten konnte. Einen Großteil der Arbeit musste sie aber vor Ort erledigen – gemeinsam mit ihrem Onkel. Also hatte sie wie eine Besessene gearbeitet, alle ihre anstehenden Termine erledigt und ihre Schuhschachtel von Wohnung für zwei Monate an eine junge Redakteurin der *Belle* untervermietet. Dann war sie in ihren Jeep gestiegen, um die Strecke nach Montana auf der Interstate zurückzulegen statt zu fliegen, weil sie ihren Wagen hier brauchen würde, wenn sie länger blieb. »Rieche ich heiße Schokolade?«, fragte sie hoffnungsvoll, als sie neben der klaren Winterluft auch das süße Aroma des Kakaos einatmete.

»Natürlich. Wir sind mitten in den Vorbereitungen für den *Ice Day*. Jetzt komm endlich rein. Begrüß deinen Dad und Henry. Dann machst du dich frisch, und wenn du dich zu uns an den Tisch setzt, wird eine Tasse heiße Schokolade mit einem kleinen Berg Marshmallows vor dir stehen.«

»Das klingt fantastisch, Mom.« Emma umarmte ihre Mutter noch einmal. »Danke, dass ich hier wohnen darf.«

»Ich bitte dich.« Debbie hakte sich bei ihr unter und zog sie in Richtung der Haustür. »Wo sonst solltest du wohnen?« Damit war das Thema für Emmas Mutter erledigt.

In der Diele ließ Emma ihre Taschen fallen, zog die Stiefel aus und hängte ihren Mantel auf. Dann machte sie sich in dem kleinen Bad unter der Treppe frisch, bevor sie das bunte Chaos betrat, in das der bevorstehende *Ice Day* die Küche verwandelt hatte.

»Schätzchen!« Emmas Vater blickte von seiner Konstruktion auf. Die Brille war ihm auf der Nase ein Stück nach unten gerutscht, seine Haare standen in alle Richtungen ab, und um seinen Hals hing eine LED-Lichterkette. Er zog sie in eine feste Umarmung. »Gut, dass du da bist. Du kannst mir helfen. Ich probiere dieses Jahr etwas Neues aus.«

Emma lachte. »Sieht eher so aus, als könne Henry Hilfe brauchen. Hallo, Onkel Henry.« Sie umarmte auch ihn und betrachtete die misslungenen Formen, die vermutlich Zeitungsseiten darstellen sollten.

»Mit meinen Glitzersternen werden sie nicht mithalten können.« Debbie stellte die versprochene Schokolade vor ihr ab, und erst jetzt, im Licht, bemerkte Emma die Spuren von

Glitter, die überall an ihrer Mutter klebten. Sie blickte an sich herunter – und jetzt auch an ihr.

Sie musste grinsen. Der *Ice Day* war der Auftakt der Weihnachtssaison, gerade mal eine Woche nach Halloween und weit vor Thanksgiving. Aber in diesem Bergtal tickten die Leute einfach ein wenig anders. Die Bewohner Snowflake Valleys konnten die Weihnachtszeit gar nicht erwarten und fingen einfach schon ein bisschen früher an als anderswo. Vielleicht lag es daran, dass die Tage bereits im September kurz und eisig kalt wurden und Anfang Oktober oft schon ein Meter Schnee lag. Aber die Lichter und das Funkeln der Eis-Ornamente, die ab jetzt in den Vorgärten und auf den Veranden platziert werden würden, brachten die Stadt zum Glitzern und schufen eine einmalige Atmosphäre, bei der einem trotz der Minusgrade ganz warm ums Herz wurde.

Emma angelte ein paar der Minimarshmallows aus ihrer Tasse und ließ sie sich auf der Zunge zergehen, bevor sie vorsichtig an dem heißen Kakao nippte.

»Deine Mutter denkt, sie hat die Nase vorn und gewinnt den Pokal«, sagte Emmas Vater, als seine Frau mit ihren Sternen auf der hinteren Veranda verschwand, um sie in der Kälte durchfrieren zu lassen. »Aber diesmal werde ich sie schlagen.« Vorsichtig legte er eine weitere Lichterkette in eine Form zwischen zwei bereits gefrorene Herzen und füllte noch einmal Wasser nach, um das Ganze über Nacht zusammenfrieren zu lassen. Wenn das funktionierte, hatte Ed wirklich gute Chancen, sich die diesjährige Eistrophäe zu schnappen, die von einer Jury, bestehend aus dem Bürgermeister, dem Chef des Tourismusbüros und der Besitzerin der Kunstgalerie, verliehen wurde. So sehr sich ihre Eltern an den anderen dreihundertvierundsechzig Tagen des Jahres liebten, am *Ice Day* wurden sie zu erbitterten Konkurrenten. Während Emmas Dad seine Kunstwerke in die Pinie vor seiner Arztpraxis hängte, verschönerte ihre Mom den kahlen Ahornbaum vor dem Haus.

Nur Henry lief – ebenfalls wie jedes Jahr – außer Konkurrenz. Während Emmas Eltern wie die meisten Leute in der Stadt einfach Backformen benutzten, die sie mit Wasser, Lebensmittelfarben und im Falle ihres Dads auch mit Lichterketten füllten, versuchte Henry sich immer an eigenen Kreationen selbst gebauter Formen. Was noch nie gut gegangen war.

Emma trank noch einen Schluck Kakao und stellte ihre Tasse dann neben einen der Glitzertöpfe, die ihre Mutter auf dem Küchentisch verteilt hatte. »Onkel Henry?«

»Hmm?« Er blickte nicht auf, sondern zog weiter an seiner Form herum, die immer weniger an eine Zeitung erinnerte.

»Kommst du mal mit nach draußen? Ich habe was für dich«, bat sie ihn.

»Jetzt?« Er strich mit der Hand über seinen blau-weiß gestreiften Hosenträger und sah Emma irritiert an.

»Du wirst begeistert sein. Pfadfinderehrenwort.«

Wenn ihrem Onkel gerade der Hinweis durch den Kopf ging, dass sie nie bei den Pfadfindern gewesen war, sprach er ihn zumindest nicht aus. »Also gut.«

Sie schlüpften in ihre Mäntel und Stiefel und traten nach draußen. »Eigentlich habe ich es für Sasha mitgebracht. Aber im Moment kannst du es dringender brauchen. Du kannst es ihr ja nach dem *Ice Day* geben, weil sie sicher gern damit spielen wird«, erzählte Emma, als sie über den knirschenden Schnee zu ihrem Wagen gingen.

»Und was ist dieses geheimnisvolle Spielzeug?« Henry sah sie von der Seite an, als sie mit der Fernbedienung den Kofferraum öffnete.

»Das hier!« Sie holte die Schneezange heraus, die in einem riesigen Paket an die Redaktion der *Belle* geschickt worden war, und, nachdem sie ausprobiert und ein Artikel für die Weihnachtsausgabe der Zeitschrift geschrieben worden war, in der »Bedien-dich-Kammer« gelandet war. Emma hatte das Ding ganz witzig gefunden und für Sasha mitgenommen. Aber vielleicht brauchte ihr Onkel es wirklich nötiger.

Henry drehte die rote Plastikzange zwischen den Händen und sah Emma verständnislos an.

»Pass auf.« Sie nahm ihm das Gerät ab, füllte die herzförmigen Schaufeln mit Schnee und presste sie um die Spitze eines Ahornastes zusammen. Als sie die Zange wieder öffnete, baumelte ein perfekt geformtes Herz aus Schnee von dem Zweig. »Na, wie findest du das?«

»Das ist ziemlich cool«, gab Henry zu. »Aber es ist kein Eis.«

»Pff«, machte Emma und stieß ihn mit ihrer Schulter an. »Beim Thema Eis wirst du versagen. Lass dir das von deiner investigativjournalistischen Nichte sagen, die noch dazu die Tochter zweier Siegerkandidaten ist. Aber vielleicht setzt du ja neue Trends. Vor allem, wenn du auch das noch hast.« Sie holte eine weitere Plastikform aus ihrem Kofferraum. »Kniehohe Pinguine.« Sie legte den Kopf schief und hielt ihrem Onkel die Form entgegen. »Stell dir das mal vor! Eine kleine Armee aus Pinguinen vor dem Zeitungsbüro. Das würde supersüß aussehen und dir mit Sicherheit Pluspunkte bringen. Auch wenn du gegen meinen Dad nicht ankommen wirst.«

Henry seufzte. »Gib schon her«, brummte er. »Danke«, schob er hinterher und lehnte sich neben Emma an den Jeep.

»Gern geschehen.« Emma sah ihn von der Seite an. »Sollen wir jetzt reden, Onkel Henry? Ich habe ein wirklich gutes Konzept erstellt, und …«

»Lass uns das nach dem *Ice Day* angehen, okay? Im Moment haben wir noch genug anderes zu tun.« Er hielt die Form hoch. »Ich muss Pinguine pressen.«

Sie lachten beide und blickten für einen Moment ihren Atemwolken nach, die in der Nacht zerfaserten.

»Ich könnte morgen allerdings deine Hilfe gebrauchen. Kannst du dir deine Kamera schnappen und den Tag dokumentieren? Flora hätte das normalerweise für mich gemacht. Aber sie muss für eine echt fiese Matheklausur lernen.«

»Na klar. Das mache ich total gern.« Nicht nur, weil es Spaß machen würde, die Kunstwerke der Stadtbewohner zu bewundern und überall mit den Nachbarn einen Plausch zu halten. Um ihre Chancen auf den Pokal noch ein wenig zu erhöhen, versuchten die Leute zusätzlich zu ihren zauberhaften Kreationen alle anderen mit Plätzchen oder Punsch zu bestechen. Die einzige Situation, in der sich Emma schmieren ließ, ohne dass ihr Journalistinnenherz ein schlechtes Gewissen bekam. Besser konnte ihre Rückkehr nach Hause doch gar nicht laufen.

* * *

Jareds Antistressball knallte gegen die Wand vor ihm. Direkt neben dem rechten Bildschirm. »Fuck! Ich finde diesen verdammten Bug nicht!«, fluchte er.

Das Gesicht seines alten Studienkumpels und Freundes

Maxwell MacGregor grinste ihm von einem seiner Monitore entgegen. Sie hatten zusammen am MIT studiert, und während Dale und Jared beim Programmieren vor lauter Adrenalin immer kurz vor der Explosion gestanden hatten, war Mac, der seinen Spitznamen seinem Erfindungsreichtum verdankte, der dem von MacGyver in nichts nachstand, stets die Ruhe selbst geblieben. »Du brauchst einfach eine Pause vom Coden. Das ist alles. Ich sehe mir die Zeile, an der du hängst, mal an. Vielleicht komme ich weiter.«

»Danke. Das bedeutet mir echt was.« Jared rieb sich über den Nacken. Er war in den vergangenen Tagen wieder in alte Verhaltensmuster zurückgefallen und hatte zweimal eine Nacht durchgemacht, weil er den Fehler in seinem Software-Programm nicht hatte finden können. Mac hatte recht. Er musste eine Pause machen.

Mac starrte ihn mit gerunzelter Stirn an. »Ist alles okay bei dir? Du wirkst gestresst. Und damit meine ich nicht den Bug.«

»Marshall Miller hat wieder angerufen«, platzte Jared mit der Information heraus, die ihn umtrieb, seit der Unternehmer ihn am Morgen wieder bedrängt hatte. Zum dritten Mal in diesem Monat.

»Wow.« Mac lehnte sich in seinem Stuhl zurück. »Du bleibst dabei?«, stellte er die überflüssige Frage. Sie hatten das oft genug durchdiskutiert.

Jared würde auf das Angebot des Industriellen, exklusiv für ihn zu arbeiten, nicht eingehen. Ganz egal, wie viele Nullen Marshall an sein Angebot dranhängte. »Ich bleibe dabei. Auf keinen Fall werde ich in diese Tretmühle zurückkehren. Ich bin froh, dass ich ganz allein entscheide, wie viel ich arbeite und welchen Job ich überhaupt annehme.«

»Hmm. Das merkt man«, konnte sich Mac einen ironischen Kommentar nicht verkneifen. »Du wirkst auch viel erholter und entspannter auf mich als noch vor ein paar Wochen.«

Ja, okay, Jared ruhte noch nicht ganz in sich selbst. Aber er arbeitete daran. Wie bei einem Junkie erlitt er hin und wieder einen Rückfall. Aber bis jetzt hatte er sich jedes Mal wieder gefangen und Schritt für Schritt wurde es besser. »Melde dich einfach, wenn du was gefunden hast und wir den Bug in den Griff kriegen«, brummte er.

»Mach ich.« Mac gab ihm grinsend das Daumen-hoch-Zeichen. Dann wurde der Bildschirm schwarz, als sein Kumpel sich aus dem Chat ausloggte.

Jared griff nach einem weiteren Antistressball, den er auf dem Schreibtisch liegen hatte, und lehnte sich in seinem Sessel zurück. Unentschlossen warf er ihn ein paarmal hoch und fing ihn wieder auf, bis ihn das Knurren seines Magens daran erinnerte, dass er heute noch nichts gegessen hatte. So viel zum Thema: Ich krempele mein Leben um.

Er beugte sich wieder vor, sicherte die Dateien und verließ sein Arbeitszimmer. Draußen blendete ihn die Sonne, die er wegen seiner heruntergezogenen Jalousien gar nicht bemerkt hatte. Biggie rappelte sich von seinem Platz vor dem Kamin auf und kam zu ihm herübergetrabt.

»Was hältst du von einem kleinen Spaziergang in die Stadt?«, fragte er den Hund und kraulte ihn zwischen den Ohren. Biggie und er hatten es sich angewöhnt, um die Mittagszeit nach Snowflake Valley zu laufen, im *One More Bite* eine Suppe oder ein Sandwich zu essen (und ab und zu ein Stück Kuchen als Nachtisch), sich von Sasha auf den aktuellen Stand des Stadttratsches bringen zu lassen und dann wieder zurückzulaufen. Die Wege am See entlang waren bis zu seinem Haus hinaus geräumt, obwohl er wahrscheinlich der Einzige war, der sie benutzte.

Jared warf einen Blick auf die Wetter-App auf seinem Handy. Minus acht Grad. Trotz der Sonne. Das war verdammt kalt. Aber vielleicht würde das seinen Kopf ein wenig klären, und er konnte endlich den Fehler im Deployment beheben, wenn er wieder zurück war. Warm eingepackt folgte er Biggie zehn Minuten später über den knirschenden Schnee in Richtung Snowflake Valley. Sein Hund kannte den Weg bereits in- und auswendig. Meist lief er ein paar Schritte vor Jared. Sie hatten zwar inzwischen herausgefunden, dass es niemanden störte, wenn er frei durch die Straßen lief, weil er so gut erzogen war, vorsichtshalber hielt er sich auf dem Weg aber trotzdem immer weit genug von Jared entfernt, um nicht plötzlich doch noch an die Leine gelegt zu werden.

Sie ließen sich Zeit auf dem Weg in die Stadt. Liefen unter den Pinien entlang. Biggie jagte die Schneebälle, die Jared für ihn formte und in den Wald warf. Sein Hund brachte – im wahrsten Sinne des Wortes – das Unterholz zum Erbeben, während Jared den Anblick des Sees genoss. Das Eis schimmerte in einem hellen Türkis und war klar wie Glas, sodass man die Steine am Grund des Sees erkennen konnte. Weiter vorn, neben dem *Old Boat*, laut Miss Milli und Sasha der beste Pub im Ort, würde bald ein kleines Eislaufstadion entstehen. Dort würde die Hobbyliga im Tal das Eis dann mit ihren Kufen und Eishockeyschlägern zerkratzen. Und bei den Partys, die den Winter über an den Freitagabenden in diesem Stadion stattfinden würden, würden die Schlittschuhe dem Eis noch mehr Macken verpassen. Aber noch war das Eis makellos, glatt wie ein Spiegel und

atemberaubend schön. Er machte ein paar Fotos und schickte sie seinen Eltern, die es zurzeit mal wieder nach Hongkong verschlagen hatte.

Wenig später tauchten vor Jared die ersten Häuser auf, die
sich gemütlich unter ihre Schneehauben zu ducken schienen. Kamine qualmten und untermalten dieses pittoreske
Bild. Sasha hatte ihm von der Entstehung der Stadt erzählt.
Sie war 1852 gegründet worden, nachdem der früh einbrechende Winter einen Track Siedler daran gehindert hatte,
den Bergpass ins nächste Tal zu überqueren. Sie hatten vor
lauter Schneeflocken nichts mehr sehen können (was für den
Namen des Ortes gesorgt hatte) und konnten wegen der hohen Schneeverwehungen und furchtbaren Minusgrade nicht
weiter. Also hatten sie am Ufer des Sees ihr Lager aufgeschlagen und versucht, irgendwie über den Winter zu kommen.
Als der Frühling schließlich den Schnee von den Berghängen
schmolz, merkten sie nicht nur, wie schön der Flecken Erde
war, an dem sie gestrandet waren, mit diesen Gewässern voller Fisch und Wäldern voller Wild. Sie befanden sich zudem
an einem neuralgischen Punkt für die Siedlungstracks nach
Westen. Statt weiterzuziehen, blieben sie, wo sie waren und
nutzten die Chance, die sich ihnen bot. Sie verkauften Provi-
ant an durchziehende Farmer und Goldsucher. Boten denen
Unterschlupf, die sich wie sie selbst verkalkuliert hatten und
zu spät im Jahr aufgebrochen waren, um es über den Pass zu
schaffen. Und entwickelten auf diese Weise ihr Dorf über die
Jahre zu einem florierenden Marktflecken.

Wenn Jared um die Mittagszeit durch die Straßen lief,
war es meist ruhig in der Stadt. Nicht so heute. Überall standen Leute in Grüppchen, liefen herum und zeigten auf dieses oder jenes Haus. Jared erinnerte sich daran, dass Sasha

etwas von einem *Ice Day* erzählt hatte. Er hatte sich darunter nichts vorstellen können, aber jetzt begriff er, dass in nahezu jedem Vorgarten die kahlen Bäume und Sträucher mit Eis-Ornamenten geschmückt waren. Fast wie Weihnachtsschmuck, nur aus gefrorenem Wasser. Die Bewohner von Snowflake Valley waren kreativ gewesen. Manche hatten mit Farben gearbeitet, andere mit Formen, die einem bestimmten Motto folgten. An einem kahlen Ahornbaum baumelten Sterne, in denen sich glitzernd das Sonnenlicht brach. Langsam lief Jared durch die Gassen und sah sich die unterschiedlichen Kunstwerke an, Biggie noch immer zwei Schritte voraus. Bis sie die Mainstreet erreichten, hatte sich sein Hund mindestens dreimal genervt nach ihm umgesehen, ob er ihm auch noch folgte.

Als es bis zum *One More Bite* nur noch ein paar Meter waren, gab Biggie plötzlich ein tiefes, glückliches Bellen von sich und stürmte los.

»Biggie! Bleib!«, rief Jared.

Doch sein Hund hatte Miss Milli gesehen. Die Meisterin der Hundekekse, die ihn verwöhnte, wann immer sie in ihrem Tante-Emma-Laden vorbeischauten. Was Biggie nicht sah, war die Frau, die zwischen zwei Schneehaufen am Straßenrand hockte und ihre Kamera auf die Kunstwerke vor Sashas Café richtete. Als sie sein schwarzes Monster bemerkte, versuchte sie noch auszuweichen. Doch es war zu spät. Biggie war in seinem Leckerli-Tunnelblick gefangen und nahm nichts um sich wahr, außer Miss Milli. Er rannte die Frau zwischen ihm und dem Hundekeks einfach um, und sie landete mit einem erschrockenen Schrei in einer Schneewehe. Die Kamera noch in der Hand, den Arm nach oben ausgestreckt, um sie vor dem Schnee zu schützen.

Jared rannte los, um der Frau zu helfen. »Ich hab sie«, sagte er und griff nach der Kamera.

Doch sie ließ nicht los. »Finger weg von meiner Kamera«, fauchte sie und rappelte sich auf. »War das Ihr Hund?«, wollte sie wissen, als sie sich auf die Knie aufgerichtet hatte. Dunkelrote Skihosen, pinkfarbene Daunenjacke und zerzauste blonde Haare über einem von der Kälte geröteten Gesicht. Über ihre Wange zog sich ein feiner Streifen aus Glitzerpartikeln, die ihn an die Eissterne an dem Ahornbaum erinnerten. Die graublauen Augen der Frau funkelten ihn wütend an. Sie kam Jared vage bekannt vor.

»Ähm ja ... tut mir leid.« Er hob die schreiend bunte Mütze auf, die sie verloren hatte und die in diesem Winter jeder zu tragen schien, und reichte sie ihr. »Biggie wollte nur ...«

»Spielen ... ja, ich weiß«, herrschte sie ihn, noch immer wütend, an. »Aber ich wollte nicht mitspielen.«

»Das tut mir wirklich leid«, wiederholte er. »Ich entschuldige mich für Biggie. Er ist einfach nur hinter Miss Millis Hundekeksen her.« Von denen er seine Ration offenbar bekommen hatte, denn er kehrte zu Jared zurück, setzte sich brav, als könne er kein Wässerchen trüben, neben ihn und blickte die glitzernde Frau neugierig an, die noch immer in der Schneewehe hockte.

Im nächsten Moment wurde die Tür des Cafés aufgerissen, und Sasha kam herausgerannt, die Jacke nur übergeworfen und aus vollem Halse lachend. »Biggie, du wildes Monster«, rief sie dem Hund zu und zog die Frau mit einem beherzten Ruck auf die Beine und aus dem Schnee. »Wie hast du Emma nur trotz dieser schreienden Farben einfach übersehen können?« Sie lachte noch immer, als sie sich zu Jared und seinem Hund umdrehte.

Die Blonde erdolchte Hund und Herrchen noch immer mit Blicken. Und jetzt fiel es Jared wieder ein: Das war Sashas Freundin. Die Verrückte mit dem Cabrio. Ganz automatisch scannte er den gegenüberliegenden Straßenrand. Doch dort, wo letztes Mal der Mustang gestanden hatte, war eine ganze Pinguin-Kolonie aus Schnee aufgebaut worden. »Du kennst den Hund?«, fragte die Blonde Sasha, sah dabei aber Jared an.

»Aber sicher. Das ist Biggie. Und eigentlich ist er ein echtes Schätzchen. Jared, das ist meine beste Freundin Emma. Emma, das ist Jared, der neue Besitzer des Woodward Cottages.«

»Wunderbar«, brummte die Frau – Emma. Sie zupfte ihre Mütze aus Jareds Hand. »Dann weiß ich, an wen ich mich wenden kann, wenn ich das nächste Mal ein Bad im Schnee nehmen möchte.« Sie marschierte auf das Café zu und blickte über ihre Schulter zurück. »Bekomme ich für die fantastischen Bilder und das *Opfer*«, sie betonte das letzte Wort, »das ich erbracht habe, wenigstens eine Tasse heißen Kaffee?«

»Das ist deine beste Freundin?« *Wow*, dachte Jared. Sasha war ja schon ein Energiebündel, aber diese Frau hatte etwas von einem kleinen Orkan. Der Moment, an dem das Cabrio am Labour Day an ihm vorbeigerauscht war, kam ihm wieder in den Sinn. Das breite Lachen in Emmas Gesicht, das er nur für den Bruchteil einer Sekunde gesehen hatte. Diese Frau verursachte ihm ein leichtes Ziehen in der Magengegend, von dem er nicht wusste, ob es von der guten oder der schlechten Sorte war. Aber vielleicht war das auch einfach nur der Hunger.

Auf Sashas einladendes Kopfnicken hin folgten Biggie und er ihr die Stufen zum *One More Bite* hinauf.

4

Time for some eggnog, I would say.

Am nächsten Morgen balancierte Emma einen Kaffee für ihren Onkel und einen Pumpkin Spiced Latte für sich aus dem *One More Bite* über die Straße. Auf jedem Becherdeckel lag ein Donut. Ohne Schnickschnack für ihren Onkel und für sich selbst, passend zu ihrem Latte, einer mit einer dicken, orangenen Kürbisglasur. Über die Schulter hatte sie sich die Umhängetasche mit ihrem Laptop gehängt, auf dem sie bereits die Fotos vom *Ice Day* ausgesiebt und bearbeitet hatte. Nachdem dieser flegelhafte Neufundländer sie am Vortag umgerannt hatte, war der Rest ihrer Runde weniger spektakulär verlaufen, und sie hatte die Aufnahmen machen können, um die Henry sie gebeten hatte.

Emma klopfte sich vor der Redaktion den Schnee von den Stiefeln und musste grinsen, als sie bemerkte, dass irgendein Scherzkeks einem der Pinguine vor dem Haus eine Snow-flake-Bears-Kappe, der Eishockeymannschaft der Stadt, aufgesetzt hatte und ein anderer eine gepunktete Fliege um den Hals trug.

»Guten Morgen«, rief sie, als sie die Tür aufschob und ihre Frühstücksfracht in die Redaktion balancierte. Henry und sie hatten sich extra früh verabredet, weil um diese Uhrzeit noch keiner seiner Mitarbeiter hier war. »Die Pinguine haben sich ganz schön rausgeputzt«, sagte sie, als ihr Onkel aus der kleinen Küche kam.

»Einen haben sie schon geklaut«, brummte er, bevor er Emma auf die Wange küsste und ihr die Kaffeebecher abnahm.

Emma zwinkerte ihm zu. »Wie gut, dass du jederzeit nachproduzieren kannst.« Sie schüttelte ihren Mantel ab und hängte ihn an den Haken unter dem Zeitungsbüro-Schild. Dann holte sie ihren Laptop aus der Tasche, stellte ihn auf den großen Redaktionsschreibtisch und legte den USB-Stick mit den Fotos, die sie am Vortag gemacht hatte, daneben. »Lass uns loslegen, Onkel Henry. Ich habe jede Menge Ideen.«

Während sie den Laptop hochfuhr, biss sie von ihrem Donut ab und verdrehte genüsslich die Augen. »Sasha müsste eigentlich eine eigene Rubrik in der Zeitung bekommen. Das schmeckt himmlisch.« Sie spülte mit einem Schluck Latte nach, schickte die Fotos weg, die für Sasha und Vivian bestimmt waren, und drehte den Laptop dann so, dass ihr Onkel das Display besser sehen konnte. Dann öffnete sie die Präsentation, die sie vorbereitet hatte. »Beginnen wir mit dem Logo«, schlug sie vor.

»Mit dem Logo ist alles in Ordnung«, hielt Henry dagegen, und zog die Augenbrauen zusammen. »Das sah schon immer so aus, und ich wüsste nicht, warum wir das jetzt ändern sollten.«

»Keine Sorge.« Emma legte ihre Hand beruhigend auf seine. Offenbar musste sie noch viel behutsamer vorgehen, als sie gedacht hatte. »Das Logo auf der Printausgabe der Zeitung bleibt gleich. Der Schriftzug der *Gazette* und links und rechts davon ein Schneekristall. Für die Onlinevariante peppen wir das Ganze nur ein bisschen auf. Mit einem Farbverlauf von Weiß zu einem hellen Blau, sodass es aussieht, als wären die Buchstaben und die Kristalle aus Eis. Ein ziemlich cooler Effekt«, befand Emma, und Henry gab ein Brummen von sich, das nicht mehr ganz so abgeneigt klang. »Was den Originalteil der *Gazette* angeht«, sie legte ihre Hand auf eine der Ausgaben, die auf dem Tisch lag, »der bleibt gleich. Wir übernehmen ihn einfach in den Onlineteil. Aber darüber hinaus schaffen wir ein Magazin, das auch diejenigen anspricht, die sich für die Region interessieren. Vielleicht, weil sie mal bei uns Urlaub machen wollen. Und vor allem die, die als Feriengäste hier waren. Die Leute wollen die Verbindung zu diesen schönen Erinnerungen halten, weiterträumen. Und dann hoffentlich im nächsten Jahr zurückkommen. Wenn sie das tun, indem sie die *Online-Gazette* abonnieren, soll uns beiden das recht sein.« Emma rief die nächste Grafik auf. »Außerdem ziehen wir die Leute an, die sich gerade hier aufhalten, Touristen genauso wie Einheimische. Mit Veranstaltungsangeboten und einem Gutscheinsystem über die Online-Zeitung. Das ist eine Einnahmequelle von unschätzbarem Wert.« Emma lehnte sich zurück und trank einen Schluck Kaffee.

Henry sah noch immer skeptisch aus, hatte aber zumindest aufgehört zu grummeln. »Ich habe keine Ahnung, wie du das anstellen willst«, sagte er.

»Mit ganz neuen Rubriken. Wir stellen die Gegend vor. Restaurants und Geschäfte wie das *One More Bite* oder das *One More Row*. Künstler, die hier leben. Ein bunter Mix aus Lokalkolorit, verpackt in eine Präsentation in modernem, ansprechendem Design. Die Online-Ausgabe erscheint einmal im Monat. Die wöchentliche Printausgabe stellen wir aber immer ein, sodass die Leser im Lokalteil ständig auf dem Laufenden bleiben.« Emma spürte, wie ihre Wangen vor Begeisterung zu glühen begannen.

Henry kratzte sich nachdenklich am Kopf. »Das sind ganz schön viele Ideen«, stellte er fest.

»Und ich habe noch mehr.«

»Was mich kein bisschen wundert«, murmelte Henry und scrollte durch den Onlineauftritt, den die Zeitung bekommen würde, sobald Emma ihn dazu gebracht hatte, das Layout abzusegnen.

»Wenn wir zum Beispiel Promis dazu bringen, Snowflake Valley in ihren Posts zu erwähnen, ist das eine weitere fantastische Einnahmequelle, weil wir dann ganz zielgerichtet Werbeanzeigen schalten können.«

»Emma!« Henry hob die Hand, um sie zu bremsen. »Das klingt alles ganz wundervoll. Aber ich glaube nicht, dass sich das umsetzen lässt. Promis, die über uns posten? Wo sollen wir denn …?«

»Keine Sorge, Onkel Henry.« Emma zwinkerte ihm zu. »Ich habe die notwendigen Kontakte. Und ich habe mir den Rest des Jahres freigeschaufelt, beziehungsweise kann meine Jobs von hier aus erledigen. Du kannst mich also als Teil der Redaktion betrachten. Lass mich noch ein bisschen am Design und an den Themen der Online-Seite arbeiten. Dann können wir schon am Freitag mit der neuen Ausgabe des Lokalteils der *Gazette* online gehen.«

Henry hakte die Daumen hinter seine Hosenträger, die heute grün mit weißen Punkten waren, und musterte sie einen Augenblick. Dann wanderte sein rechter Mundwinkel zu einem halben Lächeln nach oben. »Du bist viel zu schnell für einen alten Zeitungsbären wie mich.« Dann wurde sein Blick wieder ernst. »Ich weiß wirklich zu schätzen, was du hier für mich tust, Emma. Aber ich bin mir noch immer nicht sicher, ob du dir diese Mühe überhaupt machen solltest.«

»Wir haben einen Deal, Onkel! Und ich lasse die *Gazette* nicht untergehen. Um ehrlich zu sein, wollte ich so ein Projekt schon immer mal auf die Beine stellen und freue mich schon riesig drauf.« Das war geflunkert. Zumindest ein bisschen. Langfristig könnte sie sich eine solche Aufgabe schon vorstellen. Egal. Nun war langfristig einfach ein bisschen kurzfristiger eingetreten.

»Okay. Ich vertraue dir. Wenn es dir allerdings zu viel wird, können wir das Projekt jederzeit abbrechen. Dann mache ich die Zeitung zum Jahresende dicht und fertig. Deine Mutter liegt uns auch so schon allen in den Ohren, dass du zu viel arbeitest. Ich möchte also nicht daran schuld sein, wenn sich herausstellen sollte, dass du es übertrieben hast.«

»Keine Sorge, Onkelchen.« Emma beugte sich zu Henry hinüber und küsste ihn auf die Wange. »Ich habe alles im Griff.« Hoffte sie zumindest. Ein Detail fehlte ihr noch. Etwas Besonderes. Spektakuläres. Etwas, das den Rest des Landes – oder wenigstens des Bundesstaates – dazu brachte, ihr Magazin zu abonnieren. Ihr würde etwas einfallen. Bald. »Bis auf das hier«, ergänzte sie, als sie die Upload-Fortschritte der Fotos für Sasha sah. Oder besser gesagt, deren Nichtvorhandensein. »Stimmt etwas mit dem WLAN nicht?«, fragte sie. Das Licht des Routers, der auf der Fensterbank stand, leuchtete grün. Die Anzeige an ihrem Laptop schlug voll aus. Trotzdem passierte genau … nichts.

Henry zog das Laptop zu sich heran und betrachtete den Bildschirm einen Moment mit gerunzelter Stirn. Dann hellte sich seine Miene auf. »Klare Sache«, sagte er, offenbar stolz, dass ausgerechnet er das technische Problem gefunden hatte. »Du kannst nicht fünfzehn Bilder auf einmal an Sasha schicken. Die Dateien sind viel zu groß. Da brauchst du ein bisschen mehr Geduld. Ein Bild nach dem anderen. Und selbst das wird dauern.«

»Was?« Emma starrte ihren Onkel an.

»Also, das WLAN hier …«, versuchte Henry es noch mal.

»Ja, das habe ich schon verstanden.« Emma schluckte. »Aber wenn das die Geschwindigkeit des Internets in der Redaktion ist, dann können wir hier unmöglich die Online-Seite hochfahren. Die Datenmengen …« In einer hilflosen Geste hob Emma die Hände. »Wir müssen die Geschwindigkeit des Internets aufstocken lassen.«

Henry schüttelte den Kopf und lachte. »Wir sind hier nicht in der Großstadt. Mehr als das, was wir in der Redaktion haben, gibt es nicht. Damit wirst du klarkommen müssen.«

Emma lehnte sich zurück. »Niemand hier hat schnelleres Internet?« Bei ihren Eltern zu Hause war das WLAN auch furchtbar. Aber die Leute, die das Internet ständig nutzten, oder freies WLAN in ihren Läden anboten, wie Sasha und Vivian, mussten doch ein besseres Netz haben. Entschlossen klappte Emma den Laptop zu. »Ich gehe rüber ins Café und versuche mein Glück dort.«

»Wenn du meinst.« Henry stand auf und warf ihre Kaffeebecher in den Müll.

»Ich bekomme das schon hin.« Emma zog ihren Mantel an und schlang sich ihre Tasche über die Schulter. »Die *Gazette* wird noch diese Woche online gehen. Du wirst schon sehen.«

»Na klar.« Henrys Gesichtsausdruck blieb neutral. Emma hatte schon die Hand auf dem Türknauf, als er sich hinter ihr räusperte. Sie blickte über die Schulter zurück. »Du hast gesagt, du gehörst jetzt wieder zur Redaktion der *Snowflake Valley Gazette*.«

»Ja.« Emma sah ihren Onkel abwartend an.

»Gut. Dann kannst du morgen einen Artikel übernehmen, der noch aussteht. Lagopus Leucura.«

»Lapo – was?« Emma drehte sich wieder zu Henry um.

»Weißschwanz-Schneehühner. Kommen nur hier in den Rockys vor. Weiter oben im Tal lebt ein Typ, der die Viecher züchtet. Wir haben den Artikel in der nächsten Ausgabe fest eingeplant. Eigentlich sollte Lydia den Beitrag machen.«

»Ah, Lydia. Verstehe. Was für eine Ausrede hat sie denn diesmal, warum sie ihren Job nicht machen kann?« Lydia war eine der Freiwilligen, die Aufträge auf Honorarbasis übernahmen. Wenn allerdings Emma etwas zu sagen hätte, hätte sie diese Frau schon vor Jahren gegen jemand motivierteren und fähigeren ersetzt.

Henry seufzte. »Sie hat eine Vogeleiweiß-Allergie.«

Emma stieß einen ungläubigen Laut aus. »Lydias Lieblingsessen sind Chicken Burger. So schlimm kann es mit der Allergie also nicht sein. Aber gut, ich übernehme den Job.« Sie tippte mit dem Zeigefinger auf das Schild neben der Tür und grinste. »Nimm dich in Acht. Ich bin zurück im Zeitungsbüro.« Sie schloss ihren Mantel. »Jetzt kümmere ich mich aber erst einmal um anständiges Internet.«

Eine Viertelstunde später lehnte sich Emma mit einem resignierten Seufzer in der Sitznische zurück, in der sie sich häuslich eingerichtet hatte.

»Ich habe es dir doch gesagt«, raunte Sasha ihr im Vorbei-gehen zu und schenkte Matthew Penn und seinem Neffen Kaffee nach. Als sie zurückkam, stellte sie die Kanne auf Em-mas Tisch ab und ließ sich auf die Bank ihr gegenüber fallen. »Wir sind hier nicht in der Großstadt. Da hat dein Onkel schon recht.«

Emma schnaubte. »Wenn der Kaffee hier schmecken kann wie in der Großstadt, warum soll das WLAN dann so hin-terherhinken?«

»Das Gesetz der Unwichtigkeit, vermutlich. Von hier aus verschicken ja höchstens ein paar Touristen ihre Fotos, und ein paar Großmütter skypen mit ihren Enkeln am Col-lege. Für Online-Shopping reicht die Verbindung allemal.« Sasha wackelte auf ihre unnachahmliche Art mit den Augen-brauen, dann beugte sie sich vor wie eine Verschwörerin. »Einen schnellen Internetanschluss gibt es allerdings in der Stadt«, wisperte sie.

»Echt jetzt?« Emma beugte sich ebenfalls vor. »Wo?«

»Jared Dawson hat Glasfaser zu seinem Haus legen lassen. Das weiß ich von Simon. Der Anschluss ist die reinste Da-tenautobahn.«

»Der seltsame Typ mit dem unerzogenen Hund?« Emma lehnte sich wieder in die Sitzbank zurück.

»Er ist echt nett«, verteidigte Sasha ihn. »Auch wenn er nicht gerade viel von sich preisgibt.«

»Er könnte also ein Axtmörder sein«, stellte Emma eine These für alleinstehende, zurückgezogen lebende Männer auf. Hoffentlich gehörte der Schneehuhn-Züchter, zu dem ihr Onkel sie am nächsten Tag schicken wollte, nicht eben-falls in diese Kategorie.

Sasha zuckte mit den Schultern. »Schon möglich.«

»Hmm.« Emma rührte den Milchschaum in ihrem Glas um. »Ein Axtmörder, aber einer mit schnellem Internet.«

»Stellt sich nur noch die Frage, was dir wichtiger ist: Überleben oder das Online-Magazin?«

»Das Magazin selbstverständlich.« Emma winkelte die Arme in einer Abwehrhaltung vor ihrem Oberkörper an. »Außerdem hatte ich mal einen Selbstverteidigungskurs.« Sie führte ein paar der Bewegungen vor, an die sie sich noch erinnerte.

»Sehr beeindruckend. Wirklich.« Sasha erhob sich, um an einem anderen Tisch, an dem ein paar Strickerinnen saßen, die in Vivians Laden eingekauft hatten, Kaffee nachzuschenken und zwei Blaubeertörtchen zu servieren. Dann kehrte sie mit einer Flasche und zwei Gläsern, in denen Eiswürfel klirrten, zu Emma zurück. »Den habe ich neuerdings immer unter dem Tresen stehen, für den Fall, dass mich die Lieferanten in den Wahnsinn treiben. Was in letzter Zeit regelmäßig vorkommt.« Sie stellte den Eierpunsch und die Gläser auf den Tisch. »Eggnog ist jedenfalls genau das, was wir jetzt brauchen – und eine Taktik, wie du Jared davon überzeugst, dass er dich in sein Netz lässt. Mein linkes Ohrläppchen sagt mir jedenfalls, dass er kein Axtmörder ist.«

»Das sagt dir dein Ohrläppchen?« Emma griff nach einem der Punschgläser.

»Ja.« Sasha grinste sie breit an. »Es kann Gefahren voraussagen.«

»Tatsächlich?« Emma nippte an ihrem Eggnog und stellte das Glas zurück auf den Tisch.

»Neulich hat das linke Ohrläppchen gekribbelt und kurz danach ist eine der schweren Backformen aus dem oberen Regal gerutscht und hätte mich beinahe massakriert.«

Nur Sasha schaffte es, zwischen diesen beiden Ereignissen eine direkte Verbindung herzustellen. Emma konnte sich ein Grinsen ebenfalls nicht verkneifen. »Dann bin ich beruhigt, dass es in Jareds Dawsons Gegenwart nicht kribbelt. Zurück zu diesem Glasfaserkabel.«

* * *

Jared blickte in den wolkenlosen Sternenhimmel und ließ sich treiben. Es fühlte sich verdammt gut an, Arme und Beine auszustrecken und im heißen Wasser zu schweben. Mit seiner Körpergröße war ein ganzer Tag am Schreibtisch immer eine Quälerei, egal, wie gut er sein Büro auch ausgestattet hatte. Deshalb hatte er sich angewöhnt, das Fitnessstudio im Keller seines Cottages regelmäßig zu nutzen und seine Muskeln anschließend im Jacuzzi zu entspannen. Umgeben von den Geräuschen der Nacht und dem Blubbern des Whirlpools trieben seine Gedanken davon. Warum hatte er in Sunnyvale früher so ein Ding nicht besessen? Genüsslich schloss er die Augen und ignorierte den Kräutertee zur Entspannung. Den kochte er sich zwar oft, aber er konnte sich fast genauso oft nicht überwinden, ihn auch zu trinken.

Das Knacken eines Astes ließ Jared die Augen wieder öffnen. Überrascht richtete er sich ein wenig auf und hielt den Atem an. Um diese Jahreszeit war es laut der Wildtierwarnung auf der Homepage von Snowflake Valley nicht ungewöhnlich, einem Elch zu begegnen. Selbst einen Bären konnte man hier und da noch zu Gesicht bekommen. Nicht, dass Jared besonders scharf darauf war. Weder auf Elche noch auf Bären. Noch einmal hörte er das Knacken eines Zweiges und dann jemanden – oder etwas – auf den

Holzbohlen der Veranda. Er richtete sich im selben Moment auf, in dem auch Biggie von seinem Nickerchen neben dem Whirlpool erwachte und den Kopf mit einem leisen Knurren in Richtung Hausecke drehte. Vielleicht ein Waschbär, überlegte Jared. Oder hielten die Winterschlaf? Langsam, um so wenig Lärm wie möglich zu machen, stand er auf und griff nach seinem Handtuch. Die Luft um ihn herum begann zu dampfen, als das heiße Wasser auf seiner Haut auskühlte. Scheiße, war das kalt!

»Bleib!«, gab er Biggie flüsternd den Befehl, ihm nicht zu folgen – oder gar vor ihm her zu stürmen, und schlich barfuß zur Hausecke. Bereits nach zwei Schritten hatte er das Gefühl, seine Füße froren am Boden fest, so eisig waren die Dielen. Kaum hatte er die Hausecke erreicht, riskierte er einen vorsichtigen Blick – und stieß im nächsten Moment einen ungläubigen Laut aus, der ihn verriet und den Eindringling aufschreckte. »Was zur Hölle tun Sie da?«, knurrte er.

Sashas Freundin Emma, die auf der kleinen Bank an der Seite des Hauses saß, klappte erschrocken ihren Laptop zu, den sie auf dem Schoß hielt, und stellte ihn zur Seite. »Ich … ähm … Hi.« Sie hob zögerlich die Hand, die in einer pink-weiß geringelten Handstulpe steckte. Passend zu ihrer Mütze im gleichen Muster und der pinkfarbenen Daunenjacke.

Was Jared daran erinnerte, dass er nichts trug außer einem Handtuch. Und Gänsehaut. Auf jedem Zentimeter Haut. »Ich frage Sie noch einmal: Was haben Sie hier zu suchen?«

»Was ich suche?« Emma biss sich auf die Unterlippe. Dann stand sie auf und kam zwei Schritte auf ihn zu. »Ehrlich gesagt suche ich das WLAN.«

»WLAN?« Ernsthaft? Es war noch gar nicht so lange her, dass ihn diese Beatrice auf die gleiche Weise angebaggert hatte. War das die Masche der Frauen in Snowflake Valley? »Und? Fündig geworden?«, fragte er und konnte sich den süffisanten Unterton in der Stimme nicht verkneifen.

»Ich habe Ihr Passwort noch nicht geknackt«, erwiderte sie frech.

»Erstaunlich, dass Sie die Hoffnung hatten, das zu schaffen.« Jared begann, von einem Fuß auf den anderen zu treten, um der Kälte wenigstens ein bisschen auszuweichen. »Ich bin Software-Entwickler. Glauben Sie ernsthaft, ich sichere mein Netzwerk mit meinem Geburtsdatum oder dem Mädchennamen meiner Mutter?«

»Wie ist denn der Mädchenname Ihrer Mutter?«

»Hören Sie zu.« Er verschränkte die Arme vor der Brust. »Diese WLAN-Nummer zieht bei mir nicht. Auf die Art hat schon Beatrice Williams versucht, mich anzubaggern. Also packen Sie Ihren Kram zusammen und verschwinden Sie.«

Emma richtete sich zu ihrer vollen Größe auf und zog die Schultern zurück. Sie reichte ihm zwar trotz allem gerade mal bis zum Kinn, aber in Kombination mit dem wütenden Funkeln in ihren Augen und dem Zeigefinger, mit dem sie gegen seine nackte Brust stieß, hatte sie durchaus etwas Furcht einflößendes. »Vergleich mich nie, *nie*«, betonte sie das letzte Wort und bohrte ihren Zeigefinger noch einmal gegen seine Brust, »wieder mit Beatrice Williams.«

In ihrer Wut hatte sie vermutlich gar nicht gemerkt, dass sie angefangen hatte, Jared zu duzen. Und ihm war es egal. Sein Gehirn würde wahrscheinlich in ein paar Sekunden gefroren sein, wenn er noch lange nackt hier draußen herumstand. Doch bevor er sich umdrehen und sie stehen lassen konnte (sollte sie doch hier draußen herumsitzen und sich den Hintern abfrieren – das war nicht sein Problem), öffnete sie ihre Jacke und schüttelte sie sich von den Schultern. Der graue Rollkragenpullover, den sie darunter trug, schmiegte sich wie eine zweite Haut an ihren Körper. Und erinnerte Jared daran, dass seine Haut vermutlich gleich Frostbeulen bilden würde.

Sie wollte nicht mit Beatrice Williams verglichen werden? War ihre Anmache etwa noch dreister? Wenn sie sich hier auf der Veranda auszog …

»Siehst du das?« Sie zog ihren Pullover ein Stück hoch und ihre Jeans, die auch so schon tief saß, einen Zentimeter nach unten.

Jared blickte auf den schmalen Streifen Haut. Ihren Hüft-knochen. Und einen ordentlichen blauen Fleck.

»Das war dein Hund!«, brachte sie mit anklagendem Ton vor und schob ihre Kleidung zurück. »Du schuldest mir auf jeden Fall eine Wiedergutmachung für diesen Überfall ges-tern«, sagte sie, während sie ihre Jacke aufhob und wieder hineinschlüpfte. »Ich habe mir überlegt, dass dein WLAN-Passwort ein guter Anfang wäre.«

5

Baby, it's cold outside.

»Vielleicht sollten wir im Haus weiterreden«, schlug Emma vor. Sie stand kurz davor zu erfrieren. Die Wassertropfen auf Jareds Haut bewegten sich keinen Millimeter. Ob sie schon festgefroren waren? Wie hielt dieser Mann das nur aus, hier so halbnackt herumzustehen?

Einen Moment schien Jared tatsächlich darüber nachzudenken, hier draußen weiter zu diskutieren, doch dann drehte er sich um und verschwand um die Hausecke. Emma betrachtete das als die wortkarge Einladung eines Nerds. Wobei – so ganz ohne Klamotten und nur mit einem Handtuch um die Hüften ähnelte er nicht unbedingt ihrer Vorstellung eines Computerfreaks. Die waren doch dürr und blass, weil sie nie aus ihren Kellerlöchern auftauchten. Oder dick und blass, weil sie sich in ihren Kellerlöchern ausschließlich mit der Hilfe von Fastfood-Lieferdiensten ernährten. Einen durchtrainierten Mann, an dem noch die Reste der kalifornischen Sonnenbräune des vergangenen Sommers haftete, hatte sie jedenfalls nicht erwartet.

Emma kramte ihr Diktiergerät aus der Handtasche und schaltete es ein. »Klischees. Ein gutes Thema für die Kolumne«, sprach sie sich selbst eine Notiz auf.

Jared, der bereits die Terrassentür neben einem sprudelnden Jacuzzi erreicht hatte, drehte sich zu ihr um. »Was?«, fragte er?

»Nichts.« Emma wedelte mit dem Diktiergerät. »Mir ist nur gerade etwas eingefallen.« Sie schenkte ihm ein unschuldiges Lächeln. »Ich bin unglaublich vergesslich. Wenn ich mir nicht alles sofort notiere ...« Sie müsste ein Foto von diesem muskulösen Rücken machen, dem tiefsitzenden Handtuch, und dann die Frage stellen, zu welcher Berufsgruppe ein solcher Körper wohl gehörte.

Jareds finsterer Blick erweckte allerdings nicht den Eindruck, als würde er sich ihr als Model zur Verfügung stellen. Wahrscheinlich würde er sie hochkant rauswerfen, wenn sie ihn um das Foto bat. Erst einmal brauchte sie seinen WLAN-Zugang. Sie zog ihre Stiefel an der Tür aus, um keinen Schnee ins Haus zu schleppen, und folgte ihm in ein großes, offenes Wohnzimmer. Biggie, Jareds schwarzes Monster, tapste an ihnen vorbei und ließ sich neben einem Kamin, in dem nur noch Holzreste glommen, nieder. Anders als am Tag zuvor hatte er heute offenbar nicht die Absicht, sie über den Haufen zu rennen. Er hatte Emma nur eines kurzen Blickes gewürdigt, bevor er sich hatte fallen lassen und den Kopf auf seine Pfoten gelegt hatte.

Emma hatte schon die breite Veranda beeindruckend gefunden, die um das ganze Haus herumlief. Aber das Innere des Hauses verschlug ihr regelrecht den Atem. Die Mischung aus holzverkleideten Wänden, freiliegenden Deckenbalken und riesigen Panoramafenstern wirkte gleichzeitig gemütlich und modern. Von hier konnte man den See und die Bergketten dahinter sehen. Sie musste unbedingt noch einmal herkommen, wenn es hell war, und diesen Ausblick bewundern.

Im Moment sah sie nur die kleinen Lichtpunkte, die zu den Häusern von Snowflake Valley gehörten. »Das ist ein wunderschönes Haus«, sagte Emma und drehte sich einmal um die eigene Achse.

»Hmm … ja.« Jared rieb sich unbehaglich über den Nacken. »Gib mir deinen Laptop.« Er wartete nicht, bis Emma ihn rüberreichte, sondern nahm ihn ihr einfach aus der Hand und ging damit zu dem Esstisch aus massivem Holz hinüber, der wie eine Art Raumteiler zwischen dem Wohnzimmer und der offenen Küche stand. Dort tippte er das WLAN-Passwort ein. Dazu waren diese breiten Rücken also da. So sehr Emma auch versuchte, an ihm vorbeizuschielen, sie konnte nicht sehen, was er eingab.

»Du kannst hier arbeiten. Heute Abend zumindest.« Er wies mit dem Kinn auf den Platz am Tisch, an dem der Laptop stand. »Ich bin gleich wieder da.«

Emma folgte Jared mit den Blicken die Treppe hinauf, die auf eine Galerie führte, von der drei Türen abgingen. Er verschwand hinter der letzten, und sie atmete tief durch. Ein Mann großer Worte war Jared Dawson jedenfalls nicht. Aber sein Haus war der Hammer. Langsam schlenderte sie durch das große offene Erdgeschoss. Die Ledercouch und der breite Sessel mit einem Hocker davor luden regelrecht dazu ein, es sich vor dem Kamin gemütlich zu machen. Emma hielt Biggie ihre Hand hin, und als er nur daran schnupperte und mit dem Schwanz auf den Boden klopfte, statt sie ihr abzubeißen oder zu knurren, streichelte Emma seinen großen Kopf, was er mit geschlossenen Augen genoss. Dann legte sie ein paar Holzscheite auf das heruntergebrannte Feuer und inspizierte die Küche. Auch hier herrschte diese Mischung aus rustikal und modern. Die Küchengeräte hatten allesamt

Profistatus, während die Schrankfronten und die Kücheninsel wirkten, als stammte ihr Holz aus einer alten Scheune.

Emma strich mit den Fingerspitzen über den chromglän-
zenden, italienischen Kaffeeautomaten. Jared fror wahrscheinlich bis auf die Knochen. Vielleicht wurde er ja ein
wenig freundlicher, wenn er etwas Heißes getrunken hatte.
Ihr würde es jedenfalls nicht schaden, sich ein wenig aufzuwärmen. Und so eine Maschine konnte sie mit geschlossenen Augen bedienen. Sie hatte ihr ganzes Studium über
in Cafés gejobbt und oft genug bei Sasha ausgeholfen. Also
zog sie Jacke, Handstulpen und Mütze aus, legte sie auf dem
Stuhl neben ihrem »zugewiesenen« Arbeitsplatz und schaltete die Kaffeemaschine ein. Wenn sie ihrem Gastgeber einen
Kaffee zubereitete – aus reiner Dankbarkeit, dass er ihr sein
WLAN zur Verfügung stellte – dann sprach sicher nichts dagegen, wenn sie sich selbst auch einen kochte.

* * *

Jared schloss die Schlafzimmertür hinter sich und lehnte sich
für einen Moment mit dem Rücken dagegen. Er war es nicht
gewohnt, dass sich jemand in seinem Haus aufhielt. Genau
genommen war noch niemand hier gewesen, seit er vor zwei
Monaten eingezogen war. Jared verzichtete sogar auf eine
Putzfrau, damit er seine Ruhe hatte. Aber diese Emma hatte
etwas von einer Naturgewalt. Sie ließ sich einfach nicht ab-
schütteln. Jared war sich nicht einmal sicher, ob Biggie wirklich für den blauen Fleck verantwortlich war – ausschließen
konnte er es allerdings auch nicht. Schließlich war sein Hund
wirklich ziemlich ungestüm durch die Mainstreet gefegt,
nachdem er Miss Milli entdeckt hatte. Heutzutage neigten

die Leute ja dazu, einen gleich zu verklagen und Schmerzensgeld zu fordern. Was das betraf, war bei ihm durchaus etwas zu holen. Er konnte also fast froh sein, dass es Emma Porter nur auf seinen Internetzugang abgesehen hatte.

Jared lauschte einen Moment, doch aus dem Erdgeschoss war nichts zu hören. Also stieß er sich von der Tür ab und schob die Schiebetür zum Bad auf. Dann stellte er sich für ein paar Minuten unter die heiße Dusche, um wenigstens wieder etwas aufzutauen.

Als er sein Schlafzimmer wenig später in Jeans, dicken Wollsocken und einem abgetragenen, warmen Hoodie wieder verließ, musste er feststellen, dass Emma sich nicht an seine Bitte – okay, seinen Befehl – gehalten hatte, am Esstisch sitzen zu bleiben. Sie hatte Holz im Kamin nachgelegt und es sich in seinem Sessel gemütlich gemacht. Die Beine auf den Hocker vor sich hochgelegt, ihren Laptop auf dem Schoß und eine dampfende Tasse Kaffee neben sich. Um sie herum verteilt lag jede Menge Papier. Blätter, halb zerrissene Notizzettel. Ein gelber Post-it klebte auf Biggies Rücken, der es sich auf dem Boden neben ihr gemütlich gemacht hatte und leise vor sich hin schnarchte. Jared starrte von der Galerie aus auf die Szenerie unter sich. Er war höchstens zehn Minuten weg gewesen. Wie hatte diese Frau es geschafft, in so kurzer Zeit ein solches Chaos um sich herum zu veranstalten? Und es selbst nicht wahrzunehmen, zumindest hatte das den Anschein. Konzentriert starrte sie auf den Bildschirm. Tippte etwas und starrte dann wieder auf den Bildschirm, während sie sich nachdenklich auf die Unterlippe biss. Jared kam nicht umhin, Emma noch einen Moment länger fasziniert zu beobachten, als sie ohne hinzusehen nach links griff, einen Notizzettel von der Sessellehne nahm und mit der anderen Hand den Bleistift aus dem Haarknoten an ihrem Hinterkopf zog. Wie ein Wasserfall glitten die blonden Haare über den grauen Rollkragenpullover. Dann schien ihr bewusst zu werden, dass sie nicht mehr allein im Raum war, und sie blickte zu ihm auf.

Jared räusperte sich. Es war ihm unangenehm, dass sie ihn dabei erwischt hatte, wie er sie anstarrte. »Lass dir den Kaffee schmecken«, sagte er das Erste, das ihm einfiel. Dabei schaffte er es allerdings nicht, den Sarkasmus aus seiner Stimme herauszuhalten.

»Deiner steht da drüben«, sagte sie und nickte mit dem Kopf in Richtung Tisch. Mit den Gedanken offenbar schon wieder bei ihrer Arbeit klemmte sie sich den Bleistift zwischen die Lippen, zwirbelte ihre Haare mit einer Hand erneut am Hinterkopf zusammen und schob den Stift als Haarklemme hinein.

Okay, immerhin hatte sie nicht einfach nur seine Kaffeemaschine benutzt. Sie hatte auch an ihn gedacht. Jared ging die Treppe hinunter und griff nach der Tasse. Einen Moment stand er unschlüssig da, aber Emma ignorierte ihn, den Blick starr auf ihr Display gerichtet. Solange sie hier war, fand er sowieso keine Ruhe. Dann konnte er sich genauso gut in sein Arbeitszimmer zurückziehen und noch ein bisschen mit dem verdammten Bug kämpfen, der verhinderte, dass sein Programm lief, ohne zu stolpern.

In seinem Arbeitszimmer ließ er sich auf seinen Schreibtischsessel fallen und trank einen Schluck Kaffee. Erstaunlich, dass Emma ihn so gut hinbekommen hatte. Die Maschine hatte er, genau wie die meisten anderen Möbel und Geräte in diesem Haus, von den Vorbesitzern übernommen. Emma hatte gesagt, dass sein Haus schön war. Nur dass das nicht sein Verdienst war, sondern vermutlich der eines Innenarchitekten, den die Woodwards engagiert hatten. Jared hatte sich um diese Dinge noch nie Gedanken gemacht. Seine Eltern arbeiteten für große internationale Konzerne. Er hatte schon überall auf der Welt gelebt und war unzählige Male umgezogen. Keines dieser Apartments oder Häuser war je ein Zuhause gewesen. Die Dawsons kamen und gingen. Ohne Spuren zu hinterlassen. Fast wie Geister.

»Aber jetzt werde ich das ändern«, erinnerte er sich selbst an sein neues Lebensmotto. Er griff nach einem der Antistressbälle, die auf seinem Schreibtisch lagen, und drückte ihn zusammen. Das war einer der Gründe, warum er nach Snowflake Valley gezogen war: Er wollte endlich Wurzeln schlagen. Zum ersten Mal in seinem dreiunddreißigjährigen Leben. Und dazu gehörte, nett zu seinen Nachbarn zu sein.

Wahrscheinlich war er nicht besonders gastfreundlich zu Emma gewesen. Er wechselte die Hand und quetschte den Antistressball mit der Linken zusammen. Aber ihr Auftauchen auf seiner Veranda war auch nicht gerade das, was er sich unter einer guten Nachbarschaft vorstellte. Immerhin hatte sie sein Grundstück uneingeladen betreten. Sie war fordernd und ließ sich von nichts einschüchtern. Weder von Jareds schlechter Laune noch von seinem großen Hund.

Er warf den Ball in die Luft und fing ihn mit der rechten Hand auf. Eigentlich sollte er sich überhaupt nicht so viele Gedanken über Emma machen. »Mist«, brummte er und warf den Ball auf den Tisch. Schließlich stand er auf und öffnete die Tür seines Arbeitszimmers einen Spalt, um ins Wohnzimmer zu spähen. Emma saß noch immer auf dem

Sessel am Feuer und starrte auf ihr Laptop-Display. Eine Haarsträhne hatte sich aus der Bleistifthalterung an ihrem Hinterkopf gelöst und federte über ihre Wange. Jared sah dabei zu, wie Emma sie sich mit einer anmutigen Geste hinter das Ohr strich. Was, zur Hölle, tat er hier eigentlich? Er war auf dem besten Weg, sich in einen Spanner zu verwandeln. Vorsichtig schloss er die Tür und ließ sich wieder auf seinen Schreibtischstuhl fallen. Statt sich Gedanken über die Frau im Wohnzimmer zu machen, sollte er sich endlich mit dem verdammten Problem beschäftigen, das verhinderte, dass sein neues Programm fehlerfrei lief. Dafür wurde er schließlich bezahlt.

* * *

»Es wird Zeit zu gehen.«

»Hmm.« Emma las die beiden letzten Sätze ihres Artikels noch einmal und vertauschte sie dann. Ja, so passte es besser.

»Emma!«

»Hmm.« Sie hob die Hand und sagte »Moment«, weil ihr gerade noch ein perfekter Schlusssatz … »Hey!« Erschrocken zuckte sie zusammen, als eine große Hand ihren Laptop einfach zuklappte. Und darauf liegen blieb, als sie versuchte, ihn wieder zu öffnen.

Jareds Gesicht tauchte in ihrem Blickfeld auf, als er sich zu ihr herunterbeugte. »Es ist nach elf, und ich würde gern ins Bett gehen. Ich wäre dir also wirklich dankbar, wenn du jetzt nach Hause gehen könntest.«

Nein, verdammt. Sie war gerade so im Flow. Eigentlich hatte sie nur die Fotos an Sasha verschicken und ein bisschen am Layout der Online-Zeitung arbeiten wollen. Doch dann hatte sie eine Idee für einen neuen Artikel gehabt und angefangen zu schreiben. Also nein, sie wollte jetzt auf keinen Fall nach Hause gehen. Aber sie war hier nur zu Gast, rief sie sich selbst in Erinnerung. Und sie würde wiederkommen müssen, wenn sie die Online-Ausgabe fertig machen wollte. Es war also kein Fehler, sich mit Jared gut zu stellen, damit sie auch wiederkommen konnte. »Natürlich«, sagte sie und lächelte ihn an. »Entschuldige bitte. Wenn ich in meine Arbeit vertieft bin, bekomme ich manchmal gar nicht viel um mich herum mit. Du hättest mich schon viel früher rauswerfen sollen.«

Jared richtete sich auf. Er fuhr sich mit der Hand durch die Haare, sagte aber nichts. Stattdessen trat er zwei Schritte zurück und sah ihr abwartend dabei zu, wie sie ihre Sachen einsammelte. Emma unterdrückte ein Seufzen. Sie schaffte es wirklich, alles um sich herum binnen Minuten in ein Chaos zu verwandeln. Jared hielt sie vermutlich für ein bisschen durchgeknallt.

»Noch einmal vielen Dank, dass ich das WLAN benutzen durfte. Das hat mir wirklich sehr geholfen«, sagte sie, als sie ihren Laptop in die Umhängetasche schob. Sie würde wiederkommen. Sie musste einfach wiederkommen, weil sie keine Alternative zu seinem WLAN hatte. Aber das war etwas, was sie ihm lieber noch nicht auf die Nase band.

Jared murmelte etwas, das sie nicht verstand, und hielt ihr ihren Mantel hin. Emma schlüpfte hinein. Als sie ihre Mütze aufsetzen wollte, merkte sie, dass sie noch den Bleistift in ihrem Haarknoten stecken hatte. Sie klemmte ihn sich zwischen die Lippen, setzte die Mütze auf – und erwischte Jared dabei, wie er auf ihren Mund starrte. Die Spitzen seiner Ohren färbten sich rot, was Emma innerlich zum Grinsen brachte. Touché, dachte sie. Schließlich hatte sie seinen halb nackten Körper vor ein paar Stunden mindestens genauso angestarrt, nur dass er nichts davon gemerkt hatte. Sie schob den Bleistift in ihre Jacke und griff nach ihrer Laptop-Tasche. »Man sieht sich«, sagte sie zum Abschied. Vermutlich eher, als ihm das recht sein würde.

Emmas Elternhaus lag im Dunkeln, als sie den Jeep am Straßenrand ausrollen ließ. Nur das Verandalicht brannte, ganz wie früher. Emma schaltete es aus, nachdem sie die Haustür hinter sich geschlossen und ihre Stiefel ausgezogen hatte. Sie hängte ihren Mantel auf und schlich auf Strümpfen ins Obergeschoss, um ihre Eltern nicht zu wecken. Als sie ihre Zimmertür öffnete, schimmerte ihr ein sanftes Licht entgegen. Ein Lächeln breitete sich auf ihrem Gesicht aus. Ihre Mom hatte nicht nur das Verandalicht für sie brennen lassen, sie hatte auch die Lichterkette eingeschaltet, die sich über Emmas Bett an der Wand entlangzog und an die sie Fotos, Postkarten, Konzerttickets und getrocknete Rosen gehängt hatte. Die Erinnerungen an ihre Jugend funkelten zwischen den LEDs hindurch.

Dream big, sparkle more hatte Sasha mit einem Glitzerstift auf das Foto geschrieben, das sie auf einer Party zeigte, bei der sie sich als absolute Modeikonen gekleidet hatten – im Rückblick ähnelten sie eher zwei Dragqueens. Aber das war ihre Vergangenheit. Das glückliche Grinsen in ihren Gesichtern war echt. Und sie waren ihren Träumen gefolgt, Sasha genau wie sie selbst.

Emma ließ sich auf ihr Bett fallen. Jareds halb nackter Körper tauchte noch einmal vor ihrem inneren Auge auf. Sie war sich nicht sicher, ob er eine schöne Kindheit gehabt hatte. Er wirkte jedenfalls nicht wie ein glücklicher Mensch. Emma seufzte. Das konnte natürlich durchaus an ihr liegen. Vielleicht tanzte er ja jetzt gerade glücklich und zufrieden, weil er endlich wieder seine Ruhe hatte, durch sein Haus. Der Gedanke ließ sie schmunzeln. Und ehe sie es merkte, war sie tief und fest eingeschlafen.

6

Walking in a winter wonderland

Am nächsten Tag stellte Emma einmal mehr fest, dass die Berge Montanas jede Menge Überraschungen bereithielten. Die Typen, die die Weißschwanz-Schneehühner züchteten, stellten sich nicht als brummige Einsiedler heraus, sondern als humorvolles, nettes Hippiepärchen: Legolas und Arwen. Die nur ein winzig kleines bisschen schräg waren. Emma war sich sicher, dass sie sich ihre Namen selbst gegeben hatten. Es hätte sie allerdings nicht gewundert, wenn sich die beiden ihre langen Haare über die Schultern zurückgestrichen hätten und spitze Elbenohren zum Vorschein gekommen wären. Legolas sah zudem wirklich so aus, als könnte er mit Pfeil und Bogen einen Hasen zum Mittagessen schießen. Emma war einigermaßen erleichtert, als die beiden ihr versicherten, vegetarisch zu leben, und sie sich dieses Szenario nicht weiter vorstellen musste.

Eines war jedoch sicher, Arwen und Legolas hatten sich einen der schönsten Flecken der Erde zum Leben ausgesucht. Emma musste von Snowflake Valley aus eine gute Stunde bergauf fahren, um zur Hütte der beiden zu gelangen. Auf dieser Seite des Tales gab es keine Skilifte, nur unberührte Natur. Die Schneeflächen glitzerten in der Sonne, die vom leuchtend blauen Himmel strahlte, und für einen Moment vergessen ließ, dass auf dieser Höhe fast minus fünfzehn Grad herrschten. Die Tannen bogen sich unter ihrer schweren, weißen Last, und die letzten Frühnebelfetzen verwandelten sich auf dem Weg das Tal hinunter erst in zarte, durchsichtige Schleier, nur um sich dann in Luft aufzulösen. Tief unter sich sah sie die türkisblaue, gefrorene Oberfläche des Crystal Lakes und die Spielzeughäuser von Snowflake Valley. Begeistert hielt sie immer wieder an, um Fotos zu schießen.

Als Emma neben ihren beiden bunt gekleideten Gastgebern auf dem kleinen Plateau vor deren Schneehuhn-Zuchtstation stand und auf die umliegenden Bergketten blickte, hatte sie die spontane Idee, das Interview anders aufzubauen als ursprünglich geplant. Nämlich so, dass sie es sowohl für die Printausgabe der *Gazette* als auch für das Online-Magazin nutzen konnte.

Auf dem Weg zurück in die Redaktion war Emma für zwei Dinge dankbar: Den Vierrad-Antrieb ihres Jeeps und die heiße Schokolade, die Sasha ihr in einem Thermobecher mitgegeben hatte. Gegen die Kälte, die sich bei den Außenaufnahmen, die sie auf dem Berg gemacht hatte, in ihre Knochen geschlichen hatte, halfen weder die Sitz- noch die Lenkradheizung. Aber der heiße Kakao und die Sahne trugen ihren Teil dazu bei, dass Emma wenigstens wieder ein bisschen auftaute. Sie schaffte den Weg zurück, ohne irgendwo im Graben zu landen oder eine der Leitplanken, die eher wie Deko aussahen als ernsthaft zu schützen, zu durchbrechen und den kurzen Weg ins Tal zu nehmen.

In der Redaktion begrüßte sie Miles und Jeffrey, die am großen Redaktionsschreibtisch saßen und das Layout der neuen Ausgabe der *Gazette* vorbereiteten.

»Ich hoffe, du hast den Hühner-Beitrag«, witzelte Miles, als Emma auf das Büro ihres Onkels zuhielt.

»Davon kannst du ausgehen. Halt mir einen schönen Platz frei für ein paar wirklich spektakuläre Fotos. Den Artikel bekommst du noch heute Abend.« Falls Jared sie noch einmal in sein Haus ließ. »Hey, Onkel Henry«, sagte sie, als sie gleichzeitig klopfte und die Glastür zu seinem Büro aufzog. »Hast du einen Moment Zeit für mich?«

Er sah von seinem Bildschirm auf und speicherte die Datei, an der er arbeitete. »Was gibt es denn?«

»Ich würde dir gern was zeigen.« Emma stellte ihre Tasche ab und umarmte Henry, als er sich von seinem Platz erhob. »Ich habe den perfekten Beitrag für das Online-Portal der Zeitung.«

Henry zog die Augenbrauen hoch und rieb Emmas kalte Finger einen Moment zwischen seinen Händen. »Solltest du nicht den Beitrag über die Weißschwanz-Schneehühner machen? Miles braucht ihn spätestens morgen, damit er das Layout fertigbekommt, bevor die *Gazette* in den Druck geht.«

»Genau darum geht es ja. Schau mal.« Emma zog ihr Handy und ihr Notizbuch aus der Tasche. »Ich habe ein ganz klassisches Interview geführt und Fotos gemacht.« Sie las ihm die Fragen vor und scrollte auf dem Handy durch die Fotos. »Daraus mache ich den Beitrag für die *Gazette*.«

Henry gab ein wohlwollendes Brummen von sich. »Sieht gut aus«, sagte er.

»Ja. Nicht wahr?« Emma strahlte ihn an. »Und jetzt kommt es: Weil es da oben so wunderschön ist, habe ich einfach noch einen kleinen Filmbeitrag gedreht. Noch ein paar zusätzliche Interview-Fragen. Bilder von der Gegend und den Hühnern. Bonus-Material sozusagen. Das stellen wir mit der ersten digitalen Ausgabe der Zeitung online.«

»An manchen Stellen hört man den Wind ganz schön pfeifen«, bemerkte Henry kritisch, als er sich das Video auf ihrem Handy anschaute.

»Onkelchen.« Emma küsste ihn auf die Wange und richtete sich wieder auf. »Jetzt sag bloß nicht, dass Lydia das besser hinbekommen hätte.«

Damit brachte sie Henry zum Grinsen. »Das sage ich dir erst, wenn der Artikel auf meinem Schreibtisch liegt.« Sein Zwinkern sprach allerdings für sich. Natürlich ging er davon aus, dass sie ganze Arbeit abliefern würde. Zumindest, was den Printteil der Zeitung betraf.

Vom Rest würde Emma ihn einfach noch überzeugen. »Der Film ist noch nicht bearbeitet. Er wird noch ein bisschen geschnitten, und es kommen Textteile dazu. Musik. Aber am Anfang darf der Wind pfeifen, weil das Atmosphäre schafft.« Sie schob das Handy wieder in ihre Tasche. »Und jetzt geh ich zu Sasha rüber und schreib den Hühnerartikel.«

Das Schreiben ging Emma leicht von der Hand. Sie hatte schon lange keinen Artikel mehr für ein lokales Magazin geschrieben und wirklich Spaß daran. Sie mochte es, im *One More Bite* zu sitzen und sich bei einem Latte Macchiato in ihren Text zu vertiefen. Jedes Mal, wenn sie aufblickte, entdeckte sie andere Café-Gäste oder Kunden, die etwas zum Mitnehmen holten.

»Der Laden läuft wirklich gut«, sagte sie, als sie die erste Version des Artikels beendet und das Video zugeschnitten hatte. Nur noch ein bisschen Feinschliff und die Aufnahmen waren bereit für die Zeitungs-Homepage.

»Ja, ich kann mich wirklich nicht beklagen.« Sasha legte einen Donut auf einen Teller und kam zu Emma herüber. »Wenn die Touristen da sind, ist es noch besser.« Sie stellte den Donut auf den Tisch und teilte ihn. »Ich bin so froh, dass du hier bist. Wenn du die Donuts mit mir teilst, bekomme ich meinen Anteil an den süßen Sachen und muss mich trotzdem mit weniger Fitnessvideos quälen.«

Emma klopfte sich auf den Bauch. »Wenn ich so weitermache, können wir bald zusammen zu diesen Fitnessvideos durch die Gegend hüpfen.« In Gedanken machte sie sich eine Notiz, dass sie dieses digitale Training ebenfalls mal für einen Artikel oder Kolumnen-Beitrag beleuchten konnte.

Ein Pling zog Emmas Aufmerksamkeit zurück auf ihren Laptop-Monitor. Ihren halben Donut in der linken Hand rief sie mit der rechten die E-Mail auf und seufzte, als sie die Nachricht ihrer Chefredakteurin bei *Belle* las.

»Schlechte Nachrichten?«, fragte Sascha kauend.

»Nein. Nur, dass schon wieder eine Mail von mir nicht rausgegangen ist, weil der Anhang zu groß war. Die Redaktion in Chicago wartet aber darauf.«

»O. Das ist Mist.« Sasha leckte sich den Zucker von den Fingern. »Was machst du jetzt?«

»Kein Problem. Vielleicht ging der Artikel vorhin nicht durch – aber gleich wird er es tun.« Emma grinste ihre Freundin an. »Was ist Jareds Lieblings-Lunch?«

Sasha riss gespielt entsetzt die Augen auf. »Du willst ihn bestechen?« Dann verschränkte sie die Arme vor ihrem Shirt mit dem Logo des Cafés. »Und ich soll dir helfen? Dabei hast du noch mit keinem Sterbenswörtchen erwähnt, wie es gestern Abend bei ihm war.«

»Ich habe hier gesessen und gearbeitet. Und du hattest auch alle Hände voll zu tun«, verteidigte sich Emma.

»Das ist keine Antwort auf meine Frage.« Sasha stand auf und kehrte hinter ihren Tresen zurück. »Wie war es bei Jared?«

»Wie soll es schon gewesen sein?« Jareds halb nackter Nicht-Nerd-Körper schob sich vor ihr inneres Auge. Kurz überlegte sie, Sasha von dieser Begegnung zu erzählen. Doch dann entschied sie, diesen Moment für sich zu behalten. Zumindest noch eine Weile. Sie hatte dieses Bild seit dem vergangenen Abend viel zu oft vor Augen gehabt. Jared war sogar, nur mit dem Handtuch bekleidet, durch ihre Träume gegeistert. Sasha würde definitiv zu viel hineininterpretieren, wenn sie ihr davon erzählte. »Er war erwartungsgemäß nicht besonders freundlich«, sagte sie stattdessen.

»Aber er war kein Axtmörder«, ergänzte Sasha.

»Nein. Keine Leichen. Keine Blutspuren um das Haus herum.« Sie hob die Arme. »Ich lebe auch noch. Im Ernst: Sein WLAN ist zum Niederknien. Genau wie dieses Wahnsinnshaus, in dem er lebt. Sogar der Hund ist eigentlich ganz süß, wenn er einen nicht gerade umrennt.« Mit einem kleinen Seufzer legte sie die Unterarme auf den Tisch und lehnte sich ein wenig vor. »Genau genommen ist es auch egal, wie ich ihn oder das Haus finde. Er hat Glasfaserkabel, Sasha, und ich habe ein wenig recherchiert. Wenn ich nicht wegen jedem Artikel nach Wild Creek fahren will, um ihn vom Internet-Café dort aus abzuschicken, werde ich weiter Jareds Haus okkupieren müssen.«

»Gott bewahre!« Sasha schüttelte den Kopf. »Das Internet-Café in Wild Creek hat den schrecklichsten Kaffee im ganzen Tal.«

»Siehst du?« Emma zeigte mit dem Finger auf ihre Freundin. »Jared hat eine Kaffeemaschine, die fast so gut ist wie deine hier. Es ist also völlig logisch, dass ich ihn ein bisschen bestechen und sein Netz benutzen muss, solange ich noch hier bin.«

»Meine Kürbissuppe mit meinem frisch gebackenen Ciabatta-Brot und ein Chicken-Parmesan-Sandwich sind das perfekte Bestechungsangebot«, sagte Sasha und schob das Sandwich, das sie gerade belegt hatte, in eine Papiertüte. »Das isst er jedenfalls fast immer, wenn er zum Lunch zu mir kommt.« Sie füllte einen Transportcontainer mit der Suppe und schnitt dann ein Stück Pekannuss-Kuchen ab. »Wenn du mit deiner Arbeit fertig bist und gehst, stellst du ihm den Kuchen hin. Dann macht er dir auch beim nächsten Mal wieder die Tür auf.«

* * *

Diesmal schlich sich Emma zumindest nicht an. Jared, der sich in einer Pause, die Mac ihnen beiden von dem heutigen Testmarathon verordnet hatte, eigentlich nur einen Kaffee hatte machen wollen, sah ihren Jeep auf seine Lichtung rollen. In einem grauen Parka mit fellbesetzter Kapuze, eine Mütze in der gleichen Farbe, in hellblauen Moon Boots und Jeans rutschte sie von ihrem Sitz und angelte eine Tüte mit dem unverkennbaren Logo des One More Bite aus dem Wagen.

Biggie blickte neben ihm aus den bodentiefen Sprossenfenstern und bellte begeistert, als er Emma entdeckte. Schwanzwedelnd lief er zur Haustür und drehte sich noch einmal zu Jared um und bellte, als wolle er ihn auffordern, sich ein bisschen zu beeilen, weil Emma Essen brachte. Er folgte seinem Hund, ließ ihn hinaus, damit er auf Emma zu galoppieren konnte, und lehnte sich mit verschränkten Armen in den Türrahmen.

Lachend hob sie die Tüte mit dem Essen aus Biggies Reichweite, als er schlitternd vor ihr zum Stehen kam, und streichelte ihn zwischen den Ohren. Waren sein Hund und seine nervige Nachbarin innerhalb eines Abends Freunde geworden?

»Hey«, holte Emma ihn aus seinen Gedanken. Mit Biggie, der wie ein Bodyguard an ihrer Seite klebte, kam sie auf Jared zu.

»Hallo.« Er warf einen Blick auf die Tüte, die sie ihm entgegenhielt, als sie vor ihm stehen blieb. Der Duft nach Kürbissuppe und frisch gebackenem Brot war unverkennbar. »Ein nachträgliches Dankeschön dafür, dass ich dich gestern in mein WLAN gelassen habe?«, fragte er mit hochgezogenen Augenbrauen.

»Klar.« Sie lächelte breit, was das Graublau in ihren Augen schimmern ließ wie den See hinter ihr. »Abgesehen davon wollte ich dich fragen, ob ich dein Netz noch mal nutzen dürfte. Nur ganz kurz. Ich muss ein paar Sachen verschicken und hochladen.«

Jared nahm die Tüte entgegen, blieb aber so stehen, dass er die Tür auch weiter blockierte. »Du bist doch keine Kriminelle oder so was?«, frage er. Natürlich wusste er längst, womit sie ihre Brötchen verdiente. Er hatte lange nicht einschlafen können in der vergangenen Nacht – und die Zeit mit Googeln totgeschlagen. Jetzt wusste er, dass sie Artikel über Klamotten und Make-up schrieb und eine Kolumne hatte, die sie mit »Love, Emma« unterschrieb. »Vielleicht bist du ja jemand, der Crystal Meth über das Internet vertickt. Oder Falschgeld. Und denkt, dass er nicht auffliegt, wenn er das Ganze über die IP-Adresse eines anderen abwickelt.«

»Was?« Ihre Wangen färbten sich eine Spur dunkler, als sie empört ihre freie Hand in die Hüften stützte. »Vielleicht bist du ja ein Krimineller, der sich in Computersysteme hackt und dann Banken erpresst.« Wütend funkelte sie ihn an, bevor sie nachsetzte: »Oder ihr Geld gleich abzweigt und auf die Cayman Inseln transferiert.«

Jared biss sich auf die Innenseite seiner Wange, um nicht zu lachen. Emma ging wirklich keiner Auseinandersetzung aus dem Weg. Diese kleinen Schlagabtausche mit ihr machten Spaß. »Bevor du mich enttarnst, komm rein und schick deine Sachen ab. Danach solltest du aber verschwinden. Ich will nicht, dass du wieder die halbe Nacht bei mir rumlungerst«, sagte er und machte einen Schritt zur Seite, um Emma durchzulassen.

»Kein Problem«, sagte sie und zog ihre Stiefel aus. »Ich bin schon wieder so gut wie weg.«

»Dann ist ja gut.« Jared stellte das Essen auf dem Küchentresen ab. Er hatte erst vor einer Stunde gegessen, also würde das, was Emma ihm mitgebracht hatte, später ein perfektes Abendessen abgeben. »Du kannst deinen Laptop auf den Esstisch stellen. Ich gebe das Passwort ein.«

Emma, die gerade dabei war, ihren Mantel an die Garderobe neben der Tür zu hängen, hielt in ihrer Bewegung inne. »Du hast den WLAN-Zugang von gestern auf heute geändert?«

Jared zuckte mit den Schultern. »Ich wollte nur sichergehen, dass niemand mehr vor meinem Haus herumlungert, um seinen kriminellen Machenschaften nachzugehen.«

»Ich bin nicht kriminell, du Hacker«, schoss sie zurück. Doch statt weiter zu diskutieren, klappte sie ihren Laptop auf und starrte demonstrativ die Deckenbalken an, während er das neue Passwort eingab.

»Bitte schön«, sagte Jared und griff nach seiner Kaffeetasse. »Mach einfach die Tür hinter dir zu, wenn du gehst.« Ohne ihre Antwort abzuwarten, zog er sich in sein Büro zurück, um weiter mit Mac an ihrer Testreihe zu arbeiten.

Jared hatte keine Ahnung, wie lange er auf seine Bildschirme gestarrt und seinen Antistressball malträtiert hatte, als er ihn wütend gegen die Wand schleuderte. »Dieses verschissene Deployment-System!«, fluchte er und knallte den Ball, der zu ihm zurückgerollt war, noch einmal gegen die Wand. »Warum funktioniert diese verdammte Scheiße nicht?«

»Ich habe keine Ahnung.« Mac runzelte die Stirn und starrte ihn von seinem Bildschirm aus an. »Vielleicht sollten wir ...«

»Alles okay hier drin?«

Jared fuhr herum.

Emma stand in der halb geöffneten Tür. »Ich habe dich schreien gehört. O, hi!« Sie winkte an Jared vorbei in Richtung seiner Bildschirme.

Jared folgte ihrem Blick. Scheiße! Mac starrte Emma an. Einen ziemlich perplexen Ausdruck im Gesicht. Ganz automatisch winkte er zurück.

»Ich wollte wirklich nicht stören. Nachdem ich jetzt weiß, dass du nicht mit einem Hexenschuss vom Stuhl gefallen bist oder die Bank dich beim Hacken erwischt und dir das FBI auf den Hals gehetzt hat, bin ich schon wieder weg.«

Apropos weg – sollte Emma nicht schon längst aus seinem Haus verschwunden sein? Er warf einen Blick auf die Uhr auf dem Monitor. Drei Stunden. Sie war schon drei Stunden hier. Und Mac hatte sie gesehen. Jared schloss für einen Moment die Augen und rieb sich über das Gesicht, um sich für das zu wappnen, was jetzt kam.

»Wer war das?«, fragte sein Freund prompt.

»Niemand.«

»In deinem Haus ist *niemand*.« Mac betonte das letzte Wort. »Wenn das so ist, spielt dein Verstand Spielchen mit dir, und du solltest dringend zu einem Arzt gehen, damit er dir ein paar bunte Pillen verschreibt.« Mit den Fingern führte er eine kreisende Bewegung an seiner Schläfe aus. »Also, wer ist das?«

Jared seufzte und blieb bei seinen knappen Antworten. »Eine Frau aus dem Ort.«

»Name?«, imitierte Mac ihn.

»Emma.«

Mac zog die Augenbrauen hoch und sah Jared abwartend an.

»Porter«, brachte er schließlich zwischen zusammengepressten Zähnen heraus, während sein Freund den Namen schon in die Suchmaschine eingab.

»Holy Moly.« Mac hatte den Blick auf den Bildschirm vor sich geheftet und scrollte offenbar durch die Ergebnisse. »Sie ist eine Reporterin.« Er legte den Kopf schief. »Eine echt heiße Reporterin, wenn du mich fragst.« Im nächsten Moment richtete er seine Aufmerksamkeit wieder auf Jared. »Und die heiße Reporterin ist in deinem Haus, weil …?«, wollte er wissen.

»Weil sie mein WLAN braucht.«

Er sah dabei zu, wie Mac fast vom Stuhl rutschte vor Lachen.

»In diesem Tal scheint es außer bei mir kein anständiges Netz zu geben«, erklärte Jared, als sein Freund sich wieder ein wenig beruhigt hatte.

»Und was macht sie in diesem Tal?«, fragte Mac.

»Ich habe keine Ahnung.« Jared griff wieder nach seinem Antistressball. »Ich habe sie nicht gefragt. Weil es mich nichts angeht«, setzte er nach, bevor Mac ihm genau diese Frage stellte.

»Jared! Mann!« Mac schüttelte den Kopf. »Da sitzt eine wunderschöne Frau in deinem Haus und benutzt dein WLAN. Und du machst dir nicht die Mühe, bei einem Glas Wein ein bisschen Small Talk mit ihr zu halten? Verdammt! Das ist die erste Frau, die du seit Stana näher als fünf Meter an dich heranlässt.«

Nicht in Snowflake Valley, dachte Jared. Hier waren ihm schon jede Menge Frauen näher als fünf Meter gekommen. Ganz egal, ob er das wollte oder nicht. Miss Milli. Sasha. Sogar diese Beatrice. Aber vor allem Emma. Mit der er erst seit drei Tagen zu tun hatte, und die schon jetzt damit begonnen hatte, alles um ihn herum ins Chaos zu stürzen. »Könnten wir vielleicht versuchen, uns jetzt wieder auf das Deployment zu konzentrieren?«

Und das taten sie auch. Bis sie das Problem gefunden hatten und alles reibungslos lief, vergingen Stunden. Jareds Magen knurrte, und sein Nacken war völlig verspannt. Er beschloss, dass sie für diesen Tag genug gearbeitet hatten. Die Suppe, die Emma ihm gebracht hatte, kam ihm wieder in den Sinn. Eine Runde in seinem Fitnessraum im Keller. Kürbissuppe. Und ein Entspannungstee im Jacuzzi, um seine verkrampften Muskeln zu entspannen. Oder doch besser ein Bier.

Jared verabschiedete sich von Mac und sicherte seine Dateien. Er war nicht wirklich überrascht, als er die Tür seines Arbeitszimmers öffnete und das Chaos aus Papier und einem Laptop auf seinem Esstisch sah. Eine Tasse, die rechts von Emma platziert war, hatte auf den Unterlagen links von ihr einen braunen Kaffeering hinterlassen. Neben einem Glas Milch stand ein Teller, auf dem nur noch ein paar Krümel erahnen ließen, dass sich darauf ein Stück Kuchen befunden haben musste.

Emma, die bei seinem Auftauchen den Kopf gehoben hatte, folgte seinem Blick zu dem leeren Teller. »Sorry.« In einer entschuldigenden Geste verzog sie das Gesicht. »Das war Pekannusskuchen. Der war eigentlich für dich gedacht. Als kleine Bestechung, damit ich morgen wiederkommen kann. Aber ich hatte echt Hunger. Und er hat so fantastisch gerochen. Da konnte ich nicht widerstehen.« Diese Frau redete ohne Punkt und Komma.

Jared hob die Hand, um sie zu unterbrechen. »Du wolltest doch nur schnell was verschicken und dann verschwinden«, erinnerte er sie daran, dass sie hier schon längst nichts mehr verloren hatte. »Dann hättest du dir ein eigenes Stück Kuchen besorgen können.«

»Hmm. Ja, stimmt.« Emma grinste ihn an und begann, ihre Unterlagen zusammenzuraffen. »Aber dann ist mir noch dieses und jenes eingefallen, was ich erledigen könnte, wenn ich schon mal da bin. Aber keine Sorge. Ich bin so gut wie weg.«

Dieses und jenes? Die Frau hatte echt Nerven. »Dass du jetzt gehst, ist eine gute Idee.« Er mochte das Chaos nicht, das sie veranstaltete. Auch wenn er, genau genommen, nichts von ihr mitbekommen hatte, solange er in seinem Arbeitszimmer gewesen war. Von ihrem Kontrollbesuch nach seinem Wutausbruch mal abgesehen. Aber war es nicht viel schlimmer, wenn sich jemand in seinem Haus herumtrieb, ohne dass man etwas davon mitbekam, als jemanden zu Besuch zu haben, der einen permanent störte? »Mein Tipp für die Zukunft«, brummte er, »such dir ein anderes WLAN.«

»Weil ich deinen Bestechungskuchen gegessen habe?«, fragte sie, während sie in ihre Stiefel schlüpfte. Sie strich Biggie, der sich neben ihr hatte fallen lassen, als hätte er keinen funktionierenden Knochen im Leib, über den Bauch, bevor sie sich wieder aufrichtete.

»Nein. Weil ich meine Ruhe will. Ich bin nicht hierhergezogen, um ständig jemanden in meinem Haus herumsitzen zu haben.«

»Nein? Warum bist du denn hergezogen?«, schoss Emma sofort die nächste Frage ab.

Langsam konnte sich Jared ein Bild von ihrer Arbeit als Reporterin machen. Statt ihr zu antworten, öffnete er die Tür. »Ich wünsch dir einen schönen Abend.«

Emma seufzte. »Das wünsche ich dir auch. Vielen Dank, dass ich das WLAN benutzen durfte.« Sie lief durch die einbrechende Dämmerung zu ihrem Wagen, warf ihre Tasche auf den Beifahrersitz und kletterte hinter das Lenkrad. Mit einem breiten Lächeln winkte sie ihm zu, als sie von der Lichtung fuhr.

Jared atmete tief durch und räumte das Geschirr von seinem Esstisch. Jetzt, wo alles wieder ordentlich und sauber war, fühlte er sich besser. Blieb nur zu hoffen, dass dieser Zustand anhielt.

Die Ordnung hielt. Bis zum nächsten Nachmittag, als Emma abermals an seine Tür klopfte. Um den überfälligen Pekannusskuchen zu bringen. Und Hundekekse für Biggie. Und mal ganz kurz online zu gehen. Nachdem er sie gefragt hatte, welches Verbrechen sie für diesen Tag plante. Online-Betrug? Und sie mit ihrer Frage, welche Bank er heute hacken und ausrauben würde, dagegengehalten hatte.

Jared ließ sie zähneknirschend herein. Emma nahm ihren Platz am Esstisch ein und wartete, bis er das WLAN für sie freischaltete. Dann zog er sich in sein Arbeitszimmer zurück und versuchte, sich auf die Verknüpfung von Backend und Frontend einer App zu konzentrieren, an der er gerade arbeitete. Dummerweise ließ er sich immer wieder von der Stille ablenken. Er knetete seinen Antistressball und lauschte. Aus seinem Wohnzimmer war nichts zu hören. Ob Emma dieses Mal Ernst gemacht hatte, nur kurz etwas zu verschicken, und dann tatsächlich wieder gegangen war?

Leise öffnete er die Tür seines Arbeitszimmers einen Spalt und spähte ins Wohnzimmer. Da war sie. Den Blick wie immer auf ihren Laptop gerichtet, biss sie sich auf die Unterlippe und schob sich gleichzeitig eine ihrer blonden Haarsträhnen hinter das Ohr. Ihre Füße, die in dicken Wollsocken steckten, die Jared an die im Schaufenster des *One More Row* erinnerten, lagen auf Biggies Rücken, der sich unter dem Tisch ausgestreckt hatte und ein Nickerchen hielt. Abwesend strich Emma mit dem Fuß über sein Fell.

Jared hatte keine Ahnung, wie lange er schon an der Tür stand, und sie beobachtete. Vielleicht hatte Mac recht und er sollte sich wie ein guter Nachbar verhalten und sie fragen, ob sie einen Kaffee wollte. Bei ein wenig Small Talk konnte er versuchen herauszufinden, was sie eigentlich in Snowflake

Valley machte. Er wollte sein Vorhaben in die Tat umsetzen, als ihr Handy zu klingeln begann.

Emma begann, hektisch die Blätter und Notizzettel auf dem Tisch hin und her zu schieben, bis sie ihr Handy unter ein paar Post-its fand, die sie abzupfte und dann den Anruf annahm. »Emma Porter«, sagte sie und klang dabei ein wenig atemlos. »Hey, Trish, schön von dir zu hören.«

Jared entschied zu bleiben, wo er war, um sie nicht bei ihrem Gespräch zu stören. Den Kaffee konnte er ihr auch noch nach ihrem Telefonat anbieten.

»Warum das denn?«, hörte er Emma fragen. Zwischen ihren Brauen bildete sich eine steile Falte. »Im Moment passt mir das wirklich nicht. Ich habe in Snowflake Valley noch ein paar Sachen zu erledigen, bevor ich zurückkommen kann.« Sie legte den Kopf in den Nacken und atmete langsam aus, während sie weiter zuhörte. »Und das kann niemand anderes übernehmen? Molly ist doch sicher ganz scharf darauf. Gib ihr den Job … hmm … okay.« Sie zog einen Block zu sich heran und machte sich ein paar Notizen. »Wenn es wirklich keine Alternative gibt, kann ich sehen, ob ich morgen einen Flug bekomme.« Emma verzog das Gesicht zu einer genervten Maske und verdrehte die Augen. »Ja, klar. Bye Trish. Wir sehen uns morgen in Chicago.« Emma beendete das Gespräch und warf das Handy mit einem Laut, der wie ein Fauchen klang, neben ihren Laptop.

Sie würde die Stadt also verlassen. Morgen schon. Langsam schob Jared die Tür zu, damit Emma nicht merkte, dass er gelauscht hatte. Er war sich nicht ganz sicher, ob er erleichtert war. Ab morgen würde er sein Haus wieder für sich haben. Oder machte sich nicht doch ein wenig Enttäuschung in ihm aus genau diesem Grund breit?

7

Let the Christmas time be Gin.

Emma war völlig erschöpft, als sie zwei Tage später den Rückflug von Chicago nach Missoula antrat. Sie hatte alle ihre Pläne über den Haufen geworfen, um Donovan Jacobson zu interviewen. Einen Reality-Star, zu dessen Ruhm sie in den vergangenen Jahren nicht unerheblich beigetragen hatte, weil sie eine der Ersten gewesen war, die über ihn berichtet hatte. Zu einer Zeit, als der Ruhm – der ihm jetzt offensichtlich zu Kopf stieg – noch keiner gewesen war. Donovan war jedenfalls inzwischen arrogant genug zu verlangen, für das Weihnachtsspecial der *Belle* von niemand anderem als Emma interviewt zu werden. Einer Forderung, der ihre Chefredakteurin nur zu gern nachgegeben hatte.

Also war sie in den Flieger nach Chicago gestiegen, hatte sich zwei Stunden Donovans Schwärmerei zum Thema Adventskalender angehört, die er dieses Jahr für alle seine Liebsten basteln würde – live in seiner Show, selbstverständlich. Dann hatte sie sich ein Hotelzimmer nehmen müssen, weil sie ihre Wohnung untervermietet hatte, und die halbe Nacht an dem Artikel geschrieben. Den Rest der Nacht hatte sie damit verbracht, die erste digitale Ausgabe der *Snowflake*

Valley Gazette hochzuladen. Erst einmal nur den Lokalteil, der dem entsprach, was ihr Onkel in die Druckerei gegeben hatte. Wenigstens dafür lohnte sich der Ausflug in die Großstadt, weil sie Jared nicht hatte anbetteln müssen, sie dafür in sein Haus zu lassen.

Emmas Redakteurin, Trish, war von dem Interview mit Donovan begeistert und bombardierte sie bereits mit den nächsten Ideen, die sie hatte, und die zum Teil wirklich verlockend klangen. Aber wie sollte Emma das alles schaffen, während sie versuchte, das Online-Magazin auf die Beine zu stellen? Sie bat sich Bedenkzeit aus, wohlwissend, dass ein Teil der wirklich guten Aufträge an andere Redakteurinnen gehen würde, wenn sie nicht schnell zugriff. Aber im Moment konnte sie einfach keine Entscheidungen treffen. Wenigstens nutzte sie die Chance, noch ein wenig in der Bedien-dich-Kammer herumzukramen. Dort wurde das Zeug gelagert, das ungefragt an die Redaktion geschickt wurde, in der Hoffnung, dass jemand einen Artikel darüber schrieb. Hier fanden sich immer ein paar Geschenke für ihre Familie und Freunde.

Als sie schließlich für ihren Rückflug eincheckte, schaffte sie es kaum noch, die Augen offen zu halten. Die letzten beiden Tage waren ein Marathontrip gewesen und hatten sie zudem in ihrer Planung für die *Gazette* zurückgeworfen. Denn sie hatte noch immer keine Lösung für das WLAN-Problem, das ja weiterbestehen würde, wenn die Zeitung endlich online ging. Vielleicht konnte man mit Jared verhandeln, dass er gegen eine kleine Gebühr sein Netz für ein paar Stunden im Monat zur Verfügung stellte. Eine eigene Leitung war für die Zeitung jedenfalls nicht bezahlbar.

Das andere Problem, das sie mit sich herumschleppte, war dieser besondere Knaller, den sie noch für die erste Magazin-Ausgabe der *Gazette* brauchte. Seit Wochen machte sie sich Gedanken über dieses Thema, und in den letzten Tagen grübelte sie regelrecht verzweifelt darüber. Aber ihr Gehirn war wie leer gefegt. Was vielleicht auch an ihrer Müdigkeit lag. Und an den tausend anderen Sachen, um die sie sich kümmern musste, damit sie die Zeitung online bringen konnte. Aber verdammt noch mal, wenn ihr nicht bald etwas einfiel …

Sie ließ sich auf ihren Platz fallen und nickte ihrem Sitznachbarn zu. Ein junger Typ, der nur kurz von seinem Handy aufblickte. Erst als der Flieger in der Luft war, Emma ihren Laptop hervorholte und die Fotos durchging, die sie am *Ice Day* in der Stadt gemacht hatte, um eine Bilderstrecke davon in das Magazin aufzunehmen, blickte ihr Sitznachbar interessiert zu ihr rüber.

»Hey, sag mal …« Offenbar seine Art, ein Gespräch zu beginnen. Denn er wartete geduldig, bis Emma mit einem »Ja?« aufblickte.

»Hast du die gemacht?«, wollte er wissen und zeigte mit seinem Handy in der Hand auf ihren Bildschirm.

»Ja«, erwiderte Emma abermals einsilbig. Sie war zu müde für Small Talk.

»Cool. Dann kennst du dich mit Fotos und so aus? Schau mal hier!« Er hielt ihr sein Handy vor die Nase und scrollte durch ein paar Fotos, die alle ihn zeigten. In grauenvoll gestellten Posen, die seine Muskeln zur Geltung bringen sollten – oder sein aufgesetztes Lächeln. »Ich melde mich grad bei dieser Dating-App an. Und ich kann mich nicht entscheiden, welches Foto ich nehmen soll.«

»Du siehst auf allen gleich gut aus«, sagte Emma ganz automatisch und schob seine Hand zur Seite, als die Flugbegleiterin ihren Wagen auf ihre Höhe rollte.

»Kann ich Ihnen etwas anbieten, Ma'am?«, fragte die blau uniformierte Dame höflich.

»Verdammt. Das habe ich auch gedacht«, hakte der Typ dazwischen. »Die Fotos von mir sind wirklich alle der Hammer. Wie soll man sich da entscheiden? Ich bin übrigens Evan«, stellte er sich vor.

Emma bemühte sich, nicht die Augen zu verdrehen. Alkohol würde ihrem übermüdeten Hirn nicht guttun. Aber der Typ neben ihr schien gerade erst in Fahrt zu kommen. »Gin Tonic«, bestellte sie.

»Nehm ich auch«, schloss sich Evan ihrer Bestellung an.

Die Flugbegleiterin behielt ihr freundliches Lächeln bei, zog aber die Augenbrauen nach oben. »Sicher, Sir, sobald ich Ihren Führerschein gesehen habe.«

»Mist«, murmelte er und warf Emma einen Seitenblick zu. »Manchmal funktioniert es. Na gut«, sagte er zur Stewardess. »Ich nehme eine Diet Coke.« Dann wandte er sich wieder an Emma. »Hilfst du mir, ein Foto für die Dating-App auszusuchen?«, fragte der Typ.

»Nein, Evan. Ich helfe dir nicht.« Emma nahm den Drink entgegen und trank einen großen Schluck. »Such dein Bild selbst aus.«

Einen Moment schwieg er. Dann warf er Emma einen Seitenblick zu und zwinkerte ihr zu. »Bist du noch Single?«

O Gott! Versuchte gerade ernsthaft ein Kerl, der mindestens zehn Jahre jünger war als sie, sie anzugraben? Mit dem nächsten Schluck war ihr Glas nur noch halb voll.

»Ich meine«, er beugte sich vertraulich zu ihr rüber und

räusperte sich, »hast du schon mal vom Mile High Club gehört?«

Womit hatte sie das verdient? Emma kippte den Rest ihres Gin Tonic auf ex und schloss die Augen.

Als die Boing in den Landeanflug auf den Missoula International Airport ging, erwachte Emma mit einem Ruck aus einem völlig wirren Traum. Einen Moment brauchte sie, um sich zurechtzufinden. Ihren Laptop hatte sie noch auf dem Schoß, das Gin-Tonic-Glas war abgeräumt worden. Und Evan spielte noch immer an seinem Handy herum.

»Hey, da bist du ja wieder«, sagte er, als wäre sie nicht einen fünfstündigen Flug über komplett ausgeknockt gewesen. »Schau mal, ich habe mich für das hier entschieden.« Er zeigte ihr eine Oberkörperfrei-Möchtegern-Bodybuilder-Aufnahme.

»Sehr gute Wahl«, murmelte Emma. Sie schob ihren Laptop in die Tasche zurück, stellte ihre Lehne auf und schnallte sich an. Dieser Traum, den sie da gehabt hatte, war wirklich schräg gewesen. Wahrscheinlich hätte sie keinen Alkohol trinken dürfen, so übermüdet wie sie gewesen war. Die Erlebnisse der vergangenen Tage hatten sich irgendwie miteinander vermischt. Donovan Jacobson hatte ihr stolz seine selbst gebastelten Adventskalender präsentiert. Dann war plötzlich Jared aufgetaucht und hatte die Türchen geöffnet. So wie er sie bei ihrem ersten WLAN-Einbruchsversuch erwischt hatte, nur mit einem Handtuch bekleidet. Und aus den Kalendertürchen waren Leute geklettert, die beteuert hatten, Single zu sein und fragten, ob das hier ein Dating-Portal sein.

Emma hatte völlig hysterisch neben Jared gestanden und immer wieder gerufen: »Nein, ihr könnt nicht aus den Türchen klettern! Das ist ein Adventskalender!«

»Ein Adventskalender für Singles«, hatte Jared gesagt und Beatrice Williams geholfen, die sich natürlich das Türchen mit der Vierundzwanzig gesichert hatte.

Erschöpft rieb sich Emma über das Gesicht. Was für ein verrückter Traum. »Ein Adventskalender für Singles«, murmelte sie und schüttelte über sich selbst den Kopf.

Das Flugzeug sackte in ein Luftloch und hinterließ ein Flattern in ihrem Magen – das nicht wegging, als sich die Turbulenz wieder beruhigte. »Ein Adventskalender für Singles«, wiederholte sie noch einmal leise.

»Hast du was gesagt?« Evan blickte von seinem Handy auf.

»Nein. Nichts.« Es gab nicht nur Typen wie ihren Sitznachbarn. Es gab auch Leute wie … ihren Onkel. Oder Vivian. Freddy Carpenter, der die meiste Zeit im *Old Boat* verbrachte. Nicht bei jeder Singlebörse drehte es sich darum, einen Weg in den Mile High Club zu finden. Manche Menschen suchten einfach nur nach der großen Liebe. Jemandem, zu dem sie gehören konnten. Dem sie vertrauten. Der sie glücklich machte. Die Weihnachtszeit war dafür doch geradezu perfekt. In diesem letzten Monat des Jahres ging es um Vertrauen und Hoffnung. Glück und Zuversicht und all diese herzerwärmenden Gefühle. Um kleine und große Wunder. Wäre es nicht das schönste Geschenk überhaupt, jemandem die Liebe unter den Weihnachtsbaum legen zu können? Emma kramte ihr Notizbuch aus der Tasche und begann hektisch, sich Notizen zu machen.

Als sie ihren Jeep zweieinhalb Stunden später vor dem Haus ihrer Eltern ausrollen ließ, hatte sie den perfekten Plan, um die Online-Ausgabe der *Snowflake Valley Gazette* zu einem vollen Erfolg zu machen: Ein Single-Adventskalender, der den Teilnehmern helfen sollte, die große Liebe zu finden und an Weihnachten nicht einsam und allein unter dem Baum sitzen zu müssen.

Neben der Garage ihrer Eltern stand der Wagen ihres Onkels. Perfektes Timing. Dann konnte sie ihm gleich von ihrer neuen Idee erzählen. Sie hatten mit dem Essen auf Emma gewartet, doch die Stimmung im Wohnzimmer war irgendwie – gedrückt. Nachdem Emma sich frisch gemacht und das Glas Wein entgegengenommen hatte, das ihre Mutter ihr reichte, lauschte sie der Unterhaltung über die *Snowflake Valley Bears*, die an diesem Wochenende das erste Heimspiel haben würden. Vorsichtig nippte sie an dem Wein, um sicherzugehen, nicht noch einmal so ausgeknockt zu werden wie von dem Gin Tonic im Flugzeug. Aber die fast vier Stunden Schlaf hatten ihre Lebensgeister wieder geweckt, weshalb sie es gar nicht erwarten konnte, von ihrer neuen Idee zu erzählen. Aber erst einmal musste sie herausfinden, warum ihre Eltern und ihr Onkel so zwanghaft versuchten, Konversation zu machen, aber ständig ihrem Blick auswichen.

Als das Gespräch am Esstisch das nächste Mal ins Stocken geriet, reichte es Emma. »Was ist los?«, fragte sie und blickte ihre älteren Verwandten der Reihe nach an. »Ihr benehmt euch, als wäre jemand gestorben.«

Henry legte sein Besteck beiseite und räusperte sich, während Emmas Mutter ihre Hand drückte. »Wir wollten eigentlich mit dir darauf anstoßen, dass die erste Online-Ausgabe der *Gazette* heute rausgegangen ist. Aber … es tut mir so leid. Du hast so viel Energie und Mühe in diese Idee gesteckt …«

»Ist etwas schiefgelaufen?« Die Worte ihres Onkels verwirrten Emma. Sie hatte doch die Datei im Hotel persönlich hochgeladen, und da hatte noch alles funktioniert. Seitdem hatte sie zwar keine Zeit mehr gehabt, das Ganze zu überprüfen. Aber was einmal lief ... »Funktioniert das Layout nicht?«

Henry schüttelte den Kopf. »Die Seite läuft. Und sieht wirklich gut aus mit den Grafiken, die du dir hast einfallen lassen, und all dem. Aber sie ist nicht gerade eingeschlagen wie eine Bombe. Es gibt nur drei neue Abonnenten.« Betroffen blickte er auf den Kartoffelbrei auf seinem Teller.

»Drei Abonnenten?« Emma spürte das hysterische Lachen, das in ihr aufstieg. »Ihr zieht solche Gesichter, weil ihr Angst hattet, mir das zu sagen?«

»Du hast so viel Arbeit in diese Zeitung gesteckt«, sagte ihre Mutter.

Die Energie, die durch Emmas Körper rotierte, machte es unmöglich, noch länger sitzen zu bleiben. Sie sprang auf und begann, im Esszimmer auf und ab zu laufen. »Ihr versteht es einfach nicht.« Hilflos hob sie die Hände. »Ihr müsst euch keine Sorgen machen. Wir gehen doch gerade erst online. Und schon gar nicht mit dem richtigen Magazin. Das war nur die digitale Kopie der Zeitung, mit der wir einfach erst einmal testen, ob die Software, das Layout und die ganzen Features, die da eingebaut sind, funktionieren.« Sie wirbelte zu ihren Verwandten herum. »Wie sieht die Seite aus? Funktionieren die Links? Kann man die Bilder und Videos, die ich hochgeladen habe, problemlos ansehen? Das sind die Dinge, um die es mir bei dieser Ausgabe ging.« Emma merkte, dass sie ein wenig zu heftig reagiert hatte, und setzte sich wieder hin. »Entschuldigt bitte. Das waren zwei lange Tage.« Dann wandte sie sich wieder an Henry. »Wir haben doch noch gar keine Werbung gemacht, mal abgesehen von dem

Schneehuhn-Artikel, in dem wir auf das Video-Interview verweisen. Die Zeitungsabonnenten können sich das ja sowieso kostenlos ansehen. Hast du mal überprüft, wie viele der *Gazette*-Leser das Video angeschaut haben?«

»Ungefähr ein Viertel«, sagte Henry.

Emma lehnte sich in ihrem Stuhl zurück und lächelte ihn an. »Siehst du? Wenn ein Viertel von ihnen schon am ersten Tag neugierig online geht, ist das ist ein gutes Zeichen. Eines, das uns sagt, dass die Leser interessiert sind.« Sie drückte nun ihrerseits beruhigend die Hand ihres Onkels und ihrer Mutter. »Macht euch keine Sorgen. Wir haben mit der Abonnenten-Akquise doch noch gar nicht angefangen. Und jetzt lasst uns essen, bevor dieses fantastische Brathähnchen kalt wird.«

»Das klingt nach ziemlich viel Arbeit, die da noch vor dir liegt«, mischte sich nun auch Emmas Vater ein. »Ich bin mir sicher, dass du weißt, was du tust. Wir alle«, korrigierte er sich. »Aber achte dabei auch ein bisschen auf dich selbst. Ich habe den Eindruck, dass du viel mehr arbeitest, als gut für dich ist.«

Emma lächelte ihn an. »Keine Sorge, Dad. Das erledigt sich jetzt alles in Nullkommanichts.« Sie schnippte mit den Fingern. Das entsprach vielleicht nicht ganz der Wahrheit. Aber wenn es dafür sorgte, dass der sorgenvolle Ausdruck aus den Gesichtern ihrer Eltern und ihres Onkels verschwand, war es nicht schlimm, die Wahrheit ein wenig zurechtzubiegen.

Als sie in dieser Nacht ins Bett ging, war Emma völlig erschöpft. Was ihre Gedanken allerdings nicht davon abhielt, ein paar Extrarunden zu drehen. Nachdem ihre Eltern und

Henry beruhigt waren, dass ihr Projekt nicht schon den Bach runterging, bevor es überhaupt richtig gestartet war, waren sie so beruhigt, dass sie ohne Punkt und Komma angefangen hatten zu reden. So als ob sie vor lauter Sorge einen ganzen Tag kein Wort rausgebracht hatten und endlich die Dämme gebrochen waren. Emma betrachtete die Lichterkette mit den Erinnerungen an ihre Kindheit und Jugend, die über ihrem Bett hing. Dann griff sie nach ihrem Handy und rief ihren Chat mit Sasha auf. *Bist du noch wach?*, schrieb sie.

Ein paar Sekunden später blinkte das Foto von Sasha und ihr auf dem Display auf, auf dem sie lachend die Köpfe in den Nacken warfen und *Soul Sister* von *Train* erklang – Emmas Klingelton für ihre beste Freundin. »Hey«, sagte sie, als sie den Anruf annahm.

»Du hast mich gerettet.« Sasha stöhnte. »Simon sieht sich die Wiederholung eines Footballspiels an. Ich meine: Was soll das? Er weiß genau, wie es ausgeht, welcher Touchdown in welchem Quarter passieren wird und wer sich wann verletzt. Und trotzdem schaut er es sich noch einmal an. Warum nur?«

Sashas Empörung hob Emmas Laune ganz automatisch. »Vermutlich aus den gleichen Gründen, aus denen wir uns immer wieder *The lucky one* ansehen. Er liebt Football einfach.«

»Hmm.« Sasha schwieg einen Moment. »Aber wir lieben *The lucky one* wegen Zac Efron und dieser Duschszene. Das ist etwas völlig anderes. Auf diesem Footballfeld sieht niemand auch nur ansatzweise so gut aus wie Zac. Soweit ich das unter diesen Helmen beurteilen kann.« Sie kicherte. »Simon ist dir auf jeden Fall auch dankbar. Vermutlich hätte er mich bis zum Ende dieses Viertels gefesselt und geknebelt, um seine Ruhe zu haben. Also, was gibt's Neues? Wie war Chicago?«

Emma erzählte Sasha von den letzten zwei Tagen. Ohne ein Detail auszulassen – nicht einmal dem Mile High Club.

»Verdammt. Noch nicht einmal mein eigener Mann hat mir je angeboten, es auf einer Flugzeugtoilette zu treiben«, schimpfte Sasha gut gelaunt und war total begeistert von Emmas Adventskalender-Idee. »Wir sollten auf jeden Fall Freddy Carpenter darin aufnehmen. Sonst gräbt dich der arme Kerl nächstes Jahr wieder zur Labour-Day-Party an.«

»Freddy bekommt definitiv ein Türchen, wenn er eines möchte«, stimmte Emma ihrer Freundin zu. »Aber wir haben immer noch das WLAN-Problem, das sich nicht lösen lässt. Ich kann doch nicht schon wieder vor Jareds Tür auftauchen und ihm auf die Nerven gehen. Ich glaube, er hat inzwischen wirklich genug von mir.«

Wieder schwieg Sasha einen Moment, sodass Emma sich schon fragte, ob die Verbindung zusammengebrochen war, bevor sie weitersprach. »Wie wäre es, wenn du statt zu grübeln morgen Abend einfach zum Essen zu uns kommst? Ein gemütlicher Abend unter Freunden. Simon und seine Kumpels haben diese Schneebar gebaut. Die ist echt cool. Wir trinken ein bisschen Punsch und essen was Leckeres. Und wenn du einen Margarita zu viel hattest, pennst du einfach wieder bei uns. Mein Körper hat zwar ein bisschen Angst, dass der Abend endet wie am Labour Day, aber hin und wieder muss man Opfer bringen. Für die Freundschaft. Wie findest du das?«

»Ein Abend mit dir und Simon? Wie kann ich da Nein sagen. Das hört sich fantastisch an. Ich bringe den Punsch mit«, bot Emma an. Zeit mit ihren besten Freunden zu verbringen klang wirklich nach einem guten Plan, um wenigstens für ein paar Stunden den Stress zu vergessen, zu dem das Online-Magazin der *Gazette* sich entwickelte.

* * *

Jared klopfte sich den Schnee von den Stiefeln und hielt Biggie die Tür zum *One More Bite* auf. Wärme und der Duft von frisch gebackenem Brot und Kuchen schlugen ihm entgegen. Er setzte sich für seinen Lunch wie immer an den Tresen zu Sasha, die ihn mit einem breiten Strahlen begrüßte und einen Hundekeks über die Theke warf, den Biggie aus der Luft schnappte und inhalierte, als ob die beiden das Kunststück einstudiert hätten.

»Wie geht es euch?«, fragte Sasha, als sie Jared eine Tasse Kaffee hinstellte.

»Hmm, ganz gut«, gab er zurück und legte seine Hände um die Tasse, um sie ein wenig aufzuwärmen. Der Spaziergang in die Stadt war nach wie vor eines seiner festen Rituale, mit denen er versuchte, den Tag zu unterteilen. In den letzten beiden Tagen hatte er viel geschafft, sich aber trotzdem an seine Regel gehalten, es mit der Arbeit nicht zu übertreiben. Einzig Mac lag ihm nach wie vor in den Ohren, sich endlich eine Beschäftigung außerhalb seines Büros zu suchen. Womit er weder die Stunde in seinem Fitnessraum noch das abendliche Bier im Jacuzzi noch die kleine Wanderung in die Stadt meinte. Mac fand, dass Jared unter Leute musste. Eine Verabredung mit der hübschen Blonden, die neulich in sein Büro gestürmt war, hielt sein Freund für eine besonders gute Idee. Dass Emma nach

Chicago zurückgekehrt war, brachte Jared nur ein Schulterzucken seines Freundes ein. »Dann triff dich halt mit einer anderen Frau«, war seine lapidare Antwort gewesen. »Du bist schon viel zu lang allein.«

Auf dem Weg ins Café hatte er Beatrice Williams getroffen und den Bruchteil einer Sekunde überlegt, ob er sie um ein Date bitten sollte. Doch dann war ihm wieder eingefallen, wie Emmas Augen Funken gesprüht hatten, als er diese Frau ihr gegenüber erwähnt hatte. Überhaupt fehlte ihm Emmas Anwesenheit in seinem Haus irgendwie. Was total verrückt war. Als sie ihn noch belästigt hatte, hatte ihn das doch gestört, oder? Beatrice war jedenfalls keine Option für ihn. Bei dem kurzen Small Talk auf der Mainstreet, bei dem hauptsächlich sie geredet hatte, ging es sowieso nur darum, dass das Ferien-Resort ihrer Familie sich vielleicht ein neues Buchungssystem zulegen wollte und sie deshalb in nächster Zeit mal auf ihn zukommen wollte. Jared hatte ihr nicht gesagt, dass er im Moment keine Aufträge annahm. Das konnte er immer noch, falls sie wirklich …

»Jared?«

»Hmm?« Er blickte Sasha an, die mit in die Hüften gestützten Händen hinter ihrem Tresen stand.

»Wo bist du nur mit deinen Gedanken?« Sie schüttelte den Kopf. »Ich habe gefragt, ob du zur Abwechslung mal meine Kartoffelsuppe mit Baconstreifen probieren möchtest.«

»Ja, gerne. Das klingt gut.« Er griff nach dem Teller, auf dem Sasha ihm ein paar Scheiben frisches Brot und gesalzene Butter drapiert hatte.

»Sag mal«, begann Sasha, während sie einen Donut und einen Muffin aus der Auslage nahm und mit Servietten auf

Teller legte, damit es ihre Kellnerin servieren konnte. »Hast du heute Abend schon was vor?«

Jared, der gerade von seinem Brot abbeißen wollte, hielt inne und ließ die Hand wieder sinken. »Warum?«, fragte er.

Sasha zuckte die Schultern und füllte einen Suppenteller für ihn, auf dem sie kunstvoll ein paar Speckstreifen drapierte. »Ich habe überlegt, dich mal zum Essen einzuladen«, sagte sie und streute Schnittlauch über ihre Kreation, bevor sie den Teller über den Tresen reichte. »Einfach, zwanglos. Du kennst meinen Mann. Also, du kennst ihn nicht wirklich, aber er und sein Vater haben ein paar Umbauarbeiten im Woodward Cottage durchgeführt, bevor du eingezogen bist. Ein gemütlicher Abend bei uns wäre doch nett.«

»Warum?«, fragte Jared noch mal. Das war ja schon fast unheimlich. Erst lag Mac ihm in den Ohren, unbedingt unter Leute zu gehen, und dann bot Sasha ihm genau das an. Wobei sein Freund vermutlich eher an eine Bar oder ein Restaurant gedacht hatte.

Sasha seufzte. »Du bist wirklich nicht besonders gesprächig, oder? Und du bist ein Großstädter. Streite es nicht ab«, sagte sie und zeigte mit der Kuchengabel auf ihn. »So laufen die Dinge hier auf dem Land nun mal. Wir sind fast Nachbarn. Da gehört es dazu, dass man mal zu einem Dinner oder auf ein Bier und ein Baseballspiel im Fernsehen einlädt. Im Sommer geben wir immer ein großes Grillfest«, erzählte sie weiter. »Das hast du verpasst. Ehrlich gesagt hätte ich dich schon längst einmal einladen sollen. Aber du weißt, wie das ist, die Zeit rennt einem immer davon. Also habe ich beschlossen, endlich Nägel mit Köpfen zu machen, bevor die Weihnachtszeit losgeht und wir hier im Tal in wirklichen Stress verfallen. Also, was sagst du? Heute Abend?«

»Ähm …« Jared fühlte sich ziemlich überrumpelt von Sashas Wortschwall.

»Zum Nachtisch gibt es Pekannusskuchen.« Sie wackelte mit den Augenbrauen und brachte Jared damit zum Lachen.

»Wenn das so ist.« Er sah zu seinem Hund hinunter, der unter seinem Barhocker ein Nickerchen hielt.

»Biggie ist natürlich auch eingeladen. Bestimmt lässt sich für ihn noch der eine oder andere Hundekeks finden. Passt dir sieben Uhr?«

»Ähm … okay.« Mac wäre begeistert, weil er seine Höhle (so nannte sein Freund Jareds Arbeitszimmer) verlassen würde. Und Sasha war nett, also konnte er davon ausgehen, dass ihr Mann ebenfalls ein angenehmer Typ war. Er probierte die Suppe, die fantastisch schmeckte. Auf dem Heimweg würde er in *Milli's Grocery Store* vorbeigehen und eine Flasche Wein besorgen. Er konnte nur hoffen, dass Miss Milli eine anständige Auswahl hatte.

8

I am Team Santa. Always.

Sasha hatte Jared den Weg zu ihrer Farm erklärt, und er hatte überrascht festgestellt, dass ihr Mann und sie tatsächlich auf dem übernächsten Grundstück lebten. Was in Montana-Entfernungen zwar trotz allem noch etwas anderes war als die handtuchgroßen Gärten, die die Häuser in Sunnyvale voneinander trennten, aber Biggie und er konnten zu Fuß zu Sashas Einladung gehen. Der Bungalow, der zwischen dem Zuhause der Campbells und seinem Cottage lag, gehörte irgendjemandem aus Missoula, der das Ferienhaus nur sporadisch nutzte, und den Jared in den zwei Monaten, die er in Snowflake Valley lebte, noch nie gesehen hatte.

Mit einer Flasche Wein unter dem Arm und Macs gut gemeinten Ratschlägen, beim Small Talk nicht zu versagen, stampften Biggie und Jared durch den knirschenden Schnee, der an diesem Nachmittag frisch gefallen war. Jetzt war die Luft klar und eisig kalt. Die Sterne funkelten – genau wie Sashas Haus, das man vermutlich noch sehen konnte, wenn man auf der ISS aus dem Fenster sah.

Die Einfahrt war an beiden Seiten mit brennenden Fackeln markiert, als hätte Jared sie sonst übersehen. »Wie eine Landebahn«, sagte er zu seinem Hund. Blieb nur zu hoffen, dass hier nicht noch eine Cessna runterging, weil der Pilot dieses Grundstück mit dem Flugplatz in Wild Creek verwechselte.

Das Haus der Campbells wirkte auf den ersten Blick rustikal und charmant, wenn auch an manchen Stellen ein wenig renovierungsbedürftig. Die Lage am See war, genau wie bei seinem eigenen Cottage, unschlagbar, und das warme, gelbe Licht aus den Fenstern einladend. Um das Geländer der Veranda waren bunte Lichterketten geschlungen. Was Jareds Blick aber wie magisch anzog, war die Bar, die neben der Veranda errichtet worden war und offenbar aus Schnee bestand. Auf dem Holzbrett, das den Tresen bildete, standen Windlichter, in denen dicke Kerzen flackerten. Überhaupt waren überall im Schnee Gläser in allen Größen und Formen verteilt, in denen Kerzen und Teelichter brannten. An der Frontseite der Schneebar war ein handgemaltes Schild angebracht und mit einer bunten, blinkenden Lichterkette eingerahmt, und auf dem Schild stand: *Dumme Ideen beginnen immer mit dem Satz »Halt mal mein Bier«.*

Weitere Lichterketten pendelten zwischen der Bar und dem Verandadach. Auf dem Bereich vor dem Haus, wo im Sommer vermutlich der Vorgarten lag, loderte ein fröhliches Lagerfeuer. Ein paar Deckchairs, die darum herumstanden, waren mit Schaffellen gepolstert. Decken hingen über den Armlehnen, als planten seine Gastgeber, den Abend draußen stattfinden zu lassen.

Bevor Jared sich bemerkbar machen konnte, übernahm Biggie. Er stellte sich vor die Veranda und gab ein tiefes »Wuff« von sich, um sein Herrchen und sich anzukündigen.

»Da seid ihr ja!« Sasha kam schon im nächsten Moment an der Seite ihres Mannes, den Jared schon mal in der Stadt gesehen hatte, aus dem Haus. »Schön, dass ihr da seid«, ergänzte sie, während sie den Reißverschluss ihrer Daunenjacke hochzog. »Darf ich dir meinen Mann vorstellen? Jared, das ist Simon. Simon – Jared.« Sie nickte zwischen den Männern hin und her und setzte ihre Mütze auf.

Da Simon ebenfalls warm angezogen war, würden sie wahrscheinlich wirklich eine Weile hier draußen verbringen. Der Mann lächelte und gab Jared die Hand, bevor er sie in seinen Handschuh zurückschob. Er war Jared auf Anhieb sympathisch. »Willkommen auf der Campbell-Farm«, sagte er. »Wie du siehst, sind wir noch mitten im Umbau. Die Lichterketten lenken nach Sashas Meinung von den offensichtlichen Problemstellen wie der abblätternden Farbe und den schief hängenden Fensterläden hier drüben ab.«

»Ah.« Jared reichte Sasha den Wein. »Dann kann ich zumindest sichergehen, nicht in ein Zeitloch gefallen zu sein. Ich habe schon befürchtet, dass plötzlich Weihnachten ist, ohne dass ich es mitbekommen habe.«

Simon lachte. »Keine Sorge. Wenn es nach meiner Frau geht, ist das ganze Jahr Weihnachten.«

»Ich kann dich nachher gern im Haus herumführen«, sagte Sasha und wackelte mit der Weinflasche in ihrer Hand. »Die passt gut zum Essen. Aber ich dachte, wir trinken erst einen Schluck an der Schneebar. Der Punsch müsste jeden Augenblick da sein.«

Jared nickte. Er hatte keine Ahnung, was sie damit meinte. Wurde der Punsch geliefert?

Seine Antwort erhielt er bereits im nächsten Augenblick, als Sasha sagte: »Ah, da ist sie ja schon.«

Jared drehte sich um, als er das Motorengeräusch hinter sich hörte. Er erkannte die runden Scheinwerfer des Jeeps sofort. Auch wenn es schon zu dunkel war, den Fahrer zu erkennen – oder in diesem Fall: die Fahrerin –, wurde ihm schlagartig klar, dass das Emma war. Er ignorierte das leise Kribbeln in seinem Magen, das vermutlich nur daher rührte, dass er seit dem Lunch nichts mehr gegessen hatte. Emma war hier? Wie …? Jared blickte zu Sasha hinüber, die eingerahmt von ihren Lichterketten mit einem zufriedenen Ausdruck im Gesicht am Verandageländer lehnte.

Im nächsten Moment hielt der Wagen auf der Landebahn der Campbells, und Emma stieg aus. Sie blieb einen Moment stehen und schaute zu ihnen herüber. Trotz der tief in ihre Stirn gezogenen Mütze konnte Jared erkennen, dass sie ebenfalls ziemlich überrascht war, ihn zu sehen. Sie warf ihm einen Blick zu und zögerte einen Moment, bevor sie die Tür ins Schloss drückte und mit einer großen Thermoskanne auf sie zukam.

»Jared, was für eine Überraschung«, sagte Emma, als sie die Gruppe erreichte.

»Emma.« Er nickte ihr zu.

Sie reichte Simon die Thermoskanne und kniete sich in den Skihosen, in denen Jared sie schon am *Ice Day* gesehen hatte, hin, um seinen Hund zur Begrüßung zu streicheln. Dann richtete sie sich wieder auf, umarmte ihre Freunde und drehte sich langsam einmal um die eigene Achse, um die gesamte Szenerie in sich aufzunehmen. »Die Schneebar sieht wie jedes Jahr fantastisch aus«, sagte sie zu Simon. »Und wie immer kein bisschen Beleuchtung zu viel.«

Sasha hob unschuldig die Arme, Jareds Weinflasche noch immer in der Hand. »Was soll ich sagen? Man tut, was man kann. Aber gut, dass wir jetzt vollzählig sind.« Sie stellte die Weinflasche auf die Verandastufe und drehte sich wieder zu ihnen um. Dann hakte sie sich bei Jared unter und zog ihn zur Schneebar. »Lasst uns auf den Abend anstoßen. Emmas Mutter hat das beste Punschrezept im Tal«, verriet sie ihm.

Simon stellte Kaffeebecher auf den improvisierten Tresen der Bar und schenkte das dampfende Gebräu ein. Jared atmete den Geruch von Beeren, Orangen, Zimt und Rum ein, der in kleinen Wolken von den Tassen in die eisige Nacht aufstieg. Trotzdem nahm er einen Hauch von Emmas warmen Duft nach Vanille wahr, als sie sich neben ihn stellte.

»Na? Heute schon die Online-Identität eines Scheichs gehackt und dich ein bisschen bereichert?«, zog sie ihn auf wie bei den letzten Malen, die sie aufeinandergetroffen waren.

»Im Gegensatz zu dir, vermute ich«, gab Jared zurück. »Oder hattest du in Chicago etwa gutes Netz?«

»Ich wusste nicht, dass du hier sein würdest«, sagte Emma leise. »Und du dachtest wahrscheinlich, du wärst mich endlich losgeworden, als ich nach Chicago geflogen bin.«

Einen Moment zögerte Jared, nicht sicher, ob Emma und Sasha ein Komplott geschmiedet hatten, um ihn ... ja, was eigentlich? Emmas Auftauchen hatte ihn überrumpelt. Ganz einfach, weil er nicht mit ihr gerechnet hatte. Aber das Schlimmste, was passieren konnte, war eine erneute Bitte, sein WLAN benutzen zu dürfen. Was ihm plötzlich gar nicht mehr wie eine blöde Idee vorkam. Trotzdem schien es Emma wichtig zu sein klarzustellen, dass sie diesen Abend hier nicht eingefädelt hatte. Also lachte er, um ihr zu zeigen, dass er sich nicht über den Tisch gezogen fühlte. »Schon möglich, dass ich dachte, ich wäre dich endgültig losgeworden.«

»Ich habe mir schon gedacht, dass du dich sicher über Emma freust.« Sasha hatte ihr Gespräch offenbar nicht mit angehört. »Sie ist so ziemlich die Einzige, die du außer mir im Tal kennst.« Sasha lächelte einmal mehr dieses unschuldige Lächeln, das plötzlich gar nicht mehr so harmlos wirkte. »Ich dachte, so fühlt sich der Abend für dich vielleicht ein bisschen weniger merkwürdig an.«

Oder noch merkwürdiger, dachte Jared mit einem Seitenblick auf die beiden Frauen. Emma zumindest schaffte es spielend, seine Gedanken auf Trab zu halten. Er nahm seinen Punschbecher entgegen und wandte sich dann wieder Emma zu. »Ich dachte wirklich, du wärst abgereist.«

Emma lächelte. Trotzdem konnte Jared die dunklen Ringe unter ihren Augen sehen. Sie strahlte, während sie gleichzeitig müde wirkte. »Ich war nur für einen Termin in Chicago. Aber jetzt bin ich zurück und bleibe hoffentlich für den Rest dieses Jahres in Snowflake Valley.«

»Emma krempelt unsere Zeitung um und digitalisiert sie«, erklärte Sasha ihm und legte ihrer Freundin stolz den Arm um die Schultern. »Als neuer Bewohner der Stadt solltest du die *Snowflake Valley Gazette* unbedingt abonnieren.«

»Cheers«, unterbrach Simon die Lobeshymne seiner Frau auf Emma. Sie stießen an, und Jared betrachtete abermals die Runde, die so enge Freunde waren, dass sie fast wie eine kleine Familie wirkten. Was Sasha über Emma erzählt hatte, machte Jared noch neugieriger auf die Frau, die für ein paar Tage sein WLAN gekapert hatte.

Jared nippte an dem Punsch. Verdammt, war der stark. Aber er wärmte. Genau wie das Feuer, das ein Meer aus Licht und Schatten um sie herum entstehen ließ. »Du digitalisierst die Lokalzeitung?«, fragte er Emma.

»Ja. Mein Onkel ist der Chefredakteur. Bei der *Gazette* habe ich als Journalistin das Laufen gelernt beziehungsweise das Schreiben. Als er mir gesagt hat, dass er die Zeitung zum Ende des Jahres aufgeben will, weil sie sich nicht mehr rentiert, ist mir vor Schreck fast das Herz stehen geblieben.« Emma legte ihre Hand über ihrem Daunenmantel an die Stelle, an der sich ihr Herz befand, und ließ sie zweimal gegen ihren Oberkörper federn. »Jetzt suchen wir nach einer Lösung, um die Zeitung zu retten und sie ins 21. Jahrhundert zu holen.«

Der Alkohol stieg Jared zusammen mit der Wärme zu Kopf. »Und dazu hast du das WLAN in meinem Haus gebraucht?«, fragte er Emma.

»Unter anderem. Ich habe an der Homepage der Zeitung gearbeitet. In dem Netz im Tal etwas hochzuladen, ist eine Katastrophe. Sobald irgendetwas die Größe einer Textdatei übersteigt, stehen die Chancen schlecht, den Upload überhaupt hinzubekommen.« Sie zuckte mit den Schultern, während Sasha Punsch nachschenkte, obwohl Jareds Becher noch dreiviertel voll war. »Aber solange ich in Snowflake Valley bin, schreibe ich die Artikel für meinen eigentlichen Job auch von hier aus und schicke sie nach Chicago. Ich war wirklich dankbar, dass ich sichergehen konnte, dass die Dateien rausgingen.«

Sasha stieß ihre Freundin mit der Schulter an. »Emma ist ein echter Workaholic«, brachte sie auf den Punkt, was Jared bereits selbst mitbekommen hatte, wenn sie in seinem Haus gearbeitet hatte.

»Eine Arbeitseinstellung, die nicht gerade förderlich für die Gesundheit ist«, rutschte Jared der Satz heraus, den er sich selbst immer predigte.

Emma runzelte die Stirn. »Du klingst wie meine Mutter«, sagte sie.

»Stimmt.« Sasha lachte. »Aber wo er recht hat …« Sie wandte sich wieder Jared zu. »Dann bist du also kein Workaholic?«

»Früher einmal.« Jared zuckte mit den Schultern. »Jetzt lege ich Wert auf Pausen. Auf meinen täglichen Ausflug in die Stadt, um mich an der frischen Luft zu bewegen und in meinem Lieblings-Café zu essen. Und auf meinen Feierabend.« Er lächelte Sasha an. Weiter würde er dieses Thema nicht vertiefen. Small Talk, hatte Mac ihn erinnert. Der Herzinfarkt seines Geschäftspartners, der zudem einer seiner besten Freunde gewesen war, würde garantiert die Stimmung verderben. Ganz abgesehen davon, dass er nicht darüber reden wollte. Also ließ er sein Lächeln noch ein wenig breiter werden und wandte sich Simon zu. »Du bist für die Umbauarbeiten im Haus verantwortlich gewesen, die ich vor meinem Einzug in Auftrag gegeben habe, hat mir Sasha erzählt.«

»Ja.« Simon grinste. »Hat Spaß gemacht, im Woodward Cottage zu arbeiten, auch wenn es nur ein bisschen bauliche Kosmetik war.«

Jared hatte lange keine ungezwungene Verabredung mehr gehabt oder Leute getroffen, die über Dinge geredet hatten, die nichts mit der Entwicklung von Software zu tun hatten. Wenn es um das Programmieren ging, befand er sich in seiner Komfortzone, in der er sich wohlfühlte. Die Campbells und Emma machten es ihm allerdings leicht, über andere Dinge zu reden. Langsam entspannte er sich, was vermutlich ein Stück weit auch an dem Punsch lag, der sich mit einer angenehmen Leichtigkeit in seinem Körper breitmachte. Er schaffte es allerdings nicht ganz, Emma neben sich auszublenden. Ihr Lachen war trotz der Müdigkeit, die sie umgab wie eine Wolke, fröhlich und leicht. An den Tagen, die sie an seinem Esstisch verbracht hatte, hatte sie oft so gewirkt, als ob ein großer Druck auf ihren Schultern lastete. Aber davon war an diesem Abend nichts zu spüren. Sie scherzte mit ihren Freunden. Erzählte Anekdoten aus ihrer gemeinsamen Vergangenheit, vergaß dabei aber nicht, Jared einzubeziehen und ihm die Details zu erzählen, die einfache Begebenheiten zu witzigen Episoden hatten werden lassen, über die die drei sich Jahre, um nicht zu sagen Jahrzehnte später immer noch kaputtlachten.

* * *

Emma hatte für einen Moment geglaubt, ihren Augen nicht trauen zu können, als sie zu der Dinnerverabredung bei ihren Freunden gefahren war. Nicht weil Sashas Haus schon aus der Ferne leuchtete, als sei bereits Heiligabend (wobei völlig klar war, dass ihre Freundin bis dahin noch mal eine ordentliche Schippe drauflegen würde), sondern weil sich ausgerechnet Jared zu ihr umdrehte, als sie in die von Fackeln beleuchtete Einfahrt bog. Was hatte er hier verloren?

Im ersten Moment hatte sie nur gesehen, dass Sasha und Simon mit einem Mann zusammenstanden und befürchtet, dass sie Freddy Carpenter eingeladen hatten, damit er sich schon mal ein Plätzchen in ihrem Adventskalender sichern konnte. Doch dann hatte der Mann sich umgedreht, und Emma hatte erkannt, wen ihre Freundin außer ihr tatsächlich eingeladen hatte. Denn Jared war mit Sicherheit nicht kurz vorbeigekommen, um den Campbells bei einem Computerproblem zu helfen.

Sie würde Sasha umbringen – oder ihr zumindest weh-
tun –, besonders, weil ihre Freundin völlig mit sich zufrieden
am Geländer ihrer Veranda lehnte und zwischen Jared und
ihr hin und her blickte.

Und Jared? Der dachte jetzt sicher, Emma hätte diese
Einladung inszeniert, um ihn dazu zu bringen, sie weiterhin in seinem Haus arbeiten zu lassen. Was sie zwar wollte,
aber nicht auf eine Art, bei der er das Gefühl bekam, über
den Tisch gezogen zu werden. Er hatte – genau wie sie – eine
Einladung von Nachbarn und Freunden erhalten und sollte
jetzt nicht denken, dass sie ihm diese Gastfreundschaft vor-
gaukelten, damit Emma ihre Ziele erreichte.

Sie musste sich keine Sorgen machen, wurde ihr schnell
klar. Sasha und Simon waren genauso wie immer. Und der
Punsch ihrer Mutter trug mit Sicherheit seinen Teil dazu bei,
dass die Stimmung locker und gelöst blieb. Emma hatte die
Müdigkeit der letzten Tage noch immer nicht weggesteckt,
trotzdem genoss sie den Abend. Jared faszinierte sie. So offen hatte sie ihn bei den Besuchen in seinem Haus nie erlebt – genau genommen hatte ihre Anwesenheit ihn tierisch
genervt. Wenn sich ein Lächeln in sein Gesicht geschlichen
hatte, war es immer von diesen sarkastischen Linien eingerahmt gewesen. Aber hier, am Lagerfeuer mit ihren Freunden, in dem Meer aus Kerzen und mit einem Becher Punsch
in der Hand, wirkte er gelassen und entspannt. Die Fältchen
in seinen Augenwinkeln kräuselten sich, wenn Simon und
Sasha versuchten, sich gegenseitig mit den wilden Geschichten ihrer Kindheit zu übertrumpfen. Jareds Lachen war tief,
genau wie seine Stimme, und schickte ein angenehmes Kribbeln über ihre Haut. Sie würde nicht mit ihm flirten, weil
das keinen Sinn machte, so kurz wie sie in Snowflake Valley

blieb. Aber es war angenehm, einen schönen Abend mit einem attraktiven Mann zu verbringen. Es war fast so, als würden Jared und sie langsam Freunde werden.

Bevor sie sich an der Schneebar Frostbeulen holen würden, beschlossen sie, die Party ins Haus zu verlagern.

Während Simon mit Jared durch das Haus ging und ihm von seinen Visionen erzählte, die er für den Umbau der alten Mauern hatte, zog Emma ihre Skihose aus. In schwarzen Leggings und einer eisblauen Tunika-Bluse, die ihr bis zur Mitte der Oberschenkel reichte, war sie nicht unbedingt so angezogen, wie sie sich für die Verabredung mit einem Mann kleiden würde. Aber sie war ja auch nur bei Freunden zu Gast, die zufällig auch einen Mann eingeladen hatten. Damit würden sie jetzt alle leben müssen. Zu guter Letzt fuhr sich Emma mit den Fingern durch die von ihrer Mütze platt gedrückten Haare.

Den Wohn- und Essbereich hatte Simon komplett entkernt und mit einer offenen Küche kombiniert, in der Sasha letzte Vorbereitungen für das Essen traf. Summend stand sie am Herd und rührte in einem ihrer Töpfe. Hinter ihr, auf der Küchenanrichte, kühlte bereits der Pekannusskuchen aus und verbreitete einen Duft, der Emma das Wasser im Mund zusammenlaufen ließ. Trotzdem musste sie erst einmal ihrem Ärger auf die Freundin Luft machen. »Was hast du dir nur dabei gedacht?«, zischte sie Sasha an, als sie hörte, wie die Männer ins Obergeschoss gingen, um Simons selbst eingebautes Bad zu bewundern.

Sasha grinste. Ihre Wangen waren noch von der Kälte vor dem Haus gerötet, und ihre Augen funkelten. »Das war ein spektakulärer Schachzug. Meine Taktik ist unschlagbar.«

»Und wie sieht deine *Taktik* aus?«, Emma betonte das

Wort, das ihre Freundin voller Stolz ausgesprochen hatte, sarkastisch. »Ich sehe nämlich nur eine Aktion, die nach hinten hätte losgehen können.«

»Quatsch.« Sasha hielt Emma den Soßenlöffel zum Probieren hin. »Gut?«, wollte sie wissen.

»Ja. Lecker.« Sashas Rotweinsoße war ein Gedicht, wie immer. »Lenk nicht ab«, kehrte Emma zum eigentlichen Thema zurück. »Was hast du dir nur dabei gedacht?«

»Ich habe mir gedacht«, Sasha drückte Emma eine Weinflasche und den Öffner in die Hand, »dass ein netter Kerl, der neu in der Stadt ist, einen Abend mit Freunden gebrauchen kann, damit er nicht allein mit seinem Hund in seinem Cottage versauert. Und«, sie wies mit ihrem Kochlöffel auf Emma, »ich finde, dass du dir in letzter Zeit viel zu viel aufgeladen hast. Die Ringe unter deinen Augen sind groß wie Untertassen. Du hast es also mehr als verdient, einen gemütlichen Abend mit Freunden zu verbringen und den Stress für ein paar Stunden zu vergessen. Und vor allem hast du es verdient«, sie senkte ihre Stimme zu einem Flüstern, weil sie die Schritte der Männer auf der Treppe hörte, »mal mit einem echt heißen Typen am gleichen Tisch zu sitzen und ein wenig zu flirten.«

Emma öffnete den Mund, um Sasha zu sagen, was sie von ihrer Einmischung hielt, doch in diesem Moment betraten Jared und Simon den Raum. Also presste sie nur die Lippen zusammen und warf Sasha einen bösen Blick aus zusammengekniffenen Augen zu, den die Freundin mit einem Grinsen und einem Luftkuss beantwortete. »Da seid ihr ja«, sagte sie zu den Männern. »Genau richtig. Nehmt Platz. Emma schenkt euch Wein ein.«

Emma zog den Korken aus der Flasche und schaute aus

den Augenwinkeln zu Jared. Sie hätte ihn nicht als heißen Typen bezeichnet – doch verdammt, natürlich war er heiß. Sie hatte ihn mit nichts als einem Handtuch und ein paar halb gefrorenen Wassertropfen auf der Haut gesehen. Dieser Mann war sexy. Und wenn er mit einem Lächeln in den Mundwinkeln zu ihr herüberblickte, ausnehmend attraktiv. Gut, dass Sasha ihre Sitzordnung für diesen Abend so arrangiert hatte, dass Emma neben Jared saß und ihn so nicht die ganze Zeit anstarren konnte, um Sashas These zu bestätigen – oder zu widerlegen.

Emma goss ihnen, wie aufgetragen, Wein ein und nahm dann neben Jared Platz. Das Feuer im Kamin wärmte sie angenehm, und der Braten, den Sasha mit Süßkartoffelgratin, Erbsen und dieser unglaublichen Rotweinsoße auftrug, duftete köstlich.

Sie stießen auf den Abend an, probierten das Essen und lobten die Köchin, bis Sasha lachend die Hände hob. »Genug, genug! Sonst werde ich noch größenwahnsinnig«, sagte sie. »Lasst uns lieber das Thema wechseln. Jared, wir wissen so wenig über dich. Erzähl doch mal, wo du aufgewachsen bist.« Sasha fragte immer geradeheraus. Emma konnte allerdings nicht abstreiten, dass diese Frage sie mindestens so sehr interessierte wie ihre Freundin.

Emma spürte, wie Jared sich neben ihr versteifte. Für einen Moment herrschte Stille, und nur das Prasseln des Feuers im Kamin und Biggies Schnarchen neben der Kücheninsel waren zu hören. Dann ging ein kleiner Ruck durch Jareds Körper, und er entspannte sich wieder. So als ob er sich bewusst daran erinnern musste, locker zu bleiben. Emma warf ihm einen Seitenblick zu, als er sich mit einem kleinen Lächeln in seinem Stuhl zurücklehnte.

»Mal sehen«, sagte er und rieb sich über das Kinn, als müsse er nachdenken. »Hongkong.«

»Hongkong?« Simon starrte Jared mit großen Augen an. »Das ist verdammt cool, Mann. Du bist echt in Hongkong aufgewachsen?«

Jared zuckte mit den Schultern. Das Lächeln vertiefte sich. »Na ja, ich habe dort nur gelebt, bis wir nach Sidney umgezogen sind.«

»Klar, Sidney.« Sasha imitierte einen gelangweilten Weltbürger, für den Australien schon fast banal war, womit sie Emma zum Lachen brachte. »Du hast in Sidney gelebt? Und dann ziehst du hierher? Von Sidney?«, ergänzte sie, so als müsse sie noch mal betonen, dass sie das für eine ziemlich bescheuerte Idee hielt, wenn man doch an einem so coolen Ort lebte.

»Nein.« Jared drehte sein Weinglas am Stiel einmal um die eigene Achse und trank dann einen Schluck. »Von Sidney aus bin ich erst nach Seattle gezogen und dann nach Stockholm. Dann kamen Dallas und Singapur«, zählte er auf. »Nein, erst kam Dubai, dann Singapur. London. Tokio. Und dann«, er machte eine kleine Pause, »war ich endlich mit der Schule fertig, habe in Boston studiert und bin nach Kalifornien gezogen. Und von dort aus hierher.«

»Wow«, war alles, was Simon herausbrachte.

»Du bist ein bisschen rumgekommen, würde ich sagen«, fasste Sasha die Geografiestunde zusammen und trank einen großen Schluck Wein.

»Na ja, in Seattle seid ihr zwei immerhin auch schon gewesen«, erinnerte Emma ihre Freunde. »Hochzeitsreise«, ergänzte sie an Jared gerichtet.

»O ja, das war toll.« Sasha schenkte Simon einen dieser

verträumten Blicke, die Emma selten, wirklich ganz selten, ein winziges bisschen eifersüchtig werden ließen und sie daran erinnerte, dass es in ihrem Leben keinen so wunderbaren Mann wie Simon gab.

Jared griff wieder nach seinem Besteck, wobei sein Arm Emmas streifte und sie aus ihren Gedanken holte. »Sind deine Eltern Diplomaten? Oder warum seid ihr so oft umgezogen?«, fragte sie ihn.

»Sie arbeiten für große, internationale Wirtschaftskonzerne. Immer noch.« Er grinste sie von der Seite an. »Ich habe die USA allerdings nicht mehr verlassen, seit ich volljährig bin.«

»Hmm.« Emma richtete die verbliebenen Erbsen auf ihrem Teller in einer geraden Linie aus und dachte über die vielen Orte nach, die seine Kindheit geprägt hatten und sich dabei so sehr voneinander unterschieden. »Ich reise für mein Leben gern. Aber ich komme immer gern nach Hause zurück. In mein Apartment in Chicago genauso gern wie nach Snowflake Valley. Hattet ihr in den Staaten auch so eine Art Stützpunkt oder Zuhause?«

Das Lächeln in Jareds Gesicht wurde eine Spur schwächer. »Nein. Wir sind einfach von Job zu Job gezogen. Ein bisschen wie Nomaden.«

»Aber das ist kein Leben für ein Kind«, sagte Sasha und verschränkte ihre Hand auf dem Tisch mit der ihres Mannes. »Wie soll man denn da Wurzeln schlagen?«

»Oder Freundschaften pflegen?«, ergänzte Simon.

Wahrscheinlich fand Jared es nicht besonders angenehm, dass ihre Freunde sein Leben fein säuberlich auf seine Schwachstellen hin prüften. »Dafür hat Jared mehr von der Welt gesehen, als uns je vergönnt sein wird. Unglaublich, wie viele Kulturen und Lebensweisen du kennengelernt hast«, nahm Emma ihn in Schutz.

»Im Prinzip haben Sasha und Simon recht. Es ist für ein Kind schwer, wenn es ständig nicht nur die Schule, sondern gleich das ganze Land wechselt.« Jetzt grinste er wieder. »Ich habe früh einen Weg gefunden, das Problem für mich zu lösen und mit meinen Freunden überall auf der Welt verbunden zu bleiben. Ich habe angefangen, Computerprogramme zu schreiben, mit denen wir eben anders zusammen sein konnten.«

»So was wie Facebook?« Sasha war völlig gebannt von Jareds Erzählungen.

Er lachte. »Nicht ganz so gut wie Facebook. Aber es waren meine Anfänge in der Welt der Software-Entwickler. Aus den Kommunikations-Apps wurden Spiele, und irgendwann war es dann mein Job.«

»Sehr beeindruckend«, sagte Emma.

»Und einsam«, befand Sasha. »Hast du eigentlich eine …«

Emma war sich sicher, dass Sasha »Freundin« sagen wollte, und hatte unter dem Tisch bereits ausgeholt, um ihr gegen das Schienbein zu treten, doch ein Scheppern aus Richtung der Küchenzeile ließ sie alle vier erschrocken zusammenfahren.

* * *

Jared war sich sicher, dass Sasha gerade dabei gewesen war, ihn zu fragen, ob er eine Freundin hatte. So unterschiedlich sein Leben auf den einzelnen Kontinenten auch abgelaufen war, diese Frage stellten Frauen irgendwann zwangsläufig. Einfach weil Frauen neugierig waren. Doch dann hatte

Biggie beschlossen, das Gespräch zu beenden, indem er sich ebenfalls etwas zum Abendessen gesucht hatte. Sie waren so in das Gespräch vertieft gewesen, dass sie gar nicht gemerkt hatten, wie er aus seinem Hundetraum erwacht war und entdeckt hatte, dass der Pekannusskuchen unbeaufsichtigt auf der Küchenzeile stand.

Das Scheppern, als die Backform auf den Boden krachte, ließ sie alle erst erschrocken zusammenzucken und dann aufspringen. Es waren nur Sekunden, aber bis sie den Küchenbereich erreicht hatten, hatte sich Jareds Hund bereits drei Viertel des Kuchens einverleibt und leckte sich genüsslich die Schnauze, während Jared darauf hoffte, dass sich ein großes Loch auftat, in dem er einfach verschwinden konnte, samt seines unerzogenen Hundes. »Biggie! Aus!«, rief er. Das hatte ja schon nicht funktioniert, als der Hund Emma umgerannt hatte.

»O! Biggie! Du böser Hund«, schimpfte Sasha und betrachtete das Kuchenmassaker auf dem Boden.

»Nein.« Emma strich Biggie über den Kopf. »Du bist nur ein hungriger Hund, nicht wahr. Und dieser Kuchen war einfach zu verführerisch.« Sie zog den Hund ein Stück zur Seite, damit Simon die Reste des Kuchens zusammensammeln konnte.

Sasha seufzte. »Du hast recht. Ich hätte Biggie nicht in Versuchung führen dürfen. Tut mir leid, Jared. Mit dem versprochenen Nachtisch wird es jetzt nichts mehr.«

»Ich habe eine Idee.« Simon, der die Reste des Kuchens im Mülleimer versenkt hatte, öffnete einen der Oberschränke, schob ein paar Schüsseln und Gläser zur Seite und holte eine Tüte Marshmallows hervor.

Sasha stieß einen fassungslosen Laut aus. Die Hände noch

immer in die Hüften gestemmt funkelte sie ihren Mann an. »Du hast Marshmallows vor mir versteckt?«

Simon zog sie an sich und küsste sie auf die Schläfe. »Nur weil es die großen sind. Du würdest die ganze Tüte essen, und dann wäre dir furchtbar schlecht. Aber so haben wir Nachtisch. Na los, lasst uns rausgehen und sie über dem Feuer rösten.«

Sie räumten gemeinsam den Tisch ab, und Sasha schimpfte vor sich hin, dass zur Strafe eigentlich Biggie die Spülmaschine einräumen müsste. Jared versprach, den Hund darauf zu trainieren, und bevor er sichs versah, war er Teil dieser Runde. Zu Beginn des Abends hatten sie ihm Geschichten aus ihrer Vergangenheit erzählt. Jetzt zogen sie ihn gutmütig mit seinem Nimmersatt von Hund auf, und er war sich sicher, dass sie auch diese Episode in Zukunft erzählen und über diesen Abend lachen würden. Und Biggie und er waren Teil davon geworden. Jared dachte einen Moment darüber nach, als er seine Jacke und die Stiefel wieder anzog. Die Idee, Teil dieser Geschichte geworden zu sein, gefiel ihm.

Draußen schichtete Simon neues Holz auf die Feuerstelle. Sasha hatte frischen Punsch angesetzt, der gut war, aber nicht mit dem von Emmas Mutter mithalten konnte. Sie machten es sich auf den Deckchairs gemütlich, und Sasha verteilte Stöcke und ließ die Marshmallow-Tüte rumgehen. Jared hatte keine Ahnung, wann er so etwas zum letzten Mal gemacht hatte. Wieder entbrannte eine Diskussion, diesmal darüber, ob man den Schaumzucker nur vorsichtig bräunte oder so lange über das Feuer hielt, bis er außen fast verbrannt und innen flüssig war. Er sah das genau wie Emma: Je dunkler, desto besser. Die Kunst war, den richtigen Zeitpunkt abzupassen, bevor es zu spät war.

»Nichts gegen deinen Kuchen, Sasha«, sagte Emma mit vollem Mund. »Aber hier draußen zu sitzen und Marshmallows zu rösten, ist fast noch besser.«

Sasha drehte ihren Stock vorsichtig über dem Feuer. »Eigentlich der richtige Moment, um die Teams einzuteilen. Auch wenn wir das sonst immer erst nach Thanksgiving machen.« Sie zuckte mit den Schultern und blickte zu ihren Lichterketten hinüber. »Ich habe den Eindruck, dass dieses Jahr alles ein wenig früher beginnt. Also gut, lasst uns die Teams einteilen. Schatz …«

»Ich bin schon unterwegs«, sagte Simon, bevor Sasha ihre Bitte zu Ende formulieren konnte. Er schob sich seinen Marshmallow in den Mund, legte seinen Stock zu Seite und erhob sich.

Jared hatte keine Ahnung, was mit den Teams gemeint war, aber im nächsten Moment kehrte Simon mit einem Stapel T-Shirts zurück und legte sie seiner Frau in den Schoß.

»Ooookay!« Sasha vollführte einen kleinen Trommelwirbel auf ihren Knien. »Dieses Jahr gewinne ich.« Sie hielt das erste T-Shirt hoch, das einen Santa Claus zeigte, der ziemlich genau dem aus der Coca-Cola-Werbung entsprach und sogar zwinkerte. Darüber stand in glitzernden Buchstaben »Team Santa«.

»Pff«, machte Emma. »Was qualifiziert dich?«

Jared folge dem Schlagabtausch der Freundinnen fasziniert. Sasha erzählte von den extra Cookie-Boxen, die sie in diesem Jahr für ein Altersheim in Wild Creek backen wollte.

»Guter Ansatz, aber keine Chance.« Emma schob einen neuen Marshmallow auf ihren Stock und hielt ihn über das Feuer. »Ich werde nicht nur eine einmalige Weihnachtsausgabe der *Gazette* auf die Beine stellen. Ich werde mit meinem

Online-Adventskalender einsamen Herzen helfen, bis Weihnachten die Liebe zu finden. Ich gewinne.«

Sasha zögerte einen Moment, als denke sie das ganze Szenario noch einmal durch. »Mist«, sagte sie dann. »Das ist echt unfair. Jedes Jahr das Gleiche.« Sie warf das Shirt in Emmas Richtung. »Dann bin ich wie immer ›Team Rudi‹.« Sie faltete das Shirt auseinander, das das kleine Rentier mit der roten Nase zeigte – in diesem Fall leuchtete die Nase allerdings nicht nur rot, sie glitzerte auch.

»Nicht so schnell.« Emma blickte zu ihm herüber. »Noch hat Jared nichts zum Thema Weihnachten gesagt. Vielleicht schlägt er uns ja beide.«

»Stimmt. Ein neuer Mitspieler kann alles ändern.« Sasha ließ das Shirt sinken. »Diese T-Shirts sind unsere kleine Tradition, seit Emma und ich sie vor ungefähr zehn Jahren entdeckt haben. Demjenigen, der am weihnachtlichsten ist, gebührt die Ehre des ›Team-Santa‹-Shirt, das er dann die Weihnachtszeit über voller Stolz tragen darf. ›Team Rudi‹ ist auch noch in Ordnung. Obwohl ich definitiv die coolste Deko an meinem Haus haben werde und immer etwas für den guten Zweck tue, hat Emma meistens eine Idee, die noch besser ist als meine.« Sasha seufzte. »Und dann gibt es natürlich noch ›Team Grinch‹. Ein Shirt ist noch zu vergeben. Also: Was trägst du zum diesjährigen Weihnachtsfest bei?«, fragte sie Jared.

»Ich verstehe nicht …« Jared sah sie verständnislos an.

»Was machst du Besonderes zu Weihnachten?«, fragte Emma. »Entwickelst du ein Computerspiel extra zum Fest oder so was?«

»Ich …« Jared kratzte sich am Kinn. Er hatte bereits den Eindruck gewonnen, dass die Leute hier total verrückt nach den Wintermonaten waren und alles, was glitzerte und funkelte, liebten. Er konnte sich bildlich vorstellen, dass Weihnachten den Einwohnern von Snowflake Valley wichtig war. Ihm hingegen war dieses Fest einfach egal. »Weihnachten bedeutet mir nichts.«

Er hörte Emma und Sasha unisono nach Luft schnappen. Simon senkte den Kopf und schüttelte ihn, als hätte Jared gerade ein Geständnis abgelegt, mit dem er sich selbst disqualifizierte.

»Was willst du damit sagen?«, fragte Emma. »Weihnachten bedeutet dir nichts? Wie haben deine Eltern und du denn gefeiert?«

»Gar nicht. Wir haben uns immer die Bräuche des Landes angesehen, in dem wir gerade gelebt haben. Aber wir hatten keine eigenen Traditionen«, versuchte Jared, von seiner Jugend zu erzählen, ohne wie ein kompletter Loser für diese Weihnachtsfreaks zu wirken.

»Aber …« Sasha war noch nicht bereit, klein beizugeben. »Was machst du an Weihnachten?«

Arbeiten – wollte Jared sagen. Denn das war es, was er bisher an Feiertagen getan hatte. Dieses Jahr war zum ersten Mal alles anders. »Biggie und ich machen es uns einfach am Kamin gemütlich«, bog er die Wahrheit ein bisschen zurecht.

»Okay. Damit hast du definitiv verloren.« Sasha warf das dritte T-Shirt in seine Richtung.

Jared fing das Shirt, bevor es ihn ins Gesicht traf, und faltete es auseinander. »Team Grinch«. Der grüne Miesepeter warf ihm ein gehässiges Grinsen zu. »Wieso ist das groß genug, dass es einem Mann passt, während die anderen beiden für Frauen sind?«

Emma lachte. »Weil noch nie ein Mann gewonnen hat. Sorry, Simon«, sagte sie zu Sashas Mann. »Normalerweise ist er unser Grinch.«

Simon hob seinen Becher und prostete Jared zu. »Hätte nicht gedacht, dass es jemanden gibt, der mich schlagen kann. Aber du hast das mit einem Fingerschnippen hinbekommen.« Er grinste. »Gut zu wissen, dass ich für diese Saison aus der Schusslinie bin.«

Als wäre der Wettergott ebenfalls der Meinung, dass es höchste Zeit war, die Weihnachtszeit einzuläuten, obwohl es erst Mitte November war, begann es auf einen Schlag, wie verrückt zu schneien. Vor dem Dinner war der Himmel noch sternenklar gewesen, doch jetzt konnte Jared vor lauter riesiger Schneeflocken Sasha und Simon auf der anderen Seite der Feuerstelle kaum noch erkennen. Sie zogen sich ins Haus zurück, wo sie ihren Punsch am Kamin austranken, bevor Jared beschloss, nach Hause zu gehen.

»Warte«, sagte Emma. »Ich nehme Biggie und dich mit. Dann müsst ihr nicht durch den Schnee stapfen.«

Jared wollte schon dankend ablehnen, überlegte es sich dann aber anders. In einer der Broschüren der Stadt hatte er gelesen, dass es gefährlich war, allein im Schneetreiben herumzulaufen. Schon manch einer hatte sich verirrt und war ein paar Tage später erfroren gefunden worden. Jared glaubte zwar, dass er durchaus in der Lage war, am Seeufer entlangzugehen, bis er sein Haus vor sich sah, aber sicher war sicher. »Danke«, sagte er deshalb schlicht und verabschiedete sich von seinen Gastgebern. Er war sich nicht sicher, ob eine Gegeneinladung erwartet wurde. Aber falls er die Campbells irgendwann mal zum Grillen einladen wollte, konnte er das Sasha beim Lunch in ihrem Café sagen.

Emma verabschiedete sich ebenfalls, und dann rannten sie gemeinsam mit Biggie zu ihrem Jeep, der bereits eine zehn Zentimeter dicke Schneehaube trug. Jared war froh, dass Biggie nach dem Kuchen-Gate wenigstens bereitwillig auf den Rücksitz des Wagens kletterte und nicht auch noch die Beifahrerseite beanspruchte.

Emma drehte das Radio leise und schaltete den Vierradantrieb ein. Mit der Sicherheit einer Frau, die mit so einem Wetter aufgewachsen war, lenkte sie den Jeep zum Woodward Cottage. Sie sprachen nicht während der nur wenige Minuten dauernden Fahrt.

Erst als Emma vor seinem Haus hielt, drehte sich Jared so, dass er sie ansehen konnte. In ihren Klamotten hing der Holzrauch des Lagerfeuers und Biggies Geruch nach nassem Hund. Trotzdem konnte Jared den Duft nach Vanille wahrnehmen, den er inzwischen mit Emma verband. »Danke fürs Mitnehmen. Das war ein wirklich schöner Abend.«

Emma lachte leise. »Du sagst das, als ob es dich selbst überrascht.«

In gewisser Weise war das auch der Fall. Aber er würde Emma jetzt nicht erzählen, dass er ziemlich viele Klischees des Computer-Nerds perfekt ausfüllte. Frauen fanden diese Charakterzüge nur bedingt attraktiv und dass auch nur eine Zeit lang – wie seine Ex-Freundin Stana deutlich gemacht hatte. Es war schon fast paradox, dass er begonnen hatte, so zu leben, wie sie sich das vorstellte. Nach ihrer Trennung.

»Jared«, begann Emma, weil er nichts weiter sagte. »Wegen heute Abend … ich wusste nicht, dass Sasha dich einladen würde. Ich sage das nur, damit du nicht denkst, wir hätten dich irgendwie über den Tisch ziehen wollen.«

»Wegen meines WLANs?«

»Hmm.« Sie blickte durch die Windschutzscheibe in die Nacht hinaus, in der nichts zu sehen war außer Schneeflocken, die durch den Kegel ihres Scheinwerferlichts taumelten. »Ich war wahrscheinlich nicht besonders nett, als ich vor deiner Tür stand und in dein Netz wollte.«

»Ich glaube, du warst ganz schön verzweifelt.« Mit dem, was er an diesem Abend über sie erfahren hatte, verstand er ihren Drang, alles unter einen Hut zu bekommen, besser als noch vor ein paar Tagen.

Sie lachte leise. »Ja, das trifft es ziemlich genau.«

»Und jetzt bist du nicht mehr verzweifelt?«, konnte Jared sich die Frage nicht verkneifen. Er hatte angenommen, dass Emma ihn abermals darum bitten würde, bei ihm arbeiten zu dürfen.

»O doch. Aber jetzt hat die Verzweiflung wenigstens Struktur bekommen.«

»Emma.« Jared wartete, bis sie den Blick von dem Schneetreiben vor ihrer Windschutzscheibe löste und ihn ansah. »Du kannst mein WLAN jederzeit nutzen. Komm einfach vorbei.«

Einen Moment starrte sie ihn überrascht an. »Danke. Das ist …« Sie legte die Hand auf ihr Herz, als wolle sie mit dieser Geste zeigen, wie viel ihr sein Angebot bedeutete. »Danke.«

»Gerne.« Jared meinte es genau so wie er es sagte. Emma arbeitete hart, und niemand wusste besser als ein Software-Entwickler, wie sehr ein nicht funktionierendes Netz einen in den Wahnsinn treiben konnte. Abgesehen davon hatte sein Haus irgendwie lebendiger gewirkt, als Emma ihr Papierchaos auf seinem Esstisch ausgebreitet hatte. Er hatte ihre Anwesenheit gespürt, auch wenn er sich wie ein Eremit in sein Büro zurückgezogen hatte. »Das heißt aber nicht, dass du mit leeren Händen kommen musst.« Er stieg aus und öffnete die hintere Tür für Biggie. »Wenn dir danach sein sollte, irgendwas Leckeres aus dem *One More Bite* mitzubringen, lass dich nicht davon abhalten«, sagte er, nachdem sein Hund aus dem Wagen gesprungen war. »Gute Nacht.«

»Gute Nacht, Jared.«

Er hörte Emmas Lachen noch, als sie bereits zurücksetzte und wendete. Und merkte, dass er selbst lächeln musste. Vorfreude kribbelte in seinem Magen. Er war sich sicher, Emma am nächsten Tag wiederzusehen.

9

Christmas is too sparkly –
said no one ever.

Früher oder später hätte Emma um Jareds Hilfe bitten müssen. Umso großzügiger fand sie sein Angebot, jederzeit vorbeizukommen, um ihren Job von seinem Esstisch aus zu erledigen. Die Idee, die Leute mit einem Single-Adventskalender auf die Online-Ausgabe der Zeitung zu locken, bedeutete einen ganzen Haufen zusätzliche Arbeit, von der Akquise der Kandidaten angefangen über ihre Präsentation bis zu den Texten, mit denen Emma sie vorstellen wollte.

In den vergangenen Tagen hatte sich eine Art Routine eingestellt, von der Emma nie gedacht hätte, dass sie sie mal genießen würde. Sie stand jeden Morgen zeitig auf, um mit ihrer Mutter zu frühstücken, bevor diese nach Wild Creek in die Schule fuhr. Bei dem Schlafdefizit, an dem sie inzwischen litt, wäre es Emma lieber gewesen, noch ein oder zwei Stunden länger im Bett zu bleiben, aber ihre Mom hatte ständig diesen besorgten Blick, wenn sie sie ansah, also schenkte Emma ihr ein wenig gemeinsame Zeit, um sie zu beruhigen und ihr zu versichern, dass sie sich nicht überarbeitete.

Sobald ihre Mutter auf dem Weg zur Schule war, packte Emma ebenfalls ihre Tasche und lief zur Redaktion hinüber, um mit ihrem Onkel einen Kaffee zu trinken, ihre To-do-Liste durchzusprechen und den einen oder anderen Auftrag für die Print-Ausgabe der Zeitung zu übernehmen. Wenn sie sich um die Artikel für die *Belle* kümmerte oder um an ihrer Kolumne zu schreiben, wechselte sie irgendwann am Vormittag ins *One More Bite*, wo sie weiterarbeitete, bis Biggie und Jared zum Lunch auftauchten. Sie aßen zusammen. Anschließend begleitete Emma die beiden zu Fuß zum Woodward Cottage zurück, was ihr Pluspunkte auf der Liste ihres Vaters brachte, der ihr (vermutlich auf Drängen ihrer Mutter) einen Vortrag über regelmäßige, ausgewogene Mahlzeiten und Bewegung an der frischen Luft gehalten hatte.

Mit Biggie und Jared am See entlangzulaufen, Schneebälle für den Hund zu werfen, denen er voller Hingabe nachjagte, und mit Jared zu plaudern entwickelte sich zu ihrem liebsten Teil des Tages. Jared war ein ziemlich verschlossener Mann, der nicht wirklich viel von sich preisgab. Aber das, was sie über ihn wusste, gefiel ihr, und hin und wieder ertappte sie sich doch dabei, wie sie mit ihm flirtete, obwohl sie wusste, dass das nirgends hinführen würde.

Für diesen Nachmittag hatte sie allerdings Pläne, die den üblichen Spaziergang nicht ermöglichten. Sie war bei ihrem Onkel gewesen, dann aber ins Einkaufszentrum nach Wild Creek gefahren, um in einem Geschäft für Bastelbedarf einzukaufen und bei der Gelegenheit mit der Besitzerin des Ladens einen Deal abzuschließen. Sie würde den Link zum Geschäft unter ihren Beitrag stellen, und bei jedem Klick zum Geschäft erhielt die *Gazette* einen kleinen Obolus. Im

Gegenzug würde Emma deutlich machen, wo sie ihre Materialien gekauft hatte.

Sie war schon spät dran, als sie nach Snowflake Valley zurückkehrte. Wie mit Jared vereinbart holte sie den Lunch bei Sasha ab und fuhr zum Woodward Cottage weiter, damit sie zusammen essen konnten, bevor jeder wieder seinem Job nachging.

Eine Sache hatte Emma inzwischen über Jared herausgefunden: Er hasste Unordnung. Deshalb ließ sie die Sachen aus dem Bastelladen und das, was sie aus dem Haus ihrer Eltern mitgebracht hatte, erst einmal im Wagen. Nach dem Essen, wenn Jared wieder zu seinen Antistressbällen in seine Computerhöhle verschwunden war, um vor sich hin zu fluchen, würde sie alles, was sie für den Do-it-yourself-Beitrag für die Zeitung brauchte, in seiner Küche aufbauen.

* * *

Jared genoss seinen neuen Tagesrhythmus – genau wie Emmas Gesellschaft. In den letzten Tagen hatte sich eine echte Freundschaft zwischen ihnen entwickelt und eine Routine, an die er sich ziemlich schnell gewöhnt hatte. Hin und wieder musste er sich selbst daran erinnern, dass Emma nur bis zum Ende des Jahres hierblieb. Aber solange sie da war und sich mittags mit ihm traf, um den Rest des Tages von seinem Cottage aus zu arbeiten, würde er die Zeit mit ihr auskosten.

Als sie angekündigt hatte, heute mit dem Wagen zu kommen und den Lunch mitzubringen, hatte Jared bereits eine halbe Stunde vor ihrer Ankunft aufgehört zu arbeiten und im Wohnzimmer herumgehangen, den Blick immer auf die großen Fenster gerichtet, durch die er ihren Jeep als Erstes sehen würde.

Sie hatte gestrahlt, als sie aus ihrem Wagen sprang, und Biggie einen Hundekeks zugesteckt. Nach dem gemeinsamen Essen, bei dem sie, anders als sonst, nicht so richtig damit rausgerückt war, was sie am Vormittag getrieben hatte, waren sie beide an ihre Arbeitsplätze zurückgekehrt. Doch Jared konnte sich nicht wirklich konzentrieren. Immer wieder lauschte er auf Geräusche aus dem Wohnzimmer und glaubte einmal, Töpfe klappern zu hören. Da er mit dem Kopf nicht bei seiner Arbeit war, gab er schließlich auf. Wahrscheinlich lag es daran, dass er heute noch nicht draußen gewesen war. Er könnte Emma überreden, den ausgefallenen Lunch-Spaziergang nachzuholen, vielleicht legte sich seine Unruhe dann.

Jared war gerade dabei, die Dateien auf seinem Rechner zu sichern, als er Emmas Schmerzensschrei hörte. Er sprang auf und riss die Tür seines Arbeitszimmers auf. Das Erste, was er wahrnahm, war der Duft. Als ob man eine Weihnachtsbäckerei in den Wald verlegt hätte. Das Zweite war Emma, die sich mit schmerzverzogenem Gesicht die Hand hielt. Sie stand an seinem Esstisch, während sein ganzes Wohnzimmer in Chaos versunken war. Was zur Hölle hatte Emma hier gemacht? Einem Tornado die Tür geöffnet?

»Was ist passiert?«, fragte er, als er auf sie zuging, nicht ganz sicher, ob er damit wirklich nur ihre Hand meinte, die Emma immer noch umklammert hielt.

»Ich habe mich verbrannt«, jammerte sie. »Kerzenwachs.«

Jared griff vorsichtig nach ihrer Hand und betrachtete die rote Stelle, an der noch dunkelgrüne Wachsreste klebten. »Lass uns das kühlen«, sagte er und zog sie zum Spülbecken.

»Wollte ich gerade machen«, murmelte Emma, als er den Hahn aufdrehte und ihre Hand unter das Wasser hielt. Sie waren sich plötzlich ganz nahe. Emmas Hand in seiner, eine ihrer blonden Haarsträhnen hatte sich in seinen Bartstoppeln verfangen. Und dieser warme Duft nach Vanille, den er sogar durch die Weihnachtsgerüche um sich herum wahrnahm und der ihn magnetisch anzog.

Als Emma den Kopf drehte und zu ihm aufblickte, musste er schlucken. Sie hatten ein wenig miteinander geflirtet in den vergangenen Tagen. Auf eine harmlose, freundschaftliche Weise. Aber im Moment fühlte sich die Energie zwischen ihnen kein bisschen harmlos an. Ihre Lippen waren seinen verdammt nahe. Ihr Blick weich, fast ein wenig unsicher. Sein Herzschlag beschleunigte sich. Wenn er sich jetzt vorbeugte ... Jareds Verstand setzte wieder ein, als Biggie sich zwischen sie drängte, offenbar um Emma Trost zu spenden. Sie senkte den Blick auf seinen Hund, und Jared ließ ihre Hand los und trat einen Schritt zurück. Beinahe hätte er Emma geküsst. Jetzt, mit genügend Abstand zwischen sich und ihr, konnte er wieder klar denken. Wobei er im Moment nicht darüber nachdenken wollte, in was für einer merkwürdigen Stimmung sie gerade gefangen gewesen waren. »Kühl es weiter«, murmelte er und brachte noch mehr Abstand zwischen sie. »Ich müsste irgendwo noch eine Salbe haben.« Er bemühte sich, das Chaos in seinem Haus zu ignorieren, genau wie die verwirrenden Gefühle, die um ihn herumschwirrten, als er aus dem Erste-Hilfe-Kasten im Bad eine Brandsalbe holte. Als er sie aufgetragen und Emmas Hand verbunden hatte, schaffte er abermals Distanz zwischen ihnen: Er lehnte sich gegen die Kücheninsel, während sie am Esstisch stehen blieb – und dann sah er sich im Raum um. »Was hast du mit meinem Haus gemacht?«, fragte er.

»Kerzen gegossen. Eigentlich wollte ich fertig sein, bis du Feierabend machst«, sagte sie kleinlaut und ließ sich auf einen Stuhl fallen.

Selbst wenn Jared wie üblich noch zwei Stunden gearbeitet hätte, hätte Emma es nicht geschafft, sein Wohnzimmer rechtzeitig in Ordnung zu bringen. Er nahm ein frisches Geschirrtuch aus einer Schublade, schob das Fenster über der Spüle ein Stück auf und wickelte eine Handvoll Schnee, der auf dem Sims lag, darin ein. »Hier, leg das auf deine Hand, bis es ein bisschen besser wird. Ich glaube, das ist keine schlimme Verbrennung.«

»Danke.« Emma presste die provisorische Kühlkompresse auf ihre Hand und seufzte.

Erst jetzt wurde Jared bewusst, dass sie ihre Kamera auf ein Stativ geschraubt und einen Lichtschirm aufgestellt hatte. »Hast du Fotos davon gemacht?«, fragte er.

»Ich habe ein Tutorial für die Online-Ausgabe der Zeitung gedreht. Für die Rubrik: Weihnachtsgeschenke zum Selbermachen. Duftkerzen. Die sehen nicht nur hübsch aus, sondern riechen auch nach Weihnachten. Oder wie hier: Einfach gekaufte Kerzen mit glitzernden Farben besprühen und verschönern.«

Jared las die Aufschriften auf den Fläschchen mit den Duftölen: »Winterwald«, »Pfefferkuchen« und »Punsch«. »Das mit dem Duft hast du auf jeden Fall hinbekommen. Das ganze Haus riecht danach.«

»Toll, oder?« Emma strahlte bereits wieder. »Machst du für heute schon Feierabend?«

»Das hatte ich eigentlich vor.«

»Perfekt.« Sie bewegte ihre Hand vorsichtig und presste den Schnee dann wieder darauf. »Ich könnte deine Hilfe brauchen.«

»Um dieses Chaos zu beseitigen? Oder soll ich auch noch ein paar Kerzen gießen?« Seine Mutter könnte mit dieser Art Weihnachtsgeschenk jedenfalls nichts anfangen. Und auch sonst niemand, den er kannte, Emma und Sasha ausgenommen.

»Weder noch. Ich möchte draußen noch Fotos von den Kerzen machen und könnte einen Assistenten gebrauchen. Bist du dabei?« Sie warf ihm einen bittenden Blick zu.

Jared hatte ja bereits bewiesen, wie wenig er ihren Bitten widerstehen konnte, seit sie zum ersten Mal vor seiner Tür gestanden hatte. Er seufzte. »Kannst du nicht einfach ein paar Screenshots von deinem Video machen?«

»Tss.« Emma warf ihm einen Blick zu, der ihn als blutigen Amateur entlarvte. »Die Kerzen müssen arrangiert werden. Im Winter und im Schnee. Nur wenn wir sie richtig gut präsentieren, fahren die Leute drauf ab. Das ist eine der Ideen hinter der *Online-Gazette*. Ich will jeden Monat ein Do-it-Yourself-Video drin haben. Immer mit einem Link zu einem Shop, in dem man alles kaufen kann, was man für die Herstellung braucht. Vorzugsweise aus unserer Gegend, damit unsere Nachbarn und Freunde davon profitieren. Es sollen ja schließlich alle etwas davon haben. Und wenn wir die Besitzerin des Bastelshops erwähnen, empfiehlt die das Magazin weiter. Ein positiver Kreislauf. Besonders weil ich plane, die Zeitung über das Tal hinaus bekannt zu machen und Lora vom Bastelladen einen Online-Shop hat.«

»Verstehe.« Jared rieb sich über den Nacken. »Dann müssen wir die Kerzen wohl in Szene setzen.« Auch wenn er keine

Ahnung hatte, wie Emma das machen wollte. »Aber erst einmal brauche ich einen Kaffee.«

In den nächsten Stunden wurde Jared abermals Zeuge von Emmas Konzentration, ihrer Unermüdlichkeit und ihrem Perfektionismus. Das Licht draußen war an diesem Tag nicht besonders gut. Die Wolken hingen tief am Himmel und verbreiteten Dämmerstimmung. Emmas Meinung nach perfekt für die Fotos, die ihr vorschwebten. Sie baute glitzernde Arrangements auf dem Steg auf, der auf den zugefrorenen See hinausging. Auf dem Picknicktisch, mit Biggie als Model daneben. Sie ließ Jared die brennenden Kerzen einen Zentimeter in die eine und einen halben Zentimeter nach hinten, dann wieder nach vorn und in die andere Richtung rücken, bis sie zufrieden war mit ihren Aufnahmen.

»Hast du das richtig gelernt? Fotografieren, meine ich«, fragte Jared, nachdem er die Kerzen zum dritten Mal auf- und abgebaut hatte. Diesmal mit einem alten Schlitten als Requisit. »Normalerweise haben Journalisten doch immer einen extra Fotografen dabei, wenn sie eine Reportage machen.«

»Hmm. Die Lichtbox noch ein bisschen weiterdrehen«, wies Emma ihn an, bevor sie antwortete. »Ich habe mal einen Kurs gemacht, weil ich gern unabhängig bin.« Sie blickte ihn über den Sucher ihrer Kamera hinweg an. »Manchmal geht es nicht ohne Fotograf. Aber für solche Sachen hier ist es zum Beispiel perfekt.« Sie machte noch ein paar Aufnahmen. »Okay.« Zufrieden richtete sie sich hinter ihrem Stativ auf und drückte ihren Rücken durch, der ihr vermutlich höllisch wehtat, nachdem sie die ganze Zeit gebeugt hinter der Kamera gestanden hatte.

»Sind wir fertig?« Jared hatte keine Ahnung, wie viele Fotos man für so eine Online-Zeitung brauchte, wenn man bereits ein Video hatte, das man auf die Seite stellen konnte. Er teilte Emmas Enthusiasmus nicht ganz, immerhin hatten sie inzwischen gefühlt hunderte Bilder.

»Gleich. Ich will noch ein paar Aufnahmen vor dem brennenden Kamin machen. Das gibt sicher auch einen tollen Effekt. Und dann …« Sie biss sich auf die Unterlippe, was sie immer tat, wenn sie nachdachte.

»Dann was?«, fragte Jared, als sie nicht antwortete.

»Ich habe da noch so eine Idee.« Ein Grinsen breitete sich auf ihrem Gesicht aus.

Wenn sie so voller Elan war, begannen Emmas Augen regelrecht zu leuchten. Was immer dieses leise Kribbeln in seinem Magen auslöste. »Und ich habe das Gefühl, dass mir diese Idee nicht gefallen wird«, brummte er, auch wenn er sich nicht vorstellen konnte, was für ein Szenario ihr noch durch den Kopf ging. Wieder fiel ihm dieser anziehende Moment an der Spüle ein, als er ihre Hand gehalten hatte. Entschlossen schob er ihn zur Seite.

* * *

Jareds Lachen klang ungläubig. Nein, *fassungslos* traf es besser. »Bist du von allen guten Geistern verlassen?« Er nahm seine Mütze ab und fuhr sich durch die Haare. »Hast du was gegen die Schmerzen genommen, das dir jetzt zu Kopf steigt?«

Emma konnte sich ein Lächeln über seine Empörung nicht verkneifen. Wenn er ihr gegenüber die gleiche Bitte geäußert hätte, hätte sie ihm wahrscheinlich auch einen Vogel gezeigt. Aber das Motiv, das vor ihrem inneren Auge schwebte, war einfach zu gut, um es nicht zu fotografieren. »Nein, ich habe nichts genommen. Und bevor du fragst: Ich habe auch keine Halluzinationen. Ich habe einfach nur ein verdammt gutes Auge für ein fantastisches Fotomotiv.« Das Bild war in ihrem Kopf entstanden, nachdem Jared und sie sich an der Spüle so nahegekommen waren. Beinahe hätte Jared sie geküsst. Da war sie sich sicher. Seit diesem Augenblick hatte sie ihn nicht mehr ganz ausblenden können, obwohl ihr das bei ihrer Arbeit sonst spielend gelang. »Ich werde die Aufnahmen so machen, dass man nicht erkennen kann, dass du das bist. Aber stell dir das mal vor«, schwärmte sie. »Ich würde die Kerzen nehmen, die ich mit dem Glitzer besprüht habe. Dazu die Dampfschwaden. Das werden spektakuläre Fotos.« Ganz zu schweigen von den Muskeln. Wenn sie die Fotos so bearbeitete, dass alles außer den funkelnden Kerzen in Grauschattierungen gehalten war …

»Ich werde mich nicht nackt in meinem Whirlpool von dir fotografieren lassen! Ende der Diskussion!« Jared schnaubte und stiefelte davon.

Biggie sah ihm irritiert hinterher und dann wieder zurück zu Emma. Sie zwinkerte dem Hund zu. »Hast du vielleicht Lust auf ein paar hübsche Fotos im Jacuzzi? Dafür müsstest du aber deine Muskeln zeigen.«

Biggie gab ein tiefes Brummen von sich, rappelte sich auf und galoppierte seinem Herrchen hinterher.

»Feiglinge!«, rief sie Mann und Hund nach. »Alle beide!« Sie würde sie schon so weit bekommen.

Emma überlegte, ihre Sachen zusammenzupacken und ins Haus zurückzukehren. Doch dann änderte sie ihre Meinung. Diese Bilder wären zu fantastisch, um einfach aufzugeben.

Entschlossen schleppte sie ihr Equipment zum Whirlpool auf die Terrasse, schaltete ihn ein und stellte schon mal die Kerzen auf. Dann folgte sie dem rhythmischen Klopfen um das Haus herum.

Jared hob gerade ein Stück Holz auf, legte es auf einen Hackklotz und holte mit der Axt aus. Auch ein fantastisches Motiv, dachte Emma, als er das Holz mit einem Schlag spaltete. »Jared?«, fragte sie, nachdem er sie vier Stück Holz lang ignoriert hatte.

»Hau ab. Hier hinten ist emmafreie Zone«, erwiderte er und legte das nächste Stück auf den Hackklotz.

»Komm schon. Ich verspreche dir, dass ich keine unanständigen Bilder mache«, verlegte sie sich aufs Betteln. »Außerdem sollst du ja gar nicht nackt sein. Eine Badehose ist völlig in Ordnung. Man sieht doch nur deine Schultern und deinen Hinterkopf. Bitte, Jared.«

»Nein.«

»Es ist für die *Gazette* und damit ganz automatisch für einen guten Zweck. Du hilfst mir, die Zeitung zu retten.«

»Dein Flehen bringt nichts. Gegen diese Bitte bin ich immun.« Jared warf ihr einen kurzen Seitenblick zu, bevor er sich wieder seinem Holz widmete.

»Es ist wirklich nur ein Ausschnitt deiner Schulter von hinten. Man wird dich nicht erkennen, aber ich könnte gleichzeitig Werbung für den Single-Adventskalender und den Kerzen-Workshop machen.« Sie machte eine Pause, während Jared den nächsten Klotz spaltete. »Ich könnte Simon fragen. Er würde mir ohne zu murren helfen. Aber Simon ist nun mal nicht hier.«

»Und ich habe Nein gesagt.« Jared holte aus, und die nächsten Holzspalten kippten vom Hackklotz.

»Ich könnte Pizza bei *Giovanni's* ordern. Egal, welche Sorte. Du bist eingeladen«, versuchte Emma es mit dem nächsten Bestechungsversuch.

Jared hatte bereits ausgeholt, um das nächste Stück Holz zu spalten, ließ den Arm aber sinken. Er stellte die Axt auf den Hackklotz und stützte seine Hand drauf. Langsam atmete er aus, bevor er sich zu Emma umdrehte. »Du gibst nicht auf, oder?«, fragte er.

»Nicht wenn ich davon überzeugt bin, dass etwas verdammt gut werden wird. Und diese Bilder werden wirklich der Knaller. Vertrau mir.«

»... sagte die Katze zur Maus«, brummte Jared. »Ich gebe dir zehn Minuten. Und es wird kein Foto in deiner Zeitung auftauchen, das ich nicht abgesegnet habe.«

Emma führte ein kleines Freudentänzchen auf, was tatsächlich dazu führte, dass der Ansatz eines Lächelns Jareds Augenwinkel kräuselte. »Zehn Minuten reichen mir völlig«, log sie. Zehn Minuten würden niemals reichen. Aber er würde selbst sehen, wie fantastisch er als Model war. »Und kein Bild ohne deine Erlaubnis. Das versteht sich von selbst.« Sie klatschte in die Hände. »Na los, umziehen. Ich habe den Jacuzzi schon eingeschaltet.« Sie wies auf die Axt in seiner Hand. »Soll ich hier solange weitermachen?«

»Das hier ist immer noch die emmafreie Zone«, brummte Jared und lehnte die Axt gegen den Hackklotz.

Als er ein paar Minuten später in knielangen Badeshorts mit Hawaiidruck und einem Hoodie aus dem Haus trat, hatte Emma alles vorbereitet. Inzwischen war die Dunkelheit vollständig über das Tal hereingebrochen, also hatte sie das Licht entsprechend ausgerichtet. Neben den Kerzen auf dem Rand des Jacuzzis, die sie schon angezündet hatte, stand ein Glas Rotwein und die dazugehörige geöffnete Flasche.

»Okay.« Jared zog sich den Hoodie über den Kopf, und Emma schluckte trocken, als erst sein flacher Bauch und dann sein Brustkorb auftauchten. Er hatte keinen Waschbrettbauch, trotzdem konnte sie das Spiel der Muskeln unter seiner Haut erkennen. Erst als er den Hoodie zur Seite legte, wandte sie den Blick ab, damit er nicht auf die Idee kam, sie starre ihn an. »Was soll ich machen?«, fragte er.

»Steig einfach in den Whirlpool und entspann dich. Setz dich mit dem Rücken zu mir und leg deine Arme auf dem Rand ab.« Emma wartete, bis Jared tat, worum sie ihn bat, betrachtete das Bild, rückte die Kerzen noch einmal zurecht und begann zu fotografieren. Verdammt, sah das gut aus. Sie prüfte ihre Aufnahmen auf dem Display der Kamera, veränderte die Winkel ein wenig und machte weiter. »Kannst du das in die Hand nehmen?«, fragte sie, als sie zufrieden war. Sie reichte Jared das Weinglas.

Er drehte sich halb zu ihr um, und ihre Hände berührten sich, als er nach dem Glas griff. Emmas Haut begann zu prickeln, als hätte sie sie in das sprudelnde Wasser gehalten. Ihre Blicke verhakten sich, und Jareds Finger blieben auf ihren liegen. Dann nahm er ihr das Glas ganz langsam aus der Hand, ohne seinen Blick von ihrem zu lösen. »Was soll ich damit machen?«, fragte er. Seine Stimme klang eine Spur tiefer und ein bisschen heiser. Endlich löste er seinen Blick von ihr und nippte an dem Wein. »Der ist jedenfalls ganz gut«, sagte er.

Emma atmete tief durch und rieb mit ihrer Hand über ihre Jeans, als könne sie das Kribbeln so zur Seite wischen. »Der ist ja auch aus deinem Bestand«, zog sie Jared auf. »Da kann man davon ausgehen, dass er dir schmeckt.« Das hier war ihr Job, rief sie sich selbst in Erinnerung, kein Flirt. »Setz dich hin wie vorher und halt das Glas einfach fest. Noch ein Stück höher«, korrigierte sie ihn. »Perfekt. Bleib so.« Während sie weitere Fotos machte, konnte sie noch immer die Stelle spüren, an der Jareds Hand ihre berührt hatte. Solche merkwürdigen Situationen sollte es zwischen Freunden nicht geben.

10

All is calm, all is bright.

Jared schreckte aus dem Schlaf hoch. Für einen Moment hatte er keine Ahnung, was ihn geweckt hatte. Dann wurde ihm bewusst, dass er auf der Couch eingenickt war. Das Feuer im Kamin war zu einem orangenen Glühen heruntergebrannt, und in der Luft hing immer noch eine Ahnung des Duftgemisches aus Tannenbäumen und Weihnachtsbäckerei. Er warf einen Blick auf sein Handydisplay. Halb zwei nachts.

Langsam setzte er sich auf und rollte mit den Schultern, um die Verspannungen in seinem Nacken zu lösen. Diese Couch war echt der Horror, wenn man darauf einschlief. Jared blinzelte die letzten Spinnweben des Schlafes weg. Er hatte keine Ahnung, wann er eingeschlafen war. Und wo war Emma? Er hatte gar nicht mitbekommen, dass sie gegangen war. Seine Augen gewöhnten sich an das Dämmerlicht, und er ließ den Blick durch den Raum schweifen. Zumindest bis zum Esstisch.

Emma war noch da. Sie saß auf ihrem üblichen Platz, den Kopf neben ihren Laptop auf die Tischplatte gelegt, und schlief. Genau wie Biggie, der sich auf seinem Lieblingsfleck vor dem Kamin ausgestreckt hatte.

Dieser Tag war einer der merkwürdigsten gewesen, die er seit Langem erlebt hatte. Irgendetwas war zwischen Emma und ihm passiert, auch wenn er es nicht richtig greifen konnte. Fasziniert war er von Anfang an von ihr gewesen. Von ihrer frechen, offenen Art. Dem Sturkopf, mit dem sie sich durchsetzte. Aber inzwischen fühlte er sich auch zu ihr hingezogen. Und er hatte für sie, verdammt noch mal, seine Klamotten fallen und sich fotografieren lassen. Mac würde einen Lachflash bekommen, von dem er sich wahrscheinlich bis Silvester nicht mehr erholen würde, wenn er davon wüsste.

Aber erst einmal musste er Emma dazu bringen, nach Hause zu gehen, sonst hätte sie morgen noch schlimmere Nackenschmerzen als er jetzt schon. Er ging zu ihr hinüber und rüttelte sie leicht an der Schulter. »Emma?« Keine Reaktion.

Als er ihr noch einmal über den Arm strich, um sie zu wecken, glitt seine Hand aus Versehen über das Touchpad ihres Laptops, und der Bildschirm erwachte zum Leben. Jared hielt inne und starrte seinen Rücken an, der auf dem Monitor erschienen war. Offenbar hatte Emma dieses Foto als letztes bearbeitet, bevor sie eingeschlafen war. Und wie sie es bearbeitet hatte! Er beugte sich hinunter, um das Bild besser betrachten zu können. Die Kerzen bildeten glitzernd und funkelnd den Mittelpunkt des Szenarios. Seine Schulterpartie und das Rotweinglas, das er in der Hand hielt, bildeten zusammen mit den Dampfwolken des heißen Wassers, die vom Jacuzzi aufstiegen, den perfekten Hintergrund. Emma hatte alles, abgesehen von den Kerzen und ihren Flammen, in Grauschattierungen abgewandelt, die einen fantastischen Rahmen für das Arrangement boten. Dieses Bild war wirklich atemberaubend gut inszeniert. Und das, obwohl er sich so blöd gefühlt hatte, als sie ihn um den Gefallen gebeten hatte. Das Ergebnis machte ihn allerdings wirklich sprachlos.

Jared betrachtete Emma. Die Hände unter ihre Wange geschoben schlief sie tief und fest. Sie hatte sich noch keinen Millimeter bewegt, seit er aufgewacht war. Mit ihr fühlte sich alles so an, als böte man ihr den kleinen Finger, und sie griff sofort nach der ganzen Hand, nur um einem dann im Gegenzug irgendetwas Wunderschönes auf die Handfläche zu legen. Emma überraschte ihn jeden Tag aufs Neue. Und er begann, regelrecht auf ihre verrückten Ideen hinzufiebern.

Das änderte aber nichts daran, dass sie die Nacht nicht in seinem Wohnzimmer, den Kopf auf den Esstisch gebettet, verbringen konnte. Es wurde Zeit, dass sie nach Hause fuhr. Noch einmal rüttelte Jared sie an ihrer Schulter, aber sie gab nur einen unwilligen Laut von sich und rührte sich ansonsten kein bisschen. »Emma. Wach auf.« Keine Reaktion.

Sie hatten nach der Fotosession einen wirklich schönen Abend verbracht. Jared hatte sich, einfach nur, um Emma auch mal zu ärgern, für eine Pizza entschieden, die so gut wie mit allem belegt war, was das *Giovanni's* zu bieten hatte. Emma hatte auf seine kleine Provokation hin nur gut gelaunt gelacht und ihm versichert, dass er sich dieses Dinner mehr als verdient hatte. Sie hatten vor dem Feuer gegessen, das munter im Kamin flackerte. Jared auf der Couch und Emma in dem gemütlichen Lesesessel, die Füße auf den Hocker vor sich hochgelegt. Zu ihren Füßen Biggie, der seinen Anteil einforderte, weil er ebenfalls Modell gestanden hatte. Dazu hatten sie die Flasche Wein getrunken, die Emma als Requisit geöffnet hatte.

Nach dem Essen hatten sie sich gemeinsam daran gemacht, das Chaos zu beseitigen, das Emma mit ihrer Kerzengieß-Aktion in seinem Haus angerichtet hatte. Und selbst das hatte, mit Emma an seiner Seite, Spaß gemacht.

Als sein Wohnzimmer wieder in seinen Ursprungszustand zurückversetzt war, hatte Emma begonnen, die Fotos zu bearbeiten, bevor sie nach Hause gehen wollte. Jared hatte es sich mit dem neuen Stephen-King-Roman auf der Couch gemütlich gemacht – und war prompt eingeschlafen – genau wie Emma über ihrer Arbeit. »Emma, komm schon. Wach auf.«

Ein genuschelter Satz, der genauso gut »Lass mich« heißen konnte wie alles andere auch, blieb ihre einzige Reaktion.

Jared fuhr sich durch die Haare und warf einen Blick zur Couch hinüber. Vielleicht konnte sie sich dort hinlegen oder in seinem Gästezimmer? »Du lässt mir keine Wahl«, murmelte Jared, nachdem er noch einmal vergeblich versucht hatte, Emma zu wecken. An diesem Tisch würde er sie jedenfalls nicht weiterschlafen lassen.

Jared schob Emmas Handy in die Gesäßtasche seiner Jeans und zog sie behutsam von ihrem Sitz. Dann schob er seine Arme unter ihren Rücken und die Oberschenkel und hob sie hoch. Er versuchte zu ignorieren, dass sie ihren Kopf ganz automatisch an seine Schulter legte und ihr leiser Atem über seinen Hals strich. Ihr verführerischer Duft stieg ihm in die Nase, und eine ihrer seidigen Haarsträhnen glitt über seinen Unterarm. Jared versuchte, all das auszublenden, als er sie die Treppe hinauftrug. Auf der Galerie jonglierte er kurz mit ihrem Gewicht, um den Knauf der Gästezimmertür drehen zu können, und zog sie dann auf.

Im Zimmer brannte zwar kein Licht, aber die Wolken, die am Abend so bedrohlich tief über dem Tal gehangen hatten, waren verschwunden. Sie hatten einem Sternenmeer Platz gemacht und dem Mond, der so tief über den Bergspitzen hing, dass er alles in ein silbriges Blau tauchte. Ein Licht, das hell genug war, um sich in seinem Gästezimmer zurechtzufinden.

Jared zog die Decke zur Seite und setzte Emma auf der Bettkante ab. Er legte ihr Handy auf den Nachttisch und schob Emma ein Stück nach hinten, um ihre Beine ins Bett zu bugsieren.

Kaum hatte Emmas Körper die Laken berührt, rollte sie sich zusammen wie eine Schnecke. Jared breitete die Decke über ihr aus und betrachtete sie einen Moment. Ihre Gesichtszüge waren so entspannt, wenn sie schlief. Er strich ihr eine Haarsträhne aus dem Gesicht, was Emma einen kleinen Seufzer entlockte, ohne dass sie aufwachte.

Leise verließ Jared das Zimmer und schloss die Tür hinter sich. Erst als er in seinem eigenen Bett lag und in das silbrige Mondlicht blickte, wurde ihm bewusst, dass er den Gedanken, dass Emma auf der anderen Seite der Wand lag, nicht so einfach zur Seite schieben konnte, wie er sich das wünschte. Lange lag er wach, ihr friedlich schlafendes Gesicht vor seinem inneren Auge.

* * *

Die Sonne strich mit einem warmen Kitzeln über ihre Haut. Emma glitt nur ganz langsam aus dem Schlaf in das Wachsein hinüber. Sie fühlte sich so gut. Regelrecht schwerelos. Die Laken, in die sie sich eingewickelt hatte, dufteten nach frisch gewaschener Baumwolle. Die Augen noch immer geschlossen sog sie diesen angenehmen Geruch tief ein.

Im nächsten Moment wurde ihr bewusst, dass ihr Waschmittel anders roch, genau wie das ihrer Mutter. Sie schlug die Augen auf und blinzelte in das helle Sonnenlicht, dass sie wie eine Lichtinsel umgab. Die Laken waren weich, aber es waren nicht die in ihrem Bett. Langsam strich Emma über die Decke und hob sie dann an, um einen Blick darunter zu werfen. Erleichtert atmete sie aus. Sie war in einem fremden Bett aufgewacht, trug aber noch all ihre Klamotten. Wäre sie nackt gewesen, wäre sie wahrscheinlich im nächsten Moment mit einem erschrockenen Aufschrei aus dem Bett gesprungen. So aber überließ sie sich noch ein wenig ihrer Trägheit und streckte sich ausgiebig.

Sie hatte den Abend mit Jared verbracht und sich dann noch mal an ihren Laptop gesetzt, um die Fotos zu bearbeiten. Da sie sich nicht daran erinnern konnte, sein Haus verlassen zu haben, war sie vermutlich noch immer hier. In seinem Schlafzimmer? Aus ihrem Blickwinkel konnte sie nur eine Kommode und einen gemütlichen Sessel erkennen. Und eine Barndoor, die vermutlich ins Bad führte. Jared war unglaublich ordentlich. Aber wenn das sein Schlafzimmer wäre, würden wahrscheinlich wenigstens ein paar Socken herumliegen oder ein, zwei Fotos auf der Kommode stehen. Also war das hier wahrscheinlich eher das Gästezimmer.

Emma setzte sich auf, um sich einen besseren Überblick zu verschaffen, und entdeckte als Erstes den Thermobecher, der neben ihrem Handy auf dem Nachttisch stand. Kaffee! Emmas Herz machte einen kleinen Satz, als sie nach dem Becher griff und den Deckel abschraubte. Sie nippte an dem Kaffee und hoffte, dass das Koffein bald ihr Gehirn fluten würde. Diese Geste war so liebenswürdig. Nicht nur der Kaffee, sondern auch dass Jared sie hatte schlafen lassen, bis die Sonne aufgegangen war. Was auf jeden Fall bedeutete, dass sie verschlafen hatte. Aber dafür war sie ja den größten Teil der Zeit ihr eigener Boss. Dann würde sie heute Abend einfach ein wenig länger arbeiten. So ausgeruht wie gerade hatte sie sich jedenfalls schon lange nicht mehr gefühlt.

Emma angelte ihr Handy vom Nachttisch und verschluckte sich prompt an ihrem Kaffee, als sie einen Blick auf das Display warf. Halb zwölf? Sie hatte bis kurz vor Mittag geschlafen? Und keine der zig Nachrichten mitbekommen, die eingegangen waren? Noch einmal warf sie einen Blick auf das Display und entdeckte, dass der Ton abgestellt war. Offenbar ebenfalls Jareds Werk.

Emma ließ die Fingerspitzen über das Kopfteil des Bettes gleiten. Es bestand aus Tannenbäumen, einem Elch und einem Bären, die aus dem Holz ausgesägt worden waren. Wunderschön. Am beeindruckendsten in diesem Raum war allerdings die Wand, die aus einem riesigen Fenster bestand, das den Blick auf den Crystal Lake und die Bergketten dahinter freigab. Emma kletterte aus dem Bett und trat mit dem Kaffeebecher in der Hand an dieses Fenster. Die Sonne stand an einem schon fast unnatürlich blauen Himmel und überzog die Schneeflächen, die alles um das Cottage herum bedeckten, mit einem so intensiven Diamanten-Glitzern, dass Emma die Augen zusammenkneifen musste. In der Ferne konnte sie die Häuser Snowflake Valleys ausmachen, und rechts von ihr spazierte eine Gruppe Rehe durch den Schnee.

Und dann wurde ihr noch etwas bewusst: die Ruhe. Es war so still um sie herum, dass sie ihren eigenen Atem hören konnte. Emma war das nicht gewöhnt. Sie befand sich immer inmitten einer Geräuschkulisse. In Chicago war es die Stadt, die ständig um sie herum brodelte. Tag und Nacht. Selbst in ihrem Elternhaus hörte sie morgens ihre Mutter in der Küche herumklappern oder ihren Vater in seiner Werkstatt einen leisen Fluch ausstoßen. Sie horchte in sich hinein. Die Stille fühlte sich erstaunlicherweise gut an. Vermutlich war sie, zusammen mit der Erschöpfung, an der sie jetzt schon eine Weile zu knabbern hatte, dafür verantwortlich, dass sie so lange geschlafen hatte. Und sich so erholt fühlte.

Emma sah den Rehen noch eine Weile zu, dann zog sie neugierig die Schubladen der Kommode auf, die alle leer waren. Hinter der Barndoor entdeckte sie ein kleines Gästebad. Sie fand dort eine frische Zahnbürste und Handtücher. Da sie sowieso schon viel zu spät dran war, um ihren Zeitplan für diesen Tag auch nur ansatzweise einzuhalten, beschloss sie, sich eine ausgiebige Dusche zu gönnen.

Eine halbe Stunde später zog sie die Tür des Gästezimmers auf und blickte über die Galerie, die die oberen Räume des Hauses verband, ins Wohnzimmer hinunter. Jared war nirgends zu sehen, und Biggie konnte sie vor dem Fenster ausmachen, wo er in die Richtung davonstob, in der sie vorhin die Rehe gesehen hatte. Vermutlich auf der Suche nach neuen Freunden, dachte sie grinsend. Ihr Gastgeber hatte sich hingegen wahrscheinlich mal wieder in sein Arbeitszimmer zurückgezogen.

Emma ging die Treppe hinunter und stellte den Thermobecher unter die Kaffeemaschine. Spontan beschloss sie, sich bei Jared mit einer frischen Tasse zu bedanken, und nahm einen blau-weiß gestreiften Becher aus dem Regal, den sie nach ihrem unter die Maschine stellte.

Mit beiden Tassen bewaffnet klopfte sie kurz darauf an Jareds Arbeitszimmer. Sie hatte sich inzwischen angewöhnt, den Raum einfach zu betreten, da er entweder nichts um sich herum mitbekam, weil er manisch auf seiner Tastatur herumhackte, oder unflätig fluchend einen seiner Antistress-bälle knetete oder gegen die Wand warf. Es machte Jared nichts aus, wenn sie bei ihm vorbeischaute. Das Klopfen diente lediglich der Höflichkeit und war ihre Art, ihm mit-zuteilen, dass sie dabei war, ihn zu unterbrechen.

Die Kaffeebecher vorsichtig balancierend schob sie die Tür auf und schien mitten in einen Streit geraten zu sein – von dem sie nur eine Seite hören konnte.

»Nein, Marshall. Sie werden mich mit nichts dazu bekom-men, an Ihrem Thanksgiving-Empfang teilzunehmen … Auf keinen Fall … Nein, ich bringe auch keine Begleitung mit.« Jared hielt sich mit der linken Hand das Handy ans Ohr. Seine Rechte durchfurchte seine Haare. Als er bemerk-te, dass er nicht mehr allein war, drehte er sich zu Emma um. »Zum letzten Mal, Marshall: Nein! Danke, dass Sie an mich gedacht haben«, brachte Jared zwischen zusammengepress-ten Zähnen hervor. Emma war völlig klar, dass er die Worte nicht so meinte. Wer auch immer am anderen Ende der Lei-tung war: Er nervte Jared. »Das wünsche ich Ihnen auch.« Er legte auf. »Und rufen Sie mich nie wieder an«, knurrte er, als er das Handy auf seinen Schreibtisch warf und sich mit beiden Händen über das Gesicht rieb.

»Besteht eine reale Chance, dass dieser Marshall dich nie wieder anruft?«, fragte Emma und hielt ihm seinen Kaffee-becher entgegen.

Jared nahm ihn ihr ab und drehte ihn in den Händen, statt davon zu trinken. »Nein. Er wird mich bei der nächstbesten Gelegenheit wieder nerven.«

»Weil er Thanksgiving mit dir verbringen will?« Emma lehnte sich gegen den Schreibtisch und nippte an ihrem Becher.

»Weil er denkt, dass er sich mit Geld alles kaufen kann. Glaubt, mich mit einer großen Party zu beeindrucken und mich so dazu zu bringen, für ihn zu arbeiten.«

Jared war noch nie besonders gesprächig gewesen, wenn es um seine Arbeit ging – oder überhaupt um sein Leben, bevor er nach Snowflake Valley gezogen war. Emma nahm zwar nicht an, dass er ihr heute mehr erzählen würde als in den vergangenen Tagen, neugierig war sie aber trotzdem. »Du willst diesen Auftrag nicht annehmen?«

Jared stellte seine Tasse ab und wandte sich zum Fenster um. Die Hände in die Hüften gestützt starrte er in den verschneiten Wald hinaus. »Marshall bietet mir keinen Auftrag an. Er will mich einstellen. Über ein Projekt ließe sich reden, aber er will mich fest in seiner Firma.«

»Und das willst du nicht«, mutmaßte Emma.

»Nein. Ich will mein eigener Herr bleiben und selbst entscheiden, wie viele Aufträge ich annehme und wie viel ich arbeite«, sagte er leise.

Emma war bereits aufgefallen, dass Jared sich immer darum bemühte, seinem Arbeitsalltag Grenzen zu setzen. Ein paarmal hatte er sie erinnert, Pausen zu machen, oder endlich Feierabend. Sie nahm an, dass er seine Gründe dafür hatte. Vielleicht hatte er einen Burnout gehabt und bemühte sich jetzt darum, es ein wenig langsamer angehen zu lassen. Aber so angespannt wie seine Schultern waren, verschloss er sich gerade vor ihr. Emma war sich sicher, dass sie zu diesem Thema nichts mehr aus ihm herausbekommen würde. Also wechselte sie die Taktik. »Was machst du denn anstelle der großen Party dieses Marshalls an Thanksgiving?«

Jared schwieg einen Moment, den Blick noch immer aus dem Fenster gerichtet. Dann drehte er sich zu Emma um, ließ sich in seinen Schreibtischsessel fallen und griff nach seinem Kaffee. »Nichts«, sagte er und trank einen Schluck. »Hast du gut geschlafen?«

»Gut geschlafen?« Emma war noch bei Jareds »nichts«. »Ja, ähm, sehr gut. Danke, dass du mich nicht geweckt hast. Sah so aus, als hätte ich das echt mal gebraucht.« Sie sah Jared dabei zu, wie er nach seinem Antistressball griff und anfing, ihn zu kneten. »Was meinst du mit ›nichts‹?«, fragte sie.

»Hmm?« Jared sah auf, als wäre er mit den Gedanken gerade ganz weit weg gewesen.

»Wieso machst du zu Thanksgiving nichts?«, hakte Emma noch einmal nach.

»Weil mir Feiertage nichts bedeuten. Du weißt doch: ›Team Grinch‹.« Er zog die Augenbrauen hoch, als sei seine Antwort völlig logisch.

»Aber du kannst doch Thanksgiving nicht hier alleine mit Biggie verbringen. Das ist viel zu einsam«, widersprach Emma ihm. »Du verbringst Erntedank am besten mit uns.« Ein ziemlich spontaner Beschluss. Der sich aber absolut richtig anfühlte. Niemand sollte an Thanksgiving allein sein. Ob er wollte oder nicht.

»Nein, werde ich nicht. Ich bestelle mir eine Pizza und mache es mir vor meinem Kamin gemütlich. Und ich werde es genießen, weil ich an diesem Tag mein Haus endlich einmal wieder für mich allein haben werde. Niemand verursacht Chaos. Alles bleibt sauber und aufgeräumt«, behauptete er.

»Ha.« Emma bohrte ihm mit dem Zeigefinger in den Brustkorb. »Du liebst mein Chaos. Gib es ruhig zu. Abgesehen davon wirst du dir an Thanksgiving keine Pizza bestellen können, weil *Giovanni's* nicht geöffnet hat. Genauso wenig wie das *One More Bite* oder sonst ein Restaurant in Snowflake Valley.« Sie zuckte mit den Schultern, als wolle sie sich dafür entschuldigen. »Du weißt schon: Thanksgiving«, sagte sie langgezogen und überdeutlich. »Da wollen die Leute nicht arbeiten. Sie wollen bei ihren Familien und Freunden sein. Der einzige Laden, der aufhat, ist die Fastfood-Bude in Wild Creek. Wenn du einen matschigen Burger dem Truthahn und dem glasierten Schinken meiner Mutter vorziehst, müssen wir uns ernsthafte Gedanken um deine geistige Gesundheit machen.«

»Emma.« Jared seufzte wie ein genervter Vater über sein störrisches, uneinsichtiges Kind. »Ich werde mich nicht bei fremden Leuten zum Essen einladen, nur weil du eine andere Vorstellung von diesem Tag hast als ich. Ich brauche diesen ganzen Rummel nicht. Es gibt auch Tiefkühlpizza. Biggie und ich essen die für unser Leben gern.«

Emma stützte sich auf dem Schreibtisch ab und beugte sich vor, um ihren Worten Ausdruck zu verleihen. »Du hast keine Ahnung, von was du sprichst. Meine Familie sind keine ›fremden Leute‹.« Sie malte mit den Fingern Gänsefüße in die Luft. »Wir sind hier in Snowflake Valley, also sind sie Nachbarn. Du musst meine Einladung nicht annehmen.« Sie schenkte ihm ein breites Lächeln. »Aber wenn du es nicht tust, setze ich meine Mutter auf dich an. Sie kann es noch viel weniger ertragen als ich, wenn jemand diesen

Feiertag allein verbringt. Und sie wird es persönlich nehmen, wenn du ihr Festessen zu Gunsten einer Tiefkühlpizza verschmähst. Meine Mom ist noch viel starrsinniger als ich.« Mit verschränkten Armen und mehr als zufrieden mit ihrer Taktik lehnte sie sich zurück. »Ich wette, Biggie würde sich für den glasierten Schinken entscheiden.«

»Dann kann er ja alleine kommen«, brummte Jared. »Ich hoffe, ihr lasst keinen Pekannusskuchen rumstehen.«

11

What happens under the mistletoe, stays under the mistletoe.

Zwei Tage später sah Jared dabei zu, wie Emma ihren Jeep vor seinem Cottage abstellte und gut gelaunt heraussprang. Er hatte nicht nachgegeben und ihre Einladung zum Thanksgiving-Dinner ausgeschlagen. Seine Eltern hatten diesem Feiertag genau wie Weihnachten keine besondere Beachtung geschenkt. Schließlich hatten sie die meiste Zeit ihres Lebens in Ländern verbracht, in dem der vierte Donnerstag im November ein ganz normaler Arbeitstag war. Abgesehen davon war Jared grundsätzlich kein Freund von Familienfesten. Er hatte nicht vor, Emma zu ihren Eltern zu begleiten und sich dort wie das fünfte Rad am Wagen zu fühlen, während er den Porters dabei zusah, wie sie ihre Traditionen lebten.

Das hatte er ihr ganz deutlich gesagt. Und Emma hatte es mit einem breiten Grinsen zur Kenntnis genommen. Eigentlich hätte er schon in diesem Moment wissen müssen, dass er einmal mehr den Kürzeren gegen sie ziehen würde. Er war also nicht wirklich überrascht gewesen, als er am nächsten Tag einen Anruf von Emmas Mutter erhalten hatte. Nach einem fünfminütigen Gespräch mit Deborah Porter wusste Jared, woher Emma ihren Starrsinn hatte. Schließlich hatte sich noch Sasha eingemischt, als er zum Lunch im Café vorbeigeschaut hatte, und ihm erzählt, dass sie schon seit Jahren mit den Porters Thanksgiving feierten und dass das eine der schönsten Partys der ganzen Stadt war.

Als Emma dann auch noch darauf bestanden hatte, zu ihm rauszufahren und mit ihm gemeinsam zum Haus ihrer Eltern zu laufen, hatte er kapituliert. Angeblich war der Rückweg zu seinem Cottage im Anschluss an das Dinner der perfekte Verdauungsspaziergang. Jared vermutete allerdings eher, dass sie sichergehen wollte, dass er sich nicht doch noch um die Einladung drückte. Er zog Stiefel und Jacke an und griff nach dem Wein, den er als Gastgeschenk mitnehmen wollte, und traf Emma vor dem Haus.

Sie sah heute anders aus. Die Haare zu einem eleganten Knoten im Nacken zusammengefasst. Irgendwas hatte sie mit ihren Augen gemacht. Sie wirkten größer und strahlten noch mehr als sonst. Sogar die dunklen Schatten waren aus ihrem Gesicht verschwunden. Was wenigstens zum Teil damit zu tun hatte, dass sie sich in seinem Gästezimmer richtig ausgeschlafen hatte. Auch wenn sie danach sofort wieder in ihre Arbeitswut verfallen war. Sie hatte sich für die Übernachtung bedankt – und dann hatten sie das Thema abgehakt. Im Licht des neuen Tages und ihrem Streit, wo er den Feiertag verbringen sollte, war die merkwürdige Stimmung des Abends verloren gegangen. Sie waren zurückgekehrt zu ihrem freundschaftlichen Verhältnis, und Jared fragte sich, ob er sich diese Anziehung zwischen Emma und sich vielleicht nur eingebildet hatte. Auch jetzt war nichts von diesem Kribbeln zu spüren, als sie nebeneinander in die Stadt spazierten und Emma ihn darüber ins Bild setzte, wie das Dinner bei ihnen ablief und wer alles zu Gast sein würde.

Jared hätte sich keine Sorgen machen müssen. Emmas Eltern waren herzliche Leute, die ihn behandelten, als gehöre er zur Familie. Er traf Sasha und Simon und Sashas Tante Vivian, die er aus dem *One More Bite* kannte, das direkt neben ihrem Wollgeschäft lag. Emma stellte ihm ihren Onkel Henry vor (der Hosenträger und eine Fliege mit tanzenden Truthähnen trug), dessen Zeitung sie retten wollte, und ehe Jared sich versah, war er in die große, lustige Runde aufgenommen und mit den Thanksgiving-Traditionen der Porters konfrontiert. Die sich nicht von denen anderer Familien in den USA unterschieden, soweit er das beurteilen konnte. Sah man von dem kleinen Darts-Turnier im Keller von Emmas Elternhaus ab, bei dem reichlich Eggnog floss und bei dem er klar versagte. Der Endwettkampf wurde schließlich zwischen Henry und Vivian ausgetragen, die zu gespielt erbitterten Gegnern mutierten und mit ihren kleinen Spitzen und Sticheleien die gesamte Runde erheiterten. Auf Jared wirkten die beiden wie ein Paar, das schon so lange zusammen war, dass sie die Sätze des anderen beenden konnten und sich ohne Worte verstanden.

Ein Eindruck, der sich während des Dinners verstärkte, als er beobachtete, wie Vivian den Korb mit den Brötchen in Henrys Richtung hielt, ohne ihr Gespräch mit Emmas Mutter zu unterbrechen. Oder wie Henry die Karotten an Simon weiterreichte, ohne Vivian überhaupt zu fragen, ob sie welche wollte. Dafür aber noch mal nach den Erbsen zu greifen, um ihr nachzulegen, wofür sie ihm mit einem kleinen Lächeln dankte.

Nach dem Dinner räumten alle Gäste gemeinsam den Tisch ab und sorgten dafür, dass Debbies Küche wieder vorzeigbar war. Jared sah, wie Sasha ihrer Freundin mit den Augen ein Zeichen Richtung Obergeschoss gab, während Emmas Vater Jared und Simon die Arme um die Schultern legte und versuchte, sie ins Wohnzimmer zurückzudirigieren, weil jetzt seiner Meinung nach der beste Teil nach dem Essen folgte: das Footballspiel.

Seine Frau schlug gut gelaunt mit ihrem Geschirrtuch nach ihm und forderte ihn auf, »die Kinder« in Ruhe zu lassen. Und so fand sich Jared ein paar Minuten später im ersten Stock wieder und sah sich in Emmas Zimmer um.

»Ein verrückter Haufen, oder?« Sasha stieß ihn mit der Schulter an, was die Schnapsgläser klirren ließ, die sie balancierte. »Ich hoffe, du überlebst diesen Abend unbeschadet.«

Unbeschadet schon, aber vermutlich mit einem Kater, wenn das so weiterging, dachte Jared mit einem Blick auf die Eggnog-Flasche, die Sasha auf Emmas Schreibtisch abstellte.

»Den hat meine Tante selbst gemacht«, ergänzte Sasha, als sie Jareds Blick bemerkte.

Das schien in Snowflake Valley eine Tradition zu sein. Erst der Punsch von Emmas Mutter, den sie bei den Campbells getrunken hatten, jetzt der Eggnog von Sashas Tante, an dem ganz eindeutig nicht mit dem Rum gespart worden war. Er nippte nur an dem Glas, das Sasha ihm reichte, und sah sich in Emmas Zimmer um. Für ihre Verhältnisse war es erstaunlich aufgeräumt. Die weißen Möbel leuchteten regelrecht vor den taubengrau gestrichenen Wänden. Emmas Schreibtisch stand unter der Dachgaube, und neben einem bis zum Bersten vollgestopften Bücherregal befand sich ein gemütlicher Lesesessel, in den sich Simon sofort fallen ließ.

Emmas Bett hatte eines dieser weißen, verschnörkelten Eisenkopfteile, die künstlich auf alt getrimmt waren. Die Tagesdecke war ein Quilt aus unzähligen Rosenstoffen, und der kleine Berg Zierkissen am Kopfende wies sämtliche Pastelltöne auf.

Jared trat näher an den gerahmten Artikel heran, der über dem Schreibtisch aufgehängt war. »Michelle Obama?« Er drehte sich zu Emma um, die gerade ein Tablett mit Snacks ins Zimmer balancierte und die Tür hinter sich mit dem Fuß ins Schloss schob. »Du hast Michelle Obama interviewt?«

Sie lächelte. »Als ich noch für *The Daily Californian* geschrieben habe. Die Studentenzeitung in Berkley«, ergänzte sie, weil sie Jareds Blick wohl ansah, dass er noch nie von dieser Zeitung gehört hatte. »Das war verdammt cool. Ich bekomme jetzt noch Herzklopfen, wenn ich nur daran denke.« Sie presste ihre Hand auf den Brustkorb. »Meine Mutter hat vermutlich die halbe Auflage der Zeitung aufgekauft und sie jedem aufgezwungen, ob er sie wollte oder nicht.«

»Dieser Artikel hängt hier überall in der Stadt«, ergänzte Sasha und schenkte noch einmal Eggnog nach. »In der Redaktion der *Gazette*. In der Praxis von Emmas Dad. Und natürlich im Rathaus und in unserer ehemaligen Highschool in Wild Creek«, zählte sie auf. »Mit diesem Interview hat es Emma sozusagen in die Hall of Fame der Stadt geschafft. Wie Teddy Burlington, der Bullenreiter, der 1986 beim *National Finals Rodeo* gewonnen hat.«

»Das bin ich.« Emma hob lachend die Arme und verbeugte sich dann theatralisch. »Eine der bedeutendsten Personen der Stadt, gemeinsam mit einem Rodeo-King.«

»Dass Emma ausgeflippt ist vor Begeisterung, als sie die amtierende First Lady interviewen durfte, ist logisch.« Simon zog seine Frau zu sich auf den Sessel und küsste ihre Hand. »Ihr anderen habt euch doch nur darüber gefreut, dass Beatrice Williams grün war vor Neid.«

»Das auch«, gab Sasha zu. »Ein herrlicher Moment.«

Jared überflog das Interview zum Thema Emanzipation, das Emma mit der ehemaligen First Lady geführt hatte. Er würde den Beitrag googeln, sobald er zu Hause war, und noch einmal in Ruhe lesen. »Ich dachte, du schreibst über Mode und …«

»Kerzen und solches Zeug?« Emma trat neben ihn. Ihr Gesicht spiegelte sich neben seinem im Glas des Bilderrahmens. Sie hatte sich umgezogen, als sie vor dem Dinner das Haus ihrer Eltern erreicht hatten, und war aus ihren warmen Hosen in ein enganliegendes, blaues Kleid geschlüpft, das an den Knien endete und abgesehen von einem schmalen braunen Gürtel keine Raffinessen aufwies. Jared fand, dass sie darin klassisch und trotzdem sexy aussah. »Ich schreibe über alles, was mich interessiert«, sagte sie zu seinem Spiegelbild. »Dazu gehören auch Klamotten und Frisurentrends. Aber ich habe auch eine Kolumne, in der es um Themen geht, die uns im Alltag beschäftigen. Und als freischaffende Journalistin schreibe ich außerdem Artikel zu allem, was mich umtreibt, und verkaufe sie dann an die unterschiedlichsten Magazine. Die Grenzen sind fließend«, sagte sie. »Das ist das Schöne an meinem Job. Ich bin ziemlich frei und kann heute den neuen Nora-Roberts-Roman besprechen und mich morgen mit dem Abschmelzen der Polkappen beschäftigen.«

Einmal mehr hatte Jared eine Facette an Emmas Persönlichkeit entdeckt, mit der er nicht gerechnet hatte. In diesem Raum, so dicht neben ihr, setzte dieses Kribbeln wieder ein. Wenn er einatmete, nahm er ihren Duft wahr, der überall um ihn herum zu sein schien. Vorsichtig brachte er ein wenig Abstand zwischen sich und sie, indem er sich umdrehte und die Lichterkette betrachtete, die sich über ihrem Bett an der Wand entlangzog. Unzählige Erinnerungen hingen zwischen den kleinen LED-Lampen. Emma und Sasha, und auch immer wieder Simon, der schon früh ein Teil ihrer Gruppe geworden zu sein schien. Diese Art von Freundschaft, die schon ein Leben lang hielt und nie nachgelassen hatte, war für ihn so außergewöhnlich und besonders. Er hatte mit Peter Huang in Hongkong das Fenster der Hausmeisterwohnung der internationalen Schule mit einem Fußball eingeworfen. Gerald White hatte ihm an Sydneys Bondy Beach das Wellenreiten beigebracht – mehr oder weniger. Und Nova war das erste Mädchen, das er geküsst hatte. In Schweden, bei einem Zeltlager auf den Schären vor Stockholm. Er war zum ersten Mal so richtig verknallt gewesen und hatte seinem zu dieser Zeit besten Freund Arvid Olsson Tag und Nacht von dem weißblonden Mädchen mit den himmelblauen Augen vorgeschwärmt. Was auch immer er erlebt hatte, er hatte jedes Mal jemand anderen an seiner Seite gehabt. Neue Freunde, andere Kumpels, wo auch immer er hingekommen war. Er hatte den Kontakt zu denen gehalten, die er verlassen musste, weil sie wieder einmal umgezogen waren. Trotzdem war es etwas völlig anderes, zusammen aufzuwachsen und all diese Dinge gemeinsam zu erleben. Jemanden sein Leben lang kennen und alle Höhen und Tiefen mit ihm zu teilen. Jareds Adressbuch wäre schon vor Jahren aus allen Nähten geplatzt, wenn er seine Kontakte nicht digital speichern würde. Er hatte so viele Menschen über die Jahre kennengelernt – doch als Dales Herzinfarkt

Jareds Leben aus den Angeln gehoben und in den nächsten Abgrund katapultiert hatte, war da außer Mac niemand gewesen, der ihm nahe genug stand, um über all das zu reden. Über die Angst, die Zweifel, die Mitschuld, die er sich an der Situation gegeben hatte. Emma und Sasha hingegen schienen sich so nahe zu stehen wie Schwestern.

»Was ist?«, fragte Emma neben ihm.

Offenbar hatte er zu lange auf die Lichterkette gestarrt. Die Polaroid-Aufnahme eines kleinen Mädchens, das in einem dicken Skianzug auf Santa Claus' Schoß saß und breit in die Kamera lächelte, fiel ihm ins Auge, und Jared entschied sich für sicheres Terrain statt der Gedanken, die ihm durch den Kopf gingen. Er hatte sich schließlich nie einsam gefühlt und immer Freunde gehabt. Erst durch die Verbindung von Emma und Sasha war ihm überhaupt bewusst geworden, wie anders ein Leben auch verlaufen konnte. »Bist du das?«, fragte er Emma.

»Hmm.«

»Dann warst du also schon immer so ein Weihnachtsfreak?« Er grinste sie an.

»Weihnachtsfreak.« Emma verdrehte die Augen und stieß ihm ihren Ellenbogen in die Rippen. »›Team Santa‹! Schon vergessen?«

»Wie könnte ich das vergessen? Wo ich doch ›Team Grinch‹ bin. Was ist das eigentlich zwischen deinem Onkel und Sashas Tante …«, versuchte er sich weiter im Small Talk und erntete ein Stöhnen von allen Anwesenden.

»Diese beiden!« Sasha warf theatralisch die Hände in die Luft und verdrehte nun ebenfalls die Augen.

»Das ist echt eine Geschichte für sich.« Emma lachte und kippte ihren Eggnog auf ex. »Vivian ist schon eine ganze

Weile geschieden und meine Tante Miriam vor etlichen Jahren gestorben. Wir haben immer gehofft, dass Henry und Vivian irgendwann zueinander finden. Sie sind die besten Freunde. Sie würden verdammt gut zueinander passen. Das sieht jeder. Nur die beiden nicht.«

»Es ist nicht so, als ob wir nicht schon versucht hätten, die beiden zu verkuppeln oder zumindest auf die Vorzüge des jeweils anderen hinzudeuten – obwohl sie die ja sowieso schon kennen.« Sasha ließ sich auf Emmas Bett fallen und schob sich die Kissen so zurecht, dass sie sich bequem anlehnen konnte. »Keine Chance. Die beiden wissen einfach nicht, was gut für sie ist. Dabei wären sie so ein hübsches Paar.«

* * *

Emma genoss Thanksgiving in vollen Zügen. Es war richtig gewesen, Jared davon zu überzeugen, das Fest mit ihrer Familie und ihren Freunden zu feiern. Er hatte wirklich alles versucht, um sie abzuwimmeln, als sie die Einladung ausgesprochen hatte. Aber am Ende hatte es ihm gefallen, den Tag mit ihnen zu verbringen. Er verstand sich gut mit ihrem Vater und ihrem Onkel, war charmant zu ihrer Mutter und Sashas Tante. Und ihre Freunde mochte er sowieso.

Nach dem Essen hatten sie sich in Emmas Zimmer zurückgezogen. Mit einem großen Tablett Snacks, die kein Mensch würde essen können, und einer Flasche von Vivians Eggnog. Jared hatte sich sehr genau in ihrer Vergangenheit umgesehen. Sein Blick war schwer zu deuten gewesen, als er ihre Lichterkette der Erinnerungen betrachtet hatte, aber Emma konnte sich vorstellen, was in ihm vorging. Sicher hatte er viel erlebt bei den Stationen, die er auf der ganzen Welt gemacht hatte. Aber verglichen mit dem gemeinsamen Leben, das Sasha und Emma, und später auch Simon, hier im Tal gehabt haben, musste ihm seine eigene Jugend einsam vorkommen. Dabei war sie einfach nur … anders.

Um Jared von seinen Gedanken abzulenken und überhaupt, um Stimmung in die Party zu bringen, suchte Emma eine Playlist mit Songs aus ihrer Jugend, die sie mitsingen und in Sashas Fall auch mittanzen konnten. Bei *SexyBack* von Justin Timberlake und *Hips don't lie* von Shakira konnte aber auch Emma nicht still sitzen und hüpfte mit ihrer besten Freundin auf dem Bett herum, wie sie es auch schon als fünfzehnjährige Teenager getan hatten, als diese Songs brandheiß gewesen waren. Simon lümmelte in ihrem Lesesessel, und Jared hatte sich an ihren Schreibtisch gesetzt. Die Männer schafften es tatsächlich, sich angeregt über den Lärm hinweg zu unterhalten, den die Stars der Zweitausender verursachten.

Als Jared schließlich auf die Uhr sah, war Emma zufrieden, wie lange sie ihn aufgehalten hatten. Sie wollte ihm »das Wunder von Snowflake Valley« zeigen, wie Sasha und sie das nannten, was in der Thanksgiving-Nacht passierte. Jared sollte zum einen sehen, wohin er gezogen war. Zum anderen sollte er verstehen, warum ihre Heimat ihr so viel bedeutete. Warum es ihr so wichtig war, die *Gazette* zu retten, die Teil dieser Heimat war.

Emma bat Jared, einen Moment zu warten, nachdem er sich von ihren Freunden verabschiedet und bei ihren Eltern bedankt hatte. Sie stürmte die Treppe hinauf und tauschte in ihrem Zimmer das Kleid, das sie zum Dinner getragen hatte, wieder gegen Skiunterwäsche, Jeans und einen Rollkragenpullover. Bereit für den Fußweg zu Jareds Haus kehrte sie ins Erdgeschoss zurück. Gemeinsam mit den Campbells traten sie auf die Veranda, wo Emma ein tiefes, von Herzen kommendes Seufzen nicht unterdrücken konnte. Genau im selben Moment, in dem Sasha eines ausstieß.

Simon lachte leise hinter ihnen. »Ihr zwei werdet immer die kleinen sechsjährigen Mädchen bleiben. Zumindest am Abend des Town-Lightnings.«

Jared stand sprachlos neben Emma und blinzelte mit einem leicht verwirrten Ausdruck im Gesicht die funkelnden Lichter um sie herum an. »Die waren doch vorhin noch nicht da«, murmelte er schließlich.

»Glaub mir, mein Freund.« Simon schlug ihm gut gelaunt auf die Schulter. »Die sind immer da. Und greifen nach Thanksgiving direkt aus dem Hinterhalt an.«

Sasha lachte bei der Beschreibung ihres Mannes. »Gute Nacht, ihr zwei.« Sie umarmte Emma und Jared zum Abschied und zog Simon, der ihnen nur noch über die Schulter zuwinken konnte, von der Veranda. »Spaziergang durch die Stadt?«, hörte Emma sie fragen, dann kam Simons gemurmelte Antwort, die nichts anderes als ein »Ja« gewesen sein konnte.

»Was meint er damit?«, fragte Jared, folgte Emmas Freunden langsamer von der Veranda und drehte sich dann zu ihrem Elternhaus um, an dessen Giebel akkurat angebrachte weiße Lichterketten leuchteten. »Die Lichter sind immer da?«

»Klingt ein bisschen wie im Horrorfilm.« Emma musste lachen bei der Vorstellung, wie Lichterketten und Weihnachtsornamente aus dem Hinterhalt angriffen und ihre

Opfer kidnappten, indem sie sich um ihre Beine schlangen und mit buntem Blinken einer Gehirnwäsche unterzogen. »Was Simon damit sagen wollte: Die Vorrichtungen für die Illumination der Stadt bleiben das ganze Jahr über hängen. Niemand nimmt sie so richtig wahr. Hast du ja auch nicht.« Sie wandte sich zur Straße um und lief langsam los. Die Luft war eisig kalt und so klar, dass sie wie ein Kontrastverschärfer für all das Funkeln wirkte. »Thanksgiving ist offiziell vorüber. Damit beginnt ganz automatisch der Weihnachts-Countdown.«

Seite an Seite gingen sie über den Schnee, der unter ihren Füßen knirschte. Biggie war ihnen mal ein paar Schritte voraus, ließ sich dann wieder hinter sie zurückfallen, nur um gleich darauf zu ihnen aufzuschließen. Über ihnen leuchteten die Schneesterne, die an Lichterketten in regelmäßigen Abständen quer über die Straße hingen. Nahezu jedes Haus war beleuchtet – und die, die es nicht waren, würden es früher oder später mit der »Wichtel-Gang« zu tun bekommen, dessen war sich Emma sicher.

Ihnen kamen ein paar wenige Leute entgegen, die ihren Verdauungsspaziergang damit verbanden, die Häuser ihrer Nachbarn zu bewundern. Emma fühlte sich – glücklich. Hier, in diesem Moment. Nachts auf der Straße, mit den Lichtern, die bunte Reflexionen auf den Schnee warfen. Mit den Sternen über sich und dem stillen Mann und seinem neugierigen Hund an ihrer Seite durch Snowflake Valley zu schlendern, war der perfekte Ausklang eines wundervollen Feiertages.

* * *

Jared lief an Emmas Seite durch die stille Stadt. Hin und wieder kamen ihnen Leute entgegen, die freundlich grüßten und ein frohes Thanksgiving wünschten. Das war aber auch schon alles, was an den Feiertag erinnerte, den sie gerade hinter sich ließen.

»Die Bewohner der Stadt lassen ihre Lichterketten natürlich nicht das ganze Jahr über hängen.« Sie lachte leise. »Zumindest die meisten. Aber sie fangen ein paar Tage vor Thanksgiving an, sie anzubringen, um sie dann – wie mein Dad heute Abend – mit leuchtenden Augen anzuschalten.«

Jared schwieg einen Moment und ließ die Nacht auf sich wirken. Hinter den hell erleuchteten Fenstern sah er glückliche Familien und strahlende Gesichter. Plötzlich traf ihn die Einsamkeit wie eine Faust in den Magen. Jared hatte sein Leben nie hinterfragt. Er war sich sicher, dass seine Eltern ihn liebten, genau wie er wusste, dass nicht hinter jeder Haustür in Snowflake Valley trautes Familienglück herrschte. Aber das Bild, das die Stadt bot, gab ihm das Gefühl, etwas verpasst zu haben. Etwas Elementares. »Dieses Weihnachtsding scheint bei euch eine echt große Sache zu sein«, sagte er, um sich selbst von seinen dunklen Gedanken abzulenken.

Emma lachte und drehte sich mitten auf der Straße mit ausgebreiteten Armen einmal um die eigene Achse. »Du hast keine Ahnung wie groß. Das war erst der zarte Anfang. In den nächsten Tagen werden die Einwohner so richtig ranklotzen. Du weißt schon: Rentiere und Schlitten im Vorgarten. Santa und Frosty auf den Dächern. Zuckerstangen, Schneeflocken, Tannengirlanden und -kränze«, zählte sie auf.

»Langsam bekomme ich eine Ahnung.« Jared wartete, bis Emma sich wieder zu ihm gesellte und sie in Richtung See und seinem Haus weiterlaufen konnten. »Gut möglich, dass ich mich über Weihnachten einfach in die Südsee verkrümele. Oder nach Hawaii«, brummte er. »Arbeiten kann ich schließlich überall.«

»Siehst du.« Emma stieß ihn mit der Schulter an. »Deshalb bist du im ›Team Grinch‹. Hau nur ab«, neckte sie ihn. »Solange du mir deinen Hausschlüssel dalässt.«

»Ich habe Angst, was du als Nächstes in meinem Haus ausprobieren könntest, wenn ich dich alleinlasse«, erwiderte er.

»Apropos.« Emma setzte eines ihrer unwiderstehlichen Lächeln auf, von denen Jared wusste, dass gleich wieder ein kleines Attentat auf seinen Seelenfrieden folgen würde. »Übermorgen backe ich in deiner Küche Weihnachtsplätzchen. Mit Eloise.«

Dem erwartungsvollen Blick nach zu urteilen, den sie ihm zuwarf, müsste er vermutlich wissen, wer diese Eloise war. »Wieso in meiner Küche?«, fragte er, statt auf diese Person einzugehen.

»Weil es die schönste Küche ist, die ich kenne. Abgesehen von Sashas Küche im Café. Aber die braucht sie schließlich selbst, und wir wären ihr nur im Weg. Weil ich wieder ein kleines Video drehen werde. Mit einer wunderschönen Kücheninsel mit dem See und den Bergen im Hintergrund. Einen Sinn muss es ja schließlich haben, dass du so riesige Fenster besitzt.«

»Ich glaube, das war nicht der ursprüngliche Grund, aus dem sie eingebaut worden sind«, murmelte Jared. Er richtete den Blick nach vorn und kniff einen Moment überrascht die Augen zusammen. Von hier aus konnte er sein Haus hinter den Bäumen nicht sehen, aber von seiner Lichtung ging ein merkwürdiger Schimmer aus.

»Bei Eloises Followerzahlen in sämtlichen sozialen Medien ist das eine echte Goldgrube für die *Gazette*«, fuhr Emma fort. »Und du bekommst Weihnachtskekse«, kam sie mit einem Argument, das sie für unschlagbar zu halten schien, so breit wie sie grinste.

»Können wir schon an dieser Stelle festhalten, dass ich mich nicht fotografieren lasse, während ich Kekse esse? Weder in meiner Küche noch in meinem Jacuzzi.«

»Wenn du nicht willst. Es steht dir natürlich jederzeit frei, deine Meinung zu ändern«, sagte Emma und hakte sich bei ihm unter, als sie auf die Lichtung traten, auf der Jareds Haus lag.

»Was zur …?« Abrupt blieb Jared stehen und starrte auf die Lichterketten, die um das Geländer seiner Veranda gewickelt waren. Sie rahmten seine Haustür ein, über der – er blinzelte ungläubig – ein Mistelzweig hing.

Emma lachte prustend los. »Da waren die Wichtel am Werk«, sagte sie, warf einen Blick auf sein fassungsloses Gesicht und krümmte sich lachend zusammen. »Es scheint sich herumgesprochen zu haben, dass du ›Team Grinch‹ bist.«

»Was soll das heißen? Was für Wichtel?« Jared ging langsam auf sein Haus zu, und da Emma sich noch immer bei ihm eingehakt hatte, lief sie ganz automatisch mit. Biggie war schon vorgeprescht und beschnüffelte die Lichterketten skeptisch.

»Die Weihnachtswichtel.« Sie gluckste, noch immer lachend. »Das sind ein paar Leute aus Snowflake Valley, die sich im Winter offensichtlich genug langweilen, um die Häuser der Leute in der Stadt zu dekorieren, die das selbst nicht machen.« Sie blickte nach links und rechts, als wäre sie eine Geheimagentin. »Heimlich, versteht sich. Niemand weiß, wer die Wichtel sind.«

Jared glaubte Emma kein Wort. Sie wusste mit Sicherheit, wer sich hinter diesen Wichteln verbarg. »Ich nenne so was Hausfriedensbruch. Mich hat überhaupt niemand gefragt, ob ich mein Haus dekoriere. Oder wie.«

Sie hatten die Verandastufen erreicht, und Emma war als Erste hinaufgestiegen, während Jared unten stehen blieb. So befanden sie sich auf Augenhöhe, als sie sich zu ihm umdrehte und den Kopf schräg legte. »Ich habe dich gerade noch etwas von Abhauen nach Hawaii oder in die Südsee brummen hören. Würdest du denn dein Haus dekorieren?«

Jared seufzte. »Nein, ich will mein Haus verdammt noch mal nicht dekorieren.«

»Siehst du.« Wieder einmal bohrte sich Emmas Zeigefinger über seinem Brustkorb in die Daunen seiner Jacke. »›Team Grinch‹. So etwas spricht sich schneller rum als Gratis-Donuts im *One More Bite*.«

»Bei Sasha gibt es Gratis-Donuts?«

»Natürlich nicht.« Emma runzelte die Stirn, als ihr bewusst wurde, dass ihr Vergleich ein wenig hinkte. »Jedenfalls kannst du diese kleine Verschönerungsaktion als Aufforderung betrachten, dich in der Weihnachtszeit an die Regeln von Snowflake Valley zu halten. Und die Regeln heißen nun mal: glitzern und blinken.«

Sie standen sich noch immer gegenüber, doch Biggie schaffte es, sich zwischen sie zu drängeln. In Emmas Augen trat dieses freche Funkeln, das Jared inzwischen so mochte. Das Leuchten, das ihm verriet, dass sie schon wieder etwas ausgeheckt hatte. »Unsere Regeln nehmen wir sehr ernst hier im Tal. Alle unsere Regeln«, betonte sie und wies mit dem Daumen nach oben. Während Jared nach oben blickte und sich bewusst wurde, dass er genau unter dem baumelnden Mistelzweig stehen geblieben war, beugte Emma sich vor. Plötzlich waren sie sich viel zu nahe. Sie wollte Jared sicher nur ein freundliches Küsschen geben, wie es unter diesen Zweigen in der Weihnachtszeit ständig geschah. Doch als sie ihre Lippen auf seine legte, fühlte es sich ein wenig an, als hätte ihm eine dieser albernen Lichterketten einen Stromschlag verpasst. Sein Gehirn setzte für einen Augenblick aus, und als er verstand, was da gerade passierte, hatte er Emma bereits in seine Arme gezogen und küsste sie. Richtig.

Emma seufzte an seinen Lippen und erlaubte ihm, den Kuss noch weiter zu vertiefen. Ihre Hände rahmten für einen Moment sein Gesicht ein, glitten dann unter seine Mütze und schoben sie ihm vom Kopf, um mit den Fingern durch seine Haare fahren zu können. Ihr warmer Atem strich über seine kalte Haut. Jared atmete Emmas Duft ein. Schmeckte sie. Seine Hände glitten über den dicken Stoff ihres Wintermantels, zogen sie noch näher an sich. Die Lichterketten um ihn herum verschwammen, als wären sie in Weichzeichner getaucht worden. Nur die Linien von Emmas Gesicht sah er überdeutlich vor sich. Die sanft geschwungenen Wangenknochen. Die Bögen ihrer Augenbrauen und die dunklen Halbmonde ihrer gesenkten Lider. Ihre schönen Lippen. Jared küsste sie noch einmal, ließ sich vom Rauschen seines Blutes davontragen. Genoss das Herzklopfen, das dieser Moment auslöste. Er fühlte sich so lebendig, so voller Energie, wie schon lange nicht mehr.

Emma beendete den Kuss schließlich. Sie legte ihre Hände an Jareds Wangen und hielt seinen Blick fest, während sie etwas Abstand zwischen sie brachte. »Wow«, sagte sie so leise, dass es fast ein Flüstern war, und biss sich auf die Unterlippe, wie immer, wenn sie nachdachte. Und löste in Jared das Verlangen aus, sie gleich noch einmal zu küssen. Stattdessen ließ er zu, dass Emma ihre Hände sinken ließ und von der Veranda trat. »Darüber muss ich erst mal nachdenken.«

Das musste Jared auch. Definitiv.

Ohne ihren Blick von seinem zu lösen, ging Emma langsam ein paar weitere Schritte rückwärts. »Danke für diesen schönen Abend. Frohes Thanksgiving, Jared.«

»Ja … dir … ähm, auch.« Sein Gehirn schien einen Kurzschluss erlitten zu haben. So war es also, Emma Porter zu küssen. Sie schaltete jede Firewall einfach aus und legte dann das System lahm. Sein System fühlte sich jedenfalls an, als sei es auf Werkseinstellungen zurückgefahren worden.

Sie hatte inzwischen ihren Jeep erreicht. Als sie die Tür aufzog, drehte sie sich noch einmal zu ihm um. »Nicht vergessen, backen mit Eloise übermorgen.«

Hieß das, sie würde am nächsten Tag nicht von seinem Esstisch aus arbeiten? Langsam atmete er aus, als sie den Motor startete, zurücksetzte und wendete. Wahrscheinlich war das auch besser so. Das gab ihm Zeit, in Ruhe nachzudenken. Er schlug mit der flachen Hand gegen den Mistelzweig, was diesen wild hin und her pendeln ließ. Außerdem hatte er so genug Zeit, diese nervige Weihnachtsdeko wieder zu entfernen.

Die Rücklichter von Emmas Wagen verschwanden zwischen den Bäumen. Jareds Herzschlag allerdings beruhigte sich noch lange nicht.

12

Dear Santa, I can explain ...

»Was ist los mit dir?« Sasha nippte an ihrem Pumpkin Spiced Latte, für den sie auf dem Weg in die Mall in Missoula einen Umweg hatten fahren müssen, weil sie unbedingt eine neue Kaffee-Rösterei hatte ausprobieren wollen.

»Hmm?« Emma gab vor, das Schaufenster neben sich zu bewundern. Gerade eben waren ihre Gedanken abgeschweift. Zu Jared. Nicht zum ersten Mal an diesem Tag. »Hat sich die Extratour zu dem Kaffeeladen gelohnt?«, versuchte Emma es mit einem Ablenkungsmanöver, auch wenn sie wusste, dass Sasha etwas von einem Terrier hatte, wenn sie glaubte, auf der richtigen Spur zu sein.

Sasha trank noch einen Schluck Kaffee. »Die Jungs sind super. Ich werde ihnen auf jeden Fall ein Angebot machen, künftig den Kaffee fürs *One More Bite* zu liefern.«

Emma drehte sich zu ihr um. »Ich habe schon eine fantastische Idee, wie wir das in der *Online-Gazette* vorstellen können. Zwei regionale Unternehmen, die sich gegenseitig unterstützen. Wir können Links zum Café und zur Rösterei in den Beitrag setzen. Vielleicht tut ihr euch zu einer kleinen Rabattaktion zusammen oder so was.« Ihr fiel wieder ein, wie irritiert Jared sie angesehen hatte, als er fragte, ob es bei Sasha wirklich Donuts umsonst gab. Dieser Gesichtsausdruck brachte Emma augenblicklich zum Lächeln.

»Da!« Sasha tippte ihr mit dem Finger gegen die Nasenspitze. »Da ist es wieder, dieses Grinsen. Wie die Katze, die den Sahnetopf ausgeschleckt hat. Das mit dem Artikel über die Zusammenarbeit ist sicher eine gute Idee. Aber das ist es nicht, was mich im Moment interessiert. Ich will wissen, was gestern Abend noch passiert ist. Mein Bauch sagt mir ganz deutlich, da war noch was.«

»Ich habe Jared nach Hause begleitet, weil mein Wagen dort stand. Das weißt du doch«, wich Emma aus. Sie war sich im Moment noch nicht sicher, ob sie weiter ins Detail gehen wollte.

»Das weiß ich, Emma.« Ein Hauch Ungeduld schlich sich in Sashas Stimme. »Mich interessiert mehr, was dann passiert ist. Du siehst so aus, als würdest du jeden Moment anfangen, einen Adele-Song zu trällern oder irgend so was.«

»Die Weihnachtswichtel sind passiert.«

»Bei Jared?« Sasha starrte sie einen Moment überrascht an. Dann brach sie in genau das gleiche, prustende Lachen aus wie Emma, als sie Jareds Haus und seinen fassungslosen Gesichtsausdruck gesehen hatte. »O Mann. Das hätte ich sehen wollen. Der Grinch höchstpersönlich wird von den Wichteln aufs Korn genommen. Wobei wir uns das hätten denken können«, überlegte sie laut. »Als die Woodwards noch im Cottage gewohnt hatten, sah es dort aus wie in Santas Village am Nordpol. Der alte Mr. Woodward hat sogar jedes Jahr eine Hebebühne kommen lassen, um seine Lichterketten um die hohen Tannen zu drapieren. Natürlich lassen die Wichtel Jared seine Haltung zu Weihnachten nicht durchgehen.«

»Wobei er gar nicht wusste, dass alle Leute schon nach Thanksgiving die ersten Lichterketten aufhängen«, nahm Emma ihn in Schutz.

»Pff.« Sasha verdrehte die Augen. »Hätte er in einer Woche dekoriert?«

»Nein, hätte er natürlich nicht«, musste Emma zugeben.

»Siehst du. Dann ist es doch gut, dass die Wichtel früh genug anfangen. Ich wette, er wird sich eine Zeitlang sträuben.«

Die Weihnachtswichtel waren in Snowflake Valley schon seit Jahren auf einer ganz besonderen Mission. Es war fast ein bisschen, als langweilten sie sich um die Weihnachtszeit, weil die Frauen mit Backen und Geschenke einpacken und Shoppen beschäftigt waren, während sie ihren Sommerhobbys nicht mehr nachgehen konnten. Zu alt für Eishockey. Keine Lust auf Eisfischen. Also hatten sie es sich zur Aufgabe gemacht, die Häuser und Gärten ihrer Nachbarn in Snowflake Valley weihnachtlich zu schmücken, die das selbst nicht konnten oder wollten. Seit mindestens zehn Jahren lief dieses Projekt jetzt schon.

Begonnen hatte es mit dem Miller-Haus in der Mainstreet. Die ganze Straße war festlich herausgeputzt gewesen und sollte auf eine neue Broschüre des Tourismusbüros, die mit winterlichen Attraktionen warb. Aber der alte Mr. Miller, der von jeher als der Inbegriff des Grinches bekannt gewesen war, hatte sich stur gestellt. Sein Haus wirkte wie eine Zahnlücke im weihnachtlichen Straßenbild. Ein dunkles Loch zwischen all dem Glitzern und Funkeln. In der Nacht, bevor die Fotos gemacht werden sollten, schlichen ein paar (natürlich ausschließlich gegen die Kälte) vermummte Gestalten um das Haus, und am nächsten Tag erstrahlte es in dem gleichen weihnachtlichen Glanz wie alle anderen in der Straße und wurde damit sogar zu einem der Postkartenmotive, die man im Souvenirshop und der kleinen Galerie neben dem Grocery Store kaufen konnte. Nach dieser Aktion war die Weihnachtsguerilla, die von allen nur »die Wichtel« genannt wurden, so richtig durchgestartet. Am Anfang hatte es viel Gegenwehr gegeben, vor allem von denen, die keine Tannengirlande an ihrer Haustür oder Lichterkette in ihrem Ahornbaum haben wollten. Aber die Wichtel blieben hartnäckig. Was abgehängt wurde, war in der nächsten Nacht wieder da. Darauf würde sich auch Jared noch einstellen müssen, wenn er glaubte, dem Zauber von Weihnachten entgehen zu können.

Überraschenderweise hatte die Weihnachtsguerilla es geschafft, ihre Identität über all die Jahre geheim zu halten, obwohl jeder glaubte, mindestens ein oder zwei Mitglieder der Truppe zu kennen. Emma und Sasha waren sich sicher, dass Onkel Henry einer von ihnen war, weil er schon ein paar Mal nicht zu Hause gewesen war, wenn eine Aktion stattgefunden hatte. Auch vom Thanksgiving-Dinner am Vortag war er eher verschwunden als die anderen. Der zweite, bei dem sie sich sicher waren, war Trevor Clarkson, der Leiter des Tourismusbüros. Er war mit Sicherheit der Initiator des Ganzen, weil Mr. Miller ihn seinerzeit in den Wahnsinn getrieben hatte und er seinen Hochglanzprospekt nur mit einer Nacht- und Nebelaktion hatte retten können.

»Was für eine Dekoration hat Jared denn verpasst bekommen?«, wollte Sasha wissen.

»Bisher nur die Light-Version. Ich glaube, sie wollen testen, ob er von selbst auf den Zug aufspringt, oder ob sie die großen Geschütze auffahren müssen«, sagte Emma.

Sasha hakte sich bei ihr unter und kicherte. »Ich bin mir sicher, dass Jared kein leichter Gegner wird. Es wird ein Vergnügen werden, dabei zuzusehen, wie er sich mit Händen und Füßen wehrt – und am Ende verliert. Niemand kann sich in Snowflake Valley gegen Weihnachten wehren.« Sie bummelten weiter an den Schaufenstern des Einkaufszentrums entlang, bis Sasha vor einem Dessous-Laden stehen blieb und die Pyjamas mit Weihnachtsaufdrucken bewunderte. »Ich wette, Jared hat ein paar Lichterketten um sein Verandageländer bekommen und eine Tannengirlande um die Haustür«, sagte sie, während sie sich vorbeugte, um das Preisschild neben einem sexy Nachthemd mit tanzenden Elfen zu entziffern. »Das muss ich haben, darin sehe ich vermutlich selbst aus wie eine tanzende Elfe«, murmelte sie. Als sie sich wieder aufrichtete, traf sie Emmas Blick im Spiegel der Scheibe. »O mein Gott!« Einen Moment stockte sie, dann fuhr sie zu Emma herum. »Es war keine Girlande. Es war ein Mistelzweig! Deshalb schaust du die ganze Zeit so verträumt durch die Gegend. Du hast ihn geküsst!« Sasha führte ein kleines Freudentänzchen auf, bevor sie ihre Stimme noch ein paar Dezibel weiter hochschraubte. »Du hast Jared Dawson geküsst!«

An einem Black Friday zogen nicht gerade wenige Leute durch die Mall. Die ersten warfen ihnen bereits neugierige Blicke zu. Also zog Emma sich einfach die Kapuze über den Kopf und lehnte ihre Stirn gegen die Schaufensterscheibe. Sie war einunddreißig Jahre alt, und doch schaffte ihre Freundin es, dass ihr die Hitze in die Wangen stieg wie einer Fünfzehnjährigen. Ganz abgesehen davon, dass Sasha die Wahrheit in ihren Augen gelesen hatte. Die ganze Wahrheit, ohne dass Emma auch nur ein Wort hatte sagen müssen.

»Komm mit!« Sasha griff nach Emmas Hand. »Ich muss in diesen Laden. Während du mir alles erzählst, alles!«, wiederholte sie, »will ich das Nachthemd anprobieren.«

* * *

Jared sah seine mürrische Miene im Spiegel der Fensterscheibe, als er die Lichterketten aufwickelte, die um sein Verandageländer geschlungen worden waren. Weihnachtswichtel, hatte Emma gesagt. »Sorry Leute«, brummte er. »Diese Arbeit habt ihr euch völlig umsonst gemacht.«

Biggie, der auf der Veranda gelegen und ihm zugesehen hatte, war offenbar mindestens so von seiner schlechten Laune genervt wie Jared selbst. Der Hund rappelte sich auf und schlich davon.

Jared hängte die zusammengerollten Lichterketten an den Verandapfosten und versetzte dem Mistelzweig einen Schlag, der ihn wild hin und her baumeln ließ. Er dachte ernsthaft darüber nach, dieses Ding hängen zu lassen. Warum? Damit Emma ihn vielleicht noch mal küsste, wenn er sich wie zufällig darunter stellte?

»So ein Bullshit«, fluchte Jared und riss den Zweig ab. Verdammte Traditionen. Emma hatte ihn geküsst. Oder er sie. So sicher war er sich da nicht mehr. Sie hatte auf jeden Fall den Anfang gemacht. Wegen eines dämlichen Brauches. Sie hätte auch jeden anderen Mann geküsst, das hatte nichts mit ihm zu tun gehabt. Selbst wenn gemeinsam mit ihrem Geschmack jede Menge verwirrender Gefühle auf ihn eingeströmt waren. Der Kuss hatte ihn einfach überrumpelt, das war alles. Er hatte keine Frau mehr geküsst, seit Stana mit Sack und Pack und ein paar Dingen, die ganz sicher nicht ihr gehört hatten – aber ohne ihren Hund –, aus seinem Leben verschwunden war. Seine Ex-Freundin war auch eine Frau gewesen, die ihn aus den falschen Gründen geküsst hatte.

Jared hatte bereits ein paar Beziehungen hinter sich. Normalerweise war er immer mit Frauen zusammen gewesen, die genauso getickt hatten wie er. Mädchen, die wussten, was es bedeutete, wenn er sagte: Ich habe das Feature fertig implementiert. Stana hingegen war eher von der Sorte gewesen, die keine Ahnung hatte, von was er sprach, die solche Sätze aber unglaublich angemacht hatten. Dale hatte sie für ein Fotoshooting für ein Update ihrer Homepage gebucht. Sie waren die aufsteigenden Sterne am Himmel des Start-up-Universums gewesen. Die großen Erfolge und das ganz große Geld direkt vor der Nase – das hatte einen Mann wie ihn für eine Frau wie Stana interessant gemacht. Sie war nicht hinter Jareds Geld her gewesen. Zumindest nicht nur. Als sie sich kennenlernten, hatte sie seine nerdige Art exotisch gefunden. Sexy, wenn er fluchend an einer Codezeile herumgetüftelt hatte und nicht weiterkam. Aufregend, wenn sie mit einer App einen Durchbruch erreicht und euphorisch gefeiert hatten. Aber es hatte eben auch die vielen, durchgearbeiteten Nächte gegeben, wenn Dale und er an einem Programm getüftelt und keinen Sinn mehr für Raum und Zeit gehabt hatten. Die Partys, zu denen Stana alleine gehen musste, oder bei denen sie zunehmend von ihm genervt war, weil er nur über seine Projekte redete und die anderen Gäste mit Fragezeichen in den Augen zurückließ.

Stana war launischer geworden, hatte wegen jeder Kleinigkeit einen Wutanfall bekommen, ihn angeschrien, Tassen und Gläser gegen die Wand geworfen. Sie war sauer, wenn er keine Zeit hatte. Sie war genervt, wenn er sich Zeit für sie nahm, aber dann nicht die Unternehmung plante, die sie sich vorgestellt hatte. Sie sprach schlecht über ihre Model-Freundinnen, die nach und nach heirateten und sogar Kinder bekamen, spuckte aber andererseits Feuer, weil Jared ihr keinen Ring an den Finger steckte.

Ihr letzter Versuch war Biggie gewesen. Jared hatte ihr irgendwann erzählt, dass er sich als Kind immer einen Hund gewünscht hatte, was aufgrund der Jobs seiner Eltern natürlich keine Option gewesen war. Stana hatte in dem Versuch, ihn so aus seiner Computerhöhle, wie sie es nannte, zu locken, den Welpen vor die Füße gesetzt. Aber selbst das hatte nicht funktioniert. Biggie war genügsam genug, unter Jareds Schreibtisch herumzulungern und den größten Teil der Zeit zu verpennen. Außerdem war der Nachbarsjunge völlig verknallt in den Neufundländer gewesen. Also hatte Jared ihm Kohle gegeben, damit er ihn Gassi führte und mit ihm spielte, wenn er selbst in seiner Arbeit versank.

Immerhin hatte Stana es zwei Jahre mit ihm ausgehalten, dachte Jared, als er den Mistelzweig in die Mülltonne hinter dem Haus warf. Einem anderen Mann hätte ihr Verhalten wahrscheinlich das Herz gebrochen. Er hingegen hatte ihre Wutanfälle oft genug gar nicht mitbekommen oder einfach ausgeblendet, weil er in Gedanken schon bei der Testphase seiner nächsten Beta-Version war. Dale und er waren die Könige von Silicon Valley gewesen. Jeder riss sich darum, mit ihnen zu arbeiten. Jared hätte es verstanden, wenn Stana schon viel eher ihre Sachen gepackt hätte und gegangen wäre. Was er ihr nicht vergeben konnte, war der Zeitpunkt gewesen, den sie gewählt hatte, um Biggie und ihn zu verlassen. Kurz nachdem er Dale verloren hatte und seine Welt dermaßen ins Trudeln geraten war, dass er sicher war, demnächst ins Nichts katapultiert zu werden.

Ironischerweise führte er jetzt genau das Leben, zu dem Stana ihn immer hatte zwingen wollen. Allerdings konnte er sich eine Frau wie seine Ex-Freundin nicht mehr an seiner Seite vorstellen.

Emmas Gesicht tauchte zum gefühlten tausendsten Mal seit dem vergangenen Abend vor seinem inneren Auge auf. Sie war durch seine Träume gegeistert. Sie war da, wenn er wach war. Aber sie war tatsächlich nicht aufgetaucht. Was trieb sie? Wie dachte sie über diesen verdammten Kuss, den er nicht mehr aus seinem Kopf bekam? Er durfte nicht vergessen, dass es zu nichts führen würde, Emma noch näher zu kommen. Sie war nicht mit Stana zu vergleichen. Dennoch stand alles, was zwischen ihnen sein könnte, unter keinem guten Stern. Emma würde das Tal bald wieder verlassen, und er hatte es gerade erst geschafft, wieder festen Boden unter die Füße zu bekommen. Das Beste war also wirklich, er schlug sich diese Frau aus dem Kopf. Holzhacken half da mit Sicherheit. Jetzt, wo dieser verdammte Mistelzweig neben den Kerzengieß-Resten in der Mülltonne lag, lief er zumindest keine Gefahr mehr, sie zu küssen oder einen ähnlich spektakulären Fehler zu machen.

* * *

»Ich kann es immer noch nicht glauben. Du hast dir Jared Dawson geschnappt.« Sasha grinste Emma von der Seite an.

Sie schleppten beide inzwischen eine ziemliche Anzahl Tüten mit sich herum. In dem Dessous-Geschäft hatte Emma schon befürchtet, ihre Freundin würde den gesamten Laden leerkaufen. Am Ende hatte sie sich sogar zu einem sexy Wäsche-Set überreden lassen, während sie Sasha von dem Kuss auf Jareds Veranda erzählt hatte. »Ich habe ihn mir nicht *geschnappt*«, korrigierte sie. »Das war nur ein Kuss.« Okay, zwei. Und ja, Emma hatte sich Jared geschnappt – um ihn zu küssen. Weil sie unter einem Mistelzweig gestanden hatten. Aber sie wollte nicht so eine große Sache daraus machen, wie ihre Freundin es offenbar vorhatte.

»Erzähl mir nicht, dass du ihn nicht noch mal küssen willst«, ignorierte Sasha ihren Einwurf. »Lüg mich nicht an. Du weißt, ich kann die Wahrheit in deinem Blick lesen.«

Ja, das konnte Sasha. Deshalb ließ Emma ihren Blick vorsichtshalber über die Auslagen in den Schaufenstern der Geschäfte wandern, statt ihre Freundin anzusehen. »Kann schon sein, dass ich den Kuss nicht schlecht fand.« Verdammt, das war der heißeste Kuss seit … sie wusste nicht einmal, wann sie zum letzten Mal solche Schmetterlinge im Bauch gehabt hatte wie in dem Moment, in dem sich ihre Lippen getroffen hatten. Emma hatte das Gefühl, Jared noch immer schmecken zu können. Seinen Duft einzuatmen. Als ob ein Teil von ihm sie begleitet hatte, als sie von der Lichtung gefahren war. Es war wirklich gut, einen Tag ohne ihn zu verbringen und sich über das klar zu werden, was sie auf seiner Veranda gefühlt hatte. Sie hatte den ersten Schritt gemacht, aber Jared hatte schnell übernommen. Er hatte auch die Funken bemerkt, die zwischen ihnen gesprüht waren. Das hatte Emma in seinen Augen gesehen. »Wo soll das Ganze hinführen? Ich gehe bald zurück nach Chicago. Bis dahin bin ich darauf angewiesen, bei Jared arbeiten zu dürfen und sein WLAN zu benutzen. Ich will es mir nicht durch irgendeine unbedachte Aktion mit ihm verderben.«

»Eine unbedachte Aktion wie«, Sasha blieb stehen und wechselte ihre Einkaufstüten in die andere Hand, »mit ihm zu schlafen?«

Emma seufzte. »Zum Beispiel. Wir haben uns gerade erst darauf geeinigt, Freunde zu sein.«

»Zwischen euch hat es doch schon vor diesem Moment auf der Veranda geprickelt. So wie Jared dich ansieht, wenn du es nicht merkst, sieht er eindeutig mehr in dir als einen Kumpel, der in seiner Küche Kerzen herstellt.«

»Umso schlimmer. Dann sollte ich ihm nicht noch mehr Hoffnungen machen auf etwas, was er von mir nie bekommen wird.« Emma entdeckte etwas im Schaufenster eines Spielwarengeschäftes. »Warte kurz, ja?« Sie drückte Sasha ihre Tüten in die Hand, womit sie automatisch die Diskussion abbrach, und betrat den Laden. Ein Antistressball, der mit tanzenden Weihnachtsmännern, Rentieren und leuchtenden Weihnachtsbäumen bedruckt war – das perfekte Weihnachtsgeschenk für einen antistressballsüchtigen Festtagsmuffel.

Als Emma zu Sasha zurückkehrte, hatte ihre Freundin ihre gesammelten Einkäufe auf einer Bank abgestellt und das Handy am Ohr. Sie gab Emma ein Daumen-hoch-Zeichen, bedankte sich und legte auf. »Dieser Tag ist wie ein Trip ins Paradies.« Sie umarmte Emma gut gelaunt. »Wir haben zwei Termine im Spa bekommen, wenn wir jetzt sofort gehen. Gott, du kannst dir nicht vorstellen, wie sehr ich eine Gesichtsmaske und eine Maniküre brauche. Und Champagner. Nach dem ganzen Eggnog in letzter Zeit muss ich unbedingt mal wieder etwas trinken, das durchsichtig ist.«

»Und in dem Bläschen aufsteigen. Das klingt fantastisch. Na los, beeilen wir uns, damit uns nicht noch jemand die Plätze wegschnappt.«

Sie sammelten ihre Tüten ein und liefen los in Richtung Spa.

»Was hast du da drin eigentlich gekauft?« Sasha blickte über die Schulter zu dem Spielwarengeschäft zurück.

»Ach, nur eine Kleinigkeit für meinen Dad.« Emma spürte, wie ihr schon wieder die Hitze in die Wangen stieg. Sie wollte ihre beste Freundin nicht anschwindeln. Aber wenn sie ihr sagte, dass sie ein Geschenk für Jared entdeckt hatte, würde Sasha viel zu viel in den Kuss hineininterpretieren. Also behielt sie das lieber für sich.

Als sie später mit Gesichtsmasken und ihren Champagnergläsern nebeneinander in den gemütlichen Spa-Sesseln saßen und auf ihre Maniküre warteten, seufzte Sasha entspannt. »Danke für diesen wundervollen Tag, Emma. Ich freue mich immer, wenn du dieses ganze verrückte, angesagte Zeug aus deiner Redaktion mitbringst, mit dem ich sogar besser aussehe als Beatrice Williams. Aber mit dir durch die Mall zu ziehen ist trotzdem um Welten besser.«

Emma griff nach Sashas Hand und drückte sie. Sie verstand viel zu gut, was die Freundin meinte, schließlich sahen sie sich viel zu selten. Jetzt so viel Zeit miteinander zu verbringen, war ein wahres Geschenk, auch wenn die Arbeit an der *Gazette* immer mehr in Stress ausartete. Emma mochte keinen Moment von ihrem Besuch in Snowflake Valley vermissen.

»Eine Sache liegt mir seit unserem Gespräch über Jared noch auf der Seele«, fuhr Sasha fort.

Emma stöhnte genervt.

»Nein, hör mir zu.« Sasha nippte an ihrem Drink. »Du sagst, du willst nichts mit ihm anfangen, weil du bald wieder weg bist. Das verstehe ich. Also okay, eigentlich verstehe ich es nicht. Jared ist viel zu heiß«, korrigierte sie sich. »Wenn ich du wäre, würde ich ihn mir auf jeden Fall schnappen, und wenn es nur für ein bisschen Spaß ist.«

»Sagt die Frau, die seit fünfzehn Jahren mit ihrem Sweetheart zusammen ist und in ihrem ganzen Leben noch nie zum Spaß mit einem Typen herumgemacht hat«, murmelte Emma.

»Hey!« Sasha hob die Hand. »In der dritten Klasse: Billy Dove. Den habe ich geküsst, einfach so.«

»Hast du nicht. Wir haben Wahrheit oder Pflicht gespielt«, rückte Emma die Erinnerung ihrer Freundin ein wenig gerade.

Mit einer Handbewegung wischte Sasha die Korrektur zur Seite. »Jedenfalls ist mir etwas aufgefallen. Du denkst nur darüber nach, dass Jared und du nicht funktionieren könnt, weil du nach Chicago zurückgehst. Aber du redest nie von der *Gazette*. Wie soll das funktionieren, wenn du weg bist?«

»Was meinst du?« Emma nahm die Gurkenscheiben von ihren Augen. »Ich bringe die Zeitung doch zum Laufen.«

»Schon. Aber sie wird sich ja von Januar an nicht selbst schreiben. Und das WLAN-Problem wird es dann auch noch geben«, fasste Sasha die Zukunftsaussichten zusammen.

»Willst du sagen, ich verändere einfach alles und hau dann ab?« Emma schluckte. Sie musste zugeben, dass diese Themen nicht ganz oben auf ihrer Liste standen. Aber sie waren da. Bisher hatte sie nur noch keine Zeit gehabt, sie in Angriff zu nehmen.

»Nein, natürlich nicht.« Jetzt richtete sich auch Sasha auf und entfernte die Gurkenscheiben aus ihrem Gesicht. »Ich frage mich bloß, ob du nicht vielleicht darüber nachdenken könntest, länger hier zu bleiben. So … für immer, zum Beispiel. Die *Gazette* macht dir doch Spaß. Sie ist dein Baby. Und das ist es, was du immer machen wolltest. Irgendwann mal ein eigenes Magazin rausbringen, oder die Zeitung von deinem Onkel übernehmen. Mit der *Gazette* hättest du beides. Und den heißen Typen mit dem WLAN obendrauf«, konnte sie sich nicht verkneifen.

Emma ließ sich in ihren Sessel zurücksinken. »Langfristig gesehen sind das meine Ziele, da hast du völlig recht. Aber noch bin ich nicht so weit. Aber glaub bloß nicht, dass ich einfach das Feld räume, ohne die Probleme zu lösen. Ich halte die Augen schon auf nach jemandem, der die Redaktion übernehmen kann, wenn ich zurückmuss. Also mach dir keine Sorgen. Ich habe alles im Griff.«

»Na klar.« Sasha lehnte sich ebenfalls zurück, biss aber von ihren Gurkenscheiben ab, statt sie sich wieder auf die Augen zu legen. »Du hast immer alles im Griff, Ems. Genau das ist das Problem. Wenn du mal loslassen würdest, könntest du sehen, mit was für einer Geschwindigkeit du am echten Leben vorbeirauschst.«

»Was …?« Emmas Herzschlag beschleunigte sich unangenehm. So ungewohnt scharfe Worte kannte sie nicht von ihrer besten Freundin.

Sasha drückte ihre Hand beruhigend. »Ich meine damit nicht, dass ich nicht den größten Respekt vor allem habe, was du tust. Ich vermisse nur meine Freundin. Und ich sehe es wie deine Mutter: Du bist ein verdammter Workaholic. Dich so lange hier zu haben, zeigt mir, wie schön es wäre, wenn ich dich immer um mich hätte. Dass du deine Zeit hier genießt, brauchst du mir nicht erst sagen. Das sehe ich in deinen Augen. Du liebst das Tal. Und früher oder später wolltest du sowieso zurückkommen. Warum nicht früher?«

»Ich kann nicht.« Emma versuchte sich an einem Lächeln, das ihre Freundin hinter der Gesichtsmaske nicht sehen konnte. »Ich bin einfach noch nicht so weit. Da draußen ist noch so viel …«

»Nur, falls du mal darüber nachdenken willst: Ich bin zufällig über eine Stellenanzeige gestolpert. Eine gewisse Dekanin Langford sucht für die journalistische Fakultät der University of Montana eine Professorin, die aus der Praxis kommt. Eine Teilzeitstelle, aber immerhin.«

Emma schluckte. Ihre Freundin war ganz zufällig über eine Stellenanzeige der Uni gestolpert? Ganz sicher nicht. Das war …

»Hallo meine Damen«, unterbrach die Nageldesignerin Emmas Gedanken und damit auch das Gespräch, das in eine unangenehme Richtung abzudriften drohte. »Wissen Sie schon, was Sie haben möchten?«

Emma und Sasha sahen sich an. Das Funkeln war in ihre Augen zurückgekehrt. »Wie immer?«, fragte sie.

Emma nickte. Sie würden dieses Gespräch an anderer Stelle fortführen müssen. Aber im Moment ging es darum, gemeinsam Spaß zu haben und eine ihrer Traditionen durchzuziehen. »Eisblau. Für uns beide«, sagte sie. »Und dann hätten wir gern kleine Schneekristalle aufgemalt.«

Kichernd klatschten sie sich ab.

* * *

Jared war müde. Er hatte verdammt viel Holz gehackt, nachdem er die Weihnachtsdeko entfernt hatte, und sich dann, um sich abzulenken, in sein Büro zurückgezogen. Die Nacht war bereits über das Tal hereingebrochen, als er beschloss, für diesen Tag Feierabend zu machen und seine Muskeln bei einem Bier im Jacuzzi zu entspannen.

Biggie lag vor dem Kamin und schnarchte, als Jared aus seinem Arbeitszimmer trat. Der Raum war dunkel, und das Feuer fast heruntergebrannt. Jared kniete sich gerade hin, um Holz nachzulegen, als von draußen plötzlich Licht zu ihm hereindrang. »Was zum …?« Er sprang auf und warf einen Blick durch das Fenster. »Das darf doch nicht wahr sein!« Er riss die Haustür auf und trat auf die Veranda. Niemand zu sehen. Kein Laut zu hören, außer dem leichten Wind, der durch die Pinien strich. Die Lichterketten, die er am Vormittag abgenommen hatte, waren wieder um das Geländer gewickelt. Langsam hob er den Blick. Der verdammte Mistelzweig hing genau dort, wo er am Abend zuvor auch gebaumelt hatte.

Biggie tapste aus dem Haus und ließ sich mit einem Gähnen neben ihn plumpsen.

»Du bist ein ziemlich schlechter Wachhund. Hat dir das schon mal jemand gesagt?«

Biggie sah mit schräg gelegtem Kopf zu ihm auf, als wolle er sagen: Sieht doch ganz hübsch aus.

»Ich lasse mir dieses Zeug nicht aufzwingen«, sagte Jared laut, falls noch einer dieser Wichtel in der Gegend war. »Ich hänge morgen alles wieder ab.« Und jetzt würde er sich sein Bier gönnen. Im Wohnzimmer. Mit dem Rücken zum Fenster. Was vermutlich kindisch war. Aber er ließ sich nicht von seinen Nachbarn manipulieren.

13

Christmas calories don't count.

Natürlich hatte Jared diese Eloise gegoogelt. Wenn Emma sie in sein Haus schleppte, um hier mit ihr zu backen, dann wollte er zumindest wissen, mit wem er es zu tun hatte. Sie war eine kleine Berühmtheit, stellte er fest, als sie sich bei ihm breitmachte. Falls er Emma jemals im Geiste als Chaosqueen bezeichnet hatte, war jetzt der Moment gekommen, alles zurückzunehmen. Gegen diese Bloggerin war Emma harmlos. Diese Frau hatte noch viel mehr Equipment als Emma, schleppte es in sein Haus und verteilte es im ganzen Erdgeschoss. Das ging bei diversen Beleuchtungs-Stativen los, zog sich über einen kleinen Berg Klamotten (wer hätte gedacht, dass es in Zusammenhang mit Weihnachtskeksen eine Rolle spielte, was für eine Bluse man trug?) und endete mit etwas, das aussah wie eine mobile Schminkstation.

Die Einkaufstüten mit den Zutaten für die Weihnachtsbäckerei hatte Emma auf der Kücheninsel abgestellt. Sie lächelte Jared an, wie sie es getan hatte, bevor sie ihn unter dem Mistelzweig geküsst hatte. Nichts wies darauf hin, dass ihr dieser Moment genauso durch den Kopf ging wie ihm. Dass er sie pausenlos beschäftigte, nachts durch ihren Schlaf geisterte und sie tagsüber träumen ließ. Sie war völlig fokussiert auf ihren Videodreh mit Eloise.

Und das machte Jared wahnsinnig. Insbesondere weil diese Bloggerin begann, ihm schöne Augen zu machen.

»Ein schönes Haus hast du, Jared«, säuselte sie und drehte das Ende ihrer langen, glatten Haare, die nicht so aussahen, als wären sie echt, um ihren Zeigefinger. »Was für ein Glück, dass Emma dich gefunden hat.« Sie zwinkerte ihm zu, bevor sie ihre blutroten Lippen noch einmal nachzog.

»Ja, apropos«, begann Jared, nachdem Emma ihn mit der Hand ein wenig zur Seite gescheucht hatte, um ihre Kamera aufzubauen. »Woher kennt ihr euch eigentlich?«

Eloise seufzte und legte die Hand auf ihr spektakuläres Dekolleté. »Emma ist einfach ein unglaublicher Schatz. Ohne sie wäre ich nichts.«

»Na, na.« Emma lachte. »So toll bin ich dann auch wieder nicht«, schwächte sie das Lob ab. »Ich war zufällig zur richtigen Zeit am richtigen Ort.«

»Und hast nicht die gleiche Einstellung, die ihr Medienleute Bloggern normalerweise entgegenbringt.« Eloise warf Emma eine Kusshand zu, bevor sie Jared die Hand auf den Arm legte. »Blogger sind die natürlichen Feinde der Zeitungsleute«, erklärte sie ihm.

»So schlimm ist es nicht«, widersprach Emma.

»O doch.« Eloise erzählte noch ein bisschen davon, wie Emma einen Artikel über sie geschrieben hatte, der über Nacht ihre Followerzahlen in die Höhe hatte schnellen lassen.

Jared wunderte das nicht. Je mehr er über Emma herausfand, desto interessanter wurde diese Frau. Fast war es schon zur Gewohnheit geworden, Facette für Facette ihres Ichs aufzudecken. Schließlich entschuldigte er sich mit der Arbeit, die auf ihn wartete, und überließ den Frauen seine Küche und sein Wohnzimmer.

* * *

Emma atmete tief durch, als Jared die Arbeitszimmertür hinter sich ins Schloss zog. Sie hatte es sich einfacher vorgestellt, an seine Tür zu klopfen, nachdem sie ihn einen Tag gemieden hatte. Eigentlich müssten sie entspannt miteinander umgehen. Das unter dem Mistelzweig war ein Kuss gewesen. Ein ziemlich heißer Kuss, aber mehr eben auch nicht. Versuchte sie sich zumindest einzureden. Aber wie sollte das funktionieren, wenn Jared sie mit seinen Blicken verfolgte? Wenn er nicht einmal merkte, wie Eloise mit ihm flirtete? Wenn sie selbst nicht aufhören konnte, daran zu denken, sich noch einmal unter den Mistelzweig zu stellen …?

Da war es besser, dass er in seiner Computerhöhle verschwand und ihnen den Rest des Hauses überließ, damit sie sich auf ihren Job konzentrieren konnte. Emma packte die Backzutaten und das von Eloise kreierte Keks-Ausstecher-Set aus, damit sie auf der Kücheninsel drapiert werden konnten.

»Was für ein heißer Typ«, flüsterte Eloise nicht besonders leise und blickte zu Jareds Arbeitszimmer hinüber.

Emma wollte nicht über Jared reden. Genau so wenig wie über den kleinen eifersüchtigen Stich, den der Kommentar der Bloggerin ihr verpasste. Deshalb wedelte sie mit den Ausstechern. »Die sind wirklich cool«, sagte sie und lenkte Eloise damit ab. Sie hatten die Utensilien in der Mall in Wild Creek besorgt – worüber die Influencerin ausführlich gepostet hatte – und mit der Besitzerin, die von dem prominenten Besuch schwer beeindruckt gewesen war, einen Deal gemacht. Sie würde den Link unter den Beitrag in der *Online-Gazette* setzen, und diejenigen, die sich Eloises Cookie-Set im Dezember über den Link bestellten, erhielten fünf Prozent Nachlass – und die *Gazette* pro Klick einen kleinen Obolus. Mühsam ernährte sich das Eichhörnchen. Mit der Zeit würde sich dieses Modell lohnen und die Zeitung sich über Wasser halten können.

Eloise strahlte sie an. »Ich kann es noch gar nicht glauben, wie cool diese Formen geworden sind.« Sie hielt zwei Schürzen mit weihnachtlichen Motiven hoch. »Welche soll ich anziehen?«

Die mit dem Mistelzweig und dem Spruch »Kiss the Cookie-Baker« ganz sicher nicht. Emma zeigte auf den schielenden Rudi.

»Ernsthaft?« Eloise betrachtete beide Schürzen. »Okay. Dann bin ich Rudi. Und du nimmst die.«

»Ähm …« Emma würde auf keinen Fall eine Schürze anziehen, die geradezu darum bettelte, diesen Moment auf der Veranda zu wiederholen. Auch wenn sich ihre Gedanken pausenlos um diesen Augenblick zu drehen schienen. »Ich dachte, ich trag einfach eine weiße Bluse. Schließlich soll nichts von dir und den Backformen ablenken.«

»Nichts da, meine Liebe.« Eloise warf ihr die Mistelzweig-Schürze zu. »Partner-Look!«

Mit einem innerlichen Seufzen zog Emma die Schürze an. So sehr Jared ihre Gedanken beherrscht hatte, solange sie sich im selben Raum befunden hatten, so gut schaffte sie es, ihn auszublenden, als Eloise und sie erst einmal mit der Weihnachtsbäckerei begannen. Die Ausstecher, die Eloise promotete, funktionierten wie Stempel. Mit ihnen ließen sich filigrane Weihnachtsfiguren ausstechen, die noch dazu Prägungen aufwiesen. Verziert sahen sie unglaublich hübsch aus – und waren sehr lecker. Da sich die Keks-Stempel auch zum Ausstanzen von Fondants eigneten, konnten Eloise und Emma sich nur mit Mühe beherrschen, zusätzlich eine Weihnachtstorte zu backen und zu verzieren.

Eloise präsentierte sich ganz als die charmante Influencerin, die sie war. Sie flirtete mit der Kamera, hatte aber auch kein Problem, wenn sich ein Streifen Mehl über ihre Wange zog (das wirkte ihrer Meinung nach authentischer). Sie alberten herum, buken, verzierten und probierten viel zu viel – Cookies genauso wie rohen Teig. Am Ende ließ Eloise es sich nicht nehmen, auch noch einmal für Emmas Single-Adventskalender die Werbetrommel zu rühren und zu behaupten, dass sie sofort dabei wäre, wenn nicht alle vierundzwanzig Türchen schon besetzt wären.

Es wurde spät, bis Eloise mit ihrem Videomaterial und ihren Backwerken so zufrieden war, dass sie beginnen konnten, die Technik abzubauen und die Küche aufzuräumen.

Jared hatte immer mal wieder den Kopf aus seiner Höhle gesteckt. War unter dem Vorwand, einen Kaffee oder ein Wasser zu brauchen, um sie herumgeschlichen. Seine Nähe hatte an Emmas Aufmerksamkeit gekratzt, sie aus dem Konzept gebracht. Irgendwann hatte er glücklicherweise beschlossen, einen Spaziergang mit Biggie zu machen, und später hatte er sich zum Holzhacken hinter das Cottage zurückgezogen. In seine emmafreie Zone, wie er es nannte.

Eloise hatte gerade ein paar Weihnachtskekse mit einer von Emmas selbst gegossenen Kerzen (von denen sie total begeistert war) vor dem lodernden Kamin drapiert, als sie aufblickte und die Stirn runzelte. »Was macht Jared denn da?«, wollte sie wissen. Sie stand auf und trat ans Fenster, um besser sehen zu können.

Emma stellte sich neben sie und seufzte. »Sein persönlicher Kampf mit den Bräuchen von Snowflake Valley.« Gemeinsam schauten sie dabei zu, wie Jared begann, die neuen Lichterketten vom Verandageländer zu entfernen. »Er weiß noch nicht, dass er verlieren wird.«

»Er muss damit aufhören. Dieses Motiv wäre perfekt für die Kekse!« Im nächsten Moment rannte Eloise zur Tür und riss sie auf. »Stopp!«

Emma sah dabei zu, wie Jared innehielt und Eloise wild gestikulierend und gleichzeitig vor Kälte zitternd auf der Veranda stand und auf ihn einredete. Er schüttelte nur den Kopf und wollte weitermachen. Aber Eloise nahm ihm die Lichterkette ab und wickelte sie wieder um das Geländer.

»Ist das auf deinem Mist gewachsen?«, wollte Jared wissen, als Emma den Mantel der Bloggerin hinausbrachte, damit sie sich nicht den Tod holte.

»Selbstverständlich nicht. Ich weiß auch so, dass sich die Weihnachtswichtel nicht von dir aufhalten lassen werden.« Emma grinste ihn an, machte vorsichtshalber einen großen Schritt um den Mistelzweig herum, der noch immer – oder schon wieder – von der Verandadecke baumelte, und reichte Eloise den Mantel.

»Soll sie ihre Fotos machen«, brummte Jared hinter ihr. »Dann hänge ich diese blöden Lichter eben später ab.«

Emma biss sich auf die Innenseite der Wange. Sie war sich sicher, dass Jared unter »Beobachtung« stand und die Wichtel sich längst den nächsten Deko-Gag ausgedacht hatten.

Aber warum sollte sie ihm das erzählen? Es wäre viel lustiger, ihm dabei zuzusehen, wenn er die nächste Verschönerung seines Hauses entdeckte.

Bis auch die letzten Fotos im Kasten waren, die Küche in ihrem alten, blitzsauberen Glanz erstrahlte und Eloise sich wortreich und unter vielen Umarmungen verabschiedet hatte, verging eine weitere halbe Stunde. Die Dunkelheit hatte sich längst über das Tal gesenkt, als Emma die Tür hinter der Influencerin schloss. Der Erfolg dieses Tages zauberte ihr ein breites Grinsen ins Gesicht. Glücklich drehte sie sich um.

Das Lächeln erstarb auf ihrem Gesicht, und sie musste schlucken. Jared war hinter sie getreten. Und stand jetzt viel zu dicht vor ihr. Er stützte seine Hände links und rechts von Emma gegen die Tür. »Diese Schürze macht mich wahnsinnig«, murmelte er und senkte seinen Blick auf die Aufforderung, die Weihnachtsbäckerin zu küssen. Für einen Moment, der sich in die Länge zog wie Kaugummi, starrten sie sich in die Augen, hielten den Blick des anderen fest.

Emmas Herzschlag beschleunigte sich. Sie konnte das, was da zwischen ihnen vibrierte, beenden. Jetzt auf der Stelle. Einfach unter seinen Armen hindurchtauchen und auf der anderen Seite des Tisches Stellung beziehen. Das wäre genug Abstand. Vielleicht. Aber dazu müsste sie sich bewegen. *Jetzt*, befahl ihr Kopf, der einen Abschluss in Journalismus der University of Berkley hatte. Doch ihr verräterischer, offenbar nicht besonders intelligenter Körper, der nur auf das Prickeln reagierte, das Jareds Nähe in ihr auslöste, bewegte sich nicht von der Stelle.

»Hier hängt kein Mistelzweig«, brachte Jared schließlich rau heraus. Mit den Fingerspitzen glitt er über Emmas Wange, strich ihr eine verirrte Haarsträhne hinter das Ohr.

»Nein.« Emma verstand nicht ganz, was er damit sagen wollte.

»Dann weißt du, dass ich dich nicht wegen dieses blöden Dings küsse, sondern wegen dir.«

»Oder wegen des Spruchs auf der Schürze.« Ihre Stimme hörte sich atemlos an. Ihr Körper weigerte sich noch immer, sich zu bewegen – außer auf ihn zu.

»Nur wegen dir«, wiederholte Jared. Seine Hände rahmten ihr Gesicht ein, und im nächsten Moment lagen seine Lippen auf ihren. Sie spürte die Tür im Rücken, Jareds Körper an ihrem, als sie sich an ihn schmiegte und ihre Hände um seinen Nacken schlang, um ihn noch näher an sich heranzuziehen.

Jared beendete den Kuss, um seinen Mund über ihre Schläfe und ihre Wange gleiten zu lassen. Unter diesen ganz speziellen Punkt unter ihrem Ohr, der Emma erschauern ließ. Dann kehrte er zu ihrem Mund zurück und verführte sie zu einem weiteren, tiefen Kuss. Seine Hände tasteten über Emmas Rücken, bis sie spürte, wie Jared die Schleife ihrer Schürze löste. Für einen Augenblick unterbrach er den Kuss, um ihr die Schürze über den Kopf zu ziehen und sie neben sich auf den Boden fallen zu lassen. Im nächsten Moment glitten seine Hände unter ihr Shirt, fuhren über ihren Rücken und lösten kleine Beben aus, wo er sie berührte. Ihre Lippen trafen sich erneut, weniger besitzergreifend diesmal. Sinnlicher. Zärtlicher.

Emma legte die Hände um Jareds Nacken, spielte mit seinen Haarspitzen, die über ihre Finger strichen. Sie zog ihn noch näher an sich heran, ließ den Kuss andauern, bis Jared sich von ihr löste. Er lehnte seine Stirn gegen ihre. Sein Atem mischte sich mit ihrem.

»Was ist?« Emma legte ihre Hand an seine Wange und strich über die rauen Bartstoppeln. Warum hatte er aufgehört, sie zu küssen? Sie war noch lange nicht bereit aufzuhören. Dafür tat es viel zu gut, Jared nahe zu sein.

Jared zog seine Hand unter ihrem T-Shirt hervor und legte sie über ihre an seiner Wange. »Ich will …« Er zögerte. »Ich will dich.«

»Aber?«, sprach Emma das Wort aus, das unausgesprochen zwischen ihnen hing.

»Ich weiß nicht, ob das eine gute Idee ist.«

Emma küsste ihn sanft. »Fühlt sich das wie eine schlechte Idee an?«, wisperte sie an seinen Lippen.

»Nein, aber …«

»Jared.« Emma löste sich von der Tür, griff nach seinen Händen und machte einen Schritt zurück – auf die Treppe zu. Noch einen. »Komm mit«, flüsterte sie. »Mit dir hier zu sein fühlt sich gut an.« Sie ging weiter, bis sie die Treppe hinter sich spürte. Dann trat sie auf die erste Stufe, was sie auf Augenhöhe brachte, und zog ihn wieder zu sich heran, bis er abermals ganz dicht vor ihr stand. »Lass uns nicht nachdenken, heute Nacht.«

»Vielleicht …«, begann Jared erneut.

Doch Emma löste ihre Hand aus seiner und legte den Finger auf seine Lippen. Sie wollte jetzt nicht reden. Sie wollte sich keine Gedanken darum machen, was morgen wäre. Es fühlte sich so an, als wären Jared und sie auf diesen Moment zugesteuert, seit er ihr halbnackt und frierend auf seiner Terrasse gegenübergestanden hatte.

Jared schluckte. Sie standen so dicht voreinander, dass er ihre Hände nur auf seine Schultern schieben und sich ein wenig vorbeugen musste zu einem sinnlichen, tiefen Kuss.

Im nächsten Moment verlor Emma den Boden unter den Füßen. Wortwörtlich. Sie gab einen überraschten Laut von sich, als Jared den Kuss beendete, sie einfach hochhob und nach oben trug. Als ob es ihm plötzlich nicht mehr schnell genug gehen konnte, jetzt, da er sich entschieden hatte. Emma öffnete die Tür, vor der er stehen blieb, und ließ sich von ihm in die Dunkelheit tragen.

Sie spürte die kühlen Laken seines Bettes unter sich, als Jared sie absetzte. Dann flammte die Nachttischlampe auf und hüllte sie in einen Kokon aus warmem, gelbem Licht. Jared zog sich sein Longsleeve über den Kopf und beugte sich zu einem weiteren Kuss zu Emma hinunter. Seine Hände glitten abermals unter ihr Shirt, nahmen es mit nach oben, als seine Fingerspitzen über ihre erhitzte Haut strichen und ihren Körper mit einer Gänsehaut überzogen. Sie hob die Arme, damit er es ihr über den Kopf ziehen konnte.

Sie sprachen nicht. Nur Jareds rauer Atem und die kleinen Seufzer, die seine Liebkosungen in Emma aufsteigen ließen, hüllten sie ein. Sie zogen sich gegenseitig aus, erkundeten den Körper des anderen mit den Händen, den Lippen. Entgegen der Sehnsucht, die in Emma brannte, langsam und zärtlich. Beinahe vorsichtig.

Jared ließ sich nicht drängen. Er küsste Emmas Hals, ließ seine Lippen auf ihrem dahinjagenden Puls liegen, bevor er weiter glitt, über ihr Schlüsselbein, ihr Dekolleté und das Tal zwischen ihren Brüsten.

Ihre Hände glitten über seine Schultern, streichelten seinen Brustkorb. Glatte Haut über harten Muskeln. Fuhren über seinen Rücken. Sie ließ sich von der Welle aus Empfindungen überrollen, genoss das Gefühl von Jareds Haut an ihrer.

Jared löste sich nur so lange von ihr, wie er brauchte, ein Kondom aus der Nachttischschublade zu nehmen und den Schutz überzuziehen. Als er zu Emma zurückkam, rahmte er ihr Gesicht mit den Händen ein, küsste sie sanft und brachte ihre Zellen erneut zum Summen. So lange, dass sie glaubte es nicht länger auszuhalten. Und dann glitt er in sie. Emma stockte der Atem. Für einen Moment verharrten sie. Jared lehnte seine Stirn gegen ihre, dann küsste er ihre Schläfe, die Augenlider, die Emma geschlossen hatte. Über ihre Wange ließ er seine Lippen bis zu ihrem Mund gleiten. Sie versanken in einem weiteren tiefen Kuss und fanden ganz langsam einen gemeinsamen Rhythmus. Schneller und schneller wirbelte die Leidenschaft durch Emmas Körper. Unaufhaltsam raste sie auf ihren Höhepunkt zu, und Jared folgte ihr.

* * *

Jared drehte sich auf die Seite und zog Emma mit sich. Er war noch nicht bereit, die Nähe zu ihr aufzugeben. Sein Herz schlug hart und unstet. Er war derjenige gewesen, der Emma geküsst hatte. In dieser albernen Schürze, die ihn schon den ganzen Nachmittag dazu aufgefordert hatte. Wieder und wieder hatte sie ihn an diesen atemberaubenden Moment unter dem Mistelzweig erinnert. Und daran, dass er sie unbedingt noch einmal küssen wollte. Dass sie gleich im Bett landen würden, hatte er nicht erwartet. Und er wusste auch nicht, ob das eine gute Idee war. Emma hatte ihn gebeten, heute Nacht nicht nachzudenken. Aber was war morgen? Wäre alles wie vorher? Für ihn nicht. Je weiter Emma in sein Leben vordrang, desto tiefer wollte er sie hineinlassen. Aber sie würde nicht bleiben. Wenn das neue Jahr begann, würde sie zurück nach Chicago verschwinden. Er musste sie gehen lassen. Spätestens dann. Aber dieser Moment, jetzt und hier, gehörte ganz allein ihnen.

»Hör auf damit«, murmelte Emma. Ihr Atem strich über sein Schlüsselbein, bevor sie ihre Lippen in seine Halsbeuge presste.

»Womit?« Jared ließ seine Hand über ihren Rücken gleiten und spürte unter seinen Fingerspitzen noch immer die kleinen Schauer, die sich über ihre Haut zogen.

»Denken.« Emma löste sich so weit von ihm, dass sie den Kopf in den Nacken legen und ihn ansehen konnte. Mit dem Zeigefinger strich sie über die Stelle zwischen seinen Augenbrauen. »Ich kann es spüren, wie eine nervöse Energie.«

»Okay. Ich werde mich bemühen, nicht mehr zu denken. Aber sag mal«, er griff unter Emmas Knie und zog ihr Bein an, um ihre Füße zu betrachten, »habe ich das vorhin richtig gesehen? Hast du Schneeflocken auf den Zehennägeln?«

Emma lachte. »Eine von Sashas und meinen Weihnachtstraditionen.« Sie wackelte mit den Zehen und ließ die glitzernden Flocken auf dem eisblauen Nagellack aufblitzen.

Jared konnte sich ein Lächeln nicht verkneifen. Diese Frau war so verrückt, wenn es um Weihnachten ging. Was sie jeden Tag aufs Neue bewies – zum Beispiel mit einem riesigen Berg Cookies in seiner Küche. »Warst du erfolgreich heute? Hat alles so geklappt, wie ihr euch das vorgestellt habt?«, fragte er.

»Es war fantastisch. Inklusive der Fotos mit deiner Weihnachtsdeko.« Sie kicherte gut gelaunt, als Jared ein missmutiges Brummen von sich gab. Mit den Fingern strich sie über seinen Brustkorb, bevor sie sich aufrichtete. »Weißt du was? Du hast eine Belohnung verdient.«

»Wofür denn?« Jared wollte Emma wieder an sich ziehen, weil sich die Stelle an seiner Schulter, an der gerade noch ihr Kopf gelegen hatte, kühl anfühlte. Und leer.

Doch sie wich ihm aus und zwinkerte. »Du hast heute wirklich viel für mich getan«, säuselte sie zweideutig. »Zum Beispiel die Küche für unseren Dreh zur Verfügung gestellt. Und die Lichterketten für Eloises Fotos hängen lassen. Und so weiter.« Sie zog mit dem Finger kleine Kreise auf seinem Bauch. »Und so weiter.«

Jareds Bauchmuskeln zogen sich unter der Berührung zusammen. »Und so weiter«, murmelte er. Emma schaffte es spielend, jeden klaren Gedanken aus seinem Gehirn zu vertreiben. »Wie willst du mich denn belohnen?«

Emma lachte, zog ihre Hand zurück und sprang aus dem Bett. »Mit Weihnachtskeksen natürlich. Und dem Eggnog, den ich in deinen Kühlschrank geschmuggelt habe.« Sie gab ihm einen schnellen Kuss auf die Wange und brachte sich aus seiner Reichweite, als er nach ihr greifen und sie zurückziehen wollte. »Bleib hier. Ich serviere im Bett.«

Nackt wie sie war, huschte sie aus seinem Schlafzimmer. Jared ließ sich in die Kissen zurückfallen und schob die Arme unter seinen Kopf. »Servierst du in dieser Schürze, auf der steht, dass ich dich noch mal küssen soll?«, rief er ihr hinterher.

»Mit nichts als dieser Schürze«, antwortete sie.

14

Santa Baby

Jared genoss jede Sekunde. Die Weihnachtskekse, die so kunstvoll dekoriert waren, dass es ihm schon fast leidtat, sie zu essen. Den Eggnog, den sie aus der Flasche tranken. Emmas losgelöste, entspannte Art. Nachdem sie miteinander geschlafen hatten, war die Energie, die sonst die ganze Zeit um sie herum zu vibrieren schien, verschwunden. Eng umschlungen waren sie irgendwann eingeschlafen. Und genau so wieder aufgewacht.

Eine Zeit lang waren sie einfach liegen geblieben. Emma in seinen Armen. Ihr Herzschlag an seinem. Früher war ein Sonntag für Jared ein ganz normaler Arbeitstag gewesen. Jetzt genoss er es, nichts weiter zu tun, als mit den Fingerspitzen träge Kreise auf ihren Rücken zu malen. Erst der Hunger trieb sie aus dem Bett. Inzwischen war es spät genug, das Frühstück gleich ausfallen zu lassen und zum Lunch ins *One More Bite* zu gehen. Sie duschten – zusammen – und machten sich dann mit Biggie auf den Weg in die Stadt.

In der Nacht hatte es wieder ein paar Zentimeter geschneit, aber jetzt stand die Sonne am blauen Himmel, und die Luft war klirrend kalt und klar. Emma hatte sich bei ihm untergehakt, der Hund rannte vor und zurück, brach durch das Unterholz des Waldes und hatte einen Riesenspaß. So fühlte sich also ein Sonntagsspaziergang an. Mit Emma an seiner Seite passierten viele Dinge zum ersten Mal. Und fühlten sich einfach … richtig an.

Als sie sich der Stadt näherten, sah Jared das Gewusel farbiger Daunenmäntel und bunter Mützen vor dem *Old Boat* auf dem Eis des Crystal Lake. Der Wind trug leise Fetzen von Musik, Lachen und Stimmgewirr zu ihnen herüber. »Was ist da los?«, fragte er Emma und nickte in die Richtung.

»Das ist das *Rockys Fellas Center*.«

»Das was?«

»Du hast schon richtig verstanden.« Emma lachte und lehnte ihren Kopf an seine Schulter, als sie weitergingen. »Die New Yorker geben immer so an mit ihrem Rockefeller Center und ihrem Weihnachtsbaum mit dieser winzigen Schlittschuhbahn. Da haben wir uns gedacht: Das haben wir auch alles. Nur viel schöner. Das Eis. Tannenbäume. Die Rockys. Und jede Menge Fellas – also echte Kerle«, zählte sie auf. »Darum haben wir unser Eisstadion einfach so genannt. Am Thanksgiving-Wochenende wird es eröffnet. Der Weihnachtsbaum wird heute Abend zum ersten Mal leuchten, und das Saisoneröffnungsspiel der Snowflake Valley Bears findet traditionell heute statt.«

»Ihr seid wirklich verrückt«, konnte sich Jared nicht verkneifen, obwohl es ihn nicht sehr wunderte, dass die Leute in diesem Bergtal die New Yorker auf die Schippe nahmen. »Ich vermute, du wirst nachher einen Bericht darüber schreiben.«

»Hmm. Für das Spiel ist einer der Redakteure meines Onkels zuständig. Sportbeiträge kopiere ich nur in die Online-

Ausgabe. Seit der See zugefroren ist, kann man Schlittschuh laufen. Aber ab jetzt wird es sonntags, nach dem Eishockeyspiel, immer eine Eisdisko geben. Mit Musik aus den Achtzigern und Neunzigern, bunten Lichtern und heißem Punsch, den Steven vom *Old Boat* ausschenkt. Darüber will ich natürlich schon einen Bericht und ein paar Fotos machen und hoffe, damit die Wintertouristen anzuziehen.«

»Ich vermute, du willst diesen Beitrag heute noch schreiben«, sagte Jared. Für Emma schien es kein Wochenende zu geben.

»Wenn ich es schaffe. Erst einmal muss ich das Bildmaterial von gestern zusammenschneiden und den Beitrag dazu verfassen.«

»Erst einmal müssen wir frühstücken.« Jared drehte den Kopf und küsste Emma auf die Wange.

Sie blieb stehen und drehte sich zu Jared um. »Als allererstes möchte ich einen richtigen Kuss«, verlangte sie und zog Jared an seinem Schal zu sich herunter, um ihn zu küssen. »Hmm«, murmelte sie, als sie seine Lippen wieder freigab. »Fast so gut wie Frühstück. Apropos: Ich muss einen kleinen Abstecher zu meinen Eltern machen und frische Klamotten anziehen.«

»Dann sollte ich vielleicht schon ins *One More Bite* vorgehen«, schlug Jared vor.

»Du kannst gern mitkommen«, bot Emma ihm an.

Aber Jared hielt es für keine gute Idee, vor dem Haus der Porters herumzulungern. Genauso wenig kam es infrage, mit Emma hineinzugehen. An einem Sonntag war Emmas Mutter sicher nicht in der Schule und ihr Vater nicht in der Praxis. Wahrscheinlich konnten sich Edward und Deborah auch so denken, was Emma und er in der vergangenen Nacht getrieben hatten. Sie sollten es allerdings nicht unbedingt in seinen Augen lesen. »Kein Problem«, sagte er. »Ich bin am Verhungern. Also treffen wir uns einfach bei Sasha.«

»Okay.« Emma küsste ihn noch einmal. »Dann trennen sich unsere Wege hier. Bis gleich bei Sasha. Und lass dich nicht zum Eishockey überreden.«

Das würde ganz sicher nicht passieren. Trotzdem schaffte Jared es nicht, einfach so an dem kleinen Eisstadion vorbeizugehen. Er sah den Bears und ihrer gegnerischen Mannschaft ein paar Minuten beim Aufwärmen zu, bevor Biggie und er zur Mainstreet weiterliefen und er sich vor Sashas Café den Schnee von den Stiefeln klopfte.

»Hey.« Sasha kam hinter dem Tresen hervor und umarmte ihn. »Schön, dass du wieder vorbeischaust. Du hast mich in den letzten Tagen echt hängen lassen. Schmeckt dir mein Essen nicht mehr?«

»Ähm … nein, ich …«

Sasha lachte und boxte ihn in die Seite. »War ein Witz. Schau mal, Simon sitzt da drüben. Magst du dich zu ihm setzen, während ich Biggie einen Hundekeks gebe?« Sie wies auf die Nische, in der es sich Simon gemütlich gemacht hatte und an seinem Handy herumspielte. »Heute ist nicht viel los. Die Leute gehen alle zur Eröffnung des *Rockys Fellas Centers* und sehen sich das erste Spiel der Bears an.«

»Davon habe ich gehört«, murmelte Jared.

»Wenn du willst, setze ich mich zu euch, dann können wir zusammen Lunchpause machen«, schlug Sasha vor und nahm Jared seinen Mantel ab, um ihn an einen der Kleiderhaken neben der Tür zu hängen.

»Klingt gut. Emma kommt gleich noch«, sagte Jared.

»Gut. Dann bring ich dir einen Kaffee, und wir warten, bis Emma da ist.« Sasha kehrte hinter den Tresen zurück und holte die Dose mit den Hundekeksen vom Regal, um Biggie zu verwöhnen.

Jared ging zu Simon hinüber, der ihn mit einem entspannten »Hey, Mann« grüßte. »Kommst du nachher mit ins *Rockys Fellas Center*, das Spiel ansehen? Im Anschluss schalten sie die Lichter am Weihnachtsbaum auf dem Eis an. Kitschige Angelegenheit, aber der Punsch, den Steven vom *Old Boat* ausschenkt, ist echt gut.«

»Mal sehen«, blieb Jared vage und setzte sich seinem Freund gegenüber. Emma und er hatten die Nacht zusammen verbracht, und diesen Morgen. Aber er hatte keine Ahnung, ob ihre Freunde davon wissen durften. Ob sie gemeinsame Pläne machen würden. Er wusste nicht, wie das mit ihnen weitergehen würde. Sie mussten dringend reden. Andererseits wollte Emma einen Bericht über das »Tree Lightening« schreiben, also wäre sie in dem Stadion. Wenn er mehr Zeit mit ihr verbringen wollte, würde er sie wahrscheinlich begleiten.

Im nächsten Moment wurde die Tür aufgerissen, und Biggie gab ein glückliches Bellen von sich. Emma stürmte in das Café, mit geröteten Wangen und Haaren, die ihr unter der pinkfarbenen Beanie über den Rücken fielen. »Ich habe mich beeilt«, rief sie. Zu niemandem im Speziellen, aber ihr Blick verhakte sich für einen Moment mit Jareds. Ihr Lächeln wurde breiter. Dann schien sie sich bewusst zu werden, dass sie nicht allein waren. »Ihr seid ja alle hier«, stellte sie mit einem Blick in Sashas und Simons Richtung fest. »Ich hoffe, das bedeutet, dass wir zusammen zum Lunch essen.«

»So war es eigentlich gedacht«, sagte Sasha gedehnt. Sie blickte zwischen Emma und Jared hin und her. Dann kam sie hinter dem Tresen hervor, nahm ihre Freundin an der Hand und zog sie hinter sich her. Im nächsten Moment pendelte die Schwingtür, die zur Küche führte, hinter den beiden Frauen zu.

Simon blickte den beiden mit gerunzelter Stirn nach. »Was haben die beiden denn jetzt schon wieder?«

Sasha und Emma kannten sich einfach zu gut. Sie konnten im Gesicht der anderen lesen, wie in einem Buch. Und Sasha hatte ganz genau gesehen, was vergangene Nacht passiert war. Jared war sich sicher, dass sie versuchen würde, alle Details aus Emma herauszubekommen. Was sie auch schaffen würde, nur um es Simon dann brühwarm zu erzählen. »Ich habe die Nacht mit Emma verbracht«, platzte Jared heraus.

»Aha.« Simon kratzte sich am Kopf und biss von seinem Bagel ab. Nachdenklich kaute er einen Moment. »Das ist gut, oder?«, fragte er dann.

Jared konnte nicht anders als zu lachen. »Ja, verdammt«, beantwortete er die trockene Frage. »Ich finde, das ist gut.« In diesem Moment begriff Jared, dass Simon zu einem Freund geworden war. Ein Mann, der nicht viele Worte brauchte und die Dinge nahm, wie sie kamen. Mac hätte Jared jetzt vermutlich mit tausend Fragen genervt und eine Zukunftsanalyse erstellt. Simon hingegen kippte einfach ein bisschen scharfe Soße über seinen Bagel und biss noch einmal ab.

»Wie kommst du mit den Weihnachtswichteln klar?«, fragte Simon, als wäre es eine Selbstverständlichkeit, dass Jared und Emma miteinander geschlafen hatten.

»Sie treiben mich in den Wahnsinn«, antwortete Jared, woraufhin Simon nur nickte. Ihm kam ein Verdacht. »Du steckst da doch nicht mit drin, oder?«

»Ich?« Simon zog unschuldig die Brauen hoch. »Wenn es nach Sasha geht, müsste ich längst ein Teil dieser Truppe sein. Oder sie leiten. Aber zum Glück geht es ja nicht immer nach ihrem Willen.«

»Teil der Truppe?« Jared schob den Ständer mit den Ketchup- und Ahornsirup-Flaschen zur Seite und beugte sich vor. »Dann weißt du, wer diese Wichtel sind?«

»Nein«, log Simon schamlos – und wie aus der Pistole geschossen. »Das ist das große Geheimnis im Tal.«

»Darüber sollte Emma mal einen Artikel schreiben«, überlegte Jared. »Das ist astreiner Enthüllungsjournalismus.«

Simon zuckte mit den Schultern. Dann grinste er, bevor er mit der Stimme von Don Corleone im *Paten* sagte: »Wenn sie weiß, was gut für sie ist, lässt sie das.«

* * *

»O mein Gott!« Sasha hüpfte auf der Stelle, sobald die Schwingtür zur Küche hinter Emma und ihr zu pendelte. »Du hast …«

Emma spürte, wie ihr die Hitze in die Wangen stieß. Nicht, weil ihre neugierige Freundin sofort in ihrem Blick gesehen hatte, dass sie die Nacht mit Jared verbracht hatte. Sondern weil Niclas, der Teenager, den Sasha als Küchenhilfe angestellt hatte, schon die Ohren spitzte, um ja nichts zu verpassen – und den Tratsch mit Lichtgeschwindigkeit in der ganzen Stadt zu verbreiten. Sie nickte mit dem Kopf in seine Richtung.

Sasha drehte sich nach ihrer Hilfe um, die gerade eine Pfanne spülte. »Niclas?«

»Ja, Chef?« Der Junge schrubbte eifrig an einer Pfanne herum.

»Pause!«, bestimmte Sasha.

»Aber Chef, ich bin grad mitten in der Arbeit«, widersprach er und schrubbte heftig genug, dass das Wasser über das Spülbecken schwappte.

»Bis jetzt hast du dich noch nie gegen eine Pause gewehrt. Raus mit dir!« Sasha stemmte die Hände in die Hüften und funkelte Niclas an, als er ihnen einen Blick über die Schulter zuwarf. »Geh eine von den illegalen Zigaretten rauchen, von denen wir alle nichts mitbekommen sollen.«

Mit einem Seufzen ließ Niclas die Pfanne in das Spülbecken plumpsen, was die halbe Küche unter Wasser setzte, schnappte sich seine Daunenjacke und verließ den Raum durch die Hintertür.

Kaum fiel die Tür hinter ihm ins Schloss, fuhr Sasha zu Emma herum. »Du hast mit ihm geschlafen!«, wiederholte sie den Satz, bei dem Emma sie zuvor unterbrochen hatte. »Ich will alles wissen.«

Was Emma ihr auf keinen Fall verraten würde. »Es war wundervoll«, gab sie zu. Das war alles, was ihre Freundin wissen musste. »Mit Jared zusammen zu sein, fühlt sich so einfach an.«

Sasha zog die Augenbrauen hoch. »Schätzchen, es ist niemals einfach. Nicht einmal mit Simon«, sagte sie. »Wie geht es jetzt weiter?«

Emma seufzte. Sie hatten es an diesem Morgen fertiggebracht, miteinander zu duschen. Dafür hatten sie den Moment verpasst, über die vergangene Nacht zu sprechen. »Wir haben noch nicht darüber geredet. Noch nicht«, ergänzte sie auf Sashas Blick hin. »Wir hatten Hunger«, verteidigte sie sich. »Erst mal Essen, okay?«

»Du schiebst es vor dir her«, brachte Sasha es auf den Punkt.

»Ja.« Emma rieb sich über das Gesicht. »Ja, du hast recht«, gab sie zu. »Ich weiß nicht, wie ich damit umgehen soll. Jared ist ein wirklich toller Mann, auch wenn er manchmal noch immer ein wenig geheimnisvoll wirkt, weil ich eigentlich nichts über sein Leben vor seinem Umzug nach Snowflake Valley weiß.« Sie zuckte mit den Schultern. »Oder vielleicht macht gerade dieses Geheimnisvolle den Reiz aus. Aber ich gehe in ein paar Wochen zurück nach Chicago. Ich werde mich also nicht in ihn verlieben, wie du alte Romantikerin es dir vermutlich wünschst.« Emma stieß ihre Freundin mit der Schulter an. »Ich werde mit ihm reden. Versprochen. Heute noch. Aber jetzt brauche ich dringend diesen Lunch mit meinen besten Freunden.«

»Du wirst dich trotzdem in ihn verlieben«, sagte Sasha und hakte sich bei ihr unter. »Und ich glaube an ein Weihnachtswunder. Niclas«, rief sie in Richtung Hintertür, bevor Emma widersprechen konnte. »Du kannst jetzt weitermachen.«

Sasha hatte unrecht. Ihre Freundin kannte sie sehr gut. Aber Emma kannte sich selbst doch immer noch ein bisschen besser. Sie war ein paarmal verliebt gewesen. Die erste große Liebe. Ein paar College-Geschichten, in die sie sich Hals über Kopf gestürzt hatte. In den letzten Jahren hatte sie sich diese Gefühle allerdings nicht mehr erlaubt. Sie war viel zu sehr auf ihre Karriere konzentriert gewesen. Ihr Ziel war es, alles zu erreichen, was für sie möglich war, bevor sie eine

Familie gründete und sich zumindest ein wenig aus ihrer aktuellen Tretmühle zurückzog. Zwei oder drei Jahre noch, dann wäre sie bereit, ihr Herz zu verschenken.

Im ersten Moment hatte sie nicht darüber nachdenken wollen, warum sie so auf Jared reagierte. Auf seine Nähe, seine Küsse und seine Berührungen. Es konnte nur daran liegen, dass ihr letztes Zusammensein mit einem Mann schon über ein dreiviertel Jahr zurücklag. Eine lockere Affäre mit einem attraktiven Kinderarzt, die perfekt gewesen war, weil sie sich gegenseitig nichts versprochen hatten. Sie hatte angedauert, bis der Kinderarzt eine hübsche Yogalehrerin kennengelernt und sich verliebt hatte. Emma und er hatten sich freundschaftlich getrennt. Aber wem wollte Emma etwas vormachen. Körperliche Nähe fehlte ihr. Vielleicht war Jared der Typ Mann, der für die gleiche Art von Arrangement wie John, der Arzt, zu begeistern war.

Emma wusste es nicht. Aber sie würde es herausfinden. Sobald sie nach dem Lunch ins Woodward Cottage zurückgekehrt waren, damit sie ihre Kamera holen konnte, um ein paar Aufnahmen im *Rockys Fellas Center* zu machen, würde sie die letzte Nacht ansprechen. Und die Situation, in die sie geschlittert waren. Denn so wenig sie eine feste Beziehung wollte, so sehr wünschte sie sich, diese gemeinsamen Stunden mit Jared zu wiederholen.

Da es sich allerdings mit leerem Magen sowieso nicht besonders gut denken ließ, kehrte sie an Sashas Seite ins Café zurück – und blieb im selben Moment wie ihre Freundin wie angewurzelt stehen.

»Was hat die denn hier verloren?«, zischte Sasha.

Das hätte Emma auch gern gewusst und bemühte sich, die Verwünschungen, die wie Essig in ihr aufstiegen, wieder herunterzuschlucken. Beatrice Williams, die hinterhältige Schlange, legte sonst größten Wert darauf, »Sashas niedliches kleines Café«, wie sie es nannte, nicht zu betreten. Sie war ein gehobeneres Niveau gewohnt, was sie ebenfalls nie zu erwähnen vergaß. Dass sie ihren tiefen Ausschnitt auch noch ausgerechnet über den Tisch hängte, an dem Jared und Simon saßen (wobei Sashas Mann ihnen einen äußerst unbehaglichen Blick zuwarf), war also definitiv kein Zufall. Was Emmas Blutdruck in die Höhe schnellen ließ. Auch nach über einem Jahrzehnt, in denen sie sich höchstens mal von Weitem gesehen hatten, hatte Beatrice noch die gleiche Wirkung auf sie.

Sasha straffte die Schultern und zog Emma einfach mit sich, als sie auf den Tisch der Männer zuhielt. »Beatrice«, grüßte sie ihre ehemalige Mitschülerin. Sasha hatte schon zu Schulzeiten einen Weg gefunden, den Namen ihrer erklärten Feindin klingen zu lassen wie die bösartige Hexe aus den Harry-Potter-Büchern – Bellatrix Lestrange. »Was für eine Überraschung, dich hier zu sehen. Musst du nicht in eurem Schickimicki-Resort ahnungslosen Touristen das Geld aus der Tasche ziehen?«

»Sasha, meine Liebe.« Beatrix richtete sich auf und drehte sich um. Ihr Blick glitt über Sashas Schürze und Emmas Beanie. Ein leichtes Zucken ihres rechten, leuchtend rot geschminkten Mundwinkels verriet ihr allgegenwärtiges Gefühl der Überlegenheit. »Und Emma. Noch immer in der kleinen Stadt statt in der großen Welt? Was ist passiert?« Sie legte den Kopf schräg, sodass ihre glatten, schwarzen Haare über die Schulter ihres enganliegenden, senfgelben Pullovers fielen. »Hat es nicht so ganz geklappt mit der großen Karriere?«

Emma schluckte. Sie hatte vor Jahren beschlossen, das Miststück, das ihr den ersten festen Freund ausgespannt – und ihr damit das Herz gebrochen – hatte, zu ignorieren. Aber es war verdammt schwer, einfach nichts zu sagen, wenn man so behandelt wurde. Vor dem Mann, mit dem man die letzte Nacht verbracht hatte. Und den das »Miststück von Snowflake Valley« gerade ganz eindeutig anbaggerte. Was eine heftige Welle der Eifersucht über Emma zusammenschlagen ließ. Nicht, weil sie in Jared verliebt wäre, oder so was, sondern weil ... Wem machte sie eigentlich etwas vor? Sie hatte mit Jared geschlafen, und sie wollte ihn nicht schon am Tag darauf an Beatrice verlieren. Wie ihr Highschool-Sweetheart. »Meine Karriere funktioniert zumindest noch gut genug, um zu wissen, dass dieses Senfgelb«, Emma deutete auf Beatrice' Pullover, »bereits letzte Saison out war. Versuch es doch mal mit einem kräftigen Rot oder Fuchsia.«

Eins zu eins, dachte Emma, als ihr Gegenüber die Lippen zu einer schmalen Linie zusammenpresste. Beatrice drehte sich wieder zu Jared um und zog eine Visitenkarte aus ihrer Handtasche. Sie legte sie vor ihm auf den Tisch und strich dann über seinen Arm. »Überlegen Sie es sich, Jared. Ich verspreche Ihnen, dass sich das für Sie lohnen wird. Simon.« Sie nickte Sashas Mann zu, drehte sich wieder um und zog leicht die Augenbrauen hoch, als sie einen großen Schritt um Emma und Sasha herum machte. Auf dem Weg nach draußen zog sie ihren Mantel über und ließ die Tür hinter sich zufallen.

»Bitch«, murmelte Sasha neben ihr, bevor sie sich zu Jared umdrehte. »Was wollte sie von dir?«

Jared klopfte mit der Visitenkarte auf den Tisch, lehnte sich zurück und studierte den Text. »Etwas Geschäftliches«, sagte er und grinste. Inzwischen hatte er gelernt, dass man Sasha am besten auf die Palme brachte, wenn sie nicht alles erfuhr, was sie wissen wollte.

Nur dass es hier nicht um Klatsch und Tratsch ging, sondern um Beatrice Williams. »Ihr scheint euch jedenfalls schon zu kennen«, konnte sich Emma nicht zurückhalten. Wieder fühlte sie diese Eifersucht. Was total irrational war, insbesondere nachdem sie sich gerade eben noch einmal daran erinnert hatte, dass das zwischen Jared und ihr nichts Ernstes war. Aber wenn es um Beatrice ging, galten einfach andere Regeln.

»Wir sind uns schon mal im Grocery Store über den Weg gelaufen«, erzählte Jared.

»Wo ich dich aus ihren Fängen befreit habe«, erinnerte Sasha ihn.

»Na ja, ich würde nicht gerade sagen, dass sie mich in ihren …« Plötzlich schien Jared zu merken, dass das hier keine ihrer üblichen Plänkeleien war. »Was ist los? Stimmt etwas nicht mit ihr?« Er legte die Visitenkarte zur Seite. »Sie ist ein wenig distanzlos …«

»Und übergriffig«, unterbrach Sasha ihn. »Sie hat das Café in den sieben Jahren, die es besteht, keine drei Mal betreten. Und davon ganz sicher kein einziges Mal freiwillig.«

»Sie hat gesagt, sie hat mich durchs Fenster gesehen und ist deshalb kurz reingekommen.« Jared zuckte mit den Schultern. »Sie wollte mir ein geschäftliches Angebot machen. Dieses Resort, das ihr gehört …«

»Ihren Eltern«, warf Sasha noch einmal giftig dazwischen.

»Oder ihren Eltern – braucht ein neues Computersystem. Eines, in dem Buchungen, Buchhaltung, Abrechnungen und alles, was in einem Hotel so dazugehört, zusammenlaufen.«

»Sie wollte dich anbaggern«, brachte Sasha auf den Punkt, was Emma dachte. »Wenn sie dafür vorgaukeln muss, ein neues Computerprogramm zu brauchen, macht sie das.«

»Wirst du den Auftrag annehmen?«, fragte Emma. Sie wünschte sich, dass Jared Nein sagte, weil sie nicht wollte, dass er Beatrices Charme erlag. Auch wenn sie kein Recht dazu hatte.

»Sagt mir jetzt mal jemand, was hier los ist?« Jared sah sie der Reihe nach an. Als sein Blick an Simon hängen blieb, stieß der einen tiefen Seufzer aus. »Beatrice hat Emma in der Highschool den Freund ausgespannt«, erklärte er Jared.

»Simon!« Emma spürte schon wieder die Hitze, die ihr in die Wangen stieg. Das war der Tiefpunkt ihrer Teenagerjahre gewesen – und ganz sicher nichts, was sie jetzt vor Jared ausbreiten wollte.

»Was denn?« Simon hob unschuldig die Hände. »Du schläfst mit ihm.« Er blickte zwischen Emma und Jared hin und her. »Da darf er ja wohl wissen, was für ein Problem du mit Beatrice hast.«

»O Gott!« Emma schlug die Hände vor das Gesicht. »Das wird ja immer besser! Halt die Klappe, Simon!« Seit wann war ihr Freund zu so einem Plappermaul mutiert?

Jared richtete sich auf, griff nach Emmas Hand und zog sie von ihrem Gesicht weg. »Setz dich«, sagte er und brachte sie mit einer kleinen Bewegung dazu, sich neben ihm auf die Bank fallen zu lassen. »Danke, dass du mich aufgeklärt hast, Simon.« Er wartete, bis sich auch Sasha neben ihren Mann gesetzt hatte. »Es ist nicht hilfreich, mich im Dunkeln tappen zu lassen.«

Jared hielt noch immer Emmas Hand und legte ihre verbundenen Finger auf seinem Oberschenkel ab. Die Verbindung, die er damit aufrechterhielt, fühlte sich gut an. Emma seufzte. »Eigentlich halte ich mich für erwachsen und souverän. Aber diese Zimtzicke schafft es mit einem Zucken ihres Mundwinkels, dass ich mich wieder wie fünfzehn fühle und ihren Kopf ins Klo tunken möchte.« Emma atmete frustriert aus.

»Okay. Ich verstehe.« Jared nickte. »Ihr mögt sie nicht besonders.«

»So kann man es auch nennen.« Sasha beugte sich vor. »Sie brennt vor Neid. Sie wollte Emmas Freund damals nicht, weil sie sich in ihn verliebt hatte. Der einzige Grund war, dass Emma etwas hatte, was sie nicht haben konnte. Dieser Neidfaktor hat sich nie geändert. Ich kann dich deshalb nur warnen! Sieh dich vor, wenn du mit ihr zu tun hast.«

Für einen Moment herrschte eine unangenehme Stille am Tisch. Emmas Wangen brannten noch immer, weil ihre Freunde über ihre Vergangenheit plauderten. Und über die größte Demütigung ihres Lebens. Sie wollte Jared sagen, dass er auf keinen Fall Geschäfte mit Beatrice machen sollte. Für sie. Für das, was zwischen ihnen war. Doch dann lehnte sich Jared zurück, ohne Emmas Hand loszulassen. »Wäre diese Beatrice in der Lage, mir die Weihnachtswichtel vom Hals zu schaffen?«, fragte er und sorgte damit dafür, dass die gesamte Tischrunde in Lachen ausbrach und sich die Anspannung löste, die sich um Emmas Schultern gelegt hatte. »Der Bürgermeister hat mir übrigens einen Antrittsbesuch abgestattet, als ich im September hergezogen bin«, erzählte Jared. »Er hat mir erklärt, dass man sich in Snowflake Valley in die Gemeinschaft einbringt, und er es gut fände, wenn ich hin und wieder für das eine oder andere Unternehmen aus der Gegend arbeiten würde, und nicht nur für weltweite

Konzerne. Mein Hinweis darauf, dass ich hier Steuern zahle und dass das ja wohl Engagement genug ist, hat ihm nicht gefallen.«

Sasha und Emma prusteten gleichzeitig los, und Simon sah Jared einigermaßen fassungslos an. »Das hast du echt zu ihm gesagt?«, fragte er.

»Na ja.« Jared verzog das Gesicht. »Ich habe erst durch euch verstanden, wie die Dinge hier laufen und was es bedeutet, sich einzubringen. Ich verstehe inzwischen, dass hier jeder seinen Beitrag leistet. Wenn Beatrice Williams eine geschäftliche Beziehung zu mir aufbauen will, um mit einem neuen Computerprogramm ihr Resort voranzubringen, dann werde ich ihr wahrscheinlich ein Angebot machen. Aber keine Sorge, auch wenn ich ein Nerd bin, lasse ich mich nicht einfach so um den Finger wickeln.« Er zwinkerte Emma zu und drückte ihre Hand auf seinem Oberschenkel. »Nicht von jeder Frau.«

15

Christmas isn't a season, it's a feeling.

Jared und Emma genossen den Lunch mit den Campbells und verabredeten sich für den Abend mit ihnen am *Rockys Fellas Center*, bevor sie sich auf den Weg zurück zu Jareds Cottage machten.

Jared warf einen Stock für Biggie, der davongaloppierte wie ein kleines Pony mit verdammt viel Fell. »Du bist Simon doch nicht böse, dass er das von Beatrice und deinem Ex-Freund erzählt hat?«, fragte er, als Emma wortkarg neben ihm herlief.

Einen Moment überlegte sie. »Ich bin es einfach nicht gewohnt, dass mein Leben vor Fremden ausgebreitet wird«, sagte sie dann. »Ganz abgesehen davon, dass sich noch immer meine Nackenhaare aufstellen, wenn ich Beatrice auch nur von Weitem sehe.«

Jared blieb stehen und drehte sich zu Emma um. »Du lungerst seit Tagen in meinem Haus herum, und wir haben die letzte Nacht zusammen verbracht. Du siehst ja wohl keinen Fremden in mir.«

»Nein.« Emma legte den Kopf in den Nacken und atmete tief durch. Die Atemwolke, die sich vor ihrem Gesicht bildete, wurde sofort vom Wind davongetragen. »Entschuldige.

Natürlich bist du kein Fremder«, sagte sie, als sie den Kopf wieder senkte und Jared ansah. Sie legte die Hand auf seinen Arm. »So hatte ich das nicht gemeint. Es ist einfach nur ungewohnt, überhaupt darüber zu reden, weil diese Geschichte ein altes, abgeschlossenes Kapitel ist. Du hast zu dieser Zeit nicht hier gelebt, also wäre es mir lieber gewesen, du hättest nie von diesem unrühmlichen Kapitel meines Lebens gehört.«

Das klang ehrlich. Jared konnte das verstehen. Er nickte. »Es ist aber ein Teil von dir«, sagte er leise. »Es hat dazu beigetragen, den Menschen aus dir zu machen, der du heute bist.« Er legte Emma den Arm um die Schultern, zog sie an sich und setzte seinen Weg fort. »Wenn es dir hilft, erzähle ich dir auch von meiner ersten großen Liebe.«

Emma seufzte und legte ihren Kopf an seine Schulter. »Ich sollte das nicht wissen wollen. Aber ja, erzähl es mir.«

»Ihr Name war Nova, eine wunderschöne Schwedin. Ich war unglaublich verschossen in sie – einen Sommer lang. Als meine Eltern dann auf einmal beschlossen, dass es Zeit für einen neuen Job und einen Umzug nach Dallas wurde, habe ich zum ersten Mal rebelliert. Aber ich war fünfzehn und allein in Stockholm bleiben keine Option. Wir versprachen unter Liebesschwüren, uns zu schreiben und zu versuchen, uns in den Ferien zu sehen.« Jared lachte leise bei den wehmütigen Erinnerungen an diese Zeit. Wie er gelitten hatte und der ganzen Welt die Schuld für seinen Liebeskummer gegeben hatte. »Etwa drei Wochen später war sie neu verliebt, und mein Herz wurde zum ersten Mal gebrochen.«

Emma war stehen geblieben und malte mit dem Zeigefinger ein Herz auf die Daunen seines Mantels. An der Stelle, an der es neuerdings immer ein bisschen zu laut und zu schnell klopfte, wenn sie in Jareds Nähe war. »Ist es noch oft gebrochen worden? Nach der schönen Schwedin?«

Jared blickte auf den See hinaus, als er antwortete. »Das eine oder andere Mal.«

»Das letzte Mal ist noch nicht lange her, oder?« Emma hatte leise gesprochen und sich noch enger an seine Seite geschmiegt.

»Hmm.« Die Sonne strahlte so heftig, dass das Eis und der Schnee wie Diamanten funkelten und er die Augen gegen die Helligkeit zusammenkneifen musste. »Ich hatte eine Freundin, die mich verlassen hat. Stana. Ich habe ihr weder einen Ring an den Finger gesteckt, wie sie es erwartet hatte, noch habe ich mein Leben geändert, wie sie es sich gewünscht hatte. Wenigstens Biggie hat sie bei mir zurückgelassen, wofür ich ihr ehrlich dankbar bin.« Jared horchte in sich hinein, aber die Erinnerungen an Stana lösten nur noch ein mildes Echo aus, das ihn nicht mehr wirklich erreichte. »Sie hat mir nicht wirklich das Herz gebrochen. Wir haben nicht zusammengepasst, auch wenn wir das ein bisschen zu spät bemerkt haben.«

»Was hat ihr an deinem Lebensstil nicht gefallen?«, wollte Emma wissen. »War sie ein Software-Freak, der den ganzen Tag flucht und mit Antistressbällen um sich wirft und wollte, dass du mehr arbeitest? Mir gefällt deine Art zu leben ziemlich gut.«

Jared spürte den leicht bitteren Hauch, der die Erinnerungen an sein altes Leben noch immer begleitete, aber wie ein zartes Echo zwischen den weißen Berggipfeln verschwand. »Das ist das Paradoxe daran. Vor unserer Trennung war ich ein anderer Mensch. Okay«, er zuckte mit den Schultern, »ich habe ein bisschen Sport gemacht, um nicht dem völligen Nerd-Klischee zu verfallen. Aber ich konnte Tag und Nacht arbeiten, ohne darüber nachzudenken. Wenn ich mich in ein Projekt verbissen hatte, konnte ich alles um mich herum vergessen. Auch Stana und Biggie. Das hatten sie beide nicht verdient, wie mir inzwischen längst klar ist. Damals konnte ich das nicht sehen.«

»Es ist etwas passiert, nicht wahr?« Emma blieb stehen, um ihn ansehen zu können. »Ich habe immer das Gefühl, da ist noch irgendetwas, das dich beschäftigt. Der Grund, aus dem du das Silicon Valley verlassen und dir ein einsames Haus in den Bergen gekauft hast.«

»Das stimmt. Ich hatte das Bedürfnis, mein Leben von Grund auf zu ändern. Wie wäre es, wenn ich dir das bei einer Tasse Kaffee vor dem Kamin erzähle?« Bis zu seinem Haus waren es nur noch ein paar Meter. Biggie war schon hinter den Bäumen verschwunden, die sein Grundstück begrenzten. Er war sicher längst durch seine Hundeklappe geschlüpft und hatte es sich auf seinem Hundekissen gemütlich gemacht.

»Gute Idee.« Emma griff nach seiner Hand, und gemeinsam folgten sie dem schmalen Pfad um die Pinien herum. Schnee knirschte unter ihren Füßen.

Und dann blieben sie gleichzeitig stehen. Emma krümmte sich vor Lachen, während Jared einen Ton von sich gab, der ihn selbst an ein wütendes Knurren erinnerte. Auf seiner Terrasse neben dem Whirlpool stand ein riesiger, aufblasbarer Schneemann und grinste ihnen entgegen. Der Wind ließ das gesamte Gebilde leicht hin und her schaukeln, und Jared war sich sicher, dass er nachts leuchten würde. »Verdammt noch mal!« Er betrachtete die Fußspuren im Schnee, die sich mit denen mischten, die Biggie, Emma und er hinterlassen hatten. Männerstiefel, von der Größe her. Mindestens zwei Paar.

»Hallo Frosty.« Emma kicherte an seiner Seite. Sie ließ seine Hand los und ging zu dem aufgeblasenen Schneemann hinüber, um ihn anzustupsen. Träge taumelte er hin und her.

»Wusstest du das?« Jared bekam immer mehr das Gefühl, dass die Einwohner von Snowflake Valley alle unter einer Decke steckten und versuchten, ihn mit ihrem Weihnachtsirrsinn in den Wahnsinn zu treiben. »Du hast mich nicht in das *One More Bite* gelockt, damit die Wichtel hier freie Hand hatten?«

»Ich schwöre es!« Emma grinste von einem Ohr zum anderen. »Ich habe doch gar keine Ahnung, wer die Weihnachtswichtel sind.«

* * *

Jared war sauer über sein neuestes Weihnachts-Deko-Element. Was Emma einfach nur lustig fand. Er hatte aufgegeben, die Lichterketten vor dem Haus abzunehmen. Den Mistelzweig würde er sicher hängen lassen, einfach, weil sie sich darunter zum ersten Mal geküsst hatten. Aber Emma war sich sicher, dass er Frosty den Kampf ansagen – und auch hier gegen die Weihnachtswichtel verlieren würde. Bis zu den Feiertagen würden sie ihn weich klopfen, dessen war Emma sich sicher.

»Na komm«, sagte sie und zog ihn an der Hand hinter sich her. »Lass uns reingehen.«

Jared blickte sich noch einmal nach dem Schneemann um. »Weißt du, wo man da die Luft rauslässt?«

»Ich habe keinen blassen Schimmer.« Und sie wollte es auch nicht wissen. Frosty war kitschig, aber er passte perfekt auf die Terrasse. Wenn Jared noch ein paar Lichterketten um den Whirlpool ...

»Vielleicht nehme ich einfach ein Küchenmesser und massakriere ihn«, brummte Jared.

»Auf keinen Fall! Jared!« Emma stemmte die Hände in die Hüften und funkelte ihn an. »Das wäre Mord!«

»An einem Schneemann aus Gummi?« Er zog die Augenbrauen hoch und öffnete die Haustür.

»Eines Gefühls. Weihnachten ist nicht einfach nur eine Zeit im Jahr. Es ist eine Einstellung.« Sie pikste mit dem Finger in seinen Brustkorb, bevor sie ihm ins Haus folgte. »Und du musst an deiner noch arbeiten. Wie gut, dass die Wichtel dir zur Seite stehen.«

Jared zog Emma an sich und küsste sie. »Sorry«, murmelte er an ihren Lippen. »Irgendwie musste ich dich zum Schweigen bringen.«

»Du wirst ihnen nicht entkommen«, versuchte Emma sich an einer Mafia-Stimme und strich mit ihren Lippen über Jareds, um ihn zu einem weiteren Kuss herauszufordern. Als er schließlich seine Stirn an ihre legte, wurde ihr bewusst, dass sie noch immer dick angezogen waren. »Sollen wir es uns vor dem Kamin gemütlich machen?«, fragte sie.

Jared presste einen letzten Kuss auf ihre Schläfe und löste sich von ihr. »Gute Idee.« Er öffnete mit seiner rechten Hand den Reißverschluss seines Parkas und zog ihr gleichzeitig mit der Linken die Mütze vom Kopf. »Du Kaffee, ich Holz«, schlug er vor.

»Los geht's!« Emma nahm ihm ihre Beanie ab, zog ihre Jacke und die Stiefel aus und wickelte ihren Schal ab. Dann schaltete sie die Kaffeemaschine ein, arrangierte ein paar der frisch gebackenen Plätzchen auf einem Teller und warf Biggie einen Hundekeks zu, als er in der Küche nach dem Rechten sehen kam. Jared schürte inzwischen den Kamin, und als sie das Tablett mit Kaffee und Cookies zur Couch hinübertrug, loderte bereits ein fröhliches Feuer hinter dem Glas.

Emma stellte alles auf den niedrigen Couchtisch und ließ sich dann auf das Sofa fallen. Es war groß und gemütlich. Und als Jared sich setzte, nahm er einfach ihre ausgestreckten Beine und legte sie über seine Oberschenkel. Mit der Hand streichelte er über ihre Schenkel, was sie genüsslich die Augen schließen ließ. »Die perfekte Art, einen kalten Wintersonntag zu verbringen.«

»Wenn man beim Blick aus dem Fenster nicht diesen hässlichen Schneemann sehen würde«, brummte Jared.

Ein Lächeln wärmte Emmas Herz. »Sieh mich an statt Frosty, und erzähl mir, wie du in Snowflake Valley gelandet bist«, lenkte sie ihn ab.

Jared reichte ihr einen Keks, bevor er sich selbst einen nahm und ihn nachdenklich betrachtete, statt abzubeißen. Ganz so, als überlegte er, wo er anfangen sollte. »Ich habe am MIT studiert«, begann er schließlich mit einem Fakt, den Emma bereits über ihn wusste. »Für mich war schon seit meiner Teenagerzeit klar, dass ich Programme schreiben wollte, Software entwickeln. Am MIT habe ich dann Dale und Mac kennengelernt. Und Achim, einen Deutschen, der nach dem Studium nach Deutschland zurückgegangen ist, mit dem ich aber immer noch lose in Kontakt stehe. Dale und Mac allerdings, wir waren wie drei Typen mit einem gemeinsamen Gehirn. Das war manchmal regelrecht gruselig, wie gleich wir tickten. Für Dale und mich war klar, dass wir eine gemeinsame Firma aufbauen. Mac wollte zwar sein eigenes Ding durchziehen, hat aber von Anfang an immer wieder als Freelancer mit uns zusammengearbeitet. Nach dem Studium gab es nur einen Ort für uns.«

»Silicon Valley.« Der Ort, der junge Tech-Nerds, Start-up-Gründer und innovative Köpfe anzog wie der Wilde Westen vor zweihundert Jahren die Goldsucher.

»Ja. Das war der Platz, an dem man sein musste. Und wir, Dale, Mac und ich, waren mittendrin. Wir waren unglaublich erfolgreich. Alle rissen sich um uns. Die Ideen sprudelten nur so aus uns heraus, und wir fühlten uns wie Könige. Schwer schuftende Könige, aber immerhin.«

Emma nickte. »Wenn du die Welle erwischst, reite sie, so lange du kannst.«

»Zumindest hielten wir das damals für den einzig richtigen Weg. Ich hatte eine Beziehung zu einer Frau aus der Branche, die nicht besonders tief ging, sodass unsere spätere Trennung keinen von uns beiden wirklich verletzte. Später lernte ich dann Stana kennen. Mac konnte sich noch nie wirklich entscheiden. Er flatterte zwischen den Frauen umher wie ein Schmetterling. Und Dale.« Er seufzte, und Emma konnte seinen Schmerz fühlen. »Dale hatte niemanden und interessierte sich für nichts, außer für die Arbeit. Er konnte sich für Wochen in seinem Arbeitszimmer verkriechen. Mit Pizza, M&Ms und literweise Cola. Mac und ich machten wenigstens ab und zu ein bisschen Sport und bemühten uns, zumindest ansatzweise ein Sozialleben zu haben, auch wenn wir uns genauso in unseren Jobs verlieren und tagelang abtauchen konnten.«

Emma richtete sich ein Stück auf und griff nach Jareds Hand, um sie zu drücken. Was auch immer er ihr gleich erzählen würde, sie spürte, dass die Geschichte kein Happy End hatte. »Ich habe mal einen Artikel über das Arbeitspensum im Silicon Valley geschrieben. Es ist unglaublich, wie hart die Leute dort für den Traum vom ganz großen Erfolg schuften. Und wie sehr sie unter Druck geraten, wenn sie den Durchbruch geschafft haben und an der Spitze bleiben wollen.«

»Ja. Solange man jung ist, denkt man, dass man ohne Schlaf leben und sich von Chips und Energy Drinks ernähren kann. Aber irgendwann fordert das Ganze seinen Tribut. Wir haben es übertrieben. Alle drei. Aber vor allem Dale. Mac und ich haben schon nicht besonders viel Rücksicht auf unsere Körper genommen, aber er hat sich wirklich gehen lassen. Hat kein bisschen auf sich geachtet, nur dem nächsten großen Deal hinterhergejagt. Er bekam Rückenschmerzen. Zeit zum Arzt zu gehen hatte er nicht. Herzstechen. Ein Arzt? Das geht schon wieder vorbei – das war Dales Standardsatz. Irgendwann habe ich ihn gezwungen, zum Doc zu gehen. Übergewicht, Bluthochdruck, Herzprobleme, beginnender Diabetes. Die Liste war lang, und der Arzt hat ihm ganz deutlich erklärt, wo seine Reise enden wird, wenn er sein Leben nicht von heute auf morgen, nein, von jetzt auf gleich«, verbesserte er sich, »ändern wird.« Jared starrte aus dem Fenster. So abwesend wie sein Blick wirkte, nahm er Frostys munter vor sich hin wippende Gestalt überhaupt nicht mehr wahr. Seine Gedanken waren in Kalifornien. Seine Haut war blass. Seine Hand zitterte in Emmas. »Ich habe ihn gefunden.« Er rieb sich über das Gesicht, bevor er leise fortfuhr. »Dale hat sich kein bisschen an das gehalten, was der Arzt ihm gesagt hat. Er hat nichts an seinem Leben geändert, einfach so weitergemacht. Drei Wochen später habe ich ihn an seinem Arbeitsplatz gefunden. Herzinfarkt. Keine Chance mehr, ihn zu retten.«

»Das tut mir leid, Jared.« Emma richtete sich auf, legte ihm die Arme um die Schultern und zog ihn an sich.

Er schloss seine Arme um ihre Mitte und nahm den Trost an, den sie ihm bot. »Dieser Moment hat mir die Augen geöffnet. Stana wählte genau diesen Zeitpunkt, mich zu verlassen und die Arbeit begann, mich vollends aufzufressen. Der Doc hatte mir prophezeit, dass ich bestenfalls in einem Burnout enden würde, schlimmstenfalls wie mein bester Freund.«

»Das hat dich zum Umdenken gebracht«, stellte Emma fest.

Jared setzte sich so auf die Couch zurück, dass er Emma weiter im Arm halten konnte. »Ich war plötzlich alleiniger Besitzer eines erfolgreichen Start-ups, das ich nicht ohne meinen Freund führen wollte. Also habe ich die Firma verkauft, mein Leben in Kalifornien zu den Akten gelegt und den ruhigsten Ort Amerikas gegoogelt.«

Emma löste sich weit genug von Jared, um ihn überrascht ansehen zu können. »Snowflake Valley ist der ruhigste Ort Amerikas?«

Er lachte leise. »Nein. Aber bei der Suche bin ich über das Woodward Cottage gestolpert und habe mich in das Haus und den Blick auf den See und die Berge verliebt. Also habe ich es gekauft, eine Glasfaserleitung legen lassen und beschlossen, nur noch freiberuflich Aufträge anzunehmen, damit ich meine Arbeit im Griff habe und mein Leben nicht mehr aus den Augen verliere.«

Emma küsste ihn auf die Wange. »Du hast dir den perfekten Ort ausgesucht.«

»Das glaube ich auch.« Jared drehte den Kopf, um sie zu küssen. »Ein ziemlich perfekter Ort.«

Emma ließ sich in die Kissen zurücksinken und zog Jared mit sich, bis sie sein Gewicht auf ihrem Körper fühlte. Sie ließ ihre Finger unter den Saum seines Shirts gleiten und fuhr seine Wirbelsäule nach. Was seinem Freund passiert war, war schrecklich. Aber sein Leben hatte eine gute Wendung genommen. Und sie war ein Teil davon. Zumindest für den Moment.

Emma genoss jede Sekunde ihres Zusammenseins mit Jared. Er war kein Mann, der sich leicht öffnete und sein Leben vor Gott und der Welt ausbreitete. Aber er hatte ihr davon erzählt. Von der dunkelsten Zeit, durch die er gegangen war, und das bedeutete ihr viel.

Sie hatten die Finger nicht voneinander lassen können und ein paar zärtliche Stunden vor dem Kamin verbracht. Nur über das, was zwischen ihnen passiert war und wie es weitergehen würde, hatten sie nicht geredet. Emma hatte ihren Eltern signalisiert, dass sie in der nächsten Zeit vielleicht nicht so oft in ihrem alten Zimmer übernachten würde. Nach der Zeit, die sie gemeinsam auf der Couch verbracht hatten, schienen Jared und sie eine Art stumme Übereinkunft gefunden zu haben, die Zeit, die sie noch im Tal blieb, gemeinsam zu verbringen.

Nach den trägen, zärtlichen Stunden auf seiner Couch hatten sie sich abermals warm angezogen und waren zum *Rockys Fellas Center* zurückgekehrt, um sich das »Tree Lightning« anzusehen. Emma machte jede Menge Fotos, bevor sie ihre Kamera Jared um den Hals hängte, damit sie mit Sasha zu alten Party-Hits Schlittschuh laufen konnte, während

Jared und Simon am Rand der Eisfläche stehen blieben und heißen Punsch tranken. Als sie schließlich völlig durchgefroren ins Woodward Cottage zurückkehrten, überredete Jared sie dazu, sich im Whirlpool aufzuwärmen.

Emma wollte nur noch schnell die Bilder durchsehen, die sie von dem bunten Treiben auf dem See geschossen hatte, und klickte durch die Aufnahmen, die auf dem Display ihrer Kamera angezeigt wurden. Überrascht hielt sie inne, als nach den letzten Fotos, die sie gemacht hatte, eines auf dem Bildschirm erschien, das sie selbst zeigte. Mit einer leichten Unschärfe, die vermutlich ihrer Bewegung geschuldet war, denn das Bild zeigte sie, wie sie lachend, Hand in Hand mit Sasha über das Eis glitt. Es folgten weitere. Auf jedem lachte Emma. Ihre Augen funkelten. »Hast du die gemacht?«, fragte sie und blickte auf, als Jared mit Handtüchern und Bademänteln bepackt ins Wohnzimmer kam.

Er verzog leicht das Gesicht. »Du bist wahrscheinlich kein Fan davon, wenn jemand deine Kamera anfasst.«

»Nein. Ich … die sind wunderschön.« Obwohl sie aus Sicht eines professionellen Fotografen alles andere als perfekt waren, hatte Jared es geschafft, den Moment festzuhalten und in seiner ganzen, funkelnden Schönheit zu zeigen. Emmas Freundschaft zu Sasha. Das Glück darüber, Zeit mit ihr verbringen zu können. Das Glitzern der Lichterketten an den Zweigen der großen Tanne am Rande der Eisfläche und das blausilberne Zwielicht der Berge dahinter. »Danke.«

Jared hielt ihren Blick fest. Einen Moment zu lange, so als wollte er etwas sagen. Doch dann warf er ihr einfach ein Handtuch zu, das Emma fing, bevor es ihr Gesicht traf, und grinste. »Dachte, du willst vielleicht ein paar Erinnerungen an diesen Ausflug haben. Aber ich hatte echt Angst, dass du mir den Kopf abreißt, weil ich mit deiner Kamera herumgespielt habe.« Er gestikulierte mit der Hand in Richtung Whirlpool. »Sollen wir?«

Emma legte die Kamera beiseite und folgte Jared auf die Veranda. Sie kletterte hinter ihm in den Jacuzzi und ließ sich in das heiße, sprudelnde Wasser sinken. Jared setzte sich und zog sie an sich. Den Rücken an seine Brust gelehnt, seine Arme, die sie hielten, fühlten sich an, als gehöre sie genau dort hin. Auf seinen Schoß, die dunkle Silhouette der Berge vor sich und Frosty, der bei Nacht leuchtete und ihnen grinsend zuzuzwinkern schien. Entspannt seufzte Emma und schloss die Augen.

»Hast du diesen Tag genossen?«, fragte Jared leise hinter ihr. »Die Zeit auf dem Eis mit Sasha? Den Abend mit deinen Freunden? Und mit mir?«

Emma drehte sich um, legte Jared die Arme um den Hals. Sie ließ sich an der Wasseroberfläche treiben und küsste ihn. »Dieser Tag war wundervoll. Ich habe wirklich jede Minute genossen.« Sie verdrehte die Augen. »Abgesehen von dem Moment, in dem Simon meinte, dich über meine erste große Liebe und Beatrice Williams aufklären zu müssen. Der Rest war wundervoll.«

»Aber?« Jared strich mit der Fingerspitze zwischen ihren Brauen entlang, und Emma wurde bewusst, dass er die kleine Falte glättete, die sich dort gebildet hatte – und der sie sich gar nicht bewusst gewesen war.

»Aber«, begann sie und zögerte einen Moment. Jared hatte ihr erst vor ein paar Stunden erzählt, was er von zu viel Arbeit hielt. »Ich habe ein etwas schlechtes Gewissen, weil ich meine Arbeit den ganzen Tag habe schleifen lassen.«

»Heute ist Sonntag«, erinnerte er Emma und küsste sie leicht auf den Mundwinkel. »Das ist der Tag, um mit seinen Freunden abzuhängen und mal einen Gang zurückzuschalten. Ich habe es immer bereut, dass ich mir früher keine Auszeiten genommen habe und auch Dale nicht dazu gebracht habe, mal einen Gang runterzuschalten.« Mit den Fingerspitzen fuhr er an Emmas Wange entlang, strich über ihren Hals und schob sie dann in ihren Nacken, um sie zu einem trägen Kuss zu sich heranzuziehen. »Der Tag heute war gut für dich«, murmelte er an ihren Lippen. »Mal runterkommen und entspannen tut dir gut.«

»Du hast recht.« Emma strich durch Jareds Haare und spielte mit den Locken, die sich in seinem Nacken kringelten. »Es ist nur schwierig, sich zu entspannen, wenn man ganz genau weiß, wie viel Arbeit noch auf einen wartet. Ich habe Abgabetermine bei der *Belle*, die ich einhalten muss. Ein Magazin hat einen Artikel angefragt, den ich freiberuflich geschrieben habe. Und die *Online-Gazette* baut sich auch nicht von allein auf.«

»Bereust du deine Jobwahl manchmal?« Jared legte seine Hände auf ihre Arme, die sie noch immer um seinen Hals geschlungen hatte. Er strich an ihnen hinauf, bis er ihre Schultern erreichte, und begann, ihre verkrampften Muskeln zu kneten.

Emma schwieg für einen Augenblick, um nachzudenken. Allein die Tatsache, dass sie zögerte, erschreckte sie. Früher hätte sie sofort mit Nein geantwortet. »Ich liebe meinen Beruf«, sagte sie. »Es erfüllt mich, so unterschiedliche Themen angehen zu können, zu recherchieren, die Leser zu informieren, ganz egal, ob es sich um die neueste Sommerkollektion, einen Umweltskandal oder eine meiner Kolumnen handelt.

Aber es gibt Momente, da bereue ich, nicht mehr Zeit zu haben. Die Weihnachtszeit zum Beispiel würde ich gerne mehr genießen. Doch der Aufbau des Online-Magazins, kombiniert mit allen anderen Aufträgen, die ich habe, lässt mir da wenig Spielraum.«

»Dann lass uns wenigstens die Zeit genießen, die wir hier zusammen haben und deine Arbeit für den Rest des Abends vergessen«, schlug Jared vor.

»Eine fantastische Idee.« Emma zog Jared von seinem Sitz, sodass er im Wasser trieb, und schlang ihre Beine um seine Hüften, bevor sie ihn erneut küsste. »Lass uns die Arbeit einfach noch für ein paar Stunden zur Seite schieben.«

16

Let's get on Santa's naughty list together.

Emma lauschte auf Jareds ruhige, gleichmäßige Atemzüge. Er lag neben ihr und schlief tief und fest. Sie hingegen starrte hellwach an die dunkle Zimmerdecke. Ihr Herz klopfte schnell, ihre Gedanken rasten. Jared hatte recht gehabt mit dem, was er zu ihr gesagt hatte. Es war Sonntag, sie hatte ein bisschen Entspannung verdient, und sie hatte wirklich versucht, das Gedankenkarussell in ihrem Kopf zu stoppen. Aber es funktionierte nicht. Viel zu viel Arbeit wartete auf sie.

Vorsichtig schob sie Jareds Arm zur Seite und stahl sich aus dem Bett. Mit angehaltenem Atem wartete sie, ob er aufwachte, aber er drehte sich nur auf die andere Seite und schlief weiter. Er machte sich Sorgen, das war unverkennbar. Emma hatte in seinem Blick sehen können, dass er ihre Situation mit seinem Freund Dale verglich. Aber da gab es keine Parallelen. Sie stand im Moment unter Druck, keine Frage, aber das war nur vorübergehend. Sobald sie die *Online-Gazette* zum Laufen gebracht hatte und in ihr altes Leben in Chicago zurückgekehrt war, würde der Stress von ihr abfallen. Sie würde wieder regelmäßig ins Fitnessstudio gehen. Hoffentlich. Und weniger Cookies essen. Definitiv. Der einzige Wermutstropfen war das Gefühl, das sich, besonders nach dem Gespräch mit Sasha in Missoula und der Nacht mit Jared, in ihrem Herzen festzusetzen schien. Das Gefühl, Snowflake Valley gar nicht verlassen zu wollen. Vermutlich lag es einfach nur daran, dass sie länger in der Stadt war als sonst. Wenn sie in den vergangenen Jahren an den Weihnachtstagen zu Hause gewesen war, hatte sie ebenfalls immer eine leichte Wehmut beschlichen.

Sie griff nach Jareds Shirt, das auf dem Boden neben ihrem BH lag, zog es über und schlich auf Zehenspitzen aus seinem Schlafzimmer. Biggie erwartete sie gähnend, aber mit wedelndem Schwanz, als sie die Treppe herunterkam. »Es ist noch nicht Zeit für deine morgendliche Runde«, flüsterte sie und strich ihm über den Kopf. Sie schaltete die Kaffeemaschine ein und gab ihm einen Hundekeks, mit dem sich der Neufundländer auf sein Hundekissen zurückzog.

Mit einem Kaffee, ihrem Laptop und der Kamera machte sie es sich auf dem Sessel am Kamin gemütlich. Ein paar Holzscheite reichten, aus der noch vorhandenen Glut ein flackerndes Feuer zu zaubern. Sie würde die Fotos, die sie vom »Tree Lightning« im *Rockys Fellas Center* gemacht hatte, auf ihren Laptop ziehen, bearbeiten und den Beitrag dazu schreiben. Wenn sie das heute Nacht noch erledigte, hätte sie morgen Zeit für ihre Kolumne, die sie in spätestens drei Tagen wegschicken musste. Entschlossen nippte sie an ihrem Kaffee und klappte ihren Laptop auf.

* * *

Jareds Geist schwebte irgendwo zwischen Schlaf und Wachsein. Er fühlte sich gut. Entspannt und glücklich. Emma ließ ihn so fühlen. Die Augen noch immer geschlossen ließ er die Hand auf ihre Bettseite hinübergleiten – und fühlte nur das kühle, glatte Laken unter seinen Fingerspitzen. Langsam öffnete er die Augen. Für einen Moment glaubte er sogar, die beiden Nächte mit ihr nur geträumt zu haben. Er schaltete die Nachttischlampe ein und blinzelte gegen den hellen Lichtkreis, der die Dunkelheit seines Schlafzimmers durchschnitt. Ein Blick auf sein Handy auf dem Nachttisch sagte ihm, dass es halb fünf Uhr morgens war. Auf dem Boden lag Emmas BH. Hinter der Bettkante konnte er ein Bein ihrer Jeans erkennen. Die Laken waren zerwühlt, und wo ihr Kopf gelegen hatte, konnte er noch die Kuhle im Kissen erkennen. Auch wenn sie ebenfalls ausgekühlt war.

Er hatte den Sex mit Emma also nicht geträumt. Der gemütliche Sonntag mit ihren Freunden, die inzwischen irgendwie auch zu seinen Freunden geworden waren, hatte nicht nur in seinem Kopf stattgefunden. Aber wo war sie? Ohne ihre Unterwäsche und Hose war sie sicher kaum mitten in der Nacht nach Hause gefahren. Vielleicht hatte sie sich nur etwas zu trinken geholt. Jared stand auf und zog seine Boxershorts über. Er konnte sein T-Shirt nicht finden, also verließ er sein Zimmer, wie er war. Die alten Holzdielen des Hauses fühlten sich kühl an unter seinen nackten Füßen.

Er trat an die Brüstung der Galerie und blickte in das offene Wohnzimmer hinunter. Da war sie. Jared musste kein Licht einschalten, um sie zu erkennen. Die Lichterketten, die die Wichtel um das Verandageländer vor den bodentiefen Fenstern gewickelt hatten, und Frosty strahlten hell genug, um Emma, die als einziges Licht eine kleine Leselampe neben dem Sessel eingeschaltet hatte, betrachten zu können. Sie trug sein T-Shirt und schlief. Tief und fest, so wie vor ein paar Tagen an seinem Esstisch. Den Laptop auf dem Schoß, ihre Hand in Biggies Fell, der es sich neben dem Sessel gemütlich gemacht hatte.

»Verdammt, Emma«, murmelte Jared. Er stieß sich vom Geländer ab und ging ins Wohnzimmer hinunter. »Sch, Biggie«, flüsterte er, als sich sein Hund aufrappelte, um sich ein paar Streicheleinheiten abzuholen. »Wir sollten versuchen, sie nicht aufzuwecken.« Vorsichtig nahm er Emma den Laptop vom Schoß und stellte ihn gemeinsam mit ihrer Kamera und einer halb leeren Tasse Kaffee auf den Esstisch. Dann hob er sie vorsichtig aus dem Sessel und trug sie in sein Schlafzimmer. Das Déjà-vu eines Abends, der noch gar nicht so lange zurücklag. Nur dass er sie diesmal in sein Schlafzimmer statt in die Gästesuite trug.

Er hob sie in sein Bett, deckte sie zu und streckte sich neben ihr aus. Den Kopf auf seine Hand gestützt betrachtete er Emma. Sie hatte den Kopf an seine Schulter gelegt, als er sie getragen hatte, war aber nicht aufgewacht. Sacht strich er ihr eine Haarsträhne hinter das Ohr. Er hatte gehofft, dass sie begreifen würde, was Dales Geschichte bedeutete. Wie schnell man in den Strudel der Überarbeitung geraten konnte. Wie schwer es war, seinen Weg aus dieser Tretmühle herauszufinden.

Er konnte verstehen, dass sie alles versuchte, um die Zeitung ihres Onkels zu retten. Weil sie ihr viel bedeutete. Aber so konnte es nicht weitergehen. Sie waren sich so nahegekommen, dass Jared in manchen Momenten das Gefühl hatte, in ihr lesen zu können wie in einem Buch. Sie würde den Erfolg der Onlineausgabe der *Snowflake Valley Gazette* mit allen Mitteln vorantreiben. Nichts würde sie bremsen. Niemand würde sie ablenken. Wenn er Emma dazu bringen wollte, Pausen einzulegen und ein bisschen durchzuatmen, würde ihm das nur auf eine Art gelingen: Mit ihrem Lieblingsthema – Weihnachten. So sehr ihn dieses Feiertagsgetue nervte, so sicher war er sich, Emma damit etwas Gutes zu tun. Also löschte er das Licht, zog sie an sich und begann Pläne zu schmieden, während sie in seine Armbeuge geschmiegt schlief.

* * *

Die neue Woche begann für Emma mit einem ganzen Haufen Termine. Angefangen mit einer Redaktionssitzung mit ihrem Onkel und den Reportern der *Gazette*, um die Arbeit und die Aufträge für den Dezember zu besprechen. Gefolgt von einem Treffen mit ihrer Mutter auf eine Tasse Kaffee und der finalen Arbeit an dem Beitrag über Eloises und ihr Back-Event. Sie hatten sich darauf geeinigt, die Videos und Bilder am 30. November sowohl auf der Homepage der Zeitung als auch auf Eloises Instagram-Profil online zu stellen. Das würde der *Gazette* eine gehörige Portion Aufmerksamkeit bringen – genau zum richtigen Moment. Denn am Tag drauf würde neben einigen anderen Weihnachtsaktionen und Gewinnspielen, die Emma geplant hatte, der Single-Adventskalender starten. Es blieb noch immer jede Menge Arbeit, aber sie konnte sehen, dass es vorwärts ging. Die Abozahlen waren bereits gestiegen – die *Gazette* war auf dem richtigen Weg.

Emma saß am Esstisch des Woodward Cottages und tüftelte am Layout eines Artikels über verschiedene Weihnachtsbaumarten und ihre Vor- und Nachteile, als sie die Schweinwerfer von Jareds Range Rover über die Lichtung tasten sah. Er hatte heute selbst einiges zu tun gehabt und war den ganzen Nachmittag über unterwegs gewesen.

Sie war am Morgen in Jareds Bett und in seinen Armen aufgewacht. Offenbar war sie bei ihrer nächtlichen Arbeit eingeschlafen, und er hatte sie einmal mehr ins Bett gebracht. Er hatte nicht darüber gesprochen, hatte ihr einfach einen Kaffee ans Bett gebracht, bevor er angefangen hatte, in seinem Büro seine Antistressbälle gegen die Wand zu werfen.

Jetzt rappelte sich Biggie, der vor dem Kamin gedöst hatte, auf, um sein Herrchen an der Tür zu begrüßen. Mit Jared wehte der Duft von gebratenem Hähnchen und Winter ins Haus. Er klopfte sich den Schnee von den Stiefeln, kraulte Biggie zwischen den Ohren und stellte einen großen Pappeimer mit dem Logo des Fastfood-Restaurants aus Wild Creek auf den Esstisch, bevor er sich herunterbeugte, um Emma zu küssen.

»Hey.« Sie strich mit den Fingern über seine unrasierte, winterkalte Wange.

»Hey«, gab er zurück. »Auf meinem Dach sitzen ein Weihnachtsmann und ein Rentier.«

»Jepp. Santa und Rudi.«

»Sie leuchten.« Jared hatte noch immer diesen fassungslosen Ausdruck im Gesicht, wenn es um die Verschönerung seines Hauses ging.

»Ja. Sie leuchten. Sonst würden sie nicht viel Sinn machen«, erklärte Emma ihm das Offensichtliche. »Als ich von dem Treffen mit meiner Mutter zurückkam, saßen sie da oben.«

»Und natürlich verrätst du mir noch immer nicht, wer es darauf anlegt, mir den letzten Nerv zu rauben«, brummte Jared und trug den Fastfood-Eimer in die Küche hinüber. Biggie folgte ihm mit hoch erhobener Nase auf dem Fuße. »Hähnchenknochen sind nichts für dich, Großer«, erklärte Jared ihm und gab ihm einen Kauknochen.

Emma folgte ihm auf Socken, lehnte sich gegen die Kücheninsel und sah Jared dabei zu, wie er einen Sixpack Bier im Kühlschrank verstaute. »Du weißt, dass du die Weihnachtswichtel sofort los wärst, wenn du dir ein bisschen Mühe geben und das Haus weihnachtlich dekorieren würdest«, erinnerte sie ihn daran, dass es seine eigene Schuld war, dass andere entschieden, was zu seinem Haus passte, statt auf seine erneute Frage einzugehen, wer sich hinter den Wichteln verbarg.

»Ich will mein Haus nicht weihnachtlich dekorieren. Und ich werde morgen, sobald es hell ist, diesen Santa abbauen«, sagte er stur.

Emma konnte sich ein Lachen nicht verkneifen. »Ziemlich gefährlich, so allein auf dem schneeglatten Dach herumzuklettern. Da ist schon mehr als einer abgestürzt.« Sie hob den Deckel des Fastfood-Eimers und betrachtete die Chicken Wings, die Jared mitgebracht hatte. »Ganz schön viel Hühnchen«, sagte sie.

»Ich dekoriere mein Haus nicht, weil ich diesen Leucht- und Glitzerkram nicht um mich herum haben will. Aber ich kenne trotzdem ein paar Weihnachtstraditionen, die du vielleicht ausprobieren möchtest. Das hier«, Jared hielt ein Chicken Wing hoch und biss dann herzhaft hinein, »ist ›Kurisumasu ni wa kentakkii‹, wie der Japaner sagen würde: ›Kentucky zu Weihnachten‹.« Er nahm Teller aus dem

Schrank und eine Packung Servietten aus der Schublade, die Emma bei ihrer Weihnachtsbackaktion dort deponiert hatte. Bedruckt mit tanzenden Elchen, was Jared zumindest im Moment nicht zu stören schien. »Lass uns essen«, schlug er vor und trug alles ins Wohnzimmer hinüber, wo er das Essen auf dem Couchtisch abstellte und es sich vor dem Kamin gemütlich machte. »Komm her«, forderte er Emma auf und klopfte neben sich auf das Sofa.

»Kurisa …« Emma bekam den Namen nicht mehr hin.

»Kurisumasu ni wa kentakkii«, wiederholte Jared, zog Emma neben sich und reichte ihr einen Teller und eine Serviette. »Eine japanische Weihnachtstradition.«

»Weihnachten in Japan?« Emma griff nach einem Hähnchenflügel. »Das kann ich mir überhaupt nicht vorstellen.«

»Der beste Beweis dafür, dass Weihnachten eine kommerzielle Angelegenheit ist und es nur darum geht, sein Produkt an den Mann zu bringen. So wie Santa Claus eine Erfindung von Coca-Cola ist.«

»Ist er nicht.« Emma warf Jared einen strengen Blick zu. »Wenn du nicht an den Weihnachtsmann glaubst, wird er dir keine Geschenke bringen. Ich wäre an deiner Stelle also verdammt vorsichtig.« Emma biss genüsslich in ihren Hähnchenflügel. Nach den Feiertagen, wenn sie wieder in Chicago war, würde sie eine Woche nur Salat essen. Oder zwei. Aber jetzt würde sie nicht über die Kalorien nachdenken, die sie in sich hineinstopfte. Weil sie lecker waren. Und weil sie neugierig auf die Geschichte dahinter war. »Warum ist das eine japanische Weihnachtstradition?«, fragte sie und griff nach dem nächsten Chicken Wing.

»Warum die Japaner so verrückt auf Hühnchen sind, weiß ich auch nicht. In den Siebzigerjahren gab es in Japan eine

Werbekampagne von Kentucky Fried Chicken, die ein gebratenes Weihnachtshähnchen angeboten haben. Seitdem ist das *das* Weihnachtsessen. KFC schreibt noch heute seine höchsten Umsatzzahlen an Heiligabend.«

Emma seufzte. »Das ist nicht gerade romantisch«, stellte sie fest und grinste dann. »Aber du hast in Tokio gewohnt. Hast du das persönlich erlebt?«

»Und gegessen«, bestätigte Jared. »Du liebst Weihnachten und kannst es nicht so genießen wie sonst, vor lauter Arbeit. Also zeige ich dir einfach das Weihnachten, das ich überall auf der Welt kennengelernt habe.«

Emma schluckte. »Danke«, sagte sie und ließ das warme Gefühl zu, dass seine Worte in ihrem Brustkorb hinterließen. Sie würde ihre Reaktion auf Jareds Worte nicht hinterfragen. Schon gar nicht darüber nachdenken. Sie würde diesen Moment einfach genießen. Denn ihr war klar, dass sich Jared, ihr höchstpersönlicher Grinch, verdammt viel Mühe gab, ein wenig Festtags-Feeling zu schaffen, um sie glücklich zu machen.

Jared zuckte mit den Schultern, als ob es keine große Sache wäre. Als ob er nicht weiter darüber nachgedacht hätte. »Wie du sagst: Der Grund für dieses Weihnachtsdinner ist wenig romantisch. Alles Werbestrategie. Aber das heißt ja nicht, dass wir keinen romantischen Abend daraus machen können.«

Das warme Gefühl in Emmas Brust breitete sich aus, durchströmte ihren gesamten Körper. »Dieser Ansatz gefällt mir. Kennst du noch mehr dieser Weihnachtstraditionen? Was hast du noch alles erlebt in den Ländern, in denen du gelebt hast?« Vielleicht konnte sie über dieses Thema einen Artikel schreiben. Kaum war Emma dieser Gedanke durch den Kopf gegangen, schob sie ihn zur Seite. Nein, das hier war irgendwie … privat. Intim. Das war etwas, was Jared nur für sie tat. Momente, die nur ihnen gehörten. Erst in den letzten Wochen, hier in Snowflake Valley, zusammen mit ihm und ihren Freunden war Emma bewusst geworden, wie wenige dieser Augenblicke sie in der vergangenen Zeit gehabt hatte. Momente, die nur ihr allein gehörten. Und wie sehr sie diese Augenblicke vermisst hatte, weil es genau das war, was das Leben lebenswert machte.

»Das verrate ich dir nicht«, beantwortete Jared ihre Frage. »Aber wer weiß, vielleicht zeige ich dir noch die eine oder andere Weihnachtstradition. Im Gegenzug kannst du mir helfen, diesen Santa und seinen Rudi vom Dach zu holen, damit ich mir nicht den Hals breche.«

Emma lachte. »Keine Chance.«

Jared zog die Augenbrauen hoch. »Du unterstützt mich nicht? Dann wird das mit den Traditionen vielleicht doch nichts.«

»Du erpresst mich?« Emma erhob sich, um zwei Bier aus dem Kühlschrank zu holen. Nichts passte besser zu gebratenem Hähnchen. »Keine Chance. Die Figuren bleiben auf dem Dach. Ich weiß, in welchen Ländern du gelebt hast, also kann ich die Weihnachtsbräuche einfach googeln.« Sie drehte die Verschlüsse ab und reichte Jared eine der Flaschen. »Frosty freut sich total, ein bisschen Gesellschaft zu haben, die nicht so mürrisch dreinblickt wie du.«

Ganz automatisch warf Jared dem Schneemann einen Blick aus zusammengekniffenen Augen zu. »Ich finde auch ohne dich einen Weg, diesen ganzen Mist zu entfernen.«

Emma verbarg ihr Grinsen hinter ihrem Bier, als sie einen Schluck trank. »Viel Glück damit«, sagte sie, als sie die

Flasche wieder absetzte. »Simon wird dir nicht helfen. Niemand legt sich mit den Weihnachtswichteln an.«

In diesem Ton ging es weiter. Sie zogen sich gegenseitig auf, brachten sich zum Lachen (solange es nicht um Jareds ungeliebte Weihnachtsdeko ging) und genossen diesen gemütlichen Abend vor dem Kamin. Mit einem Weihnachtsessen, wie es die Japaner liebten. Und obwohl es an ihren Terminplänen zerrte, freute sich Emma über die gemeinsame Zeit und befahl sich, kein schlechtes Gewissen zu haben, weil sie es sich einfach gut gehen ließ, mit Jared an ihrer Seite.

Sie erzählte ihm von der Redaktionssitzung der *Snowflake Valley Gazette* an diesem Morgen. Von der Wolle-Allergie, die sich Lydia Powers zugelegt hatte, um nicht von den Eislauf-Veranstaltungen dieses Winters berichten zu müssen. Schließlich konnte sie weder eine Mütze noch einen Schal oder Handschuhe tragen. Emma garnierte das Ganze mit ein paar von Miles Petersons Flüchen.

Die Einladung ihrer Mutter zum Essen am nächsten Sonntag, die auch Jared einschloss, behielt Emma vorerst für sich. Ihr Zusammensein war noch so neu. Es konnte nicht schaden, erst noch ein wenig Zeit miteinander zu verbringen, bevor sie ihn damit überfiel. Denn ein bisschen fühlte es sich so an, als ginge ein gemeinsames Essen mit ihren Eltern zu weit. Als wären sie ein Paar. Und das waren sie definitiv nicht, auch wenn Emma keine Bezeichnung einfiel für das, was sich zwischen ihnen zu entwickeln begann.

17

Dream big, sparkle more.

Emmas Freudentänzchen, das neben jeder Menge Hüpfen und Arme schwenken auch eine gute Portion Twerken beinhaltete, amüsierte Jared. Biggie hingegen war von diesem Ausbruch eher verwirrt, warf Emma einen Blick mit schief gelegtem Kopf zu und trollte sich dann durch seine Hundeklappe in den Wald hinter dem Haus.

Emma störte das nicht. Und Jared, der sich mit seinem Kaffee an die Kücheninsel lehnte und ihr zusah, auch nicht. Sie hatte ihren Single-Adventskalender online gestellt und damit den Startschuss für das erste digitale Magazin der *Gazette* gegeben. Jared hatte nicht viel Ahnung von dieser Materie, abgesehen davon, dass ihm klar war, dass Singlebörsen im Netz boomten. Selbst an Dale und ihn war in der Vergangenheit schon mehrfach die Bitte herangetragen worden, entsprechende Apps zu programmieren, was sie bisher immer abgelehnt hatten. Emmas Version des modernen Verkuppelns hatte jedenfalls eingeschlagen wie eine Bombe. Die Zahlen der Follower stiegen im Minutentakt, und sie hatte es gar nicht fassen können, wie viele Abonnenten sie bereits innerhalb eines Tages akquiriert hatten.

Jared fing Emma auf, als sie sich in seine Arme warf. »Ich

kann es noch gar nicht glauben«, jubelte sie, stellte sich auf die Zehenspitzen und drückte ihm einen lauten Schmatzer auf die Lippen.

»Ich schon«, widersprach Jared lächelnd. Er war schließlich hier gewesen. Hatte gesehen, wie Emma geschuftet hatte, um diese Zeitung und die Singlebörse pünktlich an den Start zu bringen. Auch wenn die Medienbranche nicht sein Steckenpferd war, konnte er sehen, wie professionell und stilvoll Emma das Layout der *Gazette* gestaltet hatte. Das Klinkenputzen in den Geschäften, Restaurants und Bars der Gegend. Die unzähligen Telefonate, um weiter Werbekunden um den Finger zu wickeln und ihr Bemühen, jeden einzelnen Single ihres Kalenders in einen Bezug zu Weihnachten zu setzen, hatten sich ausgezahlt. »Es hat fast den Eindruck, als machten sich in der Weihnachtszeit alle Leute auf die Suche nach der Liebe«, sagte er.

Emma wackelte mit den Augenbrauen. »Warte ab, bis sie Jackson Cooper sehen, meinen 24. Dezember. Der ist Magic-Mike-Material – und noch immer auf der Suche nach dem passenden Mädchen. Er wird die Homepage zum Glühen bringen.«

»Dabei gäbe es ganz andere, denen auf die Sprünge geholfen werden sollte. Vielleicht kannst du ja in der nächsten Magazinausgabe weiterverkuppeln. Dein Onkel und Vivian könnten jedenfalls echt Hilfe brauchen.«

Emma seufzte und löste ihre Arme von Jareds Nacken. »Die nächste Ausgabe der Zeitung bringe ich nicht mehr heraus«, erinnerte sie ihn daran, dass sie nach den Weihnachtstagen ihre Sachen packen und nach Chicago zurückkehren würde. »Aber ich gebe die Idee an Flora weiter. Und was Vivian und Henry betrifft …«, Emma seufzte, »Die beiden werden vermutlich nie verstehen, dass sie perfekt füreinander sind.«

Wie sich am vergangenen Abend wieder einmal ganz deutlich gezeigt hatte, als Jared und Emma bei ihren Eltern zum Essen eingeladen gewesen waren. Emma hatte ihm erst von dem Dinner erzählt, als ihre Mutter angerufen und eine verbindliche Zusage gefordert hatte. Jared hatte das Gefühl, dass Emma Angst hatte, mit dem Besuch bei ihren Eltern einen Schritt zu weit zu gehen in dieser Beziehung, die keine war, und Ed und Debbie etwas vorzumachen. Er hatte Emmas Erleichterung regelrecht gefühlt, als sie herausgefunden hatte, dass auch ihr Onkel, Sasha, Simon und Vivian da sein würden. Es war genauso lustig und gemütlich zugegangen wie beim Thanksgiving Dinner, zu dem die Porters ihn eingeladen hatten.

Emma hatte der Tischrunde von der japanischen Weihnachts-Hühnchen-Tradition erzählt, und sofort waren Stimmen laut geworden, die ebenfalls eine Weihnachtstradition kennenlernen wollten. Also hatte Jared nach einem Kartenspiel gefragt und ihnen *Trairies* beigebracht. Das Spiel kannte er von Jules, einem belgischen Jungen, mit dem er in London die internationale Schule besucht hatte. In seiner Familie wurde das Kartenspiel immer an den Weihnachtsabenden gespielt. Zu gewinnen gab es Cougnous, kleine Stollen mit Rosinen und Hagelzucker. Das wusste Jared allerdings nur aus Jules Erzählungen. In den langweiligen Freistunden in der Schule und während einer ätzend langweiligen Weihnachtsparty hatten sie dieses Gebäck zum einen nicht zur Hand gehabt und zum anderen sowieso lieber um Geld gespielt. Und so hielt Jared es auch in Snowflake Valley. Die dreiundzwanzig Dollar, die Henry am Ende gewonnen hatte, wurden auf das Tischchen im Hausflur gelegt, um sie den Carol-Singers zu spenden, wenn sie am Weihnachtsabend in ihren Kostümen aus dem 19. Jahrhundert vor der Tür auftauchen und für eine kleine Spende Weihnachtslieder singen würden.

Der Abend war wunderbar gewesen, und Emmas Ängste, dass ihre Eltern etwas Falsches in ihr Zusammensein mit Jared hineininterpretieren könnten, hatte sich nicht bestätigt. Zumindest hatte Ed ihn nicht zur Seite genommen und ihn nach seinen Absichten bezüglich seiner Tochter gefragt.

* * *

Emma hätte ausflippen können vor Glück. Die *Online-Gazette* hatte ihre Erwartungen übertroffen. Und die ihres Onkels. Bei Weitem. Was sie mit einem überraschenden Stolz erfüllte, war die Tatsache, dass sie die Herausgeberin des Magazins war. Sie hatte entschieden, was in die Zeitung kam. Sie hatte das Layout erstellt, die Fotos und Videos gemacht und bearbeitet. Den Großteil der Artikel geschrieben. Aber vor allem hatte sie Spaß daran gehabt, die *Online-Gazette* entstehen zu lassen, die Verantwortung zu tragen. Was sie wirklich überrascht hatte. Bislang hatte sie immer gedacht, sie wäre die geborene Journalistin. Aber offenbar lag ihr das Publizieren genauso. Sie würde so viel wie möglich von ihren Erfahrungen an Flora weitergeben, die die Aufgabe, die digitale Zeitung am Laufen zu halten, übernommen hatte. Zumindest bis das Mädchen im Sommer seinen Highschoolabschluss in der Tasche hatte. Flora übernahm die Aufgabe nicht gerne, weil sie sich den Job nicht zutraute. Da aber der Rest der Redaktion sich mit Händen und Füßen weigerte, auch nur einen Finger für das Projekt zu rühren, aus Angst, aus Versehen das Internet zu löschen oder fragwürdige Seiten zu verlinken, hatte Flora sich schließlich breitschlagen lassen. Emma war sich sicher, dass ihre Nachfolgerin schon bald begeistert Blut lecken würde. Schließlich war Flora jung und technikaffin. Sie würde ...

Emma blickte auf, als sie das Mercedes-G-Modell auf die Lichtung fahren sah. Beatrice Williams? Was wollte die denn hier? Emma musste sogar an ihrem Platz an Jareds Esstisch die Augen zusammenkneifen, so sehr glänzte der schwarze Lack des teuren SUV in der Sonne, die sich in diesem Moment hinter den Wolken hervorschob. Natürlich schimmerte ihr nachtschwarzes Haar genau wie ihr Wagen. Autolackglänzend, sozusagen. Emma verdrehte über sich selbst die Augen. Sie war erwachsen. Es gab keinen Grund mehr, sich wie ein zickiges Teenagermädchen zu benehmen. Abgesehen davon hatte Biggie beschlossen, den Gast zu begrüßen. Beatrice taumelte erschrocken zu ihrem Wagen zurück, als der Neufundländer auf sie zu galoppiert kam.

Emma seufzte und erhob sich. Beatrice bei dem Versuch, Biggies überbordender Liebe zu entkommen, zuzusehen, war zwar sehr vergnüglich, aber jemanden, der Angst vor Hunden hatte, mit Biggie zu konfrontieren, war nicht fair. Sie ging zur Tür und rief den Hund zurück, der glücklicherweise sofort von Beatrice abließ und zu ihr kam. Emma nahm ihn mit ins Haus, um ihm ein Leckerli zu geben, ließ die Tür aber auf, damit Beatrice ihr folgen konnte.

Ihre Jugendfeindin sah sich interessiert im Erdgeschoss des Cottages um. An Emmas inzwischen festem Arbeitsplatz am Esstisch blieb ihr Blick ein wenig länger hängen. Wahrscheinlich weniger, weil dort, wo Emma arbeitete, innerhalb kürzester Zeit ein absolutes Papier-Chaos entstand, das sich mit leeren Kaffeetassen, Saftgläsern und Kekstellern zu einem »Stillleben der Anarchie« zusammenfügte, wie Sasha es immer nannte. Jared, der kein großer Fan von Unordnung war, hatte ihr bereits mehrfach angeboten, sein Gästezimmer in ein Büro umzuwandeln. Aber Emma hatte das mit einem Hinweis darauf, dass sie sein Haus ja nur vorübergehend blockierte, abgelehnt. Der eigentliche Grund, aus dem sie hier saß, war einfach, dass sie von hier aus den schönsten Blick über den See und die Berge hatte. Ein Anblick, den sie genoss, solange und so oft es ging. Wenn sie erst einmal zurück in Chicago war, würde sie noch lange von der Landschaft, die für sie Heimat bedeutete, zehren können.

»Wirklich hübsch«, sagte Beatrice und holte Emma damit aus ihren Gedanken. Besonders, weil sie nicht mehr den Raum musterte, sondern Emmas Aufzug, der aus einer Leggings und dicken Socken bestand. Die hatte sie mit einem von Jareds Longsleeves kombiniert, das sie sich heute Morgen übergeworfen hatte, als sie aus dem Bett gekrochen war, um Kaffee für Jared und sich zu holen. In Verbindung mit dem unordentlichen Knoten, zu dem sie ihre Haare auf dem Kopf zusammengefasst hatte, sah sie aus, als sei sie hier zu Hause.

»Hast du dich hier eingenistet?«, fragte Beatrice prompt. »Wenn ich dir einen Tipp geben darf«, sie lächelte schmallippig, »einen Mann beeindruckt man eher mit Klamotten, die nicht so zerknittert sind. Und mit gekämmten Haaren.« Sie rümpfte die Nase, als ihr Blick auf Emmas Socken fiel. »Das ist so was von nicht attraktiv«, beschied sie Emma.

Was Emma ein freches Grinsen entlockte. Diese Frau hatte ja keine Ahnung, wie sehr Jared es liebte, ihr seine Klamotten wieder abzuluchsen und ihr die Socken abzustreifen, um die Schneeflocken auf ihren Zehen zu bewundern. »Danke für den Tipp. Ich werde ihn mir mal durch den Kopf gehen lassen.« *Nicht*, fügte sie in Gedanken hinzu. »Kann ich irgendetwas für dich tun, Beatrice?«, bemühte Emma sich einerseits, ihre Kinderstube nicht zu vergessen und andererseits herauszubekommen, was die »Bellatrix von Snowflake Valley« in Jareds Zuhause verloren hatte.

»Ich will zu Jared. Wegen des neuen Buchungsprogrammes, das er für mich schreibt.« Beatrice hob das Kinn. Nur ein paar Millimeter. Die reichten allerdings aus, ihre Überlegenheit zu demonstrieren.

Normalerweise bemühte Emma sich, solche Allüren ihres Gegenübers zu ignorieren. Sie hatte versucht, sich Beatrice nicht mehr unterlegen zu fühlen, seitdem sie beschlossen hatte, ihren verdammten Ex-Freund als teenagerhormongesteuerten Idioten zu betrachten, dem nie klar gewesen war, was er an ihr gehabt hatte. Und der sie nicht verdient hatte, wie Sasha weise ergänzt hatte. Aber gerade begann Emma wieder, sich Beatrice unterlegen zu fühlen. Genau wie im *One More Bite* vor ein paar Tagen. Jared hatte nichts davon erwähnt, dass er den Auftrag eines neuen Buchungssystems für das Resort übernehmen würde. Okay, er sprach auch sonst nicht viel über die Programme, die er schrieb. Und wenn er es tat, hätte er genauso gut Klingonisch reden können, so wenig verstand sie die Worte, die aus seinem Mund kamen. Er hatte erwähnt, dass der Bürgermeister ihn gebeten hatte, sich mehr für die Stadt einzubringen, so wie alle anderen Bürger das mit ihrem jeweiligen Knowhow taten. Aber ausgerechnet Beatrice? Nachdem er doch wusste, welche Rolle sie in Emmas Vergangenheit gespielt hatte. Und Sashas

Warnung, dass sie nur auf Jared scharf war und das Projekt nur benutzen würde, um sich an ihn heranzumachen?

Offenbar hatte Jared trotz aller Warnungen beschlossen, für Beatrice zu arbeiten. »Warte hier«, sagte Emma und ging zu Jareds Büro hinüber. Sie klopfte und öffnete, so wie sie es immer tat.

Doch schon im nächsten Moment drängte sich Beatrice mit einem »Jared, mein Lieber!« an Emma vorbei und schlug ihr die Tür vor der Nase zu.

Einen Moment starrte Emma auf die Maserung des Holzes, bevor sie langsam einen Schritt zurücktrat. Ihre Wangen brannten. Das hier war nicht ihr Haus, und trotzdem hatte sie sich wie eine höfliche Gastgeberin verhalten. Beatrice hingegen war einfach – Bellatrix. Sie würde sich nie ändern. Und sie wollte Jared. Ob das daran lag, dass Emma ihn hatte für sich gewinnen können, oder einfach nur daran, dass sie sich in ihrem Resort langweilte und ein Auge auf das Frischfleisch in der Auslage geworfen hatte, konnte Emma nicht sagen. Was sie aber nicht unterdrücken konnte, war die verdammte Eifersucht, die in ihr hochkochte. Ein unangenehmes Gefühl, das sie nicht empfinden wollte – und in Zusammenhang mit Jared auch nicht empfinden sollte. Sie hatten sich schließlich kein Versprechen gegeben. Jeder von ihnen konnte tun und lassen, was er wollte. Im Prinzip. Denn Emma wurde plötzlich bewusst, dass sie genau das nicht wollte. »Verdammt«, murmelte sie, klappte ihren Laptop zu und griff nach ihrer Jacke. »Na komm, Biggie«, forderte sie den Hund auf. »Lass uns Sasha besuchen gehen.«

* * *

Jared war ... überrumpelt. Milde gesagt. Beatrice Williams war aufdringlich. Sie schien weder ein »Nein« noch ein »Ich denke darüber nach« zu verstehen. Jared hatte ihr schließlich versprochen, sich wegen des Programmes, das sie geschrieben haben wollte, zu melden. Zu einem Zeitpunkt, der ihm gut passte. Zum Beispiel, wenn Emma nach Chicago zurückgekehrt war und ihr Blick nicht so verletzt wirken würde wie in dem Moment, in dem sich Beatrice an ihr vorbeigeschoben und ihr die Tür vor der Nase zugeschlagen hatte. »Miss Williams, was kann ich für Sie tun?«, fragte er in dem kühlen Ton, den er für nervige Kunden wie Marshall Miller – oder Beatrice Williams – reserviert hatte.

»Nennen Sie mich doch Bee.« Sie legte ihm die Hand auf den Arm und schenkte ihm ein Haifischlächeln. »Ich wollte noch einmal mit Ihnen über das neue Buchungssystem sprechen. Wenn wir uns noch vor Weihnachten einig werden, könnte das der erste Auftrag sein, den ich für das neue Jahr herausgebe.«

Engagement für die Gemeinde, erinnerte sich Jared an die Worte des Bürgermeisters. Wie schwierig konnte es schon sein, so ein Buchungssystem zu schreiben? »Das wird nicht ganz billig«, warnte er Beatrice.

Ihr Lächeln wurde breit und strahlend. »Machen Sie sich darüber keine Sorgen. Wichtig ist doch, diese Region voranzubringen.« Wieder legte sie ihre Hand auf seinen Arm, wieder zog er seinen Arm weg. Was sie nicht zu stören schien. »Sie und ich, Jared, wir könnten ein Dreamteam sein. Den Fortschritt nach Snowflake Valley und Wild Creek bringen. Uns einen Namen machen ...«

»Ja, schon gut«, unterbrach Jared sie. »Sagen Sie mir einfach, was das Buchungssystem alles können muss und erlauben Sie mir Zugang zum bestehenden System, damit ich mir einen Überblick verschaffen kann, wie das Ganze bisher funktioniert. Dann schicke ich Ihnen einen Kostenvoranschlag.«

»Das klingt ganz wunderbar.« Und wieder lag ihre Hand auf seinem Arm.

Beatrice gehörte ganz eindeutig nicht zu dem Schlag Menschen, der sich schnell abwimmeln ließ. Es dauerte verdammt lange, bis sie auch nur die groben Details besprochen hatten. Was vermutlich nicht unwesentlich daran lag, dass seine Kundin ständig abschweifte und versuchte, private Informationen aus ihm herauszuquetschen. Nachdem das in Snowflake Valley so gut wie jeder versuchte, hatte Jared sich langsam daran gewöhnt. Aber er bekam Emmas Blick nicht aus dem Kopf, und deshalb wollte er das hier so schnell wie möglich hinter sich bringen.

Als er Beatrice endlich hinauskomplimentiert hatte, war bereits die Dämmerung über das Tal hereingebrochen. In der Ferne konnte er erkennen, dass die bunten Lichter um das *Rockys Fellas Center* herum brannten. Von Emma und Biggie war allerdings nirgends etwas zu sehen. Jared wartete, bis Beatrice von der Lichtung gefahren war, bevor er nach den beiden rief. Keine Antwort.

Jared kehrte ins Haus zurück und legte ein paar Scheite Holz auf das heruntergebrannte Feuer im Kamin. Dann griff er nach seinem Handy und sah nach, ob Emma ihm eine Nachricht geschickt hatte. Ebenfalls nichts. Er öffnete das Nachrichten-Fenster. *Hast du meinen Hund entführt?* schrieb er.

Die blauen Haken zeigten, dass Emma die Nachricht gelesen hatte. Und doch dauerte es einen Moment, bis ein Foto auf dem Display aufploppte. Biggie. Neben seinem Kopf eine Ausgabe der *Snowflake Valley Gazette* mit dem rot eingekreisten Erscheinungsdatum von heute. Daneben hielt eine Hand einen Hundekeks, nach dem Biggie schielte. *Hab deinen Hund als Geisel genommen. Hier ein Lebenszeichen.*

Jared legte den Kopf in den Nacken und lachte. Emma war einfach unvergleichlich. *Wie hoch ist die Lösegeldforderung?*, tippte er.

Meine Komplizin und ich sind uns noch nicht einig, kam die prompte Antwort.

Emma und Biggie waren also bei Sasha. Sein Blick fiel auf Emmas Schlittschuhe, die neben einem Paar Ugg-Boots unter seinem Esstisch lagen, auf dem es schon wieder aussah, als hätte eine Bombe eingeschlagen. Ordnung und Emma, das war einfach nicht kompatibel. Noch einmal glitt sein Blick über die Schlittschuhe, da fielen ihm die blinkenden Lichter des Eisstadions ein. Heute war doch einer dieser Abende, an denen diese Eisdisco stattfand, oder nicht? Was ihn auf eine verdammt gute, oder besser gesagt, ziemlich bescheuerte Idee brachte. *Ich liebe meinen Hund sehr. Bitte tun Sie ihm nichts,* schrieb er. *Ich bin bereit, ein großes Opfer für ihn zu bringen. Treffpunkt Eisstadion in einer halben Stunde zur Übergabe,* schlug er vor.

Keine Polizei!, antwortete Emma und schob das Cop-Emoji hinterher. *Kommen Sie allein. Weitere Anweisungen finden Sie an der Punschbude neben dem Stadion.*

Jared schickte ihr ein schlichtes »Daumen hoch« statt des Herzens, das er gern genommen hätte, zog Emmas Schlittschuhe unter dem Tisch hervor und machte sich auf die Suche nach seinen wärmsten Klamotten.

* * *

Emma hatte keine Ahnung, was Jared plante. Aber sie war gespannt, was er sich nach dem japanischen Weihnachtshähnchen von neulich diesmal hatte einfallen lassen. Mit Biggie an ihrer Seite, der sich kein bisschen benahm wie ein Entführungsopfer, so glücklich wie er durch den Schnee stampfte, lief Emma zum Eisstadion.

Ihr ging das Gespräch durch den Kopf, das sie mit Sasha geführt hatte. Ihre Freundin hatte sie in die Arme geschlossen, als sie das Café betreten hatte, aber die Sachen, die sie zu Emma gesagt hatte, gehörten nicht zu den Dingen, die sie gerne hören wollte. Natürlich war Sasha auf ihrer Seite, wenn es um Beatrice ging. Aber genau wie neulich hatte sie darauf angespielt, dass Emma nicht mehr lange in der Stadt bleiben würde und deshalb kein Recht hatte, Jareds Entscheidungen zu hinterfragen.

»Es stimmt, was der Bürgermeister gesagt hat«, erklärte sie Emma, während sie die Milch für einen Latte Macchiato aufgeschäumt hatte. »Wenn Jared in dieser Gemeinde ankommen und sich in Snowflake Valley einleben will, muss er sich und seine Fähigkeiten einbringen.« Sie hatte Emma einen Blick über ihre Schulter zugeworfen und gegrinst. »Ich, zum Beispiel, fände es total cool, wenn er eine Art ›Alexa‹ entwirft, der man befehlen kann, wo in der Stadt noch die Weihnachtsbeleuchtung angeschaltet werden muss.« Mit der geschäumten Milch in der Hand kam sie zum Tresen zurück, und ihr Blick wurde ernst. »Im Moment bringt er sich für die Zeitung ein, weil er dich bei allem unterstützt, was du tust. Aber du wirst bald nach Chicago zurückkehren. Jared ist dann immer noch hier und versucht, sich ein Leben aufzubauen. Dazu gehört es auch, Aufträge von Leuten anzunehmen, die du und ich nicht leiden können.«

Emma hatte sich vorgebeugt, damit nicht jeder im Laden ihr Gespräch mit anhören konnte. »Glaubst du denn nicht, dass Beatrice ihn nur angraben will? Also, für mich liegt das auf der Hand. Sie verschlingt Jared ja praktisch mit ihren Blicken.«

Sasha zuckte mit den Schultern. Sie goss den Milchschaum in zwei Gläser und kippte den Espresso hinterher. »Ich habe Jared als wesentlich fähigeren Mann kennengelernt, als ich mir einen Nerd vorgestellt habe. Ich glaube, er wird Beatrice schon durchschauen und sie unter Kontrolle halten. Und wenn er dabei auch noch einen Auftrag an Land ziehen kann, mit dem er Geld verdient, ist das doch ein guter Deal für ihn.«

Emma hatte sehr gut verstanden, was ihre Freundin ihr damit sagen wollte. Trotzdem war es nicht einfach, sich vorzustellen, wie Jared seine Zeit in Snowflake Valley verbringen würde, wenn sie in ihr altes Leben zurückgekehrt war. Umso mehr freute sie sich über Jareds Nachricht, die ihr half, die trüben Gedanken zur Seite zu schieben.

Sascha, nach der kurzen Zurechtweisung wieder ganz die Alte, hatte sich auf die Plänkelei eingelassen und Emma dabei geholfen, Jared ein Lebenszeichen seines entführten Hundes zu schicken.

Kurze Zeit später hatten Biggie und Emma sich auf den Weg zum Stadion gemacht. Sie sah Jared schon von Weitem auf einer der Bänke an der Bande sitzen. Ihre Schlittschuhe hingen an den Schnürsenkeln über der Lehne. Emma blinzelte überrascht, als sie sah, dass Jared seine Stiefel ebenfalls gegen Schlittschuhe getauscht hatte.

Emma blieb stehen und betrachtete Jareds Profil unter den bunt glitzernden Lichterketten, die das Stadion in ein fröhlich funkelndes Wunderland tauchten. Um seinen Mund lag ein entschlossener Zug. Noch vor ein paar Tagen hatte er lachend erzählt, dass er nie gelernt hatte, Schlittschuh zu laufen. Als sie gemeinsam bei der Eröffnung des *Rockys Fellas Center* gewesen waren und Emma mit Sasha über das Eis gefegt war, hatte Simon, der früher ein ziemlich guter Eishockey-Spieler gewesen war, Jared am Rande der Bande Gesellschaft geleistet, statt seine Frau zu Hits aus den Achtzigern und Neunzigern herumzuwirbeln.

Biggie holte Emma aus ihren Gedanken, denn auch er hatte sein Herrchen entdeckt und hielt mit einem fröhlichen Bellen geradewegs auf Jared zu. Der blickte auf, als sein Hund ihm die Pfoten auf die Knie legte und sich hochstemmte, um seinen Kopf auf Jareds Schulter zu platzieren. Wie zwei alte Kumpel, die sich zur Begrüßung umarmten. Jared legte Biggie die Arme um den Hals und kraulte ihn kurz, bevor er ihn wieder von sich herunterschob. Lächelnd blickte er Emma an, die dem Hund gefolgt war. »Wenn ich gewusst hätte, dass du Biggie auch ohne Lösegeld oder Verhandlungen freilässt …«

Sie betrachtete seine Schlittschuhe, die dem Aufkleber nach von dem kleinen Verleih neben der Punschbude stammten. In Snowflake Valley hatte natürlich jeder ein eigenes Paar im Keller stehen, aber die Touristen, die sich mal einen Tag abseits der Skipisten von Wild Creek gönnen wollten, nahmen das Angebot, ein paar Runden auf dem See zu drehen, gerne an. »Warum willst du dich überhaupt auf das Eis wagen?«, fragte Emma und konnte sich ein Lächeln nicht verkneifen.

Jared angelte ihre Schlittschuhe von der Lehne der Bank und hielt sie ihr hin. »Weil ich glaube, dass du ein bisschen sauer über Beatrices Besuch warst und ich dich lieber lächeln sehen möchte.« Er ließ die Schlittschuhe an den Schnürsenkeln vor ihr hin und her schwingen. »Als du das letzte Mal auf dem Eis warst, hast du ziemlich viel gelacht. Also hielt ich es für eine gute Idee.«

Emma fühlte sich ertappt. Sie zuckte mit den Schultern, weil sie nicht wie eine eifersüchtige Zicke wirken wollte. »Schon gut«, versuchte sie sich an Sashas Worten. »Du musst dich schließlich in die Gemeinschaft einbringen, und ich werde irgendwann weg sein. Deshalb ist es wichtig, Kontakte zu knüpfen.«

Jareds rechter Mundwinkel hob sich. Die bunten Lichter ließen glitzernde Reflexe über seine Haut tanzen. »Das ändert aber nichts daran, dass dich Beatrices Auftauchen tierisch geärgert hat.«

Emma seufzte. »Du hast recht. Ich gebe es zu.« Ergeben breitete sie die Arme aus. »Ich komme mit ihrer herablassenden Art einfach nicht klar.«

»Siehst du.« Jared wartete, bis Emma ihm ihre Schlittschuhe abnahm, bevor er sich erhob und an der Lehne der Bank abstützte, weil er auf den schmalen Kufen ins Schwanken geriet. »Das war nicht zu übersehen. Und deshalb sollten wir den Abend mit etwas ausklingen lassen, das dich zum Lachen bringt.«

Sein erster vorsichtiger Schritt, bei dem er fast umfiel, ließ Emma tatsächlich lachen. »Haha«, murmelte sie, legte Jared ganz automatisch den Arm um die Mitte, um ihn zu stützen. »Spaß hätten wir doch auch ganz anders haben können«, flüsterte sie und streckte sich, um Jared auf das Kinn zu küssen.

»Ich glaube, dass du heute so viel Spaß haben wirst, dass du diesen Abend nie vergisst. Schließlich stehe ich heute zum ersten Mal auf Schlittschuhen.« Er verzog das Gesicht zu einer verzweifelten Grimasse, die Emma abermals zum Lachen brachte. Dann sah er Biggie an, und sein Blick wechselte zu gespielt streng. »Mach mir keine Schande, Hund«, ermahnte er ihn. »Friss keine Kinder und klau den Rentnerinnen nicht ihre Handtaschen.« Dann stützte Jared sich schwer auf Emmas Schulter und machte einen weiteren wackligen Schritt in Richtung Eis. »Was ist jetzt?«, fragte er mit mehr Mut in der Stimme als in seinen Augen. »Gehen wir jetzt Schlittschuhlaufen, oder was?«

* * *

Jared schaffte es nicht, das Lächeln zur Seite zu schieben, das sich hartnäckig in seinem Gesicht hielt. Emmas Kopf an seine Schulter geschmiegt liefen sie durch die kalte Nacht. Hinein in die sternenklare Dunkelheit, in der sein Cottage lag. Die bunten Lichter, die laute Musik und das Lachen der Schlittschuhläufer im *Rockys Fellas Center* verblassten langsam in ihrem Rücken.

»Du hast dich wacker geschlagen«, sagte Emma leise. Die Atemwolke, die ihre Worte vor ihren Gesichtern bildete, vermischte sich mit seiner, als Jared langsam ausatmete.

Ja, er hatte sich wacker geschlagen. Vor allem hatte er sich zum Affen gemacht. Vor der ganzen Stadt. Indem er, auf einen dieser rutschenden Clowns gestützt, über das Eis geschlittert war. Mit gebeugtem Rücken, weil diese Eislauf-Hilfen eigentlich für Kinder gedacht waren und nicht für Männer von einem Meter neunzig Körpergröße. Und völlig willenlos, weil der Clown – er hatte ihn insgeheim Penny-wise getauft – und seine Schlittschuhe darüber entschieden hatten, wohin er rutschte. Wenn er es nicht besser gewusst hätte, hätte er sogar geglaubt, dass dieser verdammte Clown fies vor sich hin grinste, wenn er ein weiteres Mal, völlig unerwartet, die Richtung wechselte. So erniedrigend seine Eislaufversuche sich auch anfühlen müssten, er hatte die Zeit seines Lebens gehabt. Jede Sekunde dieses erniedrigenden Schauspiels war es wert gewesen, denn Emma hatte gar nicht mehr aufhören können zu lachen. Als ein vielleicht fünfjähriges Mädchen sich lautstark darüber beschwert hatte, dass er den Clown schon viel zu lange in Beschlag genommen hatte und andere auch mal dran sein wollten, hatte Emma seine Hände in ihre genommen und war rückwärts über das Eis geglitten, während er hinter ihr her getaumelt war. Ihre Augen hatten gefunkelt, als sich die Lichter der vielen Lichterketten um sie herum in ihnen spiegelten. Sie hatte gestrahlt. Über das ganze Gesicht. Als Jared sich an ein wenig Eigeninitiative getraut und zwei, drei beherzte Schritte über das Eis gemacht hatte, endete das damit, dass Emma rückwärts gegen die Bande prallte. Und er gegen sie. Die Hände um die obere Kante der Absperrung gekrallt, um nicht umzukippen, hatte er auf Emma hinabgesehen. Sie hatte den Kopf in den Nacken gelegt und gelacht. So laut und fröhlich, dass sich dieser Moment wie eine warme Decke um sein Herz legte. Ein Augenblick, den er einfach mit einem zärtlichen Kuss besiegeln musste. Und der genau so lange andauerte, bis die Fünfjährige und Pennywise ihn anrempelten und fast zu Fall brachten. Jared hätte schwören können, dass die Augen des Mädchens genauso böse funkelten wie die des Clowns. »Eislaufen wird vermutlich keines meiner Hobbys werden«, gab er in Emmas glucksendes Lachen hinein zu.

»Nein.« Sie blieb stehen und drehte sich zu Jared um. »Du machst beim Holzhacken eine wesentlich bessere Figur.« Sie stellte sich auf die Zehenspitzen, und küsste ihn zart auf den Mundwinkel. »Danke für diesen Abend, Jared. Ich hatte so unglaublich viel Spaß.«

Der Schnee knirschte unter ihren Stiefeln, als sie langsam weitergingen. Rechts von ihnen rutschte ein Schneepolster von einem Pinienast und löste auf dem Weg nach unten eine kleine Kettenreaktion aus, die den Schnee in einem weißen Wasserfall zu Boden rieseln ließ. Morgen würde wahrscheinlich schon wieder genug neuer Schnee fallen, um die Äste mit einer neuen eisigen Haube zu bedecken. Das Eis des Sees knackte, und Biggie – selbst mit einer Decke aus Schnee auf dem Rücken – schleppte einen großen Ast aus dem Unterholz und marschierte vor ihnen her, um seine Beute nach Hause zu bringen.

Jared hätte sich nie träumen lassen, dass er nach den milden Wintern in Nordkalifornien so viel Gefallen an den eisigen Bergen Montanas finden würde. Er wusste, dass das zu einem nicht unwesentlichen Teil an Emma lag, die sich wieder an seine Seite schmiegte. Sie hatte ihn vor ein paar Stunden wieder daran erinnert: Ihre Zeit in Snowflake Valley lief bald ab. Aber das war nichts, worauf er sich jetzt konzentrieren wollte. Für heute zählte nur der Moment – den er genoss. Und der sein Herz dazu brachte, laut und schnell zu schlagen.

»Sag mal, leuchtet das Cottage heller als sonst?«, holte Emma ihn aus seinen Gedanken.

Jared blickte in die Richtung, in der sein Haus stand. Von hier konnte er weder die Lichterketten an seinem Verandageländer noch Frosty neben seinem Whirlpool sehen. Selbst von Santa Claus und Rudi auf seinem Dach war nur die Spitze der Weihnachtsmann-Mütze zu sehen. Aber natürlich strahlte die Beleuchtung in die Nacht und erhellte die Lichtung. »Du hast recht.« *So* hell war es in den vergangenen Nächten tatsächlich nicht gewesen. Jared seufzte. »Kann ich das Haus denn gar nicht mehr verlassen, ohne dass diese Wichtel sofort mein Grundstück stürmen? Das ist eine verdammte Weihnachts-Guerrilla.«

Jared wollte gar nicht wissen, was sie dieses Mal mit seinem Haus angestellt hatten, aber Emma zog ihn lachend mit sich. »Komm schon«, rief sie und beschleunigte ihre Schritte. »Ich bin neugierig, was sie gemacht haben.«

Weihnachtsbäume! Jared blieb stehen, kaum dass Emma und er um die Ecke zu seiner Lichtung gebogen waren, was sie automatisch dazu zwang, ebenfalls anzuhalten. Sie stieß ein ehrfürchtiges »Wow« aus, während Biggie seinen Ast hatte fallen lassen und irritiert in die Bäume hinaufstarrte.

Ja, Kumpel, dachte Jared. *Geht mir genauso.* Seine Lichtung war in eine Art Weihnachtswald mutiert. Die Wichtel hatten sich offenbar willkürlich fünf Tannen ausgesucht und mit weiß glitzernden Lichterketten behängt. Die Bäume standen nicht nebeneinander und waren nicht gleich groß. Es wirkte eher so, als ob hier und da eine Tanne herausgesucht worden wäre, die jetzt zwischen den anderen hindurchschimmerte.

»O mein Gott!«, flüsterte Emma und legte die Hand auf ihr Herz. »Das sieht so romantisch aus.«

»Diese Wichtel haben für diesen romantischen Anblick meinen Strom angezapft«, brummte Jared, der mit den Blicken den Kabeln gefolgt war, die sich durch den Schnee zogen und an dem Verteilerkasten an seiner Hauswand endeten. »Genau wie für den ganzen anderen Leuchtkram.«

»Ach komm schon!« Emma drehte sich einmal um die eigene Achse und nahm den funkelnden Wald in sich auf. »Das ist eine der wundervollsten Weihnachtsdekorationen, die ich jemals gesehen habe. Total schlicht, aber so überirdisch schön.« Sie kam zu ihm zurück, griff nach seinen Händen und drückte sie. »Weihnachten kann doch gar nicht genug glitzern«, behauptete sie. »Bitte, bitte, Jared. Nimm diese Lichterketten nicht ab.«

Statt einer Antwort hob er Emmas Schlittschuhe auf, die sie hatte fallen lassen, und ging auf das Haus zu. Er verstand nicht, warum diese Wichtel ihn nicht einfach in Ruhe lassen konnten. Es ging niemanden etwas an, ob er Weihnachten mochte oder ob er wollte, dass sein Haus einer Diskokugel glich.

Später in der Nacht erwachte Jared davon, dass er Emma im Halbschlaf an sich ziehen wollte, seine Hand aber nur über ihre leere Bettseite glitt. Er öffnete die Augen, sicher, Emma wieder am Esstisch über ihre Arbeit gebeugt zu finden. Doch als er den Kopf wandte, sah er sie am Fenster stehen und nach draußen starren.

Jared stand auf und trat hinter sie. Er legte ihr die Hände um die Mitte, und Emma lehnte ganz selbstverständlich ihren Rücken an seinen Oberkörper. Mit den Augen folgte er ihrem Blick nach draußen. Es hatte angefangen zu schneien. Ganz zarte, federleichte Flocken tanzten lautlos zu Boden. Die Lichter in den Tannen leuchteten.

»Das ist wirklich einer der zauberhaftesten Anblicke, die man sich zu dieser Jahreszeit vorstellen kann«, wisperte sie, ohne den Blick von der Szenerie vor dem Haus abzuwenden.

Jareds Herz schlug laut und schnell. Er zog Emma noch näher an sich und atmete ihren warmen Duft ein. Plötzlich waren ihm die Streiche, die ihm die Weihnachtswichtel von Snowflake Valley spielten, egal. Emma war glücklich, wenn sie aus seinem Fenster blickte. In diesem Moment entschied Jared, die Lichterketten hängen zu lassen.

18

Dear Santa, define »nice«.

»Nein, ich werde auf keinen Fall einen Weihnachtsbaum in mein Haus stellen!« Jared sammelte die Holzstücke zusammen, die er gehackt hatte, und richtete sich auf.

»Aber warum nicht?« Emma hatte wie immer wenn sie etwas durchsetzen wollte, diesen hartnäckigen Ausdruck in den Augen. Starrköpfig traf es wohl eher. »Du hast so viel Wald um das Cottage herum. Wir könnten zusammen einen aussuchen und du kannst ihn abhacken. Oder sägen.«

Abhacken? Jared machte sich nicht die Mühe, ungläubig mit dem Kopf zu schütteln. »Ich brauche keinen Weihnachtsbaum.«

»Bedeutet dir Weihnachten immer noch nichts?« Emma hüpfte in ihren Thermostiefeln auf und ab, um sich aufzuwärmen.

Jared hingegen war warm genug vom Holzhacken. Diese Frau machte ihn wahnsinnig. Statt das Knurren rauszulassen, das ihm auf der Zunge lag, zog er die Augenbrauen hoch und sah sie an. »Hab ich nicht das ganze Zeug hängen und stehen lassen, das die Wichtel angeschleppt haben? Ich brauch nicht auch noch einen Baum. In meinem Haus.«

Emma zwinkerte ihm zu. »Ich weiß, dass du die Lichter nur für mich hast hängen lassen. Weil ich sie so mag. Und abgesehen davon brauchst du natürlich einen Baum. Jeder braucht einen Weihnachtsbaum.«

Jared stapelte die Holzscheite ordentlich an der Hauswand auf. »Wenn du mich weiter nervst, stecke ich dich mit dem Kopf voran in die nächste Schneewehe«, knurrte er jetzt doch. »Kein Baum! Verstanden?«

Emma hob die Schultern, als mache seine Abfuhr ihr nichts aus. Aber er konnte an dem Glitzern in ihren Augen sehen, dass sie noch lange nicht aufgeben würde. »Wohin legst du deine Weihnachtsgeschenke?«, fragt sie, als er gerade die nächsten Scheite auf seine Arme lud.

»Welche Weihnachtsgeschenke?« Jared sah sie von der Seite an, als er an ihr vorbeiging, um das Feuerholz aufzustapeln. »Ich will keine Geschenke. Und ich verschenke nichts.« Er drehte sich zu ihr um, nachdem er das Holz abgeladen hatte. »Hast du etwa ein Geschenk für mich?«, fragte er ungläubig.

Emma biss sich auf die Unterlippe. Eine leichte Röte überzog ihre Wangen. »Vielleicht«, murmelte sie.

O nein, ein Weihnachtsfreak wie Emma hatte nicht nur *vielleicht* ein Geschenk für ihn. Sie hatte definitiv etwas für ihn besorgt. Darüber hatte er sich bis jetzt gar keine Gedanken gemacht. Mist. Im Umkehrschluss würde das bedeuten, dass er ebenfalls etwas für sie besorgen musste. Wie er diese verdammte Schenkerei hasste. Es war schön, Emmas Freude über die Weihnachtszeit zu sehen. Aber in den letzten Tagen war immer mal wieder der Gedanke aufgetaucht, wie entspannt sein Leben wäre, wenn er jetzt, genau wie seine Eltern, irgendwo auf der Welt wäre und sich keine Gedanken über verdammte Tannenbäume, Geschenke oder Lichterketten machen müsste. »Emma …« Er legte den Kopf in den Nacken und seufzte.

»Es ist nur eine Kleinigkeit«, beeilte sie sich zu sagen. Offenbar hatte sie gemerkt, dass er von diesem Thema nicht gerade begeistert war.

»Gut.« Er bückte sich nach dem nächsten Holzscheit. »Leg es einfach auf meinen Esstisch, nachdem du ihn aufgeräumt hast. Für ein kleines Geschenk brauche ich auf keinen Fall einen eigenen Weihnachtsbaum.«

»Du bist wirklich unverbesserlich.« Emma half ihm, das letzte Holz aufzustapeln. »Weißt du, Sasha und Simon haben sicher auch etwas für dich«, konnte sie es sich nicht verkneifen, die Diskussion weiterzuführen.

»Sag ihnen: Wenn sie mir was schenken, kündige ich ihnen die Freundschaft.« Denn genau das war es inzwischen geworden, war Jared bewusst geworden. Eine Freundschaft.

Er hatte die Campbells erst vor ein paar Tagen zum Essen eingeladen. Weil er wusste, dass das von ihm erwartet wurde, nachdem er bei ihnen zu Gast gewesen war. Aber auch, um Emmas Augen mit zwei weiteren Weihnachtstraditionen zum Leuchten zu bringen, die er bei seinen Reisen um die Welt kennengelernt hatte. Das Luciafest, das er in Schweden miterlebt hatte, und das Basiliusbrot, das der griechische Koch seiner Eltern, Vasilios, in London zubereitet hatte.

Jared hatte die weißen Luciagewänder mit den roten Taillenbändern und den unerlässlichen Kerzenkränzen im Internet geordert. Emma und Sasha hatten jede Menge Spaß gehabt, in diesen Outfits um das große Lagerfeuer zu tanzen, das er am See aufgeschichtet hatte. Das wilde Herumgehopse passte nicht ganz zu der altehrwürdigen Prozession, wie sie sein Jugendschwarm Nova in Schweden als gewählte Lucia angeführt hatte. Simon hatte ihn von der Seite angegrinst und ihm mit seinem Julbier (ebenfalls eine Online-Bestellung) zugeprostet.

»Da hast du dir echt was einfallen lassen. Die Mädels werden diese Show jetzt jedes Jahr abziehen wollen«, hatte Simon gesagt.

Jared sah dabei zu, wie Sasha ihren Lichterkranz auf Biggies großem Kopf platzierte und der Hund brav zwei Runden um das Feuer drehte, bevor der Kopfschmuck zu rutschen begann. »Und ich bin froh, dass ich Kränze mit Elektrokerzen genommen habe, sonst würde mein Hund jetzt in Flammen stehen.«

Simon hatte sich gekrümmt vor Lachen. »Wenn Sasha und Emma das zu ihrem Ritual machen, werden die langen Winternächte in Snowflake Valley auf jeden Fall in Zukunft heller strahlen.«

Der Abend hatte mit der Tradition des Basiliusbrotes geendet, das Jared nicht selbst gebacken hatte und dass sich auch nicht im Internet ordern ließ – jedenfalls nicht frisch. Also hatte er Sasha gebeten, das Backen zu übernehmen und einen Quarter – statt einer Goldmünze – im Teig zu verstecken. Vasilios hatte ihm erzählt, dass derjenige, der die Münze in dem Brot, das in Griechenland traditionell am 1. Januar gebacken wurde, fand, das ganze Jahr über Glück haben würde.

Natürlich hatte Sasha es sich nicht nehmen lassen, diese Tradition nach ihren eigenen Vorstellungen abzuwandeln. »Sorry«, hatte sie gesagt, als sie Jared den Korb reichte und das Tuch, mit dem das süße Gebäck abgedeckt war, zur

Seite zog. »Ich konnte es einfach nicht ertragen, dass nur einer von uns Glück haben soll. Verdient haben wir es doch alle.«

Jared hatte auf die vier kleinen, runden Brotlaibe gestarrt und dann einfach gelacht. Er war sich sicher, dass Sasha auch damit eine ganz eigene Tradition geschaffen hatte, die überleben würde.

Nachdem Jared auch das letzte Holz aufgeschichtet hatte, räumte er die Axt in den Schuppen und folgte Emma ins Haus, wo sie bereits Kaffee gekocht und das Feuer im Kamin geschürt hatte. Jared hatte das Gefühl, dass die Temperaturen immer weiter sanken, je näher das Weihnachtsfest rückte. Er schälte sich aus seinen Klamotten und legte seine Hände dankbar um die warme Tasse, die Emma ihm reichte.

Zwischen ihnen hatte sich eine Art häusliche Selbstverständlichkeit eingespielt, die angenehm war. Jared hatte Emma gern um sich herum. Wenn er mit seiner Arbeit fertig war und sie von ihren Aufgaben loseisen konnte, verbrachten sie jede freie Minute miteinander. Er ignorierte das Kribbeln in seinem Bauch, das sich immer öfter bemerkbar machte, wenn er Emma in seinen Armen hielt. Er bemühte sich, das, was zwischen ihnen passiert war, nicht zu definieren. Natürlich war er sich selbst gegenüber ehrlich genug, sich einzugestehen, dass er sich einer Frau noch nie so verbunden gefühlt hatte. Dass er noch nie so ein starkes Bedürfnis gehabt hatte, für sie da zu sein, sie zu überraschen und ihr ein Lächeln ins Gesicht zu zaubern. Bei Emma war das permanent der Fall.

Dabei war klar, dass Emma bald nach Chicago zurückkehren würde. In den letzten Tagen hatte sie sich ziemlich oft mit Flora getroffen, um sie in die Geheimnisse der Online-Zeitung einzuweihen und die erste Ausgabe für das neue Jahr mit ihr vorzubereiten, bevor sie das Zepter an die junge Redakteurin übergab.

Jared begann bereits, auf Emmas Heimkommen zu warten, wenn sie den ganzen Tag unterwegs war. Er hatte angefangen, darüber nachzudenken, wie sie es schaffen konnten zusammenzubleiben, wenn das neue Jahr begann. Wie er es auch drehte und wendete, er fand keinen Weg, den dreistündigen Flug und die zweistündige Fahrt auszublenden. Wenn sie zusammenbleiben wollten, müsste Emma entweder nach Snowflake Valley umziehen, oder Jared würde in das hektische Großstadtleben zurückkehren, von dem er ganz sicher wusste, dass es ihm nicht guttun würde.

Er blickte zu Emma hinüber, die mit ihrer Tasse am Küchentresen lehnte und mit geschlossenen Augen genüsslich daran nippte, wahrscheinlich, weil sie wieder jede Menge Minimarshmallows in ihren Kaffee geschmuggelt hatte. Sie trug Leggings, Wollsocken und einen übergroßen, dicken Pulli, auf dem zu lesen stand: »Meet me under the mistletoe«. Ihre Haare waren auf der einen Seite plattgedrückt von ihrer Mütze, auf der anderen Seite hatten sie sich elektrisch aufgeladen und standen wie kleine Antennen ab. Dann öffnete sie die Augen, sah ihn an und lächelte über den Rand ihrer Tasse hinweg.

Jareds Brustkorb zog sich zusammen, als die Erkenntnis ihn mit voller Macht traf. Er hatte sich verliebt. In Emma. In ihre Unordnung und die unorthodoxe Kreativität. Die fröhliche, vor Energie sprühende Aura, die die meiste Zeit um sie herumwirbelte. Er war verknallt in ihren Starrsinn, mit dem sie ihre Ziele verfolgte. In ihren unbeugbaren

Willen, mit der sie ihre Karriere und die Online-Zeitung vorantrieb.

Jared erwiderte ihr Lächeln, stellte seinen Kaffee zur Seite und zog Emma in seine Arme, um sie zu küssen. Sie schmiegte sich an ihn, als gehöre sie genau dort hin. An seine Seite, in seine Umarmung. Er drückte einen Kuss auf ihren Hals, oberhalb ihres Rollkragens.

»Hast du dir das mit dem Baum noch mal überlegt? Ich finde ja, dass er vor der Fensterfront perfekt aussehen würde.«

»Emma?« Er presste seine Lippen auf diese Stelle unter ihrem Ohr. »Halt die Klappe.« Und dann küsste er sie in der Hoffnung, dass er sie den Weihnachtsbaum vergessen lassen konnte.

* * *

Emma ließ sich in den Kuss fallen. Mit Jared zusammen zu sein war so einfach. So leicht. Sie könnte sich problemlos daran gewöhnen, jeden Tag in seine Umarmung nach Hause zurückzukehren. Das war nicht möglich, rief sie sich ins Gedächtnis. Also würde sie jede Minute, die sie zusammen hatten, genießen – und vielleicht doch noch einen kleinen Weihnachtsbaum in sein Haus schmuggeln. Oder einen nicht ganz so kleinen. Sie vertiefte den Kuss und ließ ihre Hände unter den Saum seines Shirts gleiten, um sie an seinem Rücken hinaufzuschieben.

U2's Version von *Christmas – baby please come home* tönte durch den Raum, und Emmas Handy begann in ihrer Hosentasche zu vibrieren. »Nicht wichtig«, murmelte sie und küsste Jared weiter. Das Handy verstummte. Doch schon im nächsten Moment kehrte Bonos Stimme zu ihnen zurück, und Emmas erklärtes Lieblingsweihnachtslied schallte erneut durch das Haus.

Als U2 zum dritten Mal zu betteln begannen, dass ihr Baby zu Weihnachten nach Hause kommen sollte, löste Jared sich von Emma, zog das Handy aus ihrer Tasche und hielt es ihr hin. »Da ist jemand hartnäckig«, murmelte er. »Geh besser ran. Und dann schalten wir es aus.« Er küsste sie auf die Wange und ließ sie endgültig los.

Emma seufzte, als sie einen Blick auf das Display warf. Jackson Cooper – oder auch der 24. Dezember in ihrem Adventskalender. Das Highlight ihrer Aktion. Dieser Junge konnte in Magic Mike mitspielen, wenn er wollte. Aber erst einmal wäre er der letzte Single in ihrem Kalender. Sie hatte keine Ahnung, was so wichtig war, dass er Bono das Lied zum vierten Mal anstimmen ließ.

Sie zwinkerte Jared zu und sagte: »Das geht schnell. Jackson, mein Lieber«, nahm sie den Anruf dann an. »Was kann ich für dich tun?«

»Hey, Emma.« Der junge Mann räusperte sich. »Wir haben ein Problem. Also … ähm … genauer gesagt hast du ein Problem.«

Emma schluckte. Jackson klang nervös. »Was ist los?«, fragte sie und sah zu Jared herüber, der an seinem Kaffee nippte und sie beobachtete.

»Alter, wie soll ich das sagen? Na ja … ähm … Maya ist los«, stammelt er weiter.

Wer – zur Hölle – war Maya? Emma hatte die Frage offenbar laut gestellt, denn Jared zog die Augenbrauen hoch, und Jackson räusperte sich erneut.

»Also, na ja, meine Traumfrau und so«, ließ sich Jackson vernehmen.

Und so? Emma verdrehte die Augen. Musste sie diesem Jungen jedes Wort aus der Nase ziehen? »Das freut mich für dich. Jeder sollte eine Traumfrau haben.« Oder einen Traummann. Sie blickte zu Jared hinüber, in dessen Augenwinkel sich ein Schmunzeln geschlichen hatte.

»Ja, also, ehrlich gesagt, ich wollte sie schon immer, und so.« Jackson seufzte sehnsüchtig. »Aber sie war mit Luke Graham zusammen. Seit unserem ersten Jahr an der Highschool. Aber Luke war mein Kumpel und so. Gleiche Eishockeymannschaft … du weißt schon.«

»Ja«, gab Emma langgedehnt zurück. Worauf wollte dieser Kerl hinaus?

»Es ist aus.« Jetzt klang Jacksons Stimme etwas fester. »Sie hat vor eine Woche mit ihm Schluss gemacht. Wir haben uns gestern auf dieser Weihnachtsparty getroffen. Na ja, und jetzt sind wir zusammen.«

»Das freut mich für dich, Jackson. Und für Maya«, sagte Emma höflich.

Bevor sie fragen konnte, warum er sie deshalb anrief, fuhr Jackson fort. »Alter, ich hab jetzt ne Freundin und so. Also, ich … ähm … ich kann das Kalenderding nicht mehr machen.«

»Was?« Emma nahm das Telefon vom Ohr und starrte es einen Moment an, als habe sie sich verhört und der Text seiner Worte ließ sich dort noch einmal nachlesen. Dann hob sie es wieder ans Ohr. »Du weißt, dass das nicht geht, oder? Du bist mein 24. Dezember.«

»Hmm, ja. Schon klar und so. Aber, Emma, das ist meine Traumfrau. Ich hab jetzt ne Freundin. Den Kalender brauch ich nicht mehr.«

Aber sie brauchte Jackson. Panik kroch in Emma hoch.

»Es sind nur noch sechs Tage bis Weihnachten. Das kriegt ihr doch hin. Rede mit Maya. Sie hat bestimmt Verständnis dafür.«

»Aber warum? Ich such doch jetzt gar keine Freundin mehr.« Emma hörte, wie jemand Jacksons Namen rief. Wahrscheinlich diese Maya. »Ich muss auflegen, Mann. Wollte dir das nur sagen, Emma. War ne coole Idee mit der Aktion und so. Du findest bestimmt jemand anderen. Bye.«

Jackson hatte aufgelegt, bevor Emma etwas erwidern konnte. Langsam ließ Emma das Handy sinken. *Scheiße* war alles, was ihr durch den Kopf ging. Jackson war der perfekte Junggeselle gewesen. Ein würdiger Abschluss für ihren Adventskalender – und damit für ihre gesamte Rettungsaktion der *Snowflake Valley Gazette*.

»Alles okay?«, fragte Jared. Das Schmunzeln in seinen Augenwinkeln war einem besorgten Gesichtsausdruck gewichen.

»Nein. Nichts ist okay.« Emma ließ sich gegen den Küchentresen sinken. Sie brauchte einen adäquaten Ersatz für Jackson. Auf der Stelle. Wo sollte sie jetzt noch jemanden auftreiben? Die Leute waren ganz verrückt nach den Türchen, die sich Tag für Tag öffneten. Die Singles wurden mit Nachrichten nur so überschüttet – und die Abo-Zahlen für die *Online-Gazette* waren in die Höhe geschossen. Emma konnte die ganze Aktion nicht einen Tag vor Heiligabend platzen lassen.

»Emma?« Jared stieß sich vom Esstisch ab und kam auf sie zu. »Was ist passiert?«

»Ich brauche dich.« Die Worte hatten Emmas Mund verlassen, bevor ihr Gehirn eine Entscheidung getroffen hatte.

Jared zog den rechten Mundwinkel zu einem halben Lächeln nach oben. »Jederzeit«, sagte er mit dem neckenden Tonfall, mit dem er sie in den vergangenen Wochen unzählige Male ins Bett gelockt hatte.

Emma hob die Hand, um ihn zu stoppen. »Nicht so«, korrigierte sie seine Annahme. »Ich brauche dich in meinem Adventskalender.« Sie schluckte. »Als Single für den 24. Dezember.«

* * *

Jared hatte gerade einen Schluck Kaffee trinken wollen, doch Emmas Worte ließen ihn erstarren. Die Tasse blieb einen Moment in der Luft hängen, bevor er sie langsam sinken ließ und neben sich auf dem Tisch abstellte.

Emma sah ihn erwartungsvoll an und runzelte die Stirn, als er nicht sofort antwortete. »Du würdest mir wirklich einen großen Gefallen tun.«

»Das kann nicht dein Ernst sein«, brachte Jared heraus. Er versuchte das Gefühlschaos zu bremsen, das sich in seinem Kopf zu drehen begann wie eine Spirale. Schneller und schneller.

»Ich brauche deine Hilfe. Sonst geht mein ganzes Zeitungsprojekt den Bach runter«, sagte Emma. Langsam, als hätte sie es plötzlich mit einem Idioten zu tun. Womit sie wahrscheinlich recht hatte. Denn genau so fühlte er sich im Moment: wie der größte Vollidiot.

Jared drehte sich um und starrte durch die Fensterwand auf den See hinaus. Die weiß eingepackten Bäume. Die verdammte Weihnachtsdekoration, die er Emma zuliebe in Kauf genommen hatte. Es begann gerade wieder zu schneien. Große Flocken schwebten federleicht durch die Beleuchtung, die um sein Haus herum erstrahlte, glitzerten kurz auf, bevor sie lautlos zu Boden fielen. Es war erst ein paar Minuten her, dass ihm klar geworden war, dass er sich in Emma verliebt hatte. Und schon im nächsten Moment bat sie ihn ausgerechnet um so etwas. »Ich bin kein Single, oder?« Seine Stimme klang rau, als er das, was sie hatten, gegen das in die Waagschale legte, was Emma offenbar wichtiger war als alles andere: die *Gazette*.

Emmas Spiegelbild tauchte im Fenster auf, als sie hinter ihn trat. Ihre Gesichtszüge wirkten angespannter als gerade eben noch, als sie ihn mit ihrer Bitte konfrontiert hatte. So als habe sie plötzlich begriffen, dass sie durch ein Minenfeld balancierte – für das sie selbst verantwortlich war. Für einen Moment schloss sie die Augen, als müsse sie sich sammeln – oder überwinden –, die nächsten Worte zu sagen. »Genau genommen bist du Single«, sagte sie leise, als sie die Augen wieder öffnete, und negierte damit alles, was sie in den vergangenen Wochen gemeinsam erlebt hatten. Sie hielt Jareds Blick im Spiegel der Fensterscheibe fest und hob die Arme in einer Geste, die hilflos wirkte. »Du hast mich doch bis jetzt immer bereitwillig unterstützt. Weißt du noch, wie du dich gegen die Fotos im Whirlpool gesträubt hast? Und dann warst du total begeistert von den Aufnahmen.«

»Ich werde aber nicht total begeistert sein«, benutzte er Emmas Worte, »so zu tun, als gäbe es keine Frau in meinem Leben. Das werde ich niemandem vorspielen. Auch nicht für deine Zeitung.«

»Ich …« Emma senkte den Kopf und brach die Verbindung ihres Blickkontakts. Stattdessen legte sie die Hand auf seinen Rücken. Zwischen seine Schulterblätter. So als wäre es ihr unmöglich, ihm so nahe zu sein und ihn nicht zu berühren.

Jared spürte die Wärme, die von ihr ausging. Das Kribbeln, das diese, wie jede andere ihrer Berührungen, auf seiner Haut hinterließ.

»Du weißt, dass ich nicht mehr lange da sein werde«, fuhr Emma fort. »Das, was zwischen uns ist, wird so oder so enden. An Silvester. Oder, wenn du mir hilfst, am 23. Dezember. Dann könntest du das letzte Adventskalendertürchen übernehmen.«

Jared machte einen Schritt zur Seite, und ihre Hand fiel ins Leere. Wut begann sich durch seine Fassungslosigkeit zu brennen. Wut auf Emmas Opportunismus. Aber vor allem Wut auf sich selbst, weil er sich von ihr hatte benutzen lassen. Weil er nicht besser auf sich aufgepasst hatte. Und auf sein Herz. »Diese verdammte Zeitung steht über allem, oder?«, konnte er sich das Offensichtliche nicht verkneifen.

Emma hatte zumindest den Anstand, betreten zu schauen. »Nein. Ja ... du weißt doch, dass ich sie retten muss. Für Onkel Henry.« Nervös biss sie sich auf die Unterlippe. »Und irgendwie auch für mich.«

»Für dich.« Jared drehte sich zu Emma um. »Es geht hier nur um dich und darum, dass du allen etwas beweisen willst. Die Zeitung interessiert dich doch gar nicht wirklich, sonst würdest du nicht einfach abhauen, sobald du glaubst, die Onlineausgabe läuft ohne dich.«

»Das ist doch dein eigentliches Problem, Jared: dass ich gehe. Daraus habe ich nie ein Geheimnis gemacht. Du wusstest das von Anfang an.« In einer hilflosen Geste fuhr sie sich durch die Haare. »Ich habe ein Leben, okay? Ein Leben außerhalb dieses Tals. Das kann ich nicht einfach aufgeben, nur weil … weil …«

»Weil was?«, fragte Jared, als sie den Satz nicht beendete.

»Ach, nichts.« Emma seufzte leise. Ganz so, als ob Jared derjenige wäre, der sie enttäuschte. »Ich dachte, wir sind Freunde und helfen uns gegenseitig. Das ist alles.«

Jared schnaubte. »Freunde? Freunde gehen respektvoll miteinander um. Sie benutzen den anderen nicht zu ihrem eigenen Vorteil. Aber weißt du was?« Er schob sich an Emma vorbei. »Du hast ja genug Fotos von mir und weißt genug über mein Leben, um deinen beschissenen Kalender damit zu füllen. Mach, was du willst.« Mit ein paar großen Schritten durchquerte er den Raum und riss die Tür zu seinem Büro auf. Die Hand noch auf dem Türknauf drehte er sich noch einmal zu Emma um. Ihr Blick sagte ihm, dass sie noch nicht ganz verstand, was hier gerade passierte. Sie wirkte einsam, wie sie da stand, mit ihren zerzausen Haaren und den großen Schneeflocken, die hinter den Fenstern wie ein lautloser Vorhang zwischen ihr und dem Rest der Welt zu schweben schienen. Das Bedürfnis, zu ihr zurückzukehren, sie in seine Arme zu ziehen und dafür zu sorgen, dass dieser verlassene Ausdruck aus ihrem Gesicht verschwand, war geradezu übermächtig. Jared schluckte diesen Wunsch hinunter und wappnete sich gegen die Gefühle, die schmerzlichen Gefühle, die in ihm aufzusteigen begannen, als ihm bewusst wurde, dass die gemeinsame Zeit mit Emma in diesem Moment endete. Er blickte auf das Chaos auf seinem Esstisch. »Vergiss nicht, dein Zeug mitzunehmen, wenn du gehst«, sagte er und schloss die Tür leise hinter sich, obwohl er sie am liebsten zugeknallt hätte.

19

*May your holiday breakdown
be filled with joy.*

Emma stand mitten in Jareds Wohnzimmer. Ihr Herz schlug hart und schnell gegen ihren Brustkorb. Hatte er sie gerade rausgeworfen? Nachdem sie ihn einfach nur um Hilfe gebeten hatte? Okay, das, was zwischen ihnen war, mit einer Handbewegung abzutun, war vermutlich nicht richtig gewesen. Sie verdrehte über sich selbst die Augen. Es war falsch gewesen. Definitiv falsch. Aber, verdammt noch mal, sie war in Panik geraten. Schließlich hing ihr Erfolg und damit der Fortbestand der Zeitung zu einem großen Teil von diesem Adventskalender ab.

Sie hätten darüber reden können. Es gab keinen Grund, sie rauszuschmeißen und in seiner Computerhöhle zu verschwinden, wo er seine Antistressbälle gegen die Wand warf, wie an dem dumpfen Knallen zu hören war.

Emma überlegte, ob es eine gute Idee war zu warten, bis Jared sich wieder beruhigt hatte. Er war auch in der Vergangenheit schon wütend auf sie gewesen. Bis jetzt hatte er sich immer wieder eingekriegt. Aber das hier hatte sich anders angefühlt. Endgültig, wenn sie ehrlich zu sich selbst war. Sie blickte nach unten, wo sich Biggie auf einmal an ihr Bein lehnte, als wolle er ein paar Streicheleinheiten einfordern. Emma kniete sich hin. Sie schlang die Arme um den Hund und presste ihr Gesicht in sein Fell. Mit einem tiefen Seufzen legte Biggie seinen schweren Kopf auf Emmas Schulter.

Auch das fühlte sich wie ein Abschied an. Emma schaffte es nur mit größter Mühe, an dem Kloß in ihrem Hals vorbeizuschlucken und die Tränen zurückzuhalten, die sich in ihren Augen zu sammeln begannen. »Ich werde ihn erst einmal in Ruhe lassen«, wisperte sie in Biggies Fell. »Er beruhigt sich schon wieder.« Sie redete sich das selbst ein. Das war ihr klar. Aber wenn Jared sich abreagiert hatte, konnten sie wie Erwachsene darüber reden. Und würden eine Lösung finden. Schließlich hatte Emma geplant, erst an Neujahr nach Chicago zurückzukehren. Also blieb sie noch elf Tage in Snowflake Valley und war sich sicher gewesen, jede freie Minute mit Jared zu verbringen. Sie war nicht darauf vorbereitet gewesen, dass es schon jetzt endete. Ausgerechnet heute, wo sie so einen wundervollen Abend miteinander verbracht hatten. »Ich nehme nicht alles mit«, flüsterte sie Biggie zu. »Damit ich zurückkommen kann, wenn dein Herrchen sich wieder beruhigt hat. Du wirst schon sehen«, sagte sie und strich Biggie über den Rücken, »Das wird schon wieder.« Emma war sich allerdings nicht sicher, ob sie den Hund oder sich selbst beruhigen wollte.

Emma hätte zu ihren Eltern nach Hause fahren können. Aber sie fühlte sich nicht in der Verfassung, ihrer Mutter oder ihrem Vater zu erzählen, was zwischen Jared und ihr passiert war. Also lenkte sie ihren Jeep nicht in die Stadt, sondern am See entlang, bis sie eine Meile weiter vor dem Inbegriff des weihnachtlich geschmückten Zuhauses hielt. Hinter den Sprossenfenstern, in denen große, grüne Kränze hingen, strahlte warmes, gelbes Licht einladend in die Nacht. Emma wusste, dass sie hier immer willkommen war, und doch zögerte sie einen Moment. Sasha hatte ihr neulich im Café schon zu verstehen gegeben, was sie über Emmas Rückkehr nach Chicago dachte. Vielleicht hatte sich die Meinung ihrer Freundin geändert. Vielleicht hatte Sasha beschlossen, ihre Freundschaft zu Jared auszubauen und die zu Emma ein wenig abzukühlen. Schließlich hatte sie deutlich gesagt, dass Jared mehr verdient hatte als dieses Spiel bis zu ihrer Abreise.

Emma dachte noch darüber nach, ob sie an Sashas Tür klopfen sollte, als sie Simon am Fenster entdeckte, der nach draußen blickte, um nachzusehen, wer in ihrer Einfahrt stand. Im nächsten Moment wurde die Tür aufgerissen, und Sasha kam in Stiefeln und einem Parka, den sie sich im Laufen überwarf, auf sie zu. Sie zog die Beifahrertür auf und ließ sich neben Emma auf den Sitz fallen. »Hey«, sagte sie.

Emma schluckte. »Ich habe es verbockt«, flüsterte sie – und brach in Tränen aus.

Sasha zog Emma in ihre Arme und ließ sie sich ausheulen, während sie ihr beruhigend über den Rücken strich. Als die Tränen langsam versiegten und Emmas Schluchzen von einem Schluckauf abgelöst wurde, schob ihre Freundin sie weit genug zurück, dass sie ihr ins Gesicht sehen konnte. »Lass uns reingehen. Du erzählst mir, was passiert ist, wir bestellen eine Pizza, sehen uns auf Netflix *Ghost – Nachrichten von Sam* an und trinken eine Flasche Rotwein dazu«, schlug sie vor.

Emma nickte. »Kann ich heute Nacht hierbleiben?«, fragte sie leise.

»Pyjamaparty«, antwortete Sasha und zog Emma noch einmal in eine feste Umarmung. »Wir lassen Simon auf dem Sofa schlafen. Aber er darf uns schon mal die Weinflasche aufmachen. Und jetzt komm, sonst frieren wir uns noch die Hintern ab.«

Simon zog Emma in eine feste Umarmung, als sie gemeinsam mit seiner Frau das Haus betrat. Er wusste zwar nicht, was passiert war, aber dass sie aussah wie ein Häufchen Elend, wäre Emma auch ohne einen Blick in den Flurspiegel klar gewesen. Nach der Begrüßung verschwand er in der Küche und kehrte tatsächlich mit einer Flasche Rotwein und zwei Gläsern zurück, als könne er Sashas Gedanken lesen. Obwohl, die beiden waren schon so lange zusammen, wahrscheinlich konnte er das wirklich. Dann legte er Holz im Kamin nach und zog sich in sein Arbeitszimmer zurück, aus dem sie kurz darauf leise den Kommentator eines Footballspiels hören konnten.

Emma ließ sich vor dem Kamin auf den Boden fallen und lehnte den Rücken gegen den Couchtisch. »Ist dir eigentlich klar, was für ein unglaubliches Glück du mit Simon hast?«, sprach sie aus, was ihr durch den Kopf ging.

»Ja.« Sasha setzte sich neben sie und schenkte Wein ein. »Und darüber bin ich verdammt froh. Aber zurück zu dir. Wenn du von ›verbockt‹ redest, nehme ich an, dass du eher deine Beziehung zu Jared meinst als die Weihnachtszeitung.«

Emma nippte an dem Wein, den Sasha ihr reichte. »Jared und ich haben keine Beziehung. Falls es sich in diese Richtung entwickelt haben könnte, ist das spätestens jetzt vorbei.

Bei der *Gazette* bin ich mir allerdings auch nicht sicher, ob sie meinen Aktionismus überstehen wird.«

»Wow!« Sasha hob ihr Glas wie zu einem Toast. »Das ist eine ordentliche Portion Selbstmitleid, in der du dich gerade wälzt.«

Emma seufzte. Sasha sagte nicht immer die Dinge, die die Leute hören wollten. Aber bei ihr konnte man sich immer sicher sein, dass sie die Wahrheit sagte. »Das ist kein Selbstmitleid. Mein Leben ist einfach scheiße«, sagte sie und merkte selbst, wie weinerlich sie noch immer klang.

»Erzähl mir alles«, forderte Sasha sie auf. »Dann überlegen wir uns, wie wir das wieder hinbekommen.« Sie setzte sich im Schneidersitz so, dass sie Emma ansehen konnte, und warf ihr einen aufmunternden Blick zu.

Emma war sich sicher, dass auch Sasha ihre Probleme nicht lösen konnte, und doch erzählte sie ihr alles, was geschehen war, seit sie das Café mit Biggie an ihrer Seite am vergangenen Abend verlassen hatte.

Sie leerten die Weinflasche, öffneten eine zweite. Die Pizza teilten sie sich mit Simon, bevor dieser wieder in seinem Büro verschwand. Emma und Sasha heulten gemeinsam, als Patrick Swayze in *Ghost* umgebracht wurde, und vertilgten dabei eine ganze Packung *Ben & Jerry's*.

Als sie schließlich in Sashas Bett lagen und ihre Freundin neben ihr zusammengerollt schlief, starrte Emma an die dunkle Decke. Sasha hatte Emma erzählen lassen, was passiert war, hatte aber selbst nicht viel dazu gesagt. Was nur daran liegen konnte, dass sie Rücksicht auf Emmas Gefühle nahm, die von den Tränen an die Oberfläche gespült worden waren. Man hackte auf niemandem herum, der bereits am Boden lag. Was im Umkehrschluss allerdings bedeutete, dass Sasha der Meinung war, dass Emma sich nicht korrekt verhalten hatte. Jared war also nicht der Einzige, der fand, dass das heute nicht eine ihrer brillantesten Ideen gewesen war.

Emma drehte sich auf die Seite und starrte aus dem Fenster in die Dunkelheit über dem See, als sie das Gesicht vor sich sah, das Jared gemacht hatte, als sie ihn um den Gefallen gebeten hatte. Er war stinksauer gewesen. Viel schlimmer aber war, wie enttäuscht er ausgesehen hatte. Wie verletzt. Emma hatte gar nicht nachgedacht. Sie hatte seine Hilfe gebraucht, wie schon so viele Male zuvor. Aber vielleicht war das überhaupt der größte Fehler gewesen, dass sie Jared um einen Gefallen nach dem anderen gebeten hatte. Und wenn sie seine Hilfe gerade einmal nicht gebraucht hatte, hatte er sich Gedanken gemacht, wie er sie aus ihrer Workaholic-Spirale holen konnte oder hatte sie ins Bett getragen, weil sie wieder einmal über ihrer Arbeit eingeschlafen war.

Sie hatte den Eindruck gehabt, dass der Tod seines Geschäftspartners und die Trennung von seiner Freundin dafür gesorgt hatten, dass Jared sich zurückgezogen hatte. Nicht nur von dem Stress in Silicon Valley, sondern von der ganzen Welt. Doch Emma hatte er an sich herangelassen. Nahe genug, dass sie geglaubt hatte, ihn besser zu verstehen als sonst jemand. Sie hatte gedacht, er fühlte das Gleiche wie sie. Doch offenbar hatte Jared mehr in ihrem Weihnachtsflirt gesehen, sonst hätte ihre Bitte ihn nicht so verletzt. Jetzt fühlte sich Emma, als hätte sie ihm das Gefühl gegeben, dass er ihr nichts bedeutete. Was nicht stimmte. Jared war ihr sehr wichtig, und sie hatte ihn gern. Er war ein guter Freund geworden. Und jetzt lag sie hier, unter einem großen Haufen völlig durcheinandergeratener Gefühle die wie ein zentner-schweres Gewicht auf ihrer Brust saßen und dafür sorgten, dass sie nicht genug Luft bekam.

* * *

Jared erwachte mit einem schweren Kopf. Er hatte sich an dem Rum bedient, den Emma für den Punsch, den sie abends hin und wieder zubereitet hatte, in seiner Küche deponiert hatte. Der verdammte Alkohol hatte ihm einen dicken Kopf beschert, aber gegen die Leere, die Emma hinterlassen hatte, hatte er kein bisschen geholfen. Ganz abgesehen davon, dass sie ihn nach wie vor in den Wahnsinn trieb, indem sie machte, was sie wollte. Und kein bisschen auf das hörte, worum er sie gebeten hatte. Okay, was er ihr befohlen hatte, stellte er missmutig fest, als er von der viel zu hell durch die Fenster scheinenden Sonne geweckt wurde. Er war auf der Couch eingeschlafen, die Rumflasche neben sich auf dem Boden. Gleich neben Biggie, der sich der Länge nach neben ihm auf den Dielen ausgestreckt hatte.

Durch das Auge, das er zumindest halb öffnen konnte, sah er eine von Emmas Strickjacken über der Lehne seines Sessels hängen. Er drehte den Kopf ein bisschen und sah den unordentlichen Haufen Papier, Notizhefte und Bücher, die noch immer seinen Esstisch blockierten. Nein, Emma hatte es wirklich nicht für nötig gehalten, seiner Aufforderung, aus seinem Haus zu verschwinden, nachzukommen.

Biggie richtete sich ein Stück auf und sah Jared mit schräg gelegtem Kopf und heraushängender Zunge an. »Du kannst mir nicht zufällig eine Advil und ein Glas Wasser holen?«, fragte Jared seinen Hund und ließ sich auf die Sofakissen zurückfallen, während Biggie ihn einfach weiter anstarrte, als wäre er ein interessantes Insekt. Jared schloss die Augen wieder und dachte über Emma nach. Wahrscheinlich dachte sie, dass sie ihn nach wie vor in der Hand hatte. Dass er nach ihrer Pfeife tanzte und sie nur mit dem Finger schnippen musste, und er nahm seinen Rausschmiss zurück. Dass sie ihm nur eines dieser wundervollen Lächeln zu schenken brauchte, und er riss die Tür auf und bat sie, wieder bei ihm einzuziehen – solange, bis sie einen Schlussstrich zog. Aber da hatte sie sich geschnitten. Jared spielte keine Spielchen mehr, seit er das Silicon Valley verlassen hatte. Das Leben hatte sich als zu kurz erwiesen, um nach den Regeln anderer Leute zu spielen. Wenn Emma ihre Sachen nicht mitnehmen wollte, weil sie dachte, sie könnte zurückkehren, sobald er sich beruhigt hatte und alles war gut, würde er das Problem auf seine eigene Weise lösen.

Er tastete nach seinem Handy, das auf dem Couchtisch lag, und scrollte durch sein Adressbuch, bis er Simons Nummer fand. Dann drückte er auf Wählen und schaltete den Lautsprecher ein, weil er das Gefühl hatte, nicht genug Energie dafür aufzubringen, das Handy ans Ohr zu halten. Er ließ es einfach auf seinen Brustkorb fallen und wartete, bis er das gebrummte »Hallo« seines Freundes hörte.

»Alles okay bei dir?«, fragte Jared ganz automatisch, weil Simon normalerweise deutlich besser gelaunt klang.

»Hmm.« Jared hörte Geschirrgeklapper und nahm an, Simon war gerade dabei, sich einen Kaffee einzuschenken. »Alles okay, bis auf das Bier zu viel beim Footballspiel gestern Abend und der Tatsache, dass ich die Nacht auf der Couch verbracht habe.«

Das wiederum verstand Jared. Auch wenn ihm nicht ganz klar war, warum Sasha ihren Mann aus dem Schlafzimmer verbannt hatte. »Kann ich dich um einen Gefallen bitten?«, fragte er.

»Klar.« Simon schlürfte hörbar. Wahrscheinlich der erste Schluck Kaffee. »Schieß los.«

* * *

Emma fiel erst spät in der Nacht in einen unruhigen Schlaf. Als sie aufwachte, stand die Sonne bereits hoch am Himmel und malte helle Flecken auf die Bettdecke. Emma schob sich die Haare aus dem Gesicht und blickte auf die leere Bettseite neben sich. Sasha war schon aufgestanden.

Langsam rappelte Emma sich auf. Sie fühlte sich völlig zerschlagen. Was vermutlich an dem Wein lag, den Sasha ihr eingeflößt hatte und der die Traurigkeit über die zerbrochene Freundschaft mit Jared nicht hatte fortspülen können. Emma schlüpfte in ihre Klamotten vom Vortag und ging nach einem Zwischenstopp im Bad ins Erdgeschoss hinunter.

Schon auf halber Treppe konnte sie ihre Freundin sehen, die mitten im Wohnzimmer stand. Die Hände in die Hüften gestützt, warf sie Emma über die Schulter einen Blick zu, der Funken zu sprühen schien, bevor sie sich wieder umdrehte und ihren Mann fixierte.

Simon saß auf der Couch und rieb sich über das Gesicht. Neben ihm auf dem Boden – Emma rutschte das Herz in die Hose – lagen die Sachen aufgestapelt, die sie vorerst in Jareds Haus zurückgelassen hatte.

»Du hättest nicht einfach losfahren sollen, ohne vorher mit Emma zu sprechen«, schimpfte Emmas Freundin.

»Sasha, Baby«, begann Simon und hob ergeben die Hände. »Jared hat mich angerufen und darum gebeten.«

»Emma hätte ihre Sachen selbst geholt und damit die Möglichkeit gehabt, noch einmal mit Jared zu reden«, ergriff Sasha abermals Partei für sie.

Simon warf Emma einen Blick zu. In seinen Augen lagen Sympathie und eine stumme Entschuldigung, die Emma schlucken ließen. »Offenbar ist das genau das, was Jared nicht wollte«, sagte er zu seiner Frau. »Tut mir leid, Em.«

»Du hättest …«, fauchte Sasha.

»Nein.« Emma legte ihrer Freundin die Hand auf den Rücken. »Nein, Sasha«, wiederholte sie. »Bitte streite dich nicht wegen mir mit Simon. Er hat nur einem Freund geholfen.« Sie hob die Schultern in einer Geste, in der die ganze Hilflosigkeit lag, die sie fühlte. »Jared möchte mich nicht sehen. Das hat er damit klargemacht. Simon kann wirklich nichts dafür. Ich bin diejenige, die es verbockt hat.« Emma schluckte die Tränen herunter, die bereits wieder in ihren Augen zu brennen begannen. Es war genau das passiert, was sie befürchtet hatte. Die Affäre mit Jared, oder was auch immer das zwischen ihnen gewesen war, hatte sich in die Freundschaft mit den Menschen geschlichen, die ihr am wichtigsten waren, und warf jetzt ihre Schatten über die Zeit, die Emma noch im Tal blieb.

Aber auch wenn die Campbells ihr am meisten bedeuteten, hatte Jared das gleiche Anrecht auf eine Freundschaft mit ihnen. Auch wenn er sie noch nicht sein ganzes Leben lang kannte, wie Emma. Im Gegensatz zu ihr würde er das ganze Jahr über hier sein und die Freundschaft pflegen und weiter ausbauen können. Emma würde auf keinen Fall einen Keil zwischen Simon, Sasha und ihn treiben.

Emma setzte ein betont fröhliches Lächeln auf, das in ihren Mundwinkeln zitterte. »Bekomme ich einen Kaffee?«, fragte sie, um Sasha von dem kleinen Berg aus Klamotten und Arbeitsunterlagen abzulenken.

»Natürlich.« Sasha drehte sich zur Küchenzeile um, nicht ohne ihren Mann vorher noch einmal mit ihrem Blick zu erdolchen, und schenkte eine Tasse Kaffee ein. »Du kannst selbstverständlich bei uns bleiben«, lud sie Emma ein. »Wer nicht weiß, wem seine Loyalität gehören sollte, schläft sowieso auf dem Sofa.«

Emma stellte die Tasse zur Seite, die Sasha ihr gereicht hatte, und umarmte die Freundin fest. »Du bist die Beste. Danke«, flüsterte sie. »Aber bestrafe Simon nicht dafür, dass er eine neue Freundschaft geschlossen hat.« Emma griff wieder nach ihrem Kaffee. Die Weihnachtstage lagen plötzlich klar und deutlich vor ihr, auch wenn sie sich das noch vor ein paar Tagen völlig anders vorgestellt hatte. »Ich schlafe ab heute wieder in meinem eigenen Bett. Es geht ja nur noch um ein paar Tage. Meine Mom wird sich freuen, mich um sich zu haben. Und so bin ich auch näher an der Redaktion und kann Flora noch ein bisschen auf die nächste Online-Ausgabe vorbereiten.« Vor den Feiertagen wurde ihr Job ruhiger. Die wenigen Dinge, die sie noch erledigen musste, konnte sie getrost von der Redaktion aus regeln. Falls ihr noch Ideen für neue Artikel oder Kolumnen kommen sollten, würde sie an einem der Bistrotische im *One More Bite* schreiben, so wie sie es all die Jahre getan hatte, in denen es keinen Jared gegeben hatte. Es wurde höchste Zeit, dass sie sich auf die wichtigen Dinge im Leben besann. Und die Zeit mit ihrer besten Freundin war dank Jared viel zu kurz gekommen, auch wenn sie zugeben musste, dass sie viel Spaß gehabt hatten, wenn sie etwas zu viert unternommen hatten.

Emma wischte die Gedanken beiseite. Jareds Rolle in ihrem Leben war nicht groß genug, ihr die schönste Zeit des Jahres zu verderben. Sie war auf seiner Türschwelle gelandet, weil sie sein WLAN gebraucht hatte. Glücklicherweise würde sie in den nächsten Tagen auch so klarkommen. Die einzige größere Datei, mit der sie zu kämpfen haben würde, wäre die Single-Präsentation ihres Adventskalenders am 24. Dezember. Aber auch das würde sie ohne seine Hilfe hinbekommen. Irgendwie. Bis jetzt wusste sie nicht einmal, ob sie überhaupt einen Single für diesen Tag finden würde. Jared kam dafür jedenfalls nicht mehr infrage, nach dem großen Knall am Vortag.

20

Dear Santa,
I've been good all year ...
most of the time ...
once in a while ...
never mind ...
I'll buy my own stuff!

Emma sollte sich täuschen. Jareds Rolle in ihrem Leben war sehr wohl groß genug, ihr die schönste Zeit des Jahres zu verderben. Es war nicht so einfach, ihn aus ihren Gedanken zu bekommen. Zu ihren Eltern zurückzukehren und ihre Zelte wieder in ihrem Kinderzimmer aufzuschlagen, half. Ein bisschen. Denn hier war Jared nur einmal gewesen. Zu Thanksgiving, als sie mit Eggnog und Häppchen ein bisschen gefeiert hatten, bevor sie durch den Schnee und die ersten Weihnachtslichter spaziert waren. Verglichen mit den intensiven Momenten, die auf das Thanksgiving Dinner gefolgt waren, war dieser Abend nur ein winziges Jared-Aufblitzen gewesen, das sich leicht zur Seite schieben ließ.

Emmas Eltern bemühten sich nach Kräften, ihre trübe Stimmung aufzuhellen. Natürlich liebte sie heiße Schokolade, insbesondere, wenn sie mit einem Schuss Rum und einem kleinen Berg Marshmallows aufgemotzt worden war. Aber damit unter dem großen, ausladenden Weihnachtsbaum sitzen? Ihr Vater hatte ihn schon vor über einer Woche im Wald geschlagen. Seitdem stand er mit bunten Lichtern und Ornamenten geschmückt vor dem großen Fenster im Wohnzimmer und funkelte festlich vor sich hin. Der Tannenduft zog wie ein Vorbote des Weihnachtsfestes durch das ganze Haus. Emma erinnerte er nur daran, wie Jared und sie sich geneckt und aufgezogen hatten, weil er sich strikt geweigert hatte, so viel Weihnachten zuzulassen und einen Baum in sein Haus zu stellen.

Emmas Mom versuchte sie zu überreden, Weihnachtsplätzchen mit ihr zu backen. Aber wie sollte sie das, ohne die Tränen zurückblinzeln zu müssen, wenn das Backen sie an den Videodreh mit Eloise erinnerte? Und daran, wie Jared und sie zum ersten Mal miteinander geschlafen hatten? Ein Moment, der sich sehr tief in die Festplatte ihrer Gedanken eingebrannt hatte.

Ihr Dad hatte versucht, sie zu einem Spiel der Snowflake Valley Bears aus dem Haus zu locken. Aber nirgends waren die Erinnerungen an Jared so präsent wie im *Rockys Fellas Center*, wo sie so glücklich und fröhlich gewesen waren.

Stattdessen starrte Emma an diesem ersten Abend im Haus ihrer Eltern pausenlos auf ihr Handy. Es sollte viel einfacher sein, diese letzten Wochen abzuhaken. Immerhin war es in erster Linie um ihre Arbeit gegangen. Sie hatte Jareds WLAN genutzt und sich ganz nebenbei ein bisschen die Vorweihnachtszeit versüßt. Mit einem wirklich heißen

Typen. Aber wem machte sie hier eigentlich etwas vor? Jared war so schnell so viel mehr geworden als ein Zeitvertreib. Genau genommen war er nie einer gewesen. Emma für ihn hingegen vielleicht schon. Zumindest schien er kein gesteigertes Interesse daran gehabt zu haben, sie noch einmal zu sehen. Sonst hätte er nicht Simon gebeten, sie aus seinem Leben zu entfernen. Seit Jared die Tür zu seiner Computerhöhle hinter sich zugeworfen hatte, herrschte Funkstille zwischen ihnen.

Als ihre Mutter schließlich vorschlug, es sich gemütlich zu machen und gemeinsam einen Weihnachtsfilm anzusehen, ergriff Emma die Flucht. Sie musste dieser Wärme und Geborgenheit entkommen, die vermutlich demnächst dazu führen würden, dass sie anfangen würde zu heulen. Emma war sich nicht sicher, ob sie wieder damit aufhören könnte.

»Winter Blues«, murmelte Emma und zog den Schal höher, um ihr Gesicht vor der eisigen Kälte zu schützen, die ihr entgegenschlug, als sie die Tür hinter sich zuzog und durch den knirschenden Schnee in Richtung Mainstreet stapfte. Viele Leute hatten in den Wintermonaten dieses deprimierte, niedergeschlagene Gefühl. Schuld war das mangelnde Sonnenlicht. Aber in Emmas Fall vermutlich nicht nur. Sie seufzte und schob Jared in ihrem Kopf zur Seite. Sie würde es schon schaffen, ihr Weihnachtsgefühl zurückzubekommen.

Die Pinguin-Kolonie vor der Redaktion der *Snowflake Valley Gazette* entlockte ihr sogar ein kleines Lächeln. Immer wieder waren ein paar der kniehohen Schneefiguren geklaut und durch neue ersetzt worden. Die Wahl der Accessoires war von Woche zu Woche ausgefallener und witziger geworden. Trugen die weißen Gesellen am Anfang noch Fliegen und Partyhütchen, hatte sich inzwischen die eine oder andere hässliche Krawatte daruntergemischt, die vermutlich ein paar Ehefrauen aus den Kleiderschränken ihrer Männer hatten verschwinden lassen. Ein Pinguin trug eine Pelzmütze, die an Alaska erinnerte. Ein anderer stand auf schreiend bunten Flipflops.

Emma rückte den winzigen, mit singenden Elfen bedruckten Schal eines Pinguins gerade und richtete sich dann auf, um weiter zu spazieren. Die Bewohner der Stadt wurden von Jahr zu Jahr kreativer. Die Dekorationen immer schöner und ausgeklügelter. Aber für Emma hatten die Lichter ein bisschen von ihrem Strahlen und ihrer Fröhlichkeit verloren.

Nach einer weiteren Nacht, in der Emma mehr an die Decke gestarrt als geschlafen hatte, blieb sie einfach liegen. Sie ignorierte die Versuche ihrer Eltern, sie zum Aufstehen zu bewegen, und suhlte sich in ihrem Herzschmerz, der von Stunde zu Stunde zuzunehmen schien. Am Nachmittag tauchte Sasha auf, um sie zu überreden, mit Simon und ihr zum *Feast of Winter Solstice* zu gehen, der Sonnwendfeier in Snowflake Valley, die hauptsächlich aus einem Eisskulpturenwettbewerb, zu viel Punsch und jeder Menge Klagen darüber bestand, dass dieser Tag viel zu kurz und die Nacht zu dunkel und zu lang war.

Emma zog sich die Decke über den Kopf und blieb liegen. Erst als sie die Tür hinter Sasha ins Schloss fallen hörte, schlug sie die Laken wieder zurück. Je länger sie vor sich hinstarrte, desto mehr wuchs ihre Wut auf Jared. Was hatte er denn von ihr erwartet? Dass sie wegen ein paar schönen Nächten ihr ganzes Leben über den Haufen warf? Einen Moment dachte sie darüber nach, wie es wäre, in Snowflake Valley zu leben. Lunch bei Sasha im Café. Gemütliche Abende mit ihren Eltern. Miles Flüche und der Duft nach verstaubtem Papier im Zeitungsbüro. Und nachts zu Jared unter die Decke schlüpfen … Mit einem frustrierten Laut zog sie sich die Decke wieder über den Kopf. Ihr Leben spielte sich in Chicago ab. Und Jared Dawson war ein blöder Grinch.

* * *

Jared begann, sein stilles Haus zu hassen. Jedes Mal, wenn er die Tür seines Büros öffnete, erwartete er, Emma zu sehen. An seinem Esstisch sitzend oder seine Küche ins Chaos stürzend. Doch seine Küche war blitzsauber und aufgeräumt, der Esstisch so leer, dass man wieder erkennen konnte, dass die Oberfläche aus dunklem Walnussholz war. Nirgends lagen Emmas Klamotten herum. Ihre tausend Kosmetikpröbchen, die sie vermutlich geschenkt bekam, wenn sie ihre Beauty-Artikel schrieb, waren aus seinem Bad verschwunden.

Sogar sein Hund war sauer auf ihn. Biggie ignorierte Jared die meiste Zeit und legte sich abends demonstrativ neben den Sessel am Kamin, in dem es sich Emma so gern gemütlich gemacht hatte. Dieser verdammte Frosty schwankte den ganzen Tag auf seiner Terrasse hin und her und grinste ihn durch das Fenster an. Santa und Rudi auf dem Dach musste er immerhin nur dann sehen, wenn er Biggie davon überzeugen konnte, ihn wenigstens auf einen kurzen Spaziergang zu begleiten. Der Mistelzweig über Jareds Tür fehlte inzwischen, weil er ihn in einem Wutanfall als Boxsack benutzt und so lange auf ihn eingeschlagen hatte, bis er sich in alle Einzelteile aufgelöst hatte. Aber die Lichter am Verandageländer und in den Bäumen wirkten nahezu magisch, weil es geschneit hatte und sie unter einer zarten weißen Schicht schimmerten.

Jared beendete seine Videokonferenz mit Mac und warf seufzend seinen Antistressball gegen die Wand. Sogar sein Kumpel hatte eine kitschige künstliche Weihnachtsgirlande mit blinkenden Lichtern hinter sich an der Wand hängen. Weihnachten war plötzlich überall. Und Emma nirgends.

Jared vermisste sie. Ihm fehlten die Diskussionen, in denen sie ihn zu überzeugen versucht hatte, dass die Feiertage ohne Weihnachtsbaum undenkbar waren. Er vermisste ihre glänzenden Augen, wenn er sich eine Überraschung ausgedacht hatte, um sie von ihrer Arbeit abzulenken. Er sehnte sich nach ihrem weichen, warmen Körper an seinem. Ihrem Kopf, der an seiner Schulter ruhte. Nicht einmal mit Emmas Unordnung hätte Jared ein Problem, wenn sie dafür nur in seinem Sessel lümmeln und in einem ihrer hässlichen Weihnachtspullover Kekse knabbern würde.

Mac hatte angesichts Jareds mieser Laune die Augen verdreht und ihm geraten, die Sache mit Emma geradezubiegen und endlich Weihnachten zu feiern wie alle normalen Leute. Sein Freund verstand ihn einfach nicht. Die »Sache«, wie Mac es nannte, ließ sich nicht geradebiegen – weil Emma nach Chicago zurückkehren würde. Daran hatte sie genauso wenig einen Zweifel gelassen wie an der Tatsache, dass ihr die letzten Wochen nichts bedeuteten. Jedenfalls nicht genug, um ihn nicht als Single in ihrem Adventskalender verschachern zu wollen.

Arbeit hatte Jared schon immer geholfen, um sich abzulenken. Kein besonders gesundes Verhaltensmuster, wie er mühsam hatte lernen müssen. Aber immerhin ein wirkungsvolles. Dummerweise hatte er im Moment nicht viel zu tun. Die Beta-Versionen zwei seiner Programme waren gerade in die Testphase gegangen. Ein Update für ein anderes Programm hatte er fertig geschrieben, und ein neues großes Projekt wollte er erst im nächsten Jahr angehen, nachdem er sich mit Mac besprochen und die zu entwickelnde App geplant hatte. Marshall Miller hatte ihm ein weiteres Angebot unterbreitet – und weil Weihnachten war, einen noch größeren Bonus draufgepackt –, um Jared endlich davon zu überzeugen, für ihn zu arbeiten. Er hatte auch diesmal abgelehnt.

Jared fing den Antistressball und pfefferte ihn an die Wand zurück. Auf seinem leeren Schreibtisch lag Beatrice Williams Visitenkarte. Er hatte gesagt, er würde sich überlegen, für sie zu arbeiten, um sich ein wenig mehr in die Gemeinschaft im Tal einzubringen. Aber er hatte sich auch vorgenommen, erst damit zu beginnen, wenn Emma nach Chicago zurückgekehrt war, um sie nicht zu verletzen. Denn Beatrice – oder Bellatrix, wie Sasha und sie die ehemalige Schulkameradin heimlich nannten – brachte Emma auf die Palme, wann immer sie sich über den Weg liefen. Jared war zwar nicht der Meinung, dass Beatrice sich ein Angebot von ihm einholen wollte, um ihm schöne Augen zu machen. Trotzdem hatte er Emma nicht damit konfrontieren wollen. Doch jetzt war Emma weg. Also konnte er sich genauso gut gleich in die Arbeit stürzen. Wenn er es schaffte, Beatrice noch vor Weihnachten ein Angebot zu machen, könnte er sich die Feiertage über in seinem Haus verkriechen und arbeiten – bis er vergaß, dass ihm Weihnachten nicht mehr so ganz egal war, seit er Emma kannte.

* * *

Die Mitarbeiter der *Snowflake Valley Gazette* veranstalteten in ihrer letzten Redaktionssitzung vor Weihnachten eine kleine Weihnachtsparty. Mit selbst gemachtem Eggnog, weihnachtlich dekorierten Donuts aus dem *One More Bite* und kleinen Geschenken. Emma hatte Floras Namen gezogen. Eine Kleinigkeit für die junge Reporterin zu finden, war ein Leichtes gewesen. Sie hatte bei ihrem letzten Besuch der *Belle* genug angesagte Make-up- und Parfüm-Proben aus der Bedien-dich-Kammer mitgebracht, nach denen Flora ganz verrückt war. Ganz zu schweigen vom letzten Exemplar der schreiend bunten Mützen, die dieses Jahr so in waren.

Ihre Geschenktüte in der Hand schob Emma die Tür zur Redaktion auf. Ihr Blick blieb an dem Schild hängen, das ihr Onkel vor all den Jahren hier aufgehängt hatte: »Zeitungs-büro«. Emma musste sich zusammenreißen, um die leicht verblassten Buchstaben nicht mit den Fingern nachzuziehen. Sie schüttelte den nostalgischen Anfall ab, zog ihren Mantel aus und begrüßte die Mitarbeiter der Redaktion.

Wie in jedem Jahr waren die Fenster mit bunten Lichterketten geschmückt. Der sonst völlig chaotische, mit Papieren, Recherchematerial und Schokolade in den unterschiedlichsten Formen überladene Arbeitstisch war die Weihnachtszeit über tadellos aufgeräumt, damit der große Adventsstern, der in der Mitte prangte, zur Geltung kam – und man den Teller mit den Weihnachtskeksen, der daneben stand, sehen konnte. Vor ein paar Jahren war eine Platte mit Cookies verschwunden und erst im Februar unter den Notizen zur Eröffnung einer neuen Skipiste wieder zum Vorschein gekommen. Am Aktenschrank ihres Onkels hing ein großer Tannenkranz, der mit roten Bändern verziert war. Das Highlight in der Redaktion war allerdings der

Weihnachtsbaum. Eine Tanne musste sein, aber in den Räumen der Zeitung gab es schon unter günstigsten Umständen nicht genug Platz. Also hatten Miles und Jeffrey vor vielen Jahren einfach eine Öse in die Decke geschraubt, um den Baum über den Tisch hängen zu können. Und weil sie schon dabei gewesen waren – und den Erzählungen nach an jenem Abend eindeutig zu viel Rum in ihren Punsch gekippt hatten –, hatten sie die Tanne einfach verkehrt herum aufgehängt, sodass die Baumspitze einen halben Meter über dem Tisch schwebte. Was als Witz begonnen hatte, war im Handumdrehen zu einer Tradition geworden. Jedes Redaktionsmitglied steuerte ein bisschen Schmuck bei, und auch daraus war ein schöner Brauch geworden. Emma suchte die Zweige des Baumes mit den Augen ab, bis sie die zwei Ornamente gefunden hatte, die noch aus ihren Teenagerjahren hier hingen: eine Freiheitsstatue (der inzwischen der Arm samt Fackel fehlte), die für Emmas Wunsch stand, die Welt zu bereisen und jede Menge Abenteuer zu erleben, und einen pinkfarbenen, mit Glitzer überzogenen Cupcake, einfach nur, weil sie ihn hübsch gefunden hatte.

Die Redaktionsmitglieder suchten sich alle einen Platz am Tisch und ließen bei Kaffee und Donuts das Jahr Revue passieren, das in diesem Fall viel mit den Veränderungen durch das Online-Magazin zu tun hatte. Bis auf Lydia Powers, die nicht nur auf Arbeit aller Art allergisch war, sondern auch auf Veränderung, fanden Onkel Henrys Mitarbeiter das neue Magazin super. Und da sich bereits abzeichnete, dass die Einnahmen mit der Online-Ausgabe genug steigen würden, um die *Gazette* zu halten, hatte sich inzwischen sogar die Anspannung aus Henrys Körper geschlichen und einem relaxten Lächeln Platz gemacht.

»Wir sind dir wirklich dankbar, Emma.« Miles legte ihr den Arm um die Schultern. »Verdammte Scheiße!«, konnte er sich einen Fluch nicht verkneifen, grinste dabei aber breit. »Da hatte ich echt gedacht, ich kann endlich in den Ruhestand gehen und den ganzen Tag angeln. Aber wenn die Zeitung weiterläuft, dann nicht ohne mich.«

»Fragt sich nur, wer sich in Zukunft um dieses Internet-Ding kümmert«, murmelte Lydia in ihre Kaffeetasse.

Emma blickte zu Flora hinüber, die bei Lydias Kommentar rot anlief. Die junge Frau befand sich im letzten Highschooljahr und würde nicht mehr ewig für die *Gazette* arbeiten, das war Emma schon klar. Aber da sie die Einzige war, die sich überhaupt bereit erklärt hatte, sich mit der Technik auseinanderzusetzen, war Emma keine Wahl geblieben. Auch wenn Flora immer wieder betonte, dass sie nicht glaubte, dass sie den Herausforderungen gewachsen war, Emma glaubte an sie. Und bis zum Sommer würde Henry schon einen Nachfolger für sie finden. »Ich glaube, dass das Online-Magazin bei dir in den besten Händen ist«, sagte sie mit einem Lächeln zu Flora und drückte ermutigend ihre Hand, was ihr ein abgehacktes Nicken der Redakteurin einbrachte. Und einen Blick, der den Anschein erweckte, dass sie gleich in einer Panikattacke aufspringen und davonrennen würde. Da änderte auch Emmas aufmunterndes Lächeln nichts.

»Können wir mit den Geschenken anfangen?«, fragte Jeffrey. »Ich muss noch zu einer Weihnachtsfeier ins Rathaus. Und dann zu noch einer ins *Old Boat*.«

»Eine gute Idee.« Henry nahm eine rote, mit Sternen verzierte Schachtel mit einer goldenen Schleife vom Sideboard. »Los geht's!«

Unter Rascheln und Lachen überreichten sich die Redaktionsmitglieder ihre Päckchen und Geschenktaschen.

Henry setzte sich auf den Platz neben Emma, den Miles freigemacht hatte, um Lydia, die auf der anderen Seite des Tisches saß, sein Geschenk zu geben. Zur Feier des Tages trug er Hosenträger, auf denen breit grinsende Lebkuchenmännchen herumtanzten. Er legte Emma den Arm um die Schultern und küsste sie auf die Wange. »Frohe Weihnachten, Kleines. Und danke für deine Hilfe. Ich hätte mir nicht vorstellen können, dass wir die Zeitung wirklich retten.«

»Ich hatte Spaß daran, Onkel Henry. Die Herausforderung war nicht gerade klein. Aber es war wirklich toll, das Magazin auf die Beine zu stellen.« Das war die reine Wahrheit, wurde Emma bewusst. Überrascht blinzelte sie bei dem Gedanken an die *Online-Gazette*, in der sie sich mehr verwirklicht hatte, als es bei einer der großen Zeitungen, für die sie arbeitete, jemals möglich sein würde. Sie hatte die Arbeit genossen. Den Job der Herausgeberin genauso wie den der Reporterin, die ihre alte Heimat noch einmal aus einem ganz neuen Blickwinkel kennenlernte. Die sich als Fotografin und Videobloggerin hatte verwirklichen können. Sie vertraute Flora bedingungslos, was das Magazin anging, aber eine leichte Wehmut, weil sie das Projekt jetzt aus den Händen geben musste, konnte sie trotzdem nicht leugnen.

»Das ist für dich«, sagte Henry und reichte ihr das Päckchen, das er in der Hand hielt.

Emma strich über die üppige, goldene Schleife. »Du hast mich gezogen?«, fragte sie, und ein kleines Lächeln stahl sich in ihre Mundwinkel. Henry war nicht gerade für besonders kreative Geschenke bekannt. Auf dieser Ebene versagte er genauso wie bei den Ornamenten für den *Ice Day.* »Und eingepackt hast du das auch nicht selbst«, stellte sie fest, als sie das Päckchen in den Händen drehte. Wahrscheinlich ein Briefbeschwerer oder ein Kugelschreiber-Set. Wobei, sie wog das Geschenk in der Hand, dafür war es zu schwer.

»Beim Einpacken hat mir Vivian geholfen«, gab Henry zu.

»Geholfen?« Emma zog herausfordernd die Augenbrauen hoch.

»Okay, sie hat es verpackt. Aber was das Geschenk an sich betrifft ...« Henry schwieg einen Moment und legte seine Hand auf Emmas. »Ich habe geschummelt, um deinen Namen ziehen zu können. Denn das hier habe ich schon im Sommer gefunden, auf einem dieser Scheunen-Antiquitäten-Märkte. Ich musste an dich denken, und na ja ...« Er zuckte unbehaglich mit den Schultern. »Seitdem warte ich auf Weihnachten. Und darauf, dir das geben zu können.«

»Wow.« Emma lächelte ihren Onkel an. »Jetzt bin ich aber gespannt.« Sorgfältig zog sie das Geschenkband ab und legte es zur Seite. Dann schob sie das Papier auseinander und enthüllte eine Pappschachtel. Sie nahm den Deckel ab – und ihr stockte der Atem. »O mein Gott! Onkel Henry«, flüsterte sie. »Das ist ...«

In Henrys Augenwinkeln kräuselten sich die Fältchen, als er lächelte. »... eine Überraschung?«, beendete er ihren Satz mit einer Frage.

»Eine absolute, unglaubliche Überraschung«, sagte Emma und nahm die Schneekugel, die in der Schachtel gelegen hatte, vorsichtig heraus, um sie aus der Nähe betrachten zu können. »Die ist wirklich original.« Vor fünfundzwanzig Jahren hatte eine kleine Firma aus der Gegend die kleinen Kunstwerke hergestellt, in denen sich eine Miniaturausgabe von Snowflake Valley befand. Emma hatte ihre Kugel damals, neben der Rapunzel-Barbie, die sie sich schon ewig gewünscht hatte, zu Weihnachten bekommen. Sie hatte es geliebt, mit dieser Kugel am Fenster zu stehen, sie zu schütteln und Schnee auf die winzigen Häuser schweben zu lassen, wenn es in der richtigen Welt ebenfalls auf ihr Heimatstädtchen schneite.

Ein paar Jahre später hatte Emma Schulfreundinnen zu einer Pyjamaparty eingeladen. Eine von ihnen hatte ihren Labrador Rocky mitgebracht. Ein Hund, der alle um sich herum mit seiner Liebe überschüttete, das aber leider mit zu viel Enthusiasmus. Er hatte die Schneekugel mit dem Schwanz aus dem Regal gewischt. Ungewollt huschten Emmas Gedanken zu Biggie und dem Moment, in dem der Neufundländer sie auf der Mainstreet über den Haufen gerannt hatte. Übereifrige Hunde schienen in ihrem Leben eine nicht ganz unbedeutende Rolle zu spielen. Als ihre Schneekugel zerbrach, war Emma jedenfalls am Boden zerstört gewesen. Ihre Eltern hatten versucht, ein neues Exemplar aufzutreiben, aber sie wurden nicht mehr hergestellt. Und jetzt hatte Onkel Henry doch eine gefunden. Langsam drehte Emma sie um, wartete, bis sich der Kunstschnee in der Kuppel sammelte, und ließ ihn dann auf die Stadt hinunterrieseln. »Die ist einfach nur wunderschön. Vielen Dank, Henry.«

21

Meet me under the mistletoe.

Nach der Weihnachtsparty in der Redaktion begleitete Emma ihren Onkel über die Straße. Er wollte ins *One More Row* und etwas mit Vivian besprechen, während Emma sich im Café ihrer Freundin ein paar Gedanken machen wollte. Schließlich hatte sie noch immer keine Lösung für den Adventskalender.

Sie stellte die Schneekugel auf den Bistrotisch, den sie sich zum Schreiben ausgesucht hatte, und klappte ihren Laptop auf. Doch statt mit der Arbeit zu beginnen, starrte sie das Miniaturdorf in der Glaskuppel an. Abermals griff sie nach der Kugel, schüttelte sie und ließ es schneien.

»Sie ist wirklich total cool«, sagte Sasha, die Emma einen Kaffee brachte.

Emma blickte auf. »Du wusstest davon?«, fragte sie überrascht.

Sasha verdrehte die Augen. »Klar doch. Henry war so aus dem Häuschen, als er die Schneekugel bei diesem Scheunenverkauf gefunden hatte. Er ist schnurstracks hierhergekommen, um sie Vivian und mir zu zeigen.« Sie blickten durch den breiten Wanddurchlass ins Wollgeschäft von Sashas Tante hinüber, wo Henry und Vivian am Verkaufstresen die Köpfe zusammensteckten, als brüteten sie über irgendwelchen Geheimnissen. Als Vivian ihre Hand auf Henrys Arm legte und leise kicherte, verdrehte Sasha noch einmal die Augen. »Die beiden werden auch nie merken, was gut für sie ist – zumindest bei Henry liegt das eindeutig in der Familie.« Sie hatte sich bereits wieder umgedreht, um hinter ihre Theke zurückzukehren, als ihr bewusst wurde, was sie da gerade gesagt hatte, und fuhr wieder zu Emma herum. »Entschuldige«, stammelte sie. »So war das nicht gemeint.«

»Nein?« Emma zog die Augenbrauen hoch. Ihr Herz klopfte unangenehm laut. Zwischen Sasha und ihr hatte es noch nie Probleme oder Geheimnisse gegeben. Doch in der letzten Zeit hatte ihre Freundin sie ein paarmal mit Meinungen und Ansichten überrascht, die Emma so nicht von ihr kannte. Denn normalerweise war Sashas Motto: Leben und leben lassen. Sie mischte sich nicht in die Angelegenheiten anderer ein, weil jeder selbst für sein Glück verantwortlich war. Aber die spitzen Bemerkungen in letzter Zeit ... »Wie war es denn dann gemeint?«, wollte sie wissen.

Einen Moment blieb Sasha unschlüssig stehen. »Hör zu«, sagte sie dann leise und setzte sich Emma gegenüber. »Ich weiß auch nicht, was in mich gefahren ist. Aber um ehrlich zu sein: Ich ärgere mich über dich.«

Emma schluckte. Ihre Freundin war bis jetzt genau zwei Mal sauer auf sie gewesen. Einmal in der dritten Klasse, als ihr herausgerutscht war, dass Sasha in Bryan Miller verknallt war und sie gnadenlos damit aufgezogen worden war. Das zweite Mal in ihrem Juniorhighschooljahr, als sie fälschlicherweise angenommen hatte, Emma wäre in Simon verknallt, auf den sie zu diesem Zeitpunkt längst ein Auge geworfen hatte. Beide Male hatte der Groll ihrer besten Freundin nicht länger als ein paar Stunden angehalten. Schon am Abend war sie wieder durch Emmas Fenster geklettert, und alles war wieder gut gewesen. Diesmal hatte Emma allerdings nicht das Gefühl, dass sich das, was zwischen ihnen stand, so einfach zur Seite schieben ließ.

»Ich ärgere mich darüber, dass du mit geschlossenen Augen durch die Welt läufst, wo doch vor allem du als Journalistin sie immer offen halten solltest. Du verletzt einen wundervollen Mann, weil du nicht bereit bist, dir einzugestehen, was jeder in deinem Gesicht lesen kann.« Mit einer aufgebrachten Bewegung wirbelte Sasha ihr Küchentuch durch die Luft. »Du kannst an deinen ehrgeizigen Karriereplänen festhalten. Von mir aus. Auch wenn ich das Gefühl habe, dass die Online-Zeitung genau dein Ding ist und du es eigentlich sehr genossen hast und glücklich warst, daran zu arbeiten. Aber bitte, kehr zurück in dein Hamsterrad in Chicago. Nur hör dann auch auf, dich selbst zu belügen. Uns. Und Jared, der es einfach nicht verdient hat, so behandelt zu werden.«

Emma blinzelte. So hatte Sasha wirklich noch nie mit ihr gesprochen. »Äh … was meinst du damit? Womit belüge ich mich denn? Und euch alle?«

Sasha stützte ihre Ellenbogen auf die Tischplatte und beugte sich vor. »Verdammte Scheiße, Emma! Du bist in Jared verliebt! Es wird Zeit, dass du dir das eingestehst.« Das Türglöckchen ging, und Sasha stand auf, um die Kunden zu begrüßen. »Komm damit klar, Emma«, sagte sie, bevor sie sich abwandte. »Ich habe dich seit unseren Teenagerjahren nie mehr so glücklich und zufrieden gesehen wie in den letzten Wochen. Das lag an der Online-Zeitung. Und an Jared. Wenn du beidem den Rücken zudrehen und abhauen willst, dann tu das. Aber erwarte nicht, dass ich dir für diese Entscheidung Beifall klatsche.«

Emma ließ sich auf ihrem Stuhl zurücksinken. Sasha war beschäftigt. Das Café hatte sich innerhalb von Minuten mit Gästen gefüllt, sodass Emma an ihrem Tisch sitzen und auf das geöffnete Dokument auf ihrem Laptop starren konnte, in das sie noch kein Wort getippt hatte. Mit den Fingerspitzen strich sie noch einmal über die Schneekugel. Die Flocken schwebten durch die Glashülle. Und so, wie sie auf die Ministadt hinunterrieselten, rieselte die Erkenntnis in Emmas Herz: Sasha hatte völlig recht. Emma hatte sich in Jared verliebt. Aber sie hatte Angst gehabt, sich das einzugestehen, weil sie ihn am falschen Punkt ihres Karriereplans getroffen hatte. Weil sie befürchtet hatte, Träume und Ziele aufzugeben, wenn sie die Gefühle zuließ, die sie für ihn hatte. Denn das wäre die notwendige Konsequenz. Und so eine Angst verschwand natürlich nicht von jetzt auf gleich, nur weil ihre Freundin ihr die Wahrheit an den Kopf geworfen hatte.

Aber vielleicht hatte Sasha auch an einem anderen Punkt recht. Vielleicht war sie in ihrer Karriere inzwischen sogar schon viel weiter, als sie zu diesem Zeitpunkt geplant hatte, und ihr Endziel, irgendwann Herausgeberin einer eigenen Zeitschrift zu sein, war näher, als sie bemerkt hatte. Wenn auch anders als gedacht. Genau genommen war sie wie die Schneekugel. Emma legte die Hände um das Glas. In ihrem Herzen war Snowflake Valley genauso eingeschlossen wie in dem kleinen Globus vor ihr.

Sasha hatte ihr eine ganze Menge zum Nachdenken hingeworfen. Und das würde Emma tun. Gründlich. Aber eines war ihr jetzt schon klar: Jared zu fragen, ob er sich für ihren Adventskalender als Single ausgeben würde, war ein Riesenfehler gewesen. Sie wollte ihn der weiblichen Leserschaft nicht als den sexy Typen präsentieren, der er war. Denn er gehörte – hoffentlich nach wie vor – zu ihr. Diese Frage würde sich Emma genau wie alle anderen beantworten müssen, die sich in ihrem Kopf zu stapeln begannen.

Damit blieb zwar immer noch die Frage, wen sie hinter dem letzten Türchen verstecken konnte, aber um dieses Problem zu lösen, blieben ihr noch zwei Tage. Nachdenklich drehte Emma die Schneekugel zwischen ihren Händen. Als sie aufblickte, fiel ihr Blick auf Henry und Vivian, die noch immer die Köpfe zusammensteckten und über irgendetwas sprachen. Die beiden wirkten so vertraut. Als ob sie einfach zusammen gehörten. Wie ein perfektes Paar. Mit einem Ruck setzte Emma sich auf und stellte die Schneekugel vorsichtig auf den Tisch. Das war es! Sie wusste plötzlich, wen sie am 24. Dezember in den Adventskalender verpacken würde. Einen Mann, dem dringend auf die Sprünge geholfen werden musste: ihren Onkel Henry. Mit einem Profil, das ganz genau auf eine Frau passen würde: Vivian. Vielleicht konnte sie damit erreichen, dass die beiden endlich von der Leitung gingen, auf der sie seit Jahren standen und erkannten, was alle um sie herum längst sahen.

Der Gedanke, der sich im *One More Bite* in Emmas Kopf festgesetzt hatte, ließ sich nicht mehr zur Seite schieben. Er wuchs und nahm immer mehr Gestalt an. Nachdem sie sich von Sasha verabschiedet hatte, machte sie einen Spaziergang am See entlang. Erst als ihr bewusst wurde, dass sie, ohne es zu merken, die Richtung zum Woodward Cottage eingeschlagen hatte, machte sie kehrt und ging nach Hause.

Sie googelte die University of Montana und klickte die Stellenangebote an. Die Professur, von der Sasha ihr vor einer Weile erzählt hatte, war noch vakant. Einen Moment starrte Emma auf die aufgelisteten Voraussetzungen und Benefits, die dieser Job mit sich brachte. Dann gab sie sich einen Ruck, atmete tief durch und tippte die Nummer in ihr Handy.

»Langford«, meldete sich eine Frauenstimme, die viel zu jung klang, um schon Dekanin der journalistischen Fakultät an der University of Montana zu sein.

»Hi, mein Name ist Emma Porter. Ich bin Journalistin in Chicago, aber ich komme ursprünglich aus Snowflake Valley.«

»Ich kenne Sie, Miss Porter«, antwortete die Frau. Im Hintergrund waren Gelächter und Weihnachtslieder zu hören.

Wahrscheinlich die Weihnachtsfeier der Fakultät. Emma verzog das Gesicht. Nicht der beste Moment, um sich vorzustellen. »Sie kennen mich?«

»Ich lese ›Love, Emma‹, Ihre Kolumne in der *Belle*. Ein paarmal habe ich sie sogar schon in einer Vorlesung genutzt, um bestimmte Themen zu verdeutlichen.«

»Oh. Okay.« Emma war für einen Moment sprachlos. »Das … ähm … freut mich.« Ihre Texte wurden an einer Uni auseinandergenommen? Sie traute sich nicht wirklich, zu fragen, ob das ein gutes oder ein schlechtes Zeichen war.

»Was kann ich für Sie tun, Miss Porter?«

Emma wurde bewusst, dass sie den Grund ihres Anrufes

noch gar nicht genannt hatte. »Ich habe Ihre Ausschreibung gelesen. Ist die Referentenstelle noch vakant?«

»Wenn Sie sich dafür interessieren, würde ich mich gerne mit Ihnen darüber unterhalten«, antwortete die Dekanin.

Das Telefonat dauerte keine zehn Minuten. Professor Langford schien eine Frau kurzer und klarer Worte zu sein – und wollte wahrscheinlich zu ihrer Feier zurück. Aber Emma wusste jetzt, dass die Stelle noch immer zu vergeben war. Dass es sich um eine Gastprofessur handelte. Kurse, die auf ein oder zwei Wochen angesetzt waren und ein akzeptables, wenn auch nicht üppiges Gehalt mit sich brachten. Wenn sie diesen Job bekam, würde sie über ein sicheres Einkommen verfügen, das zumindest einen Teil ihrer Grundbedürfnisse abdeckte. Professor Langford wartete auf ihre Bewerbung – und hatte signalisiert, dass sie auf der Suche nach jemandem wie ihr war. Eine Chance, die Emma sich quasi nicht entgehen lassen durfte.

Nach dem Dinner mit ihren Eltern zog sich Emma in ihr Zimmer zurück und begann, das vergangene Arbeitsjahr zu analysieren. Sie mochte manchmal impulsive Entscheidungen treffen, aber wenn es um ihren Job ging, war sie ein absoluter Kopfmensch. Schließlich konnte sie nicht einfach aus dem Bauch heraus eine Entscheidung treffen, wenn sie dadurch ihrer kompletten Karriere eine neue Richtung geben würde. Also nahm Emma alle Artikel, die sie in diesem Jahr geschrieben hatte, unter die Lupe. Die Reisen, die sie gemacht hatte. Besprechungen. Termine.

Während sie an einem Glas Wein nippte, betrachtete sie nachdenklich ihre Notizen. Nicht alles, was sie aufgelistet hatte, wäre von Snowflake Valley aus möglich gewesen, aber eindeutig mehr, als sie vermutet hätte. Einen Teil ihrer Termine hätte sie durchaus als Videokonferenzen abhalten können. Achtzehn Reisen waren unverzichtbar gewesen. Wobei sie, wenn sie besser geplant und Ziele verbunden hätte, mit vierzehn Reisen ausgekommen wäre. Das wäre definitiv ein Punkt, bei dem sie würde zurückstecken müssen, wenn sie ihrem Leben eine neue Richtung gab. Sie horchte in sich hinein und empfand nicht das Bedauern, das sie vermutet hatte.

Wenn sie die Zeit einberechnete, die sie brauchte, um die *Online-Gazette* als Herausgeberin und Redakteurin zu betreuen, und wenn sie die Stelle an der University of Montana bekam, wäre es möglich, in Snowflake Valley zu bleiben. Den größten Teil der Artikel, die sie im vergangenen Jahr verfasst hatte, hätte sie genauso gut an Jareds Küchentisch wie in ihrem Chicagoer Büro schreiben können. Vielleicht lag Emmas Zukunft wirklich hier. In den Bergen. Bei ihrer Familie und ihren Freunden. Bei Jared. Sie könnte es probieren. Vielleicht erst einmal für ein Jahr. Das würde reichen, um herauszufinden, ob sie für dieses Leben geschaffen war.

Emmas Herzschlag beschleunigte sich, als sie endlich ins Bett ging, und wieder konnte sie nicht einschlafen. Diesmal war das allerdings ihrer Aufregung geschuldet. Der Frage, was ihr Onkel dazu sagen würde, wenn sie ihm anbot, die *Online-Gazette* zu übernehmen. Flora würde ihr jedenfalls vor Erleichterung um den Hals fallen. Da war sie sich sicher.

Und Jared? Was würde er dazu sagen? Das war neben dem Gespräch mit Henry ihr Ziel für den nächsten Tag: Sich bei Jared entschuldigen und ihm von ihren Plänen erzählen.

Vielleicht würde sie es noch für sich behalten, dass sie sich in ihn verliebt hatte. Denn das war die Art von Geständnis, die perfekt zu einem Weihnachtsmorgen passte. Lächelnd schloss sie die Augen und begann davon zu träumen, wie fantastisch Jared ihre Idee finden würde.

* * *

Wenn man alles um sich herum ausblendete und sich nur noch auf seine Arbeit konzentrierte, kam man schneller voran als eigentlich nötig. Jared hatte sich mit einem Minimum an Schlaf abgefunden. Jedes Mal, wenn er aus einem der viel zu realistischen Träume aufschreckte, in denen Emma die Hauptrolle spielte, hatte er nicht wieder in den Schlaf zurückgefunden. Also hatte er das Einzige getan, von dem er sicher war, dass es half. Er hatte sich an seine Rechner gesetzt und weiter an dem Entwurf für das Mountain-View-Resort-Programm gearbeitet, das Beatrice bei ihm in Auftrag geben wollte.

Jared hatte Beatrice eine Mail geschrieben und ihr mitgeteilt, dass er so weit war, ihr ein erstes Konzept vorstellen zu können. Er hatte vorgeschlagen, sich nach den Feiertagen zusammenzusetzen. Aber Beatrice hatte ihn sofort zurückgerufen und darauf bestanden, noch heute vorbeizukommen. Jared war überrascht, schließlich sprachen sie hier vom 23. Dezember, und in Snowflake Valley schien sich jeder Gedanke ausschließlich um das bevorstehende Weihnachtsfest zu drehen. Andererseits lag das Mountain-View-Resort in Wild Creek, und Hotelbetriebe kannten ja grundsätzlich keine Ferien. Einen Vorteil hatte dieses Treffen auf jeden Fall: wenn Beatrice seine Ideen absegnete, wäre er über die Feiertage mit Arbeit eingedeckt und schaffte es auf diese Weise vielleicht sogar, Emma wenigstens für ein paar Tage aus seinen Gedanken auszuschließen.

Er hatte Beatrice angeboten, zu ihr ins Hotel zu kommen, aber sie hatte nur gelacht und erklärt, dass sie froh sei, wenn sie mal aus dem Laden herauskam. Also hatte er klein beigegeben. In der Welt, aus der er kam, war es nicht üblich, sich am Esstisch zusammenzusetzen, mit einem knisternden Feuer im Hintergrund und einem Neufundländer, der davor schnarchte. Die Präsentationen, die er kannte, fanden in Besprechungsräumen statt. Mit modernster Medientechnik, so vielen verschiedenen Getränkesorten, dass man sich gar nicht entscheiden konnte, und Häppchen von irgendeinem exklusiven Catering. Aber in Snowflake Valley liefen die Uhren eben anders. Genau wie seine Kundentermine. Jared überlegte, ob er Chips oder Nüsse und Wasser auf den Tisch stellen sollte, entschied sich aber dagegen. Er würde Beatrice zeigen, was er vorbereitet hatte, sie würde entscheiden, ob er den Auftrag bekam. Fertig. Wahrscheinlich war sie eine halbe Stunde, nachdem sie an seine Tür geklopft hatte, schon wieder weg.

Als jedoch Beatrices Mercedes-SUV auf die Lichtung rollte, erweckte sie nicht den Eindruck, es besonders eilig zu haben. Sie stieg in einem Mantel aus dem Wagen, der so rot leuchtete, dass Jared die Augen zusammenkneifen musste, als er die Haustür öffnete und auf die Veranda hinaustrat, um sie zu begrüßen.

Beatrice schob ihre Sonnenbrille auf den Kopf und betrachtete das Haus und seine Weihnachtsdekoration mit einem schiefen Lächeln. Dann zog sie eine große Handtasche und einen Papp-Getränkehalter mit zwei Bechern aus dem Wagen und überquerte die kleine Lichtung. »Besuch von den Weihnachtswichteln?«, fragte sie mit einem Seitenblick auf Frosty.

»Sie kennen die Wichtel?«, fragte Jared überrascht, bevor ihm bewusst wurde, dass Beatrice nach außen sehr elegant und weltmännisch wirkte, aber genau wie alle anderen Leute, mit denen er hier zu tun hatte, in Snowflake Valley aufgewachsen war.

»Gott ja.« Sie hob den Arm, an dem das Handtaschenungetüm hing, zu einer wegwerfenden Geste. »Deshalb bin ich so schnell wie möglich nach Wild Creek gezogen. Aber lass uns doch du sagen«, schlug sie vor, als sie die Stufen hinaufstieg. »Schließlich sind wir Geschäftspartner. Beatrice.« Sie reichte ihm ihre Hand, und Jared schüttelte sie.

»Jared«, erwiderte er.

Beatrice hielt seine Hand ein wenig länger fest, als es für Geschäftspartner üblich war. Ihr Parfüm, das teuer und exotisch roch, hüllte ihn ein und weckte automatisch die Sehnsucht nach Emmas viel leichterem, wärmerem Vanilleduft. Beatrices Lippen, die genau die gleiche rote Farbe aufwiesen wie ihr Mantel, ließen Jared daran denken, wie sehr er Emmas natürliche Ausstrahlung mochte. Sie hatte sich nur selten geschminkt. Ihr Mund hatte höchstens mal nach dem Himbeer-Lipgloss geschmeckt, den sie gegen die Kälte manchmal auftrug. Und selbst wenn Emma Make-up aufgelegt hatte, war das immer auf diese dezente Art getan. Zurückhaltung schien hingegen kein Thema für ihre alte Mitschülerin zu sein. Beatrice hatte von allem ein wenig zu viel.

Für einen Moment war Jared sogar froh, dass der Mistelzweig, der jetzt normalerweise über seinem Kopf baumeln würde, seinem Wutanfall zum Opfer gefallen war. Denn ganz kurz hatte er das Gefühl, dass Beatrice die Existenz dieses Mistelzweiges genutzt hätte, ganz gleich, ob das hier eine geschäftliche Besprechung war. »Dann weißt du also, wer die Wichtel sind?«, lenkte Jared das Thema zurück auf seine Deko und zog seine Hand aus ihrer.

»Nein.« Beatrice lachte. »Bevor du das herausfindest, lüftest du das Geheimnis, ob die Mondlandung echt war.«

Sie tauschte ihren flirtenden Blick gegen einen deutlich professionelleren, und Jared atmete erleichtert auf, als er einen Schritt zur Seite trat und sie ins Haus bat.

Drinnen drehte sich Beatrice einmal um die eigene Achse und ließ den großen, offenen Bereich des Erdgeschosses auf sich wirken. »Ich war schon bei meinem letzten Besuch total begeistert von deinem Haus«, sagte sie und reichte Jared den Papphalter mit den Kaffeebechern. »Hier lässt es sich auf jeden Fall aushalten. Ich habe uns Kaffee mitgebracht«, ergänzte sie unnötigerweise, während sie ihre Jacke auszog und die Stiefel abstreifte.

»Danke.« Jared beäugte die Becher, die dem Logo nach aus einem Café in Wild Creek stammten. Natürlich! Beatrice würde niemals freiwillig einen Fuß in das *One More Bite* setzen, um den Kaffee dort zu kaufen. Jared könnte wetten, dass ein Kaffee, der aus Wild Creek nach Snowflake Valley gefahren wurde, inzwischen nur noch lauwarm sein konnte. Und dass er mit Sicherheit nicht halb so gut schmeckte wie die Bohnenmischung, die sich Sasha von diesen verrückten Typen aus Missoula rösten ließ. Jared unterdrückte ein Seufzen. Das war auch etwas, was er bereits vermisste: das *One More Bite*. Seit Emma und er getrennte Wege gingen, war er nicht mehr dort gewesen. Er vermisste das Essen, den Kaffee und Sashas Gesellschaft, und Biggie ganz sicher die

Leckerchen, die sie ihm immer zusteckte. Aber das Café war Emmas Rückzugsgebiet. Hier hatte sie auch schon ihre Zeit verbracht, bevor sie begonnen hatte, sich in seinem Cottage wie zu Hause zu fühlen. Emma war bald zurück in Chicago, erinnerte er sich selbst daran, dass er seinen Kaffee dann wieder in der Stadt trinken konnte. »Nimm Platz«, sagte er zu Beatrice.

Beatrice ließ ihren Blick noch einmal durch den Raum schweifen. »Das war also dein Haus, in dem sie dieses Weihnachts-Back-Video gedreht hat. Ich erkenne die Küche wieder«, sagte sie, während sie elegant auf den Stuhl sank, den Jared ihr zurechtgerückt hatte. »Sah ganz schön chaotisch aus, hinterher. Die Leute scheinen das ja charmant zu finden, zumindest wenn man den Kommentaren unter dem Beitrag Glauben schenkt. Aber das positive Feedback ist wohl kaum Emmas Einsatz geschuldet, sondern der Tatsache, dass sie eine der ganz großen Bloggerinnen überreden konnte, bei dieser kleinen Aktion mitzumachen. Was auch immer Emma getan hatte, sie dazu zu bekommen.«

»Hmm. Ja.« Jared wollte jetzt ganz sicher nicht über Emma reden. Schon gar nicht mit ihrer Erzfeindin. Der er nicht erklären würde, wie Emma es geschafft hatte, Eloise für dieses Video zu gewinnen. Mit harter Arbeit, Freundschaft und einem Gespür für Trends. »Was das Programm betrifft«, begann er und ließ sich auf den Stuhl neben Beatrice fallen.

»Wo ist sie überhaupt? Emma, meine ich«, ergänzte Beatrice auf seinen verständnislosen Blick hin.

Jared zwang sich, tief durchzuatmen. »Das hier ist mein Haus. Wir haben gerade einen Präsentationstermin für das Programm, das du für dein Hotel haben möchtest. Könnten wir darauf zurückkommen?«

Beatrice lächelte. Auf eine Art, die Jared eine Gänsehaut verursachte. Keine von der guten Sorte. »Ärger im Paradies?« Sie legte ihre Hand auf Jareds Arm, was vermutlich als mitfühlende Geste gedacht war, sich aber kein bisschen so anfühlte. »Dann stimmt es also, was die Leute in der Stadt sagen. Sie hat dich fallen lassen.« Beatrice drehte sich so, dass sie Jared noch näherkam und setzte damit eine neue Wolke Parfüm frei. »Ich hoffe, du nimmst es nicht so schwer. Emma war schon immer sehr …« Sie machte eine Pause, um das nächste Wort richtig in Szene zu setzen. »Unbeständig.«

Jared presste die Kiefer zusammen. Er war derjenige, der mit Emma Schluss gemacht hatte – ja, okay, weil sonst sie diejenige gewesen wäre, die in ein paar Wochen ihn verlassen hätte. Aber nicht, weil sie unbeständig war. Sie war vielleicht ein bisschen wild, unkonventionell und hatte den unordentlichsten Arbeitsplatz, den er jemals gesehen hatte. Aber Emma war der beständigste Mensch, den er kannte. Genau das war ja ihr Problem. Die Ziele und Träume, die es in ihrem Leben noch gab, trieben sie zurück nach Chicago. »Ich habe mir gedacht, dass wir euer Programm fantastisch mit einer App verbinden können«, begann er seine Präsentation, statt auf Beatrices Kommentar einzugehen. »Wenn einer eurer Gäste auf der Piste steht und denkt, eine Massage wäre am Abend eine gute Idee, bucht er sie direkt. Kein Anruf im Resort. Kein Weiterverbinden in den Wellnessbereich. Kein Nachsehen der Beauty-Rezeption im Kalender, wo noch etwas frei ist. Der Gast sieht das Ganze direkt in der App und überlegt, ob er die Anwendung vor oder nach dem Dinner haben möchte.« Jared stellte fest, dass sich Beatrice tatsächlich interessiert vorbeugte und schob ihre Hand von seinem Arm. »Wir können das so weit ausdehnen, dass die Hotelgäste diese App schon direkt nach der Buchung herunterladen können. Dann können sie bereits im Vorfeld des Urlaubs Anwendungen buchen und sich ihr ganz individuelles Wellness-Programm zusammenstellen.« Jared hatte seine Hausaufgaben gemacht und herausgefunden, dass Kunden gerne schon im Vorfeld ihres Hotelaufenthalts das eine oder andere dazu buchten, damit sie etwas hatten, worauf sie hin fiebern konnten.

»Das ist interessant.« Beatrice sah ihn von der Seite an. »Und man kann alles in diese Buchungs-App packen?«

»Alles, wofür ihr Termine vergebt«, bestätigte Jared.

»Also auch die Candle-Light-Dinner. Das gefällt mir. Apropos: Wenn ich dein Angebot für das Programm annehme, zahle ich natürlich den verhandelten Preis. Aber ich würde mich freuen, wenn ich dich als kleines Dankeschön zu einem solchen Abendessen ins Resort einladen darf.«

Ein Abendessen im Kerzenschein mit Beatrice Williams? Das würde nicht passieren. »Danke, aber das ist nicht nötig«, gab er höflich zurück. Ihn beschlich immer mehr das Gefühl, dass Emma recht gehabt hatte und Beatrice mehr an ihm als seiner Arbeit interessiert war.

»Du würdest es nicht bereuen«, versprach Beatrice. Wieder dieses Lächeln. Die Hand, die gerade noch auf seinem Arm gelegen hatte, fuhr plötzlich über seinen Oberschenkel. Jared zuckte zusammen und versuchte, sie wegzuschieben, aber da lagen Beatrices Lippen bereits auf seinen. Emmas Menschenkenntnis war tausendmal besser als es seine jemals sein würde, ging ihm einen schockierten Moment lang durch den Kopf. Sie hatte genau richtig gelegen.

Jared wollte Beatrice von sich schieben und ihr höflich sagen, dass er kein Interesse an ihr hatte. Doch dann geschah alles gleichzeitig. Beatrice versuchte, die Arme um seinen Hals zu schlingen, während Biggie mit einem glücklichen Bellen von seinem Platz am Kamin aufsprang und zu seiner Hundeklappe raste. In einem Tempo, das er sonst nur vorlegte, wenn …

»Emma!«

Jared war aufgesprungen, um Abstand zwischen Beatrice und sich zu bekommen. Und als er den Blick hob, stand sie da. Auf der Lichtung. Und blickte ihn durch die verglaste Front seines Hauses an. Sie sah wunderschön aus. Die langen, blonden Haare, die unter ihrer hässlich bunten Mütze hervorschauten. Der dicke, pinkfarbene Daunenmantel, unter der man ihren Körper nur erahnen konnte, und die warmen Moon Boots. Ihre Wangen und ihre Nasenspitze von der Kälte gerötet. All das war Jared so schmerzlich vertraut, als ob sie ihn gleich fragte, ob sie einen Spaziergang am See machen würden. Nachdem sie sich an seinem Kaminfeuer wärmten und dann … Jared schob diesen Gedanken beiseite. Denn etwas war neu an Emma: die Traurigkeit in ihrem Blick.

»Emma«, wiederholte Jared ihren Namen, und dann wurden ihm zwei Dinge gleichzeitig bewusst. Sie war hergekommen. Und hatte vermutlich gesehen, wie er von der Frau geküsst worden war, die sie am meisten verachtete. Ein bisschen fühlte sich sein Körper noch immer an wie in Schockstarre. Er sah zu, wie Biggie mit all seiner Liebe auf Emma zustürmte. Sie kniete sich in den Schnee, um seinen Hund zu umarmen und für einen Moment ihr Gesicht in seinem Fell zu vergraben. Der Neufundländer legte seinen schweren Schädel auf ihre Schulter, als hätte er verzweifelt auf ihre Rückkehr gewartet und wollte sie nie wieder gehen lassen. Doch dann löste sich Emma von ihm und sagte leise etwas, während sie Biggie über den Kopf strich, was dazu führte, dass er sich auf sein schweres Hinterteil plumpsen ließ. Emma drehte sich um und ging, ohne noch einmal zurückzuschauen. Den sehnsüchtigen Blick des Hundes in seinem Rücken. Und Jareds verzweifelten. *Scheiße*, war alles, was er denken konnte. *Scheiße, scheiße, scheiße.* Emma war zu ihm gekommen. Er hatte keine Ahnung, warum. Aber er hatte eine verdammte Ahnung davon, wie sehr er sich wünschte, sie wäre in sein Haus gekommen, würde an seinem Esstisch sitzen, wäre einfach nur da. Aus welchem Grund auch immer.

Stattdessen saß hier Beatrice und hatte dieses verdammt zufriedene Lächeln im Gesicht. »Ups«, sagte sie und kicherte leise. Was Jared daran erinnerte, dass Sasha und Emma sie Bellatrix nannten. Wie diese böse Hexe aus den Harry-Potter-Filmen. Noch nie hatte er den Spitznamen so gut verstanden wie in diesem Moment. »Da hat uns Emma wohl im falschen Moment erwischt. Hier aufzutauchen, ausgerechnet wenn wir uns küssen.«

Jared rieb sich mit den Händen über das Gesicht. »Wir haben uns nicht geküsst, Beatrice. Du hast versucht, mich zu küssen. Es gibt kein ›wir‹. So wie es aussieht, wird es auch kein neues Reservierungsprogramm für dein Hotel geben.« Er griff nach ihrem roten Mantel und hielt ihn Beatrice hin. »Und jetzt möchte ich, dass du gehst.«

Beatrice widersprach nicht und nahm den Rauswurf gelassen hin. Sie wirkte nicht sauer. Ihr Lächeln war noch immer zufrieden und so siegessicher, dass Jared einen Moment nicht sicher war, ob sie diesen Kuss vielleicht sogar inszeniert hatte. Hatte sie Emma kommen sehen und ihn deshalb angebaggert?

Egal. Diese Gedanken mussten bis später warten. Erst einmal musste er sicherstellen, dass es Emma gut ging. Mit ihm reden würde sie im Moment sicher nicht. Was sie brauchte, war ihre beste Freundin. Jared wartete, bis Beatrice in ihre G-Klasse gestiegen war und nahm dann sein Handy vom Tisch, um Sasha anzurufen.

22

*I'm only a morning person
on December 25th.*

Emmas Morgen hatte wundervoll begonnen. Bevor sie Jared sagen wollte, dass sie sich in ihn verliebt hatte, wollte sie ihren Onkel in ihre Pläne einweihen. Denn wenn Henry nicht begeistert war von ihrem Wunsch, hier zu bleiben und bei der *Gazette* mitzuarbeiten, hätte sie ein Problem. Doch um Henry hätte sie sich keine Sorgen machen müssen. Er hatte sie einfach von ihrem Stuhl und in eine feste Umarmung gezogen.

»Du bist da, wo du hingehörst«, hatte er in ihr Haar gemurmelt. »Diese Online-Zeitung ist genau das Richtige für dich. Und du wirst sie groß machen. Dessen bin ich mir sicher.«

Sie hatten sich auf ein Jahr geeinigt. Nächstes Weihnachten würden sie sich wieder zusammensetzen und schauen, wo sie standen und in welche Richtung ihre gemeinsame Reise ging.

Mit der Gewissheit, dass ihre Zukunft in Snowflake Valley liegen würde, rannte Emma über die Straße, stürmte in das *One More Bite* und fiel Sasha um den Hals. Obwohl es noch nicht ganz Mittag war, bestand Sasha darauf (nachdem sie durch das Café gehüpft war, ohne Emma loszulassen), auf diese wundervollen Neuigkeiten einen Eggnog zu trinken.

Sie hatten auch noch einen zweiten Eierpunsch getrunken, was Emmas Mut noch ein Stück gehoben hatte. Denn das schwerste Gespräch stand ihr noch bevor. Sie hatte Jared verletzt, und das wollte sie wieder gutmachen. Es war nicht ganz einfach, jemanden davon zu überzeugen, dass man sich in ihn verliebt hatte und ihn furchtbar vermisste, wenn man ihn vor ein paar Tagen noch gebeten hatte, als Single für einen Adventskalender zu posieren. Beschwingt von der Mischung aus Ei, Zucker, Sahne und Brandy hatte sie beschlossen, zu Fuß zu gehen und sich auf dem Weg zum Woodward Cottage genau zu überlegen, was sie Jared sagen wollte. Sie übte ihre kleine Rede und war sich sicher, die richtigen Worte gefunden zu haben, als sie auf die Lichtung einbog, auf der Jareds Haus stand – und dort Beatrices Angeber-Auto entdeckte.

Emmas Herzschlag beschleunigte sich unangenehm. Hatte diese verdammte Hexe schon die Witterung aufgenommen und herausgefunden, dass Jared und sie … Emma wurde bewusst, dass sie stehen geblieben war, und zwang ihre Füße, sich wieder in Bewegung zu setzen. Beatrice war sicher hier, um über das Projekt zu reden, das sie bei Jared in Auftrag geben wollte.

Und genau so sah es auch aus, als sie sich dem Haus näherte. Jared und Beatrice saßen am Esstisch. Er sprach und zeigte auf den Bildschirm, offenbar wie immer ganz in seine Arbeit vertieft. Beatrice hörte anscheinend aufmerksam zu, doch dann blickte sie auf, sah Emma direkt an. Obwohl sie einige Meter trennten und eine Fensterwand zwischen ihnen lag, konnte Emma das boshafte Funkeln in ihren Augen sehen. Einen Moment starrten sie sich an, wie in einem stummen Zweikampf. Dann wandte sich Beatrice Jared zu, legte ihm die Hand auf den Oberschenkel und küsste ihn.

Emma zuckte zurück, als hätte Beatrice ihr mitten ins Gesicht geschlagen. Jared reagierte einen Moment überhaupt nicht. Sie wusste nicht, ob ihre alte Mitschülerin ihn überrumpelt hatte, oder ob er es genoss, ihre grellroten Lippen auf seinen zu spüren. Immerhin hatte Emma gesagt, dass sie keine Beziehung mit ihm führen wollte. Sie hatte kein Recht mehr auf Jared. Aber sie hätte sich schon gewünscht, dass er sie nicht so schnell vergaß – und ersetzte.

Erst als Biggie sie entdeckte und freudig bellend durch die Hundeklappe nach draußen stürmte, um sie zu begrüßen, schien Jared bewusst zu werden, dass Beatrice und er nicht allein waren. Erschrocken sprang er auf und starrte sie durch das Fenster an. Eine Mischung aus Schuldgefühlen und Fassungslosigkeit im Gesicht.

Emma ging auf die Knie, um Biggie zu begrüßen. Sie schlang ihre Arme um seinen Hals und drückte ihn fest an sich, nicht sicher, ob das gleichzeitig auch ein Abschied war. Im Moment war ihr Gehirn wie leer gefegt. Sie musste weg hier. Nachdenken. Und vielleicht auch ein kleines bisschen heulen.

»Gib gut auf dein Herrchen acht«, flüsterte sie Biggie zu, als sie sich wieder aufrichtete. »Und beiß der Hexe in ihren knochigen Hintern. Aber pass auf, dass sie dich nicht in einen Kürbis verwandelt.« Dann drehte sie sich auf dem Absatz um und flüchtete. Wenn sie in Tränen ausbrach, dann sicher nicht vor diesen beiden.

Die Tränen ließen sich nicht aufhalten. Emma hatte zuerst überlegt, zu Sasha zu gehen, aber das wäre einem Nervenzusammenbruch in der Öffentlichkeit gleichgekommen. Als Lydia Forrester vor fünfzehn Jahren im Grocery Store in Tränen ausgebrochen war und ein Kilo Reis nach ihrem Ex-Mann und dessen neuer Freundin geworfen hatte, hatte die Geschichte über zwei Monate die Runde gemacht, bevor sie von dem verwirrten Mr. White abgelöst worden war, der in Hemd und Schuhen, aber ohne Hose, das Haus verlassen hatte. Auf diese Weise wollte Emma wirklich nicht zum Stadtgespräch werden. Also lief sie nach Hause und schlich sich in ihr Zimmer, bevor ihre Eltern sie bemerkten.

Emma hatte sich bereits durch eine ganze Packung Taschentücher geschnieft und begnann nun langsam darüber nachzudenken, Beatrice den Kampf anzusagen und Jared zurückzuerobern, als es an ihre Tür klopfte. »Geh weg!«, rief sie – und hoffte trotz allem ein winziges bisschen, dass es Jared war, der reumütig vor ihrer Türe stand.

»Ich habe *Ben & Jerry's*.« Nicht Jared. Sasha.

Emma ignorierte den kleinen Stich der Enttäuschung, der sich in ihr Herz bohrte, und drehte sich in ihrem Bett auf den Rücken. Aber die beste Freundin war in dieser Situation fast noch wichtiger. »Mit Cookie Dough?«, fragte sie, den Blick an die Decke gerichtet, obwohl sie die Antwort kannte.

»Pff. Was glaubst du denn?«, kam die Antwort auch prompt. »Und Salted Caramel.«

»Du könntest das Eis durch den Türspalt schieben und wieder verschwinden. Ich bin nicht in geselliger Stimmung«, fasste Emma ihren Gemütszustand zusammen.

»Könnte ich, stimmt. Aber erstens bekomme ich dann nichts von dem Eis ab und zweitens bin ich gut gelaunt für zwei.« Sie schob die Tür auf und balancierte die Becher ins Zimmer. »Meine beste Freundin hat sich nämlich entschieden, zumindest vorerst in der Gegend zu bleiben.«

Verdammt. Darüber hatte Emma keine Sekunde nachgedacht. Konnte sie überhaupt noch hierbleiben, wenn Jared und Beatrice ein Paar wurden?

»Ah!« Sasha wies mit dem Zeigefinger ihrer freien Hand auf Emma. »Denk nicht mal dran!«

»Woran?« fragte Emma. Sie nahm einen der *Ben & Jerry's*-Becher, ohne sich aufzurichten.

Sasha ließ sich neben ihr auf das Bett fallen. »Abzuhauen, weil Bellatrix wieder zugeschlagen hat.«

»Ich wollte niemals ...«, begann Emma.

»Lüge!« Sasha wies mit ihrem Löffel auf Emma. »Du hast auf jeden Fall darüber nachgedacht.«

Emma seufzte. »Hab ich, ja.« Sie schob ihren Löffel in die Mischung aus Eis und salzigem Karamell. »Aber inzwischen war ich an dem Punkt, an dem ich mir überlegt habe, die Krallen auszufahren und ihn mir zurückzuholen. In meiner Fantasie hab ich Bellatrix' Wange mit ein paar wirklich hübschen Kratzern versehen, die farblich wunderbar mit ihrem Lippenstift harmonieren.«

»Gut, Schwester!« Sasha stieß mit ihrem Becher gegen Emmas. »Aber weißt du, das alles wird gar nicht nötig sein.«

»Du sagst, ich soll nicht kämpfen, um was mir wichtig ist? Woher weißt du überhaupt, was passiert ist? Erzählt es die Hexe schon in der Stadt herum?« Emmas Magen zog sich zusammen bei dem Gedanken, am nächsten Abend zur Weihnachtsmesse in die Kirche zu gehen, wenn sich alle Köpfe neugierig nach ihr umdrehen würden, weil sie mal wieder gegen Beatrice Williams verloren hatte.

»Tss.« Sasha setzte sich auf, schlug ihre Beine im Schneidersitz unter sich zusammen und verdrehte die Augen. »Ich habe bessere Quellen als dieses Luder. Aber du weißt das ja als Journalistin am allerbesten: Quellenschutz.« Sie verschloss mit einem imaginären Schlüssel ihre Lippen und warf ihn dann über die Schulter. »Trotzdem würde ich auf meine beste Freundin hören, wenn ich du wäre.«

»Ach ja? Und was rät mir diese beste Freundin?« Emma richtete sich ebenfalls auf.

»Sie rät, dieses Eis aufzuessen. Apropos: lass uns tauschen.« Sasha schnappte sich das Salted Caramel und hielt Emma das Cookie Dough hin. »Und dann solltest du geduldig auf Weihnachten warten. Wenn du ein braves Mädchen gewesen bist, schiebt Santa Claus möglicherweise sein dickes Bäuchlein durch den Kamin und hat eine ganz besondere Überraschung für dich.«

»Sasha, du hast mir schon als Sechsjährige erklärt, dass es Santa Claus nicht gibt.«

Die Freundin verzog das Gesicht. »Es ist nicht fair, dass du mit einunddreißig immer noch weißt, was ich als Vorschulkind behauptet habe. Jedenfalls habe ich meine Meinung geändert. Also halt die Füße still, okay?« Sie drückte Emmas Hand. »Deine Idee mit Jareds Auftritt im Adventskalender war nicht besonders gut. Aber Jared hat auch Fehler gemacht. Er hätte dich nicht einfach rauswerfen dürfen. Auch wenn ich ihm zugestehe, dass das wahrscheinlich mindestens so eine Übersprungshandlung war wie dein Plan, ihn zum Single des Monats zu machen. Außerdem hätte er sich mit der Hexe besser in Acht nehmen müssen. Aber eins ist klar. Wenn ein Mann beschließt, dich zurückzuerobern, solltest du das zulassen und genießen. Denn es bedeutet das hier«, sie tippte mit dem Finger gegen Emmas Brustkorb. Dorthin, wo ihr Herz vor Aufregung begonnen hatte, ein bisschen schneller zu schlagen, »er liebt dich.«

Sashas Worte ließen Emma hoffen, dass es noch eine Chance für Jared und sie gab. Sie ließen sie gut schlafen und mit einem Lächeln aufwachen. Sie ließen sie laut lachen über die Empörung ihres Onkels, als er sich als den Single des Tages im Adventskalender fand.

Doch je weiter der Tag verging, desto mehr schwand die Hoffnung. Jared war nicht aufgetaucht. Er hatte sie nicht angerufen, keine Nachricht oder Mail geschickt (sie hatte ihr Postfach dreizehnmal überprüft!). Als sie sich für den Besuch der Weihnachtsmesse anzog, hatte sich bereits eine tiefe Enttäuschung in ihr breitgemacht.

Eine Chance gab es noch. Vielleicht war Jared, der Grinch von Snowflake Valley, in der Kirche. Doch als sie die Sitzreihen das dritte Mal mit ihren Blicken abgesucht hatte, war sie sicher, dass er auch hier nicht zu finden war. Freddy Carpenter saß neben einer hübschen Blondine in der vorletzten Reihe, seine Wangen vor Aufregung gerötet. Hatte er die Frau über den Single-Adventskalender kennengelernt? Jackson saß ein paar Reihen vor Emma. Eng umschlungen mit einem Mädchen – wahrscheinlich seine Maya. Liebe. Überall war Liebe. Nur Jared fehlte. Sasha, die hinter ihr saß, strich ihr aufmunternd über den Rücken, und Emma bemühte sich, das Lächeln, das sie ihr über die Schulter zuwarf, aufrecht wirken zu lassen.

Der Tag hatte das Potenzial, der schlimmste Heiligabend zu werden, den Emma je erlebt hatte. Einziger Lichtblick waren Henry und Vivian. Im Gegensatz zu ihrem Onkel hatte Sashas Tante Emma fest umarmt und »Danke« geflüstert. Die beiden glaubten, dass es niemand mitbekam, aber Emma hatte sehr wohl bemerkt, dass sie in der Kirchenbank Händchen haltend nebeneinandersaßen. Dabei war ihr Adventskalendertext zu Onkel Henry so eindeutig gewesen, dass inzwischen der ganzen Stadt klar war, dass nur Vivian als die perfekte Frau für ihn in Betracht kam. Wenn Emmas Karriere als Journalistin den Bach runtergehen sollte, könnte sie sich immer noch als Partnervermittlerin durchschlagen. Nur für sich selbst schien sie kein gutes Händchen zu haben, dachte sie, als sie ein letztes Mal zum Kirchenportal blickte, das gerade mit einem dumpfen Laut geschlossen wurde.

* * *

Ein Weihnachtswunder vorzubereiten war ein ziemlich herausforderndes Unterfangen. Besonders wenn man nur noch einen Tag Zeit hatte. Und die Frau, um die es ging, eine ausgesprochene Expertin in Sachen Weihnachten und Wunder war. Wenn er gewusst hätte, wer die Weihnachtswichtel waren, er hätte sie auf Knien angefleht, für ihn einzuspringen. Aber so hatte er sich allein mit Sashas und Simons Hilfe um seine Überraschung kümmern müssen.

In dem Moment, in dem Beatrice ihn geküsst und er Emma vor seinem Haus stehen gesehen hatte, war ihm klar gewesen, dass es für ihn nur eine Frau gab. Es war ihm egal, wie sich die Zukunft mit Emma gestaltete – sie würden einen Weg finden. Er wollte nicht mehr in der Großstadt leben. Sie hatte auf dem Land keine Perspektive. Er musste also wählen zwischen einem Leben ohne Emma und einem Kompromiss, der ihn am Ende glücklich machen würde.

Und er war in der Lage, eine Fernbeziehung zu führen. Ein paar Tage Großstadt pro Woche, wenn das bedeutete, mit Emma zusammen zu sein.

Er wollte sich bei Emma für seine Dummheit entschuldigen. Und er wollte ihr sagen, dass er sie liebte. Sasha war felsenfest davon überzeugt, dass Emma genauso für ihn empfand, aber erst, als er den Adventskalender-Single des 24. Dezember sah, war er sich sicher, dass Sasha recht hatte. Ganz abgesehen davon, dass er so laut hatte lachen müssen, dass Biggie aus seinem Nickerchen hochgeschreckt war und nachgesehen hatte, ob mit Jared noch alles in Ordnung war. Emma hatte doch tatsächlich ihren Onkel in die Online-Zeitung gesetzt und geschrieben, er sei auf der Suche nach einer Frau, die ihm im Dart ebenbürtig war und Geschenke für ihn einpackte. Eine Frau, die seine ausgefallenen Hosenträger mochte und Socken für ihn strickte. Die Karotten verabscheute und Erbsen liebte. Und die er für den Rest seines Lebens lieben konnte. Emma hatte die Vorstellung ihres Onkels nicht besonders subtil genau so inszeniert, dass sich eigentlich nur Vivian angesprochen fühlen konnte. Hoffentlich verstanden die beiden den Wink mit dem Zaunpfahl und sprangen endlich über ihren Schatten. Jared war froh, dass er nur ein paar Tage gebraucht hatte, um zu erkennen, wie viel Glück das Zusammensein mit Emma bedeutete, und nicht Jahre, wie diese beiden.

Als Jared am Heiligen Abend schließlich vor den geschlossenen Toren der Kirche stand und die Lieder hörte, die im Inneren gesungen wurden, war er kurz davor, die Flucht zu ergreifen. Das hier war alles eine Nummer zu groß. Emma und er brauchten das eigentlich gar nicht. Aber Sasha hatte auf einer großen Geste bestanden, um zu zeigen, wie ernst er es meinte. Eine Geste, die groß genug war, ihn in Angst und Schrecken zu versetzen. Und ihm den letzten Nerv raubte. Weil, verdammt noch mal, hier ging es um Weihnachten!

Biggie sah mit irritiertem Blick zu ihm auf, der ganz deutlich die Sorge spiegelte, sein Herrchen könnte den Verstand verloren haben. Vorsichtig, um den Halsschmuck des Hundes nicht zu verrücken, streichelte Jared ihn. »Ist gut möglich, dass ich nach diesem Abend in die Klapsmühle eingeliefert werde. Aber ich bin mir sicher, Emma wird dich bei sich aufnehmen. Sie liebt dich.«

* * *

Die Leute trödelten viel mehr als sonst nach dem Gottesdienst. Seltsamerweise strömte niemand voller Vorfreude auf die Weihnachtstage aus der Kirche. Doch kaum war Emma aufgestanden und in den Mittelgang getreten, begannen die Leute, sich hinter ihr in Richtung Tür zu drängen. Sie war die Erste, die durch das Kirchenportal trat – und wäre vor Schreck einfach stehen geblieben, wenn die Leute hinter ihr sie nicht einfach weitergeschoben hätten. Stattdessen schlug Emma einfach die Hände vor den Mund und starrte in das bunte Lichtermeer vor sich. Erst am Fuß der Treppe hörten die Kirchgänger auf, sie vor sich her zu schubsen. Sie strömten aus der Kirche. Mit erwartungsvoll leuchtenden Augen, so als ob es hier ein Schauspiel zu bestaunen gäbe. Und so, als ob alle außer ihr gewusst hätten, dass Jared und Biggie hier stehen und auf sie warten würden. Wahrscheinlich hatten es auch alle gewusst, dachte sie, bevor sie sich ausschließlich auf das konzentrierte, was sich vor ihr befand.

Jared sah aus wie immer. Dunkelblauer Daunenparka.

Dicke Stiefel, Schal, Mütze und Handschuhe. Er lehnte an einem Pferdeschlitten, der über und über mit Lichterketten verziert war, die genauso bunt leuchteten wie beim Wagen des Santa Claus auf der Weihnachtsparade in Wild Creek. Moment. »Ist das der Schlitten von Santa Claus?«, fragte sie ungläubig. Die beiden Pferde, die vor das Gefährt gespannt waren, schnaubten ungeduldig, so als stelle Emma wirklich dumme Fragen. Biggie legte den Kopf schräg, was den Eindruck erweckte, als sehe er das genau wie die Pferde. Die bunt blinkende Lichterkette, die er um den Hals trug, verrutschte dabei ein bisschen, und Emma musste sich auf die Zunge beißen, um nicht zu lachen. »Was macht ihr hier? Hast du von Online-Bankraub auf Diebstahl von Pferdeschlitten umgesattelt?«, fragte sie.

Jared ignorierte ihren Kommentar und hielt seinem Hund stattdessen ein zusammengerolltes Papier hin, das mit einer roten Schleife zusammengebunden war, in der ein Tannenzweig steckte. »Lauf zu Emma«, sagte er, und Biggie nahm die Rolle vorsichtig zwischen seine Zähne und trabte zu ihr herüber.

Hinter Emma ertönte ein vielstimmiges Seufzen, als sich der Hund vor ihr auf sein Hinterteil plumpsen ließ und ihr das Papier entgegenstreckte. Wahrscheinlich hatte sich inzwischen die komplette Kirchgemeinde hinter ihr versammelt. Emma nahm das Blatt und kraulte Biggie kurz unter dem Kinn. Dann zog sie die Schleife auf und las die kurze Einladung, die in Jareds schnörkelloser Handschrift auf dem Blatt stand: *Möchtest du uns auf eine winterliche Schlittenfahrt begleiten?* Das Blatt war mit Jared und Biggie unterschrieben, wobei neben dem Namen des Hundes noch ein Pfotenabdruck hinzugefügt worden war.

Emma ließ das Blatt langsam sinken. Ihr Herz begann heftig zu klopfen, als sie Jared betrachtete, der neben dem Schlitten wartete und sie so hoffnungsvoll ansah. »Na los«, sagte sie zu Biggie. »Lassen wir ihn nicht länger warten.« Mit ein paar schnellen Schritten erreichte sie Jared und warf sich in seine Arme. »Das ist wunderschön! Danke!« Sie presste ihre Lippen auf seine und beendete den Kuss lachend wieder, als hinter ihnen Applaus aufbrandete.

Jared lachte ebenfalls. »Sieht so aus, als sollten wir sehen, dass wir hier wegkommen. Können wir, Mr. Parker?«

Emma drehte sich in Jareds Armen nach dem Mann um, der auf den Kutschbock kletterte. Tatsächlich, das war Mr. Parker, der auch Santa Claus durch die Weihnachtsparade lenkte. »Wie hast du es geschafft, diesen Schlitten zu organisieren?«, fragte sie, als Jared ihr hineinhalf.

Er grinste sie frech an. »Ich lebe hier. Ich habe so meine Kontakte.«

Der Schlitten zog mit einem Rucken an, die Glöckchen, die die Pferde um den Hals trugen, begannen zu klingeln, und sie setzten sich unter dem Applaus ihrer Nachbarn und Freunde in Bewegung. Emma lachte und winkte wie die Queen, bevor sie sich unter die dicken Decken kuschelte, die Jared ihr reichte.

Der Schlitten bog in die Mainstreet ab, die still und leer vor ihnen lag. »Lass uns ein bisschen die Weihnachtsdekorationen genießen«, schlug Jared vor. Er legte Emma den Arm um die Schultern und zog sie an sich.

Sie mussten gar nicht viel sprechen, wurde Emma klar. Sie konnte diese wundervolle Schlittenfahrt genießen, eng an Jared gekuschelt, auf der anderen Seite Biggie, der sie ebenfalls warmhielt. Sie wiesen sich hin und wieder auf ein besonders schönes oder lustiges Dekorations-Detail hin, schwiegen ansonsten aber und genossen die Nähe des anderen. Emmas Herz begann sich langsam zu beruhigen. Das hier fühlte sich so an, wie sie es sich immer vorgestellt hatte. Sie war sich auch zuvor sicher gewesen, mit der Änderung ihrer Karriereziele den richtigen Weg eingeschlagen zu haben. Aber jetzt war aus dem richtig ein perfekt geworden.

Nach einer Runde durch die Stadt fuhr Mr. Parker sie am See entlang zum Woodward Cottage. Emma konnte schon von Weitem erkennen, wo das Haus lag, weil die Lichtung regelrecht zu leuchten schien. Als sie um die Waldecke bogen und das Cottage vor ihnen lag, stockte Emma der Atem. »Waren das die Weihnachtswichtel?«

»Nein. Das war ich. Mit ein bisschen Hilfe«, ergänzte er, als Emma ihm einen ungläubigen Blick zuwarf.

»Das ist … unglaublich«, war das Einzige, das Emma dazu einfiel. »Wundervoll.« An den Dachkanten zogen sich weiße Lichterketten entlang, die wundervoll zu denen passten, die die Wichtel vor ein paar Wochen in die Bäume gehängt hatten. Auf der Lichtung flackerte das Licht unzähliger Fackeln, und auf dem Wasser des Whirlpools schaukelten Schwimmkerzen. Aber das atemberaubendste Detail befand sich im Haus. Emma konnte es durch die großen, bodentiefen Fenster leuchten sehen. »O mein Gott!«, flüsterte sie. »Du hast einen Weihnachtbaum.«

»Ein Monster von einem Weihnachtsbaum. Ich wette, du willst ihn aus der Nähe sehen. Danke, Mr. Parker, und frohe Weihnachten.« Sie stiegen aus dem Schlitten, verabschiedeten sich vom Kutscher des Weihnachtsmannes und folgten Biggie, der bereits durch seine Hundeklappe im Haus verschwand.

Auf der Veranda blieb Jared stehen und wies auf den Mistelzweig, der über ihnen hing. »Frohe Weihnachten, Emma«, sagte er leise. Dann zog er sie an sich und küsste sie.

Emma ließ sich in diesen Moment, dieses Gefühl, diesen Rausch aus Glück und Liebe fallen und erwiderte den Kuss. Sie hatte keine Ahnung, wie lange sie vor dem Haus standen, denn Jared schaffte es irgendwie, sie alles um sie herum vergessen zu lassen.

»Du zitterst«, flüsterte er schließlich an ihren Lippen. »Lass uns reingehen.« Er löste sich von ihr und öffnete die Tür, um sie in die gemütliche Wärme des Hauses zu ziehen.

Sie schälten sich aus ihren Jacken, Mützen und Stiefeln. Dann rahmte Jared Emmas Gesicht mit den Händen ein und küsste sie sanft. »Schließ für einen Moment die Augen«, bat er sie.

Emma gehorchte und hörte, wie Jared das Feuer im Kamin anzündete. Dann kam er zu ihr zurück, griff nach ihren Händen und führte sie in den Wohnbereich des Hauses. »Jetzt kannst du sie öffnen.«

Emma schlug die Augen auf und ließ den Blick nach oben wandern. Weiter nach oben. Und noch weiter. »Jared! Der Baum ragt ja bis über die Galerie hinaus.« Er war wunderschön. Mit einem Stern als Spitze und genug Lichterketten, um ihn regelrecht funkeln zu lassen. Nur die Ornamente, die daran hingen, waren etwas … gewöhnungsbedürftig. Darunter lagen zwei Päckchen, die in identisches Geschenkpapier verpackt waren.

Jared kratzte sich am Kopf. »Du findest die Sachen, die ich drangehängt habe, blöd«, interpretierte er ihre Reaktion.

»Nein.« Emma trat an den Baum heran und betrachtete das bunte Sammelsurium an Ornamenten, die aussahen, als hätte er irgendwo alle Reste aufgekauft. Da waren Cupcakes aus Plastik. Ein Elch, der irgendwie … schielte. Ein paar Avengers-Figuren und Christbaumkugeln in schauderhaftem Lila. An einem mit braunen Glitzer überzogenen künstlichen Tannenzapfen hing noch das Made-in-China-Etikett. Deko, die kein bisschen zusammenpasste, wie man es einem so wundervollen, stattlichen Baum wünschen würde. Aber so … Jared, dass es einfach perfekt war.

Er trat hinter Emma und schob die Arme um ihre Taille. »Wenn man erst am 24. Dezember loszieht, um Weihnachtsschmuck zu kaufen, muss man nehmen, was man bekommt. Nächstes Jahr kann ich es besser machen. Emma.« Er drehte sie in seinen Armen um, bis sie ihn ansah. »Ich habe das hier nicht besonders gut hinbekommen. Das mit uns. Und das mit Weihnachten. Ich weiß nur eins: Ich will dir nächstes Jahr ein noch schöneres Weihnachten bereiten. Das Jahr darauf soll es noch schöner werden. Und das Jahr danach …« Er küsste sie zärtlich, und die Schmetterlinge in Emmas Bauch drehten komplett durch. »Ich möchte die Feiertage in jedem Jahr mit dir verbringen. Egal, was ich dafür tun muss. Wir finden einen Kompromiss. Wenn es bedeutet, dass ich dafür mit dir nach Chicago gehe oder wir es mit einer Fernbeziehung probieren, dann soll es so sein. Du hast mir viel zu sehr gefehlt in den letzten Tagen. Ich …«

Emma legte Jared den Zeigefinger auf die Lippen. »Ich gehe nirgends hin«, wisperte sie.

»Was …?« Jared sah sie verständnislos an.

»Ich habe meine Pläne geändert. Ich habe meine Ziele neu justiert. Erst einmal für ein Jahr«, dämpfte sie seine Erwartungen vorsichtshalber ein bisschen. »Aber ich glaube, ich werde Snowflake Valley nicht wieder verlassen wollen. Und dich. Und Biggie.« Sie drehte sich nach dem Hund um, der sich vor dem Kamin ausgestreckt hatte, in dem ein munteres Feuer flackerte. Am Sims waren unter einer Tannengirlande zwei Socken aufgehängt. Gekaufte Weihnachtsstrümpfe. Einer in Rot, der andere in Grün. Wenn Emma und Jared ihre eigenen Weihnachtstraditionen schufen, würden dort Socken hängen, in die ihre Namen eingestickt waren. Wenn sie …

»Emma«, holte Jared sie aus ihren Gedanken. »Eines muss ich dir noch sagen.« Er wartete, bis sie ihn wieder ansah. Erst jetzt wurde ihr bewusst, dass er sein »Team Grinch«-Shirt trug. Im Moment hatte Jared allerdings gar nichts von dem Weihnachts-Griesgram, auch wenn er all das nur für sie organisiert hatte. »Ich bin nach Snowflake Valley gekommen, um meine Ruhe zu haben. Doch dann bist du wie ein Tornado in mein Leben gefegt. Mit all deiner Energie und deiner Kreativität. Du hast mich völlig umgehauen, Emma Porter.« Er griff nach ihrer Hand und legte sie an die Stelle seiner Brust, unter der sein Herz schlug. »Ich liebe dich.«

Emmas Lächeln wurde breiter und breiter. Sie hatte das Gefühl, dass ihre Mundwinkel die Ohren erreichten, und sie hatte das Bedürfnis, genau wie die Schmetterlinge in ihrem Bauch ein Freudentänzchen aufzuführen. Stattdessen schmiegte sie sich in Jareds Umarmung. »Und ich bin nach Snowflake Valley gekommen, um die Zeitung zu retten und dann in mein altes Leben zurückzukehren. Ich hätte nie geglaubt, dass ich alles, was ich für mein künftiges Leben brauche, hier finden würde. Ich liebe dich Jared. Dich und Biggie.«

* * *

Jared erwachte im Morgengrauen. Noch bevor er die Augen aufgeschlagen hatte, wusste er, dass Emmas Bettseite leer war. Im ersten Moment dachte er, sie hatte sich wieder ins Wohnzimmer geschlichen, um zu arbeiten. Aber am Weihnachtsmorgen arbeitete nicht einmal sie.

Im nächsten Moment hörte er ihre Schritte und öffnete die Augen. Emma hatte sich sein »Team-Grinch«-T-Shirt übergeworfen und lehnte im Türrahmen des Schlafzimmers, eine dampfende Tasse Kaffee in der Hand. »Guten Morgen, Schlafmütze. Höchste Zeit, dass du aufwachst.«

Jared richtete sich auf und warf einen Blick auf sein Handydisplay. »Es ist sechs Uhr.«

»Am Weihnachtsmorgen ist keine Zeit zum Ausschlafen. Unter dem Baum liegen zwei Geschenke, und in den Socken am Kamin scheint auch etwas zu sein. Komm schon.«

Jared ließ sich in die Kissen zurückfallen und legte den Unterarm über die Augen. »Du bist verrückt«, sagte er. »Gib mir wenigstens den Kaffee.«

»Keine Chance.« Er hörte, wie Emma sich entfernte. »Dein Kaffee wartet unten.«

»Weihnachts-Sadistin«, brummte Jared, schwang aber trotzdem die Beine aus dem Bett und angelte nach seinen Boxershorts. Er folgte Emma ins Erdgeschoss, wo sie ihm bereits einen Kaffeebecher entgegenhielt. Sie vibrierte vor Aufregung, und Jared konnte sich plötzlich vorstellen, wie sie als sechsjähriges Mädchen vor dem Baum gesessen und darauf gewartet hatte, endlich ihre Geschenke auspacken zu dürfen. »Ich muss dich warnen«, versuchte er ihren Enthusiasmus zu bremsen. »Die Päckchen sind von Sasha. Sie meinte, dass sie froh ist, dass wir beide die Kurve gekriegt haben, weil sie unsere Geschenke schon besorgt hatte.«

»Okay. Dann lass sie uns auspacken.« Emma kniete sich vor den Baum und stellte ihren Kaffee ab. Sie reichte Jared das Paket, auf dem sein Name stand, und griff dann nach ihrem. Sorgfältig packte sie ihr Geschenk aus und lachte laut auf. »O Mann, Sasha!« Sie hielt ihren rot-grün-karierten Pyjama mit tanzenden Rentieren hoch. »Was hast du?«

»Das Gleiche.« Er hielt seinen Pyjama hoch und ließ die Fliege im gleichen Design von seinem Zeigefinger baumeln, die offenbar für Biggie gedacht war. »Die erste von vielen Weihnachtstraditionen für euch. Frohe Weihnachten, Sasha und Simon«, las er die Karte vor, die in seinem Paket gelegen hatte.

Emma strahlte. Sie war glücklich. Und genau deshalb war er ebenfalls glücklich. »Das ist wundervoll. Wir ziehen sie gleich an. Aber vorher …« Sie blickte zum Kamin hinüber. »Welcher Weihnachtsstrumpf ist für mich?«, fragte sie.

Jareds Magen zog sich ein wenig zusammen. »Der rote. Aber ich muss dich warnen. Ich habe vielleicht nicht das perfekte Geschenk für dich gefunden«, warnte er sie, dass er, was das betraf, wirklich nicht besonders einfallsreich gewesen war.

»Egal.« Emma grinste. »Immerhin hast du ein Geschenk für mich. Ich kann dir meins erst geben, wenn wir nachher bei meinen Eltern zum Brunch sind.«

»Sasha hat gesagt, sie hat dein Geschenk für mich bei dir zu Hause gefunden und in den grünen Socken gesteckt.«

»Ernsthaft?« Emma stand auf. »Diese diebische Elster. Los, hol es raus!« Sie lachte und hüpfte auf der Stelle, bis Jared das kleine Päckchen aus seinem Strumpf gezogen und ausgepackt hatte.

Lachend warf er den Antistressball im Weihnachtsdesign

in die Luft. »Danke.« Er zog Emma für einen Kuss an sich. »Wenn sogar meine Antistressbälle zu Weihnachten passen, werde ich vielleicht doch noch Fan von diesem Fest.«

»Gern geschehen. Jetzt ich.« Emma zog ihr mehr schlecht als recht eingepacktes Geschenk aus dem Strumpf und öffnete das Päckchen.

»Socken?«, fragte sie und hielt die Strümpfe mit den Lebkuchenmännchen und Zuckerstangen hoch.

»Ich weiß, das ist nicht besonders ...«, begann Jared sich zu entschuldigen.

»Sie werden perfekt zu meinem neuen Pyjama passen«, unterbrach Emma ihn. »Ich liebe sie. Aber Jared, ich kann dich nicht allein lassen, bis du im Aussuchen von Geschenken besser wirst. Du brauchst definitiv Nachhilfe. Jahrelang vermutlich.«

»Hmm. Schau noch mal nach«, forderte er sie auf.

»Ist da noch was?« Sie drehte sich um und zog im nächsten Moment einen kleinen Notizzettel aus dem Strumpf. Langsam faltete sie ihn auf. Für ein paar Sekunden starrte sie auf das Blatt. »TeamSanta&Grinch4ever$%», las sie leise vor. »Das ist dein WLAN-Passwort?«

»Das ist unser WLAN-Passwort«, korrigierte er sie.

»$%», wiederholte Emma und lachte. »Ernsthaft?«

»Sonderzeichen sind wichtig bei Passwörtern. Genau wie Groß- und Kleinschreibung. Und Ziffern.« Jared zog Emma abermals in seine Arme.

»Natürlich«, konnte sich Emma das letzte Wort offenbar nicht verkneifen. Genauso wenig wie das breite Lächeln, das noch immer auf ihrem Gesicht lag.

Er küsste sie und genoss für einen Moment das warme Gefühl, das sich in seinem ganzen Körper ausbreitete. Das war seine Zukunft. Emma und er. In diesem Haus. Wahrscheinlich würden sie jedes Weihnachtsfest über die Details streiten. Über die Dekoration. Und den Rest des Jahres über die Unordnung, die ihr chaotischer Arbeitsplatz verursachen würde. Er freute sich auf jede Sekunde davon. »Frohe Weihnachten, Emma!«

»Frohe Weihnachten!«

EPILOG

Be good or I'll text Santa.

Snowflake Valley,
ein Jahr später

»Dieser Baum ist zu groß.« Jared funkelte Emma kampflustig an.

»Ich glaube, er passt. Und ich will genau den.« Wie konnte Jared nicht sehen, dass genau diese Tanne perfekt war für das Woodward Cottage, das inzwischen auch ihr Zuhause war? »Wenn er wirklich ein winziges bisschen zu hoch sein sollte, können wir ja immer noch die Spitze ein Stück abschneiden.«

»Wir könnten auch einfach einen Baum nehmen, der nicht zu groß ist.« Jared sah sich hilfesuchend nach Simon um.

Die Campbells hatten sie in den Wald begleitet, weil sie ebenfalls auf der Suche nach einem Baum für ihr inzwischen fertig renoviertes Farmhaus waren. Emma blickte zu Sasha hinüber, die den Kopf in den Nacken gelegt hatte, um in die Wipfel einer Tanne hinaufzusehen, die definitiv eine Nummer zu groß war. Ihre Freundin sah wunderschön aus mit der bunten Beanie auf dem Kopf und dem Bauch, der sich unverkennbar unter ihrer Daunenjacke wölbte und über den sie unbewusst streichelte.

So viel hatte sich verändert in diesem Jahr. Nicht nur Sashas Schwangerschaft, über die die halbe Stadt völlig aus dem Häuschen war. Jared hatte einen Schlitten mit einer Lehne und ein Geschirr für Biggie besorgt und übte mit ihm bereits, den Schlitten zu ziehen, damit sie auch im Winter mit Sashas und Simons Sohn spazieren gehen konnten, wenn er erst einmal auf der Welt war. Jared hatte Zeit für solche Dinge, weil er sich im vergangenen Jahr noch mehr aus dem aktiven Geschäft zurückgezogen hatte. Er probierte andauernd irgendetwas Neues aus und folgte jedem Floh, den Emmas Vater und Onkel ihm ins Ohr setzten.

Nur wenn es um Weihnachten ging, gab er noch immer den Grinch, wenn auch in einer abgeschwächten Form. Als ob er vergessen hätte, dass die Weihnachtszeit sie zusammengeführt hatte. Und die *Online-Gazette* natürlich, die zu einer Erfolgsgeschichte geworden war. Inzwischen waren Reportagen über starke Persönlichkeiten aus dem Tal ein Teil des Magazins. Sie berichteten über Veranstaltungen und hatten mit Games (Jareds Idee – weshalb Emma ihm diesen Job sofort aufs Auge gedrückt hatte), Streaming-Empfehlungen und einer Rubrik für Outdoor-Sport eine breite Masse an Lesern erreicht, die die *Gazette* weit über Snowflake Valley hinaus lasen.

»Du weißt, ich bin immer auf deiner Seite, Em«, sagte Simon hinter ihr und legte ihr in einer kameradschaftlichen Geste die Hand auf die Schulter. »Aber es könnte sein, dass Jared recht hat. Möglicherweise, unter Umständen, könnte dieser Baum um ein paar Zentimeter zu groß sein.«

»Feigling«, schimpfte Jared, und im nächsten Moment zischte ein Schneeball um Haaresbreite an Emma vorbei und traf Simon am Kopf.

»Na warte!« Simon bückte sich, um ebenfalls einen Schneeball zu formen, und Emma nutzte die Gelegenheit, Reißaus zu nehmen und mit Sasha hinter einer Pinie in Deckung zu gehen. Biggie hingegen rannte mitten in den Kriegsschauplatz, in den die Männer die Lichtung verwandelten, um mitzuspielen.

»Sie werden nie erwachsen.« Sasha stieß einen glücklichen Seufzer aus und schob die Hand um Emmas Taille.

Emma legte ihr den Arm um die Schultern. »Keine Chance.« Dass in Jared manchmal ein echter Kindskopf steckte, hatte Emma erst herausfinden müssen. Je mehr er sich geöffnet hatte, je besser sie ihn kennengelernt hatte, desto weiter war ihre Liebe zu ihm gewachsen. Sie freute sich für ihn, dass er in Simon einen so guten Freund gefunden hatte, der bei jedem Blödsinn dabei war – oder ihn sogar anzettelte.

»Ich bin so froh, dass du hier bleibst«, sagte Sasha.

»Ich auch.« Emma lehnte ihren Kopf gegen den ihrer Freundin. »Ich will schließlich keinen Moment mit meinem Patensohn verpassen.« Sie hatte sich ein Jahr in Snowflake Valley gegeben und herausgefunden, dass das genau das Leben war, das sie leben wollte. Henry und sie hatten sich, wie vereinbart, vor ein paar Tagen zusammengesetzt, um die Zukunft der Gazette zu besprechen – und bei dem Gedanken, dass Emma die Position der Herausgeberin aufgeben könnte, herzlich gelacht. Sie unterrichtete mit der Gastprofessur an der University of Montana und lehrte ihren Studenten unter anderem, ein Online-Magazin aufzubauen – und vergab Praktika bei der *Gazette*. Und sie schrieb weiterhin ihre

Kolumne und reiste hin und wieder für einen Artikel quer durch das Land. Aber sie hatte inzwischen ein viel schöneres Zuhause als die Schuhschachtel von Apartment in Chicago, zu der sie früher zurückgekehrt war. Und damit meinte sie nicht das Woodward Cottage, das sie über alles liebte und bei dem Jared ihr freie Hand für die Weihnachtsdekoration gelassen hatte. Es waren die Menschen. Ihre Eltern. Ihre Freunde. Und vor allem der Mann, der ihr Herz besaß.

Jared und Simon hatten ihre Schlacht offenbar beendet. Lachend und von oben bis unten mit Schnee bedeckt, kamen sie zu ihnen herüber.

Sasha hob warnend die Hände »Wenn ich auch nur ein Fitzelchen Schnee abbekomme, bettele ich meine Tante nicht um den Eggnog an, den ich noch nicht einmal trinken kann.« Eine Mahnung, die half. Zumindest bei Simon.

Jared hingegen zog Emma grinsend in seine Arme und ließ sich mit ihr in die nächste Schneewehe fallen.

Sie kreischte vor Schreck über die Kälte um sie herum, bis Jared seine warmen Lippen auf ihre legte. »Ich liebe dich«, flüsterte er, und dann küsste er sie. »Und die Winter in Montana«, ergänzte er lachend, als Emma eine Hand voll Schnee in seinen Kragen stopfte.

Emma wirbelte herum und schaffte es, Jared auf den Rücken zu drehen. Sie presste seine Hände neben seinem Kopf in den Schnee. »Und Weihnachten?«, fragte sie.

Das breite Grinsen in Jareds Gesicht wurde zu einem zärtlichen Lächeln. »Wenn ich es mit dir verbringen kann.«

Emma beugte sich herunter, um Jared zu küssen. »Ich liebe dich auch«, flüsterte sie und vertiefte den Kuss. Die Gefühle, die sie für Jared hatte, waren so voller Wärme, dass sie Simons Schneebälle, die ihre Rücken trafen, kein bisschen störten.

Zur gleichen Zeit
im Weihnachtswichtel-Hauptquartier
(ein Keller, irgendwo in Snowflake Valley)

Declan Nichols, der Rektor der Schule, schenkte seiner Weihnachts-Guerilla-Truppe Punsch ein und setzte sich dann zu ihnen an den Tisch, der im Lichtkreis einer einzelnen Deckenlampe stand und den Raum ein bisschen wie den Treffpunkt von Geheimagenten wirken ließ. Nur dass statt moderner Waffen und technischer Highlights sauber aufgerollte Lichterketten an den Kellerwänden hingen.

»Jared Dawson scheint in diesem Jahr die Kurve gekriegt zu haben«, stellte Matthew Penn, der Chef der Feuerwehr von Snowflake Valley, fest.

»Hmm.« Henry Porter grinste breit. Was er allerdings die meiste Zeit tat, seit er um Vivians Hand angehalten und sie Ja gesagt hatte. »Das liegt zum Großteil an meiner Nichte. Sie ist beim Dekorieren des Hauses ein bisschen eskaliert. Also kein Job mehr für uns.«

»Mission erfüllt, würde ich sagen.« Trevor Clarkson, der Leiter des Tourismusbüros, der die Weihnachtswichtel vor Jahren gegründet hatte, um das Haus des alten Miller in einer Nacht-und-Nebel-Aktion so zu verschönern, dass es nicht als Schandfleck zwischen all den schön beleuchteten Häusern auf der Mainstreet auftauchte, beugte sich vor und sah seine Mitstreiter der Reihe nach an. »Habt ihr diese Rachel Holmes schon kennengelernt?«

Declan kratzte sich am Kopf. »Ist das die, die in das Haus ihres Großvaters gezogen ist?«

»Hmm«, brummte Matthew zustimmend. »Kein bisschen Weihnachtsdeko bis jetzt.«

»Sie soll im Grocery Store gewesen sein. Und als Milli ihr einen der Adventssterne verkaufen wollte, die gerade im Angebot sind, hat sie abgelehnt«, erzählte Trevor, was er über die Frau in Erfahrung hatte bringen können.

»Ein Adventsstern im Fenster wäre zumindest ein Anfang gewesen«, stimmte Henry zu.

Die Männer sahen sich breit grinsend an. »Wird Zeit, dass wir Rachel Holmes einen Besuch abstatten«, sagten sie unisono und stießen mit ihren Punschtassen an.